汪曾祺全集

主 编／季红真

汪曾祺全集 ⑥

散文卷

散文卷主编／徐 强

人民文学出版社

90 年代初期

1995 年秋　与作家林斤澜在温州

1997 年初　与作家邵燕祥在云南

1997 年初　云南

目　录

4

岁 交 春①

今年春节大年初一立春，是"岁交春"。这是很难得的。语云："千年难逢龙华会，万年难逢岁交春。"一万年，当然是不需要的，但总是很少见。我今年72岁了，好像头一回赶上。岁交春，是很吉利的，这一年会风调雨顺，那敢情好。

中国过去对立春是很重视的。"春打六九头"，到了六九，不会再有很冷的天，是真正的春天了。"农人告余以春及，将有事于西畴"，是准备春耕的时候了。这是个充满希望的节气。

宋朝的时候，立春前一天，地方官要备泥牛，送入宫内，让宫人用柳条鞭打，谓之"鞭春"。"打春"之说，盖始于宋。

我的家乡则在立春日有穷人制泥牛送到各家，牛约五六寸至尺许大，涂了颜色。有的还有一个小泥人，是芒神，我的家乡不知道为什么叫他"奥芒子"。送到时，用唢呐吹短曲，供之神案上，可以得到一点赏钱，叫做"送春牛"。老年间的皇历上都印有"春牛图"，注明牛是什么颜色，芒神着什么颜色的衣裳。这些颜色不知是根据什么规定的。送春牛仪式并不隆重，但我很愿意站在旁边看，而且有一种说不出来的感动。

北方人立春要吃萝卜，谓之"咬春"。春而可咬，很有诗意。这天要吃生菜，多用新葱、青韭、蒜黄，叫做"五辛盘"。生菜是卷饼吃的。陈元靓《岁时广记》引《唐四时宝镜》："立春日，食芦菔、春饼、生菜，号'春盘'。"《北平风俗类征·岁时》："是月如遇立春，……富家食春饼。备酱熏及炉烧盐腌各肉，并各色炒菜，如菠菜、豆芽菜、干粉、鸡蛋等，而

1

以面粉烙薄饼卷而食之,故又名薄饼。"

吃春饼不一定是北方人。据我所知,福建人也是爱吃的,办法和北京人也差不多。我在舒婷家就吃过。

就要立春了,而且是"岁交春",我颇有点兴奋,这好像有点孩子气。原因就是那天可以吃春饼。作打油诗一首,以志兴奋:

> 不觉七旬过二矣,
> 何期幸遇岁交春。
> 鸡豚早办须兼味,
> 生菜偏宜簇五辛。
> 薄禄何如饼在手,
> 浮名得似酒盈樽?
> 寻常一饱增惭愧,
> 待看沿河柳色新。

(一九九二年一月十五日)

注 释

① 本篇原载 1992 年 1 月 31 日《大众日报》;初收《草花集》,成都出版社,1993 年 9 月。

我的祖父祖母①

——自传体系列散文《逝水》之三

我的祖父名嘉勋,字铭甫。他的本名我只在名帖上见过。我们那里有个风俗,大年初一,多数店铺要把东家的名帖投到常有来往的别家店铺。初一,店铺是不开门的,都是天不亮由门缝里插进去。名帖是前两天由店铺的"相公"(学生)在一张一张八寸长、五寸宽的大红纸上用一个木头戳子蘸了墨汁盖上去的,楷书,字有核桃大。我有时也愿意盖几张。盖名帖使人感到年就到了。我盖一张,总要端详一下那三个乌黑的欧体正字:汪嘉勋,好像对这三个字很有感情。

祖父中过拔贡,是前清末科,从那以后就废科举改学堂了。他没有能考取更高的功名,大概是终身遗憾的。拔贡是要文章写得好的。听我父亲说,祖父的那份墨卷是出名的,那种章法叫做"夹凤股"。我不知道是该叫"夹凤"还是"夹缝",当然更不知道是如何一种"夹"法。拔贡是做不了官的。功名道断,他就在家经营自己的产业。他是个创业的人。

我们家原是徽州人(据说全国姓汪的原来都是徽州人),迁居高邮,从我祖父往上数,才七代。祠堂里的祖宗牌位没有多少块。高邮汪家上几代功名似都不过举人,所做的官也只是"教谕"、"训导"之类的"学官",因此,在邑中不算望族。我的曾祖父曾在外地坐过馆,后来做"盐票"亏了本。"盐票"亦称"盐引",是包给商人销售官盐的执照,大概是近似股票之类的东西,我也弄不清做盐票怎么就会亏了,甚至把家产都赔尽了。听我父亲说,我们后来的家业是祖父几乎是赤手空拳地创出来的。

创业不外两途:置田地,开店铺。

3

祖父手里有多少田,我一直不清楚。印象中大概在两千多亩,这是个不小的数目。但他的田好田不多。一部分在北乡。北乡田瘦,有的只能长草,谓之"草田"。年轻时他是亲自管田的,常常下乡。后来请人代管,田地上的事就不再过问。我们那里有一种人,专替大户人家管田产,叫做"田禾先生"。看青(估产)、收租、完粮、丈地……这也是一套学问。田禾先生大都是世代相传的。我们家的田禾先生姓龙,我们叫他龙先生。他给我留下颇深的印象,是因为他骑驴。我们那里的驴一般都是牵磨用,极少用来乘骑。龙先生的家不在城里,在五里坝。他每逢进城办事或到别的乡下去,都是骑驴。他的驴拴在檐下,我爱喂它吃粽子叶。龙先生总是关照我把包粽子的麻筋拣干净,说是驴吃了会把肠子缠住。

祖父所开的店铺主要是两家药店,一家万全堂,在北市口,一家保全堂,在东大街。这两家药店过年贴的春联是祖父自撰的。万全堂是"万花仙掌露,全树上林春",保全堂是"保我黎民,全登寿域"。祖父的药店信誉很好,他坚持必须卖"地道药材"。药店一般倒都不卖假药,但是常常不很地道。尤其是丸散,常言"神仙难识丸散",连做药店的内行都不能分辨这里该用的贵重药料,麝香、珍珠、冰片之类是不是上色足量。万全堂的制药的过道上挂着一副金字对联:"修合虽无人见,存心自有天知",并非虚语。我们县里有几个门面辉煌的大药店,店里的店员生了病,配方抓药,都不在本店,叫家里人到万全堂抓。祖父并不到店问事,一切都交给"管事"(经理)。只到每年腊月二十四,由两位管事挟了总账,到家里来,向祖父报告一年营业情况。因为信誉好,盈利是有保证的。我常到两处药店去玩,尤其是保全堂,几乎每天都去。我熟悉一些中药的加工过程,熟悉药材的形状、颜色、气味。有时也参加搓"梧桐子大"的蜜丸、碾药、摊膏药。保全堂的"管事"、"同事"(配药的店员)、"相公"(学生意未满师的)跟我关系很好。他们对我有一个很亲切的称呼,不叫我的名字,叫"黑少"——我小名叫黑子。我这辈子没有人这样称呼过我。我的小说《异秉》写的就是保全堂的生活。

祖父是很有名的眼科医生。汪家世代都是看眼科的。他有一球眼药，有一个柚子大，黑咕隆咚的。祖父给人看了眼，开了方子，祖母就用一把大剪子从黑柚子的窟窿抠出耳屎大一小块，用纸包了交给病人，嘱咐病人用清水化开，用灯草点在眼里。这一球眼药不知道有多少年头了，据说很灵。祖父为人看眼病是不收钱也不受礼的。

中年以后，家道渐丰，但是祖父生活俭朴，自奉甚薄。他爱喝一点好茶，西湖龙井。饭食很简单。他总是一个人吃，在堂屋一侧放一张"马杌"——较大的方凳，便是他的餐桌。坐小板凳。他爱吃长鱼（鳝鱼）汤下面。面下在白汤里，汤里的长鱼捞出来便是酒菜。——他每顿用一个五彩釉画公鸡的茶盅喝一盅酒。没有长鱼，就用咸鸭蛋下酒。一个咸鸭蛋吃两顿。上顿吃一半，把蛋壳上掏蛋黄蛋白的小口用一块小纸封起来，下顿再吃。他的马杌上从来没有第二样菜。喝了酒，常在房里大声背唐诗："李白斗酒诗百篇，长安市上酒家眠。天子呼来不上船，自称臣是酒……中……仙……"汪铭甫的俭省，在我们县是有名的。

但是他曾有一个时期舍得花钱买古董字画。他有一套商代的彝鼎，是祭器。不大，但都有铭文。难得的是五件能配成一套。我们县里有钱人家办丧事，六七开吊，常来借去在供桌上摆一天。有一个大霁红花瓶，高可四尺，是明代物。1986年我回乡时，我的妹婿问我："人家都说汪家有个大霁红花瓶，是有过么？"我说："有过！"我小时天天看见，放在"老爷柜"（神案）上，不过我们并不觉得它有什么名贵，和老爷柜上的锡香炉烛台同等看待之。他有一个奇怪古董：浑天仪。不是陈列在南京紫金山天文台和北京观象台的那种大家伙，只是一个直径约四寸的铜的滴溜圆的圆球，上面有许多星星，下面有一个把，安在紫檀木座上。就放在他床前的小条桌上。我曾趴在桌上细细地看过，没有什么好看。是明代御造的。其珍贵处在一次一共只造了几个。祖父不知是从哪里买来的。他还为此起了一个斋名"浑天仪室"，让我父亲刻了一块长方形的图章。他有几张好画。有四幅马远的小屏条。他曾为这四张画亲自到苏州去，请有名的细木匠做了檀木框，把画嵌在里面。对这四幅画的真伪,我有点怀疑,画的构图颇满,不像"马一角"。但"年份"是很旧的。有一个高约八尺的绢地大中堂,画的是"报喜图"。一棵很大的柏树,树上有十多只喜鹊,下面卧着一头豹子。作者是吕纪。我小时候不知吕纪是何许人,只觉得画得很像,豹子的毛是一根一根都画出来的,真亏他有那么多工夫!这几幅画平常是不让人见的,只在他六十大寿时拿出来挂过。同时挂出来的字画,我记得有郑板桥的六尺大横幅,纸本,画的是兰花;陈曼生的隶书对联;汪琬的楷书对联。我对汪琬的对子很有兴趣,字很端秀,尤其是对子的纸,真好看,豆绿色的蜡笺。他有很多字帖,是一次从夏家买下来的。夏家是百年以上的大家,号"十八鹤来堂夏家"(据说堂建成时有十八只仙鹤飞来)。夏家的房屋极多而大,花园里有合抱的大桂花,有曲沼流泉,人称"夏家花园"。后来败落了,就出卖藏书字画。祖父把几箱字帖都买了。我小时候写的《圭峰碑》、《闲邪公家传》,以及后来奖励给我的虞世南的《夫子庙堂碑》、褚遂良的《圣教序》、小字《麻姑仙坛》,都是初拓本,原是夏家的东西。祖父有两件宝。一是一块蕉叶白大端砚。据我父亲说,颜色正如芭蕉叶的背面。是夏之蓉的旧物。一是《云麾将军碑》,据说是个很早的拓本,海内无二,这两样东西祖父视为性命,每遇"兵荒",就叫我父亲首先用油布包了埋起来。这两件宝物,我都没有看见过。解放后还在,现在不知下落。

我弄不清祖父的"思想"是怎么回事。他是幼读孔孟之书的,思想的基础当然是儒家。他是学佛的,在教我读《论语》的桌上有一函《南无妙法莲华经》。他是印光法师的弟子。他屋里的桌上放的两部书,一部是顾炎武的《日知录》,另一部是《红楼梦》! 更不可理解的是,他订了一份杂志:邹韬奋编的《生活周刊》。

我的祖父本来是有点浪漫主义气质,诗人气质的,只是因为所处的环境,使他的个性不可能得到发展。有一年,为了避乱,他和我父亲这一房住在乡下一个小庙里,即我的小说《受戒》所写的菩提庵里,就住在小说所写"一花一世界"那间小屋里。这样他就常常让我陪他说说闲话。有一天,他喝了酒,忽然说起年轻时的一段风流韵事,说得老泪纵横。我没怎么听明白，又不敢问个究竟。后来我问父亲："是有那么一回事吗？"父亲说："有！是一个什么大官的姨太太。"老人家不知为什么要跟他的孙子说起他的艳遇，大概他的尘封的感情也需要宣泄宣泄吧。因此我觉得我的祖父是个人。

我的祖母是谈人格的女儿。谈人格是同光间本县最有名的诗人，一县人都叫他"谈四太爷"。我的小说《徙》里所写的谈甓渔就是参照一些关于他的传说写的。他的诗我在小说《故里杂记·李三》的附注里引用过一首《警火》。后来又读了友人从旧县志里抄出寄来的几首。他的诗明白晓畅，是"元和体"，所写多与治水、修坝、筑堤有关，是"为事而发"，属闲适一类者较少。看来他是一个关心世务的明白人，县人所传关于他的胡涂放诞的故事不怎么可靠。

祖母是个很勤劳的人，一年四季不闲着。做酱。我们家吃的酱油都不到外面去买。把酱豆瓣加水熬透，用一个牛腿似的布兜子"吊"起来，酱油就不断由布兜的末端一滴一滴滴在盆里。这"酱油兜子"就挂在祖母所住房外的廊檐上。逢年过节，有客人，都是她亲自下厨。她做的鱼圆非常嫩。上坟祭祖的祭菜都是她做的。端午，包粽子。中秋洗"连枝藕"——藕得有五节，极肥白，是供月亮用的。做糟鱼。糟鱼烧肉，我小时候不爱吃那种味儿，现在想起来是很好吃的东西。腌咸蛋。入冬，腌菜。腌"大咸菜"，用一个能容五担水的大缸腌"青菜"。我的家乡原来没有大白菜，只有青菜，似油菜而大得多。腌芥菜。腌"辣菜"，——小白菜晾去水分，入芥末同腌，过年时开坛，色如淡金，辣味冲鼻，极香美。自离家乡，我从来没吃过这么好吃的咸菜。风鸡，——大公鸡不去毛，揉入粗盐，外包荷叶，悬之于通风处，约二十日即得，久则愈佳。除夕，要吃一顿"团圆饭"，祖父与儿孙同桌。团圆饭必有一道鸭羹汤，鸭丁与山药丁、慈姑丁同煮。这是徽州菜。大年初一，祖母头一个起来，包"大圆子"，即汤团。我们家的大圆子特别"油"。圆子馅前十天就以洗沙猪油拌好，每天放在饭锅头蒸一次，油都"吃"进洗沙里去了，煮出，咬破，满嘴油。这样的圆子我最多能吃四个。

祖母的针线很好。祖父的衣裳鞋袜都是她缝制的。祖父八十岁时,祖母给他做了几双"挖云子"的鞋,——黑呢鞋面上挖出"云子",内衬大红薄呢里子。这种鞋我只在戏台上和古画上见过。老太爷穿上,高兴得像个孩子。祖母还会剪花样。我的小说《受戒》写小英子的妈赵大娘会剪花样,这细节是从我祖母身上借去的。

祖母对祖父照料得非常周到。每天晚上用一个"五更鸡"(一种点油的极小的炉子)给他炖大枣。祖父想吃点甜的,又没有牙,祖母就给他做花生酥,——花生用饼槌碾细,掺绵白糖,在一个针箍子(即顶针)里压成一个个小圆糖饼。

祖母是吃长斋的。有一年祖父生了一场大病,她在佛前许愿,从此吃了长斋。她吃的菜离不了豆腐、面筋、皮子(豆腐皮)……她的素菜里最好吃的是香蕈(即冬菇)饺子。香蕈熬汤,荠菜馅包小饺子,油炸后倾入滚汤中,嗤拉一声。这道菜她一生中也没有吃过几次。

她没有休息的时候。没事时也总在捻麻线。一个牛拐骨,上面有个小铁钩,续入麻丝后,用手一转牛拐,就捻成了麻线。我不知道她捻那么多麻线干什么,肯定是用不完的。小时候读归有光的《先妣事略》:"孺人不忧米盐,乃劳苦若不谋夕",觉得我的祖母就是这样的人。

祖母很喜欢我。夏天晚上,我们在天井里乘凉,她有时会摸着黑走过来,躺在竹床上给我"说古话"(讲故事)。有时她唱"偈",声音哑哑的:"观音老母站桥头……"这是我听她唱过的唯一的"歌"。

1991年10月,我回了一趟家乡,我的妹妹、弟弟说我长得像祖母。他们拿出一张祖母的六寸相片,我一看,是像,尤其是鼻子以下,两腮,嘴,都像。我年轻时没有人说过我像祖母。大概年轻时不像,现在,我老了,像了。

一九九二年一月二十二日

注　释

①　本篇原载《作家》1992年第四期;初收《汪曾祺散文随笔选集》,沈阳出版社,1993年6月。

本命年和岁交春①

今年是猴年,我属猴,是我的本命年。北方把本命年很当一回事,以为是个"坎儿",这一年要系一条红裤腰带。南方似无此说道。全国属猴的约占十二分之一。即使这一年对属猴的都不利,那么倒霉的也只是十二分之一的人口,小意思!

今年又是"岁交春",大年初一立春。语云:"千年难得龙华会,万年难得岁交春",难得的。据说岁交春大吉大利,这一年会风调雨顺,国泰民安。

假如猴年对我不利,而岁交春则非常吉利,那么,至少可以两抵。

北方人,尤其是北京人,很重视立春,那天要吃春饼。生葱、嫩韭、炒豆芽、炒菠菜、炒鸡蛋,与清酱肉、腊鸭,卷于薄面饼中食之。很好吃。管他吉利不吉利,今年初一,我下定决心:吃一次春饼!

注 释

① 本篇原载 1992 年 2 月 3 日《新民晚报》;初收《汪曾祺全集》第五卷,北京师范大学出版社,1998 年 8 月。

猴 年 说 命①

据赵翼《陔余丛考》，十二生肖之说起于东汉，以前未之闻也。这是术数家搞出来的。以十二种动物来配十二地支，来源不可知。是受了图腾崇拜的影响么？好像还没有人考察过。"肖"是像的意思。十二生肖也叫十二属相。相即肖。哪一年生的人就像哪一种动物？未见得。寅年生的都长得虎头虎脑的？申年生的都是猴里巴叽的？

但是属相之说对中国人的生活颇有影响。过去婚嫁，得看双方的属相，有些属相是"相克"的，比如"鸡狗不到头"之类。死了人，在盛殓封钉的时候，规定有几种属相的亲戚不能在场，这几种属相的人得避开，这有什么道理？

北方还有本命年的说法。南方似无此说。北方人认为哪个属相的年对那个属相的人不利，是个"坎儿"，逢本命年，得系一条红裤带，有的地方还得系一个红兜兜，这样才能迈过这个"坎儿"。我是属猴的，今年七十二岁，算了算我已经度过了五个本命年。这五个本命年都没有遇到大灾大难。有点灾难，倒都不在本命年。今年是第六个本命年，会遇到什么"坎儿"呢？

今年好像应该对我双重不利。按虚岁，七十三了。中国老人怕"七十三，八十四"。据说孔夫子死于七十三岁，孟夫子死于八十四。孔夫子死于哪一年，跟我有什么相干？乡谚云"人过七十三，不死鬼来搀"，真要是到了时候，我会自己走的，不必麻烦鬼卒，我的腿脚还利落。人活到七十，就算够了本了，以后都是白赚的。真要是今年就画了句号，也没有什么可遗憾的。看相的都说我能长寿，我将信将疑。不过看样子，一时半会还不会报销。然而也难说，"老健春寒秋后热"，没有几天的事儿。喂！大年下，别说这不吉利的话！七十岁的时候，我说过活到八十,问题不大。再多凑合两年,再过一个本命年,许行!

再活下去,有什么打算?无非是希望能再写点东西。希望思想文笔都还"活泛"。我的儿子最近看了我的散文,对他妈说:"爸还不老哎!"我听了很高兴。人老了,最怕思想僵化,死抱着多年形成而其实很陈旧的观念不撒手,自以为有一种谁也没有交给他的历史使命,指手画脚,吹胡子瞪眼,成了北京人所说的"老悖晦",那可就没多大意思了。

能够写的,仍然是短篇小说和散文。有人劝我一定要留下一个长篇,说一个作家不写长篇总不能算个真正的作家。我也曾经想过写一个历史题材的长篇小说《汉武帝》,但是困难很多。汉朝人的生活、饮食、居处、礼节跪拜……我都不清楚。举一个例,汉武帝和邓通究竟是什么关系?《史记》云邓通"其衣后穿"究竟是什么意思?我问过文史专家,他们只是笑笑,说:"大概是同性恋。"我也觉得大概是同性恋,但是"其衣后穿"未免太过分了。这些,我都没有把握,但又不愿瞎编,因此长篇的计划很可能泡汤。

七十岁时我写过一首自寿诗,末二句云:"假我十年闲粥饭,未知留得几囊诗",我还能写多少东西呢?

——一九九二年二月北京

注 释

① 本篇原载 1992 年 2 月 13 日《解放日报》;初收《汪曾祺全集》第五卷,北京师范大学出版社,1998 年 8 月。

对　口^①

——旧病杂忆之一

那年我还小,记不清是几岁了。我母亲故去后,父亲晚上带着我睡。我觉得脖子后面不舒服。父亲拿灯照照,肿了,有一个小红点。半夜又照照,有一个小桃子大了。天亮再照照,有一个莲子盅大了。父亲说:坏了,是对口!

"对口"是长在第三节颈椎处的恶疮,因为正对着嘴,故名"对口",又叫"砍头疮"。过去刑人,下刀处正在这个地方。——杀头不是乱砍的,用刀在第三颈节处使巧劲一推,脑袋就下来了,"身首异处"。"对口"很厉害,弄不好会把脖子烂通。——那成什么样子!

父亲拉着我去看张冶青。张冶青是我父亲的朋友,是西医外科医生,但是他平常极少为人治病,在家闲居。他叫我趴在茶几上,看了看,哆里哆嗦地找出一包手术刀,挑了一把,在酒精灯上烧了烧。这位张先生,连麻药都没有!我父亲在我嘴里塞了一颗蜜枣,我还没有一点准备,只听得"呼"的一声,张先生已经把我的对口豁开了。他怎么挤脓挤血,我都没看见,因为我趴着。他拿出一卷绷带,搓成条,蘸上药,——好像主要就是凡士林,用一个镊子一截一截塞进我的刀口,好长一段!这是我看见的。我没有觉得疼,因为这个对口已经熟透了,只觉得往里塞绷带时怪痒痒。都塞进去了,发胀。

我的蜜枣已经吃完了,父亲又塞给我一颗,回家!

张先生嘱咐第二天去换药。把绷带条抽出来,再用新的蘸了药的绷带条塞进去。换了三四次。我注意塞进去的绷带条越来越短了。不几天,就收口了。

张先生对我父亲说:"令郎真行,哼都不哼一声!"干嘛要哼呢?我没觉得怎么疼。

以后,我这一辈子遇到生理上或心理上的病痛时,我都很少哼哼。难免要哼,但不是死去活来,弄得别人手足无措,惶惶不安。

现在我的后颈至今还落下了个疤拉。

衔了一颗蜜枣,就接受手术,这样的人大概也不多。

注　释

① 本篇原载 1992 年 4 月 11 日《济南日报》;初收《榆树村杂记》,中国华侨出版社,1993 年 9 月。

疟　疾①

——旧病杂忆之二

我每年要发一次疟疾。从小学到高中,一年不落,而且有准季节。每年桃子一上市的时候,就快来了,等着吧。

有青年作家问爱伦堡:头疼是什么感觉?他想在小说里写一个人头疼。爱伦堡说:这么说你从来没有头疼过,那你真是幸福!头疼的感觉是没法说的。中国(尤其是北方)很多人是没有得过疟疾的。如果有一位青年作家叫我介绍一下疟疾的感觉,我也没有办法。起先是发冷,来了!大老爷升堂了!——我们那里把疟疾开始发作,叫做"大老爷升堂",不知是何道理。赶紧钻被窝。冷!盖了两床厚棉被还是冷,冷得牙齿得得地响。冷过了,发热,浑身发烫。而且,剧烈地头疼。有一首散曲咏疟疾:"冷时节似冰凌上坐,热时节似蒸笼里卧,疼时节疼得天灵破,天呀天,似这等寒来暑往人难过!"反正,这滋味不大好受。好了!出汗了!大汗淋漓,内衣湿透,遍体轻松,疟疾过去了,"大老爷退堂"。擦擦额头的汗,饿了!坐起来,粥已经煮好了,就一碟甜酱小黄瓜,喝粥,香啊!

杜牧诗云:"忍过事则喜",对于疟疾也只有忍之一法。挺挺,就过来了。也吃几剂汤药(加减小柴胡汤之类),不管事。发了三次之后,都还是吃"蓝印金鸡纳霜"(即奎宁片)解决问题。我父亲说我是阴虚,有一年让我吃了好些海参。每天吃海参,真不错!不过还是没有断根。一直到1939年,生了一场恶性疟疾,我身体内部的"古老又古老的疟原虫"才跟我彻底告别。

恶性疟疾是在越南得的。我从上海坐船经香港到河内,乘滇越铁路火车到昆明去考大学。到昆明寄住在同济中学的学生宿舍里,通过一个间接的旧日同学的关系。住了没有几天,病倒了。同济中学的那个学生把我弄到他们的校医室,验了血,校医说我血里有好几种病菌,包括伤寒病菌什么的,叫赶快送医院。

到医院,护士给我量了量体温,体温超过四十度。护士二话不说,先给我打了一针强心针。我问:

"要不要写遗书?"

护士嫣然一笑:"怕你烧得太厉害,人受不住!"

抽血,化验。

医生看了化验结果,说有多种病菌潜伏,但是主要问题是恶性疟疾。开了注射药针。过了一会,护士拿了注射针剂来。我问:是什么针?

"606。"

我赶紧声明,我生的不是梅毒,我从来没有……

"这是治疗恶性疟疾的特效药。奎宁、阿脱平,对你已经不起作用。"

606,疟原虫,伤寒菌,还有别的不知什么菌,在我的血管里混战一场。最后是606胜利了。病退了,但是人很"吃亏"。医生规定只能吃藕粉。藕粉这东西怎么能算是"饭"呢?我对医院里的藕粉印象极不佳,并从此在家里也不吃藕粉。后来可以喝蛋花汤。蛋花汤也不能算饭呀!

我要求出院,医生不准。我急了,说:我到昆明是来考大学的,明天就是考期,不让我出院,那怎么行!

医生同意了。

喝了一肚子蛋花汤,晕晕忽忽地进了考场。天可怜见,居然考取了!

自打生了一次恶性疟疾,我的疟疾就除了根,半个多世纪以来,没有复发过。也怪。

注 释

① 本篇原载 1992 年 5 月 9 日《济南日报》；初收《榆树村杂记》，中国华侨出
版社，1993 年 9 月。

牙　疼[①]

——旧病杂忆之三

　　我从大学时期,牙就不好。一来是营养不良,饥一顿,饱一顿;二来是不讲口腔卫生。有时买不起牙膏,常用食盐、烟灰胡乱地刷牙。又抽烟,又喝酒。于是牙齿龋蛀,时常发炎,——牙疼。牙疼不很好受,但不至于像契诃夫小说《马姓》里的老爷一样疼得吱哇乱叫。"牙疼不是病,疼起来要人命",不见得。我对牙疼泰然置之,而且有点幸灾乐祸地想:我倒看你疼出一朵什么花来!我不会疼得"五心烦躁",该咋着还咋着。照样活动。腮帮子肿得老高,还能谈笑风生,语惊一座。牙疼于我何有哉!

　　不过老疼,也不是个事。有一只糟牙,已经活动,每次牙疼,它是祸始。我于是决心拔掉它。昆明有一个修女,又是牙医,据说治牙很好,又收费甚低,我于是攒借了一点钱,想去找这位修女。她在一个小教堂的侧门之内"悬壶"。不想到了那里,侧门紧闭,门上贴了一个字条:修女因事离开昆明,休诊半个月。我当时这个高兴呀!王子猷雪夜访戴,乘兴而去,兴尽而归,何必见戴!我拿了这笔钱,到了小西门马家牛肉馆,要了一盘冷拼,四两酒,美美地吃了一顿。

　　昆明七年,我没有治过一次牙。

　　在上海教书的时候,我听从一个老同学母亲的劝告,到她熟识的私人开业的牙医处让他看看我的牙。这位牙科医生,听他的姓就知道是广东人,姓麦。他拔掉我的早已糟朽不堪的糟牙。他的"手艺"(我一直认为治牙镶牙是一门手艺)如何,我不知道,但是我对他很有好感,因为他的候诊室里有一本 A.纪德的《地粮》。牙科医生而读纪德,此人不俗!

到了北京，参加剧团，我的牙越发的不行，有几颗跟我陆续辞行了。有人劝我去装一副假牙，否则尚可效力的牙齿会向空缺的地方发展。通过一位名琴师的介绍，我去找了一位牙医。此人是京剧票友，唱大花脸。他曾为马连良做过一枚内外纯金的金牙。他拔掉我的两颗一提溜就下来的病牙，给我做了一副假牙。说："你这样就可以吃饭了，可以说话了。"我还是应该感谢这位票友牙医，这副假牙让我能吃爆肚，虽然我觉得他颇有江湖气，不像上海的麦医生那样有书卷气。

"文化大革命"中，我正要出剧团的大门，大门"哐"的一声被踢开，正摔在我的脸上。我当时觉得嘴里乱七八糟！吐出来一看，我的上下四颗门牙都被震下来了，假牙也断成了两截。踢门的是一个翻跟头的武戏演员，没有文化。就是他，有一天到剧团来大声嚷嚷："同志们！告诉你们一个好消息，往后吃油饼便宜了！"——"怎么啦？"——"大庆油田出油了！"这人一向是个冒失鬼。剧团的大门是可以里外两面开的玻璃门，玻璃上糊了一层报纸，他看不见里面有人出来。这小子不推门，一脚端开了。他直道歉："对不起！对不起！"我说："没事儿！没事儿！你走吧！"对这么个人，我能说什么呢？他又不是有心。掉了四颗门牙，竟没有流一滴血，可见这四颗牙已经衰老到什么程度，掉了就掉了吧。假牙左边半截已经没有用处，右边的还能凑合一阵。我就把这半截假牙单摆浮搁地安在牙床上，既没有钩子，也没有套子，嗨，还真能嚼东西。当然也有不方便处：一、不能吃脆萝卜（我最爱吃萝卜）；二、不能吹笛子了（我的笛子原来是吹得不错的）。

这样对付了好几年。直到1985年我随中国作家代表团访问香港前，我才下决心另装一副假牙。有人跟我说："瞧你那嘴牙，七零八落，简直有伤国体！"

我找到一个小医院，建筑工人医院。医院的一个牙医师小宋是我的读者，可以不用挂号、排队，进门就看。小宋给我检查了一下，又请主任医师来看看。这位主任用镊子依次掰了一下我的牙，说"都得拔了。全部'二度动摇'。做一副满口。这么凑合，不行。做一副，过两天，又掉了，又得重做，多麻烦！"我说："行！不过再有一个月，我就要到香港去,拔牙、安牙,来得及吗?"——"来得及。"主任去准备麻药,小宋悄悄跟我说:"我们主任,是在日本学的。她的劲儿特别大,出名的手狠。"我的硕果仅存的十一颗牙,一个星期,分三次,全部拔光。我于拔牙,可谓曾经沧海,不在乎。不过拔牙后还得修理牙床骨,——因为牙掉的先后不同,早掉的牙床骨已经长了突起的骨质小骨朵,得削平了。这位主任真是大刀阔斧,不多一会,就把我的牙骨铲平了。小宋带我到隔壁找做牙的技师小马,当时就咬了牙印。

一般拔牙后要经一个月,等伤口长好才能装假牙。但有急需,也可以马上就做,这有个专用名词,叫做"即刻"。

"即刻"本是权宜之计,小马让我从香港回来再去做一副。我从香港回来,找了小马,小马把我的假牙看了看,问我:"有什么不舒服吗?"——"没有。"——"那就不用再做了,你这副很好。"

我从拔牙到装上假牙,一共才用了两个星期,而且一次成功,少有。这副假牙我一直用到现在。

常见很多人安假牙老不合适,不断修理,一再重做,最后甚至就不再戴。我想,也许因为假牙做得不好,但是也由于本人不能适应,稍不舒服,即觉得别扭。要能适应。假牙嘛,哪能一下就合适,开头总会格格不入的。慢慢地,等牙床和假牙已经严丝合缝,浑然一体,就好了。

凡事都是这样,要能适应、习惯、凑合。

一九九二年二月二十二日

注　释

① 本篇原载 1992 年 8 月 1 日《济南日报》;初收《榆树村杂记》,中国华侨出版社,1993 年 9 月。

偶　笑　集[①]

烧糊了洗脸水

《红楼梦》里一个丫头无端受到责备,心中不服,嘟嘟囔囔地说:"我又怎么啦?我又没烧糊了洗脸水!""我又没烧糊了洗脸水",此语甚俊。

职　业　习　惯

瓦岗寨英雄尤俊达,是扛大斧给人劈柴出身。每临阵,见来将必先问:"顺丝儿还是横丝儿的?"答云:"顺丝儿的。"就很高兴;若说是"横丝儿的!"就搓着斧柄,连声叫苦:"横丝儿的!哎呀,横丝儿的!"劈大块柴,顺丝的一斧就能劈通;横丝的,劈起来费劲。

济公的幽默

县官王老爷派两个轿夫抬着一顶小轿,接济公来给王老爷的娘子看病。济公不肯坐轿,说:"我自己走。我从来不坐轿子,从来不让别人抬着我。"轿夫说:"您不坐轿子,我们对老爷不好交待呀!"济公想了想,说:"这样吧,你们把轿底打掉了。你们在外面抬,我在里面走。"济公这个主意实在很幽默。两个轿夫,一前一后,抬着一乘空轿子,轿子下面,一双光脚,趿着破鞋,忽忽闪闪,整齐合拍,光景奇绝!

世界通用汉语

我们到内蒙伊克昭盟去搜集材料,要写一个剧本。党委书记带队。我们开了吉普车到一个"浩特"去接一个曾在王府当过奴隶的牧民到东胜去座谈。这位奴隶已经等在路边。车一停,上来了。我们的书记,非常热情,迎了上去,握住奴隶的手,说:"你好!你的,会讲汉语?"我们这位书记以为这种带日本味儿的汉语是所有的外国人和所有的少数民族都懂的。这位奴隶也很对得起我们的书记,很客气答道:"小小的!"这位奴隶肯定以为我们的书记平常就是讲这样的话的。

以为这样的话是全世界的人都懂的,大有人在。名丑张××,到瑞士,刚进旅馆,想大便,找不到厕所,拉住服务员,比划了半天,服务员不懂,他就大声叫道:"我的,要大大的!"服务员眼睛瞪得大大的,还是不懂。

一九九二年二月二十四日

注 释

① 本篇原载 1992 年 3 月 15 日《羊城晚报》;初收《汪曾祺全集》第五卷,北京师范大学出版社,1998 年 8 月。

四川杂忆^①

四川是个好地方

四川的气候好,多雾,雾养百谷;土好,不需要怎么施肥。在一块岩石上甩几坨泥巴,硬是能长出一片胡豆。这不是夸张想象,是亲眼目睹。我们剧团的一个演员在汽车里看到这奇特情景,招呼大家:"快来看! 石头上长蚕豆!"

成　　都

在我到过的城市里,成都是最安静,最干净的。在宽平的街上走走,使人觉得很轻松,很自由。成都人的举止言谈都透着悠闲。这种悠闲似乎脱离了时代。以致何其芳在抗日战争时期觉得这和抗战很不协调,写了一首长诗:《成都,让我来把你摇醒》。

成都并不总是似睡不醒的。"文化大革命"中也很折腾了一气。我 60 年代初、70 年代、80 年代,都到过成都。最后一次到成都,成都似乎变化不大,但也留下一些"文化大革命"的痕迹。最明显的原来市中心的皇城叫刘结挺、张西挺炸掉了。当时写了一首诗:

> 柳眠花重雨丝丝,
> 劫后成都似旧时。
> 独有皇城今不见,
> 刘张霸业使人思。

武侯祠大概不是杜甫曾到过的武侯祠了,似乎也不见霜皮溜雨、黛色参天的古柏树,但我还是很喜欢现在的武侯祠。武侯祠气象森然,很能表现武侯的气度。这是我所到过的祠堂中最好的。这是一个祠,不是庙,也不是观,没有和尚气、道士气。武侯塑像端肃,面带深思。两廊配享的蜀之文武大臣,武将并不剑拔弩张,故作威猛,文臣也不那么飘逸有神仙气,只是一些公忠谨慎的国之干城,一些平常的"人"。武侯祠的楹联多为治蜀的封疆大员所撰写,不是吟风弄月的名士所写,这增加了祠的典重。毛主席十分欣赏的那副长联:"能攻心则反侧自消,从古知兵非好战;不审势即宽严皆误,后来治蜀要深思",确实写得很得体,既表现了武侯的思想,也说出撰联大臣的见识。在祠堂对联中,可算得是写得最好的。

我不喜欢杜甫草堂,杜甫的遗迹一点也没有,为秋风所破的茅屋在哪里?老妻画纸,稚子敲针在什么地方?杜甫在何处看见细雨鱼儿出,微风燕子斜?都无从想象。没有桤木,也没有大邑青瓷。

眉　山

三苏祠即旧宅为祠。东坡文云:"家有五亩之园",今略广,占地约八亩。房屋疏朗,三径空阔,树木秀润。因为是以宅为祠,使人有更多的向往。廊子上有一口井,云是苏氏旧物,现在还能打得上水来。井以红砂石为栏,尚完好。大概苏家也不常用这口井,否则,红砂石石质疏松,是会叫井绳磨出道道的。园之右侧有花坛,种荔枝一棵。据说东坡离家时,乡人栽了一棵荔枝,要等他回来吃。苏东坡流谪在外,终于没有吃到家乡的荔枝。东坡酷嗜荔枝,日啖三百颗,但那是广东荔枝。从海南望四川,连"青山一发"也看不见。"不辞长作岭南人",其言其实是酸苦的。当年乡人所种的荔枝,早已枯死,后来补种了几次。现存的这一棵据说是明代补种的,也已经半枯了,正在设法抢救。祠中有个陈列室,搜集了苏东坡集的历代版本,平放在玻璃橱里。这一设计很能表现四川人的文化素养。

离眉山,往乐山,车中得诗:

当日家园有五亩,
至今文字重三苏。
红栏旧井犹堪汲,
丹荔重栽第几株?

乐　山

大佛的一只手断掉了,后来补了一只。补得不好,手太长,比例不对。又耷拉着,似乎没有筋骨。一时设计不到,造成永久的遗憾。现在没有办法了,又不能给他做一次断手再植的手术,只好就这样吧。

走尽石级,将登山路,迎面有摩崖一方,是司马光的字。司马光的字我见过他写给修《资治通鉴》的局中同人的信,字方方的,笔画颇细瘦。他的大字我还没有见过,字大约七八寸,健劲近似颜体。文曰:

登山亦有道徐行则不蹶　司马光

我每逢登山,总要想起司马光的摩崖大字。这是见道之言,所说的当然不只是登山。

洪　椿　坪

峨嵋山风景最好的地方我以为是由清音阁到洪椿坪的一段山路。一边是山,竹树层叠,蒙蒙茸茸。一边是农田。下面是一条溪,溪水从大大小小黑的、白的、灰色的石块间夺路而下,有时潴为浅潭,有时只是弯弯曲曲的涓涓细流,听不到声音。时时飞来一只鸟,在石块上落定,不停地撅起尾巴。撅起,垂下,又撅起……它为什么要这样?鸟黑身白颊,黑得像墨,不叫。我觉得这就是鲁迅小说里写的张飞鸟。

洪椿坪的寺名我已经忘记了。

入寺后,各处看看。两个五台山来的和尚在后殿拜佛。

这两个和尚我们在清音阁已经认识，交谈过。一个较高，清瘦清瘦的。他是保定人，原来是做生意的，娶过妻，夫妻感情很好。妻子病故，他万念俱灰，四处漫游，到了五台山，就出了家。另一个黑胖结实，完全像一个农民，他原来大概也就是五台山下的农民。他们发愿朝四大名山。已经朝过普陀，朝过峨嵋之后，还要去朝九华山。五台山是本山，早晚可以拜佛，不需跋山涉水。他们的食宿旅费是自筹的。和尚每月有一点生活费，积攒了几年，才能完成夙愿。

进庙先拜佛，得拜一百八十拜。那样五体投地地拜一百八十拜，要叫我拜，非拜晕了不可。正在拜着，黑胖和尚忽然站起来飞跑出殿。原来他一时内急，憋不住了，要去如厕。排便之后，整顿衣裤，又接着拜。

晚饭后，在走廊上和一个本庙的和尚闲聊。我问他和尚进庙是不是都要拜一百八十拜。他说都要拜的。"我们到人家庙里，还不是一样要拜！"同时聊天的有几个小青年。一个小青年问："你吃不吃肉？"他说："肉还是要吃的。""喝不喝酒？""酒还是要喝的。"我没想到他如此坦率，他说，"文化大革命"把他们赶下山去，结了婚，生了孩子，什么规矩也没有了。不过庙里的小和尚是不许的。这个和尚四十多岁。天热，他褪下一只僧鞋，把不著鞋的脚在膝上架成二郎腿。他穿的是黄色僧鞋，袜子却是葡萄灰的尼龙丝袜。

两个五台山的和尚天不亮去朝金顶，等我们吃罢早餐，他们已经下来了。保定和尚说他们看到普贤的法相了，在金顶山路转弯处，普贤骑在白象上，前面有两行天女。起先只他一个人看见，他（那个黑胖和尚）看不见，他心里很着急。后来他也看见了。他告诉我们他们在普陀也看到了观音的法相，前面一队白孔雀。保定和尚说："你们是唯物主义者，我们是唯心主义者，我们的话你们不会相信。不过我们干嘛要骗你们？"

下清音阁，我们要去宾馆，两位和尚要去九华山，遂分手。

北　温　泉

为了改《红岩》剧本，我们在北温泉住了十来天。住数帆楼。数帆楼是一个小宾馆，只两层，房间不多，全楼住客就是我们几个人。数帆楼廊子上一坐，真是安逸。楼外是竹丛，如张岱所常说的："人面一绿"。竹外即嘉陵江。那时嘉陵江还没有被污染，水是碧绿的。昔人诗云："嘉陵江水女儿肤，比似春莼碧不殊"，写出了江水的感觉。听罗广斌说：艾芜同志在廊上坐下，说："我就是这里了！"不知怎么这句话传成了是我说的，"文化大革命"中我曾因为这句话而挨斗过。我没有分辩，因为这也是我的感受。

北温泉游人极少，花木欣荣，凫鸟自乐。温泉浴池门开着，随时可以洗。

引温泉水为渠，渠中养非洲鲫鱼。这是个好主意。非洲鲫鱼肉细嫩，唯恨刺多。每顿饭几乎都有非洲鲫鱼，于是我们每顿饭都带酒去。

住数帆楼，洗温泉浴，饮泸州大曲或五粮液，吃非洲鲫鱼，"文化大革命"不斗这样的人，斗谁？

新　都

新都有桂湖，湖不大，环湖皆植桂，开花时想必香得不得了。

桂湖上有杨升庵祠。祠不大，砖墙瓦顶，无藻饰，很朴素。祠内有当地文物数件。壁上嵌黑石，刻黄氏夫人"雁飞曾不到衡阳"诗，不知是不是手迹。

祠中正准备为杨升庵立像，管理处的负责同志让我们看了不少塑像小样，征求我们的意见。我没有说什么。我是不大赞成给古代的文人造像的。都差不多。屈原、李白、杜甫，都是一个样。在三苏祠后面看了苏东坡倚坐饮酒的石像，我实在不能断定这是苏东坡还是李白。杨升庵是什么长相？曾见陈老莲绘升庵醉后图，插花满头，是个相当魁伟的胖子。陈老莲的画未见得有什么根据。即使有一点根据,在桂湖之侧树一胖人的像,也不大好看。

我倒觉得升庵祠可以像三苏祠一样辟一间陈列室,搜集升庵著作的各种版本放在里面。

杨升庵著作甚多,有七十几种。有人以为升庵考证粗疏,有些地方是臆断。我觉得这毕竟是个很有才华,很有学问的人,而且遭遇很不幸,值得纪念。

曾有题升庵祠诗:

> 桂湖老桂弄新姿,
> 湖上升庵旧有祠。
> 一种风流谁得似,
> 状元词曲罪臣诗。

大　足

云冈石刻古朴浑厚,龙门石刻精神饱满。云冈、龙门的颜色是灰黑色,石质比较粗疏,易风化。云冈风化得很利害,龙门石佛的衣纹也不那么清晰了。云冈是北魏的,龙门是唐代的。大足石刻年代较晚,主要是宋刻。石质洁白坚致,极少磨损,刻工风格也与云冈、龙门迥异,其特点是清秀潇洒,很美,一种人间的美,人的美。

有人说佛像都是没有性别的、是中性的,分不出是男是女。也许是这样吧。更恰切地说,佛有点女性美。大足普贤像被称为“东方的维纳斯”,其实是不准确的。维纳斯就是西方的,她的美是西方的美。普贤是东方的,他的美是东方的美。普贤是男性(不像观音似的曾化为女身),咋会是维纳斯呢?不过普贤确实有点女性,眉目恬静,如好女子。他戴着花冠,尤易让人误会。

“媚态观音”像一个腰肢婀娜的舞女。不过“媚态”二字不大好,说得太露了。

“十二圆觉”衣带静垂,但让人觉得圆觉之间,有清风滚动。这组群像的构思有点特别,强调同,而不强调异。十二尊像的相貌、衣著、坐态几乎是一样的。他们都在沉思,但仔细看看,觉得他们各有会心,神情微异。唯此小异,乃成大同,形成一个整体。十二圆觉的门的上面凿出横方窗洞,以受日光,故室内并不昏暗。流泉一道,涓涓下注,流出室外,使空气长新。当初设计,极具匠心。

我见过很多千手观音,都不觉得怎么美。一个人肩背上长出许多胳臂和手,总是不自然。我见过最大的也是最好的千手观音,是承德外八庙的有三层楼高的那一尊。这尊很高的千手观音的好处是胳臂安得比较自然。大足的千手观音我以为是个奇迹。那么多只手(共一千零七只),可是非常自然。这些手是怎样从观音身上长出来的,完全没有交待,只见观音身后有很多手。因为没法交待,所以干脆不交待,这办法太聪明了!但是,你又觉得这确实都是观音的手,菩萨的手。这些手各具表情,有的似在召唤,有的似在指点,有的似在给人安慰……这是富于人性的手。这具千手观音的美学特点是把规整性和随意性结合了起来。石刻,当然是要经过周密的设计的,但是错落参差,不作呆板的对称。手共一千零七只,是个单数,即此可见其随意性。

释迦牟尼涅槃像(俗谓卧佛),佛的面部极为平静,目微眙(常见卧佛合目如甜睡),无爱无欲,无死无生,已寂灭一切烦恼,圆满一切功德,至最高境界。佛像很大,长三十余米,但只刻了佛的头部和胸部,肩和手无交待,下肢伸入岩石,不知所终。佛前刻了佛弟子约十人,不是站成一排,而是有前有后,有的向左,有的向右,弟子服饰皆如中土产;有一个斜头鬈发的,似西方人。弟子面微悲戚,但不像有些通俗佛经上所说的号啕蹦跳。弟子也只露出半身,腹部以下,在石头里,也不知所终。于有限的空间造无限的境界,大足的佛涅槃像是一个杰作!

川　菜

昆明护国路和文明新街有几家四川人开的小饭馆,卖"豆花素饭"和毛肚火锅。卖毛肚的饭馆早起开门后即在门口竖出一块牌子,上写

"毛肚开堂"，或简单地写两个字："开堂"。晚上封了火，又竖出一块牌子，只写一个字："毕"，简练之至！这大概是从四川带过来的规矩。后来我几次到四川，都不见饭馆门口这样的牌子，此风想已消失。也许乡坝头还能看到。

上海有一家相当大的饭馆，叫做"绿杨邨"，以"川菜扬点"为号召。四川菜、扬州包点，确有特色。不过"绿杨邨"的川味已经淡化了。那样强烈的"正宗川味"上海人是吃不消的。

1948 年我在北京沙滩北京大学宿舍里寄住了半年，常去吃一家四川小馆子，就是李一氓同志在《川菜在北京的发展》一文中提到的蒲伯英回川以后留下的他家里的厨师所开的，许倩云和陈书舫都去吃过的那一家。这家馆子实在很小，只有三四张小方桌，但是菜味很纯正。李一氓同志以为有的菜比成都的还要做得好。我其时还没有去过成都，无从比较。我们去时点的菜只是回锅肉、鱼香肉丝之类的大路菜。这家的泡菜很好吃。

川菜尚辣。我 60 年代住在成都一家招待所里，巷口有一个饭摊。一大桶热腾腾的白米饭，长案上有七八样用海椒拌得通红的辣咸菜。一个进城卖柴的汉子坐下来，要了两碟咸菜，几筷子就扒进了三碗"帽儿头"。我们剧团到重庆体验生活，天天吃辣，辣得大家骇怕了，有几个年轻的女演员去吃汤圆，进门就大声说："不要辣椒！"幺师父冷冷地说："汤圆没有放辣椒的！"川味辣，且麻。重庆卖面的小馆子的白粉墙上大都用黑漆写三个大字："麻、辣、烫"。川花椒，即名为"大红袍"者确实很香，非山西、河北花椒所可及。吴祖光曾请黄永玉夫妇吃毛肚火锅。永玉的夫人张梅溪吃了一筷，问："这个东西吃下去会不会死的哟？"川菜麻辣之最者大概要数水煮牛肉。川剧名旦李文杰曾请我们在政协所办的餐厅吃饭，水煮牛肉上来，我吃了一大口，把我噎得透不过气来。

四川人很会做牛肉。赵循伯曾对我说："有一盘干煸牛肉丝，我能吃三碗饭！"灯影牛肉是一绝。为什么叫"灯影牛肉"？有人说是肉片薄而透明，隔着牛肉薄片，可以照见灯影。我觉得"灯影"即皮影戏的人形,言其轻薄如皮影人也。《东京梦华录》有"影戏犯"就是这样的东西。宋人所说的"犯",都是干的或半干的肉的薄片。此说如可成立,则灯影牛肉已经有好几百年的历史了。

成都小吃谁都知道,不说了。"小吃"者不能当饭,如四川人所说,是"吃着玩的"。有几个北方籍的剧人去吃红油水饺,每人要了十碗,幺师父听了,鼓起眼睛。

川　剧

有一位影剧才人说过一句话:"你要知道一个人的欣赏水平高低,只要问他喜欢川剧还是喜欢越剧。"有一次我在青年艺术剧院看川剧,台上正在演《做文章》,池座的薄暗光线中悄悄进来两个人,一看,是陈老总和贺老总。那是夏天,老哥儿俩都穿了纺绸衬衫,一人手里一把芭蕉扇。坐定之后,陈老总一看邻座是范瑞娟,就大声说:"范瑞娟,你看我们的川剧怎么样啊?"范瑞娟小声说:"好!"这二位老帅看来是以家乡戏自豪的——虽然贺老总不是四川人。

川剧文学性高,像"月明如水浸楼台"这样的唱词在别的剧种里是找不出来的。

川剧有些戏很美,比如《秋江》、《踏伞》。

有些戏悲剧性强,感情强烈。如《放裴》、《刁窗》、《打神告庙》。《马踏箭射》写女人的嫉妒令人震颤。我看过阳友鹤和曾荣华的《铁笼山》,戏剧冲突如此强烈,我当时觉得这是莎士比亚!

川剧喜剧多,而且品位极高,是真正的喜剧。像《评雪辩踪》这样带抒情性的喜剧,我在别的剧种里还没有见过。别的剧种移植这出戏就失去了原来的诗意。同样,改编的《秋江》也只保存了身段动作,诗意少了。川剧喜剧的诗意跟语言密不可分。四川话是中国最生动的方言之一。比如《秋江》的对话:

陈姑:嗳!

艄翁:那么高了,还矮呀!

陈姑：唉！

艄翁：飞远了，按不到了！

不懂四川话就体会不到妙处。

川丑都有书卷气。李文杰告诉我，进科班学丑，先得学三年小生。这是非常有道理的。川丑不像京剧小丑那样粗俗，如北京人所说"胳肢人"或上海人所说的"硬滑稽"，往往是闲中作色，轻轻一笔，使人越想越觉得好笑。比如《拉郎配》的太监对地方官宣读圣旨之后，说："你们各自回衙理事"，他以为这是在他的府第里，完全忘了这是人家的衙门。老公的颠顸胡涂真令人忍俊不禁。川剧许多丑戏并不热闹，倒是"冷淡清灵"的。像《做文章》这样的戏，京剧的丑是没法演的。《文武打》，京剧丑角会以为这不叫个戏。

川剧有些手法非常奇特，非常新鲜。《梵王宫》耶律含嫣和花云一见钟情，久久注视，目不稍瞬，耶律含嫣的妹妹（？）把他们两人的视线拉在一起，拴了个扣儿，还用手指在这根"线"上嘣嘣嘣弹三下。这位小妹捏着这根"线"向前推一推，耶律含嫣和花云的身子就随着向前倾，把"线"向后拖一拖，两人就朝后仰。这根"线"如此结实，实是奇绝！耶律含嫣坐车，她觉得推车的是花云，回头一看，不是！是个老头子，上唇有一撮黑胡子。等她扭过头，是花云！车夫是演花云的同一演员扮的。这撮小胡子可以一会出现，一会消失（胡子消失是演员含进嘴里了）。用这样的方法表现耶律含嫣爱花云爱得精神恍惚，瞧谁都像花云。耶律含嫣的心理状态不通过旦角的唱念来表现，却通过车夫的小胡子变化来表现，化抽象为具象，这种手法，除了川剧，我还没有见过，而且绝对想不出来。想出这种手法的，能不说他是个天才么？

有人说中国戏曲比较接近布莱希特体系，主要指中国戏曲的"间离效果"。我觉得真正有意识的运用"间离效果"的是川剧。川剧不要求观众完全"入戏"，保持清醒，和剧情保持距离。川剧的帮腔在制造"间离效果"上起了很大作用。帮腔者常常是置身局外的旁观者。我曾在重庆看过一出戏（剧名已忘），两个奸臣在台上对骂，一个说："你混蛋！"另一个说："你混蛋！"帮腔的高声唱道："你两个都混蛋喔……"

他把观众对俩人的评论唱出来了！

一九九二年四月六日

注　释

① 　本篇原载《四川文学》1992 年第八期；初收《草花集》，成都出版社，1993 年
　　9 月。

故乡的野菜^①

荠菜。荠菜是野菜,但在我的家乡却是可以上席的。我们那里,一般的酒席,开头都有八个凉碟,在客人入席前即已摆好。通常是火腿、变蛋(松花蛋)、风鸡、酱鸭、油爆虾(或呛虾)、蚶子(是从外面运来的,我们那里不产)、咸鸭蛋之类。若是春天,就会有两样应时凉拌小菜:杨花萝卜(即北京的小水萝卜)切细丝拌海蜇,和拌荠菜。荠菜焯过,碎切,和香干细丁同拌,加姜米,浇以麻酱油醋,或用虾米,或不用,均可。这道菜常抟成宝塔形,临吃推倒,拌匀。拌荠菜总是受欢迎的,吃个新鲜。凡野菜,都有一种园种的蔬菜所缺少的清香。

荠菜大都是凉拌,炒荠菜很少人吃。荠菜可包春卷,包圆子(汤团)。江南人用荠菜包馄饨,称为菜肉馄饨,亦称"大馄饨"。我们那里没有用荠菜包馄饨的。我们那里的面店中所卖的馄饨都是纯肉馅的馄饨,即江南所说的"小馄饨"。没有"大馄饨"。我在北京的一家有名的家庭餐馆吃过这一家的一道名菜:翡翠蛋羹。一个汤碗里一边是蛋羹,一边是荠菜,一边嫩黄,一边碧绿,绝不混淆,吃时搅在一起。这种讲究的吃法,我们家乡没有。

枸杞头。春天的早晨,尤其是下了一场小雨之后,就可听到叫卖枸杞头的声音。卖枸杞头的多是附郭近村的女孩子,声音很脆,极能传远:"卖枸杞头来!"枸杞头放在一个竹篮子里,一种长圆形的竹篮,叫做元宝篮子。枸杞头带着雨水,女孩子的声音也带着雨水。枸杞头不值什么钱,也从不用秤约,给几个钱,她们就能把整篮子倒给你。女孩子也不把这当做正经买卖,卖一点钱,够打一瓶梳头油就行了。

自己去摘,也不费事。一会儿工夫,就能摘一堆。枸杞到处都是。我的小学的操场原是祭天地的空地,叫做"天地坛"。天地坛的四边围墙的墙根,长的都是这东西。枸杞夏天开小白花,秋天结很多小红果子,即枸杞子,我们小时候叫它"狗奶子",因为很像狗的奶子。

枸杞头也都是凉拌,清香似尤甚于荠菜。

蒌蒿。小说《大淖记事》:"春初水暖,沙洲上冒出很多紫红色的芦芽和灰绿色的蒌蒿,很快就是一片翠绿了。"我在书页下面加了一条注:"蒌蒿是生于水边的野草,粗如笔管,有节,生狭长的小叶,初生二寸来高,叫做'蒌蒿薹子',加肉炒食极清香。……"蒌蒿,字典上都注"蒌"音楼,蒿之一种,即白蒿。我以为蒌蒿不是蒿之一种,蒌蒿掐断,没有那种蒿子气,倒是有一种水草气。苏东坡诗:"蒌蒿满地芦芽短",以蒌蒿与芦芽并举,证明是水边的植物,就是我的家乡所说"蒌蒿薹子"。"蒌"字我的家乡不读楼,读吕。蒌蒿好像都是和瘦猪肉同炒,素炒好像没有。我小时候非常爱吃炒蒌蒿薹子。桌上有一盘炒蒌蒿薹子,我就非常兴奋,胃口大开。蒌蒿薹子除了清香,还有就是很脆,嚼之有声。

荠菜、枸杞我在外地偶尔吃过,蒌蒿薹子自十九岁离乡后从未吃过,非常想念。去年我的家乡有人开了汽车到北京来办事,我的弟妹托他们带了一塑料袋蒌蒿薹子来,因为路上耽搁,到北京时已经焐坏了。我挑了一些还不太烂的,炒了一盘,还有那么一点意思。

马齿苋。中国古代吃马齿苋是很普遍的,马苋与人苋(即红白苋菜)并提。后来不知怎么吃的人少了。我的祖母每年夏天都要摘一些马齿苋,晾干了,过年包包子。我的家乡普通人家平常是不包包子的,只有过年才包,自己家里人吃,有客人来蒸一盘待客。不是家里人包的,一般的家庭妇女不会包,都是备了面、馅,请包子店里的师傅到家里做,做一上午,就够正月里吃了。我的祖母吃长斋,她的马齿苋包子只有她自己吃。我尝过一个,马齿苋有点酸酸的味道,不难吃,也不好吃。

马齿苋南北皆有。我在北京的甘家口住过,离玉渊潭很近,玉渊潭马齿苋极多。北京人叫做马苋儿菜,吃的人很少。养鸟的拔了喂画眉。据说画眉吃了能清火。画眉还会有"火"么?

莼菜。第一次喝莼菜汤是在杭州西湖的楼外楼,1948年4月。这以前我没有吃过莼菜，也没有见过。我的家乡人大都不知莼菜为何物。但是秦少游有《以莼姜法鱼糟蟹寄子瞻》诗，则高邮原来是有莼菜的。诗最后一句是"泽居备礼无麋鹿"，秦少游当时盖在高邮居住，送给苏东坡的是高邮的土产。高邮现在还有没有莼菜，什么时候回高邮，我得调查调查。

　　明朝的时候，我的家乡出过一个散曲作家王磐。王磐字鸿渐，号西楼，散曲作品有《西楼乐府》。王磐当时名声很大，与散曲大家陈大声并称为"南曲之冠"。王西楼还是画家。高邮现在还有一句歇后语："王西楼嫁女儿——画（话）多银子少。"王西楼有一本有点特别的著作：《野菜谱》。《野菜谱》收野菜五十二种。五十二种中有些我是认识的，如白鼓钉（蒲公英）、蒲儿根、马栏头、青蒿儿（即茵陈蒿）、枸杞头、野菉豆、蒌蒿、荠菜儿、马齿苋、灰条。江南人重马栏头。小时读周作人的《故乡的野菜》，提到儿歌："荠菜马栏头，姐姐嫁在后门头"，很是向往，但是我的家乡是不大有人吃的。灰条的"条"字，正字应是"藋"，通称灰菜。这东西我的家乡不吃。我第一次吃灰菜是在一个山东同学的家里，蘸了稀面，蒸熟，就烂蒜，别具滋味。后来在昆明黄土坡一中学教书，学校发不出薪水，我们时常断炊，就捋了灰菜来炒了吃。在北京我也摘过灰菜炒食。有一次发现钓鱼台国宾馆的墙外长了很多灰菜，极肥嫩，就弯下腰来摘了好些，装在书包里。门卫发现，走过来问："你干什么？"他大概以为我在埋定时炸弹。我把书包里的灰菜抓出来给他看，他没有再说什么，走开了。灰菜有点碱味，我很喜欢这种味道。王西楼《野菜谱》中有一些，我不但没有吃过、见过，连听都没听说过，如："燕子不来香"、"油灼灼"……

　　《野菜谱》上图下文。图画的是这种野菜的样子，文则简单地说这种野菜的生长季节，吃法。文后皆系以一诗，一首近似谣曲的小乐府，都是借题发挥，以野菜名起兴，写人民疾苦。如：

眼 子 菜

眼子菜，如张目。年年盼春怀布谷，犹向秋来望时熟。何事频年倦不开,愁看四野波漂屋。

猫　耳　朵

猫耳朵,听我歌,今年水患伤田禾,仓廪空虚鼠弃窝,猫兮猫兮将奈何!

江　荠

江荠青青江水绿,江边挑菜女儿哭。爷娘新死兄趁熟,止存我与妹看屋。

抱　娘　蒿

抱娘蒿,结根牢,解不散,如漆胶。君不见昨朝儿卖客船上,儿抱娘哭不肯放。

这些诗的感情都很真挚,读之令人酸鼻。我的家乡本是个穷地方,灾荒很多,主要是水灾,家破人亡,卖儿卖女的事是常有的。我小时就见过。现在水利大有改进,去年那样的特大洪水,也没死一个人,王西楼所写的悲惨景象不复存在了。想到这一点,我为我的家乡感到欣慰。过去,我的家乡人吃野菜主要是为了度荒,现在吃野菜则是为了尝新了。喔,我的家乡的野菜!

一九九二年四月十四日

注　释

① 本篇原载《钟山》1992 年第三期;初收《汪曾祺散文随笔选集》,沈阳出版社,1993 年 6 月。

蚕　豆①

北京快有新蚕豆卖了。

我小时吃蚕豆,就想过这个问题:为什么叫蚕豆?到了很大的岁数,才明白过来:因为这是养蚕的时候吃的豆。我家附近没有养蚕的,所以联想不起来。四川叫胡豆,我觉得没有道理。中国把从外国来的东西每冠之以胡、番、洋,如番茄、洋葱。但是蚕豆似乎是中国本土早就有的,何以也加一"胡"字?四川人也有写作"葫豆"的,也没有道理。葫是大蒜。这种豆和大蒜有什么关系?也许是因为这种豆结荚的时候也正是大蒜结球的时候?这似乎也勉强。小时候读鲁迅的文章,提到罗汉豆,叫我好一阵猜,想象不出是怎样一种豆。后来才知道,嗐,就是蚕豆。鲁迅当然是知道全国大多数地方是叫蚕豆的,偏要这样写,想是因为这样写才有绍兴特点,才亲切。

蚕豆是很好吃的东西,可以当菜,也可以当零食。各种做法,都好吃。

我的家乡,嫩蚕豆连内皮炒。或加一点碎切的咸菜,尤妙。稍老一点,就剥去内皮炒豆瓣。有时在炒红苋菜时加几个绿蚕豆瓣,颜色既鲜明,也能提味。有一个女同志曾在我家乡的乡下落户,说房东给她们做饭时在鸡蛋汤里放一点蚕豆瓣,说是非常好吃。这是乡下吃法,城里没有这么做的。蚕豆老了,就连皮煮熟,加点盐,可以下酒,也可以白嘴吃。有人家将煮熟的大粒蚕豆用线穿成一挂佛珠,给孩子挂在脖子上,一颗一颗地剥了吃,孩子没有不高兴的。

江南人吃蚕豆与我乡下大体相似。上海一带的人把较老的蚕豆剥去内皮,重油炒成蚕豆泥,好吃。用以佐粥,尤佳。

四川、云南吃蚕豆和苏南、苏北人亦相似。云南季节似比江南略早。前年我随作家访问团到昆明,住翠湖宾馆。吃饭时让大家点菜。我点了一个炒豌豆米,一个炒青蚕豆,作家下箸后都说"汪老真会点菜!"其时北方尚未见青蚕豆,故觉得新鲜。

北京人是不大懂吃新鲜蚕豆的。北京人爱吃扁豆、豇豆,而对蚕豆不赏识。因为北京很少种蚕豆,蚕豆不能对北京人有鲁迅所说的"蛊惑"。北京的蚕豆是从南方运来的,卖蚕豆的也多是南方人。南豆北调,已失新鲜,但毕竟是蚕豆。

蚕豆到"落而为箕",晒干后即为老蚕豆。老蚕豆仍可做菜。老蚕豆浸水生芽,江南人谓之"发牙豆",加盐及香料煮熟,是下酒菜。我的家乡叫"烂蚕豆",北京人加一个字,叫做"烂和蚕豆"。我在民间文艺研究会工作的时候,在演乐胡同上班,每天下班都见一个老人卖烂和蚕豆。这老人至少有七十大几了,头发和两腮的短髭都已经是雪白的了。他挎着一个腰圆的木盆,慢慢地从胡同这头走到那头,哑声吆喝着:"烂和蚕豆……"后来老人不知得了什么病,头抬不起来,但还是折倒了颈子,埋着头,卖烂和蚕豆,只是不再吆喝了。又过些日子,老人不见了。我想是死了。不知道为什么,我每次吃烂和蚕豆,总会想起这位老人。我想的是什么呢:人的生活啊……

老蚕豆可炒食。一种是水泡后砂炒的,叫"酥蚕豆"。我的家乡叫"沙蚕豆"。一种是以干豆入锅炒的,极硬,北京叫"铁蚕豆"。非极好牙口,是吃不了铁蚕豆的。北京有歇后语:"老太太吃铁蚕豆——闷了。"我想没有哪个老太太会吃铁蚕豆,一颗铁蚕豆闷软和了,得多长时间!我的老师沈从文先生在中老胡同住的时间,每天有一个骑着自行车卖铁蚕豆的从他的后墙窗外经过,吆喝"铁蚕豆"……这人是个中年汉子,是个出色的男高音,他的声音不但高、亮、打远,而且尾音带颤。其时沈先生正因为遭受迫害而精神紧张,我觉得这卖铁蚕豆的声音也会给他一种压力,因此我忘不了铁蚕豆。

蚕豆作零食,有:

入水稍泡、油炸。北京叫"开花豆"。我的家乡叫"兰花豆",因为炸之前在蚕豆嘴上剁一刀,炸后豆瓣四裂,向外翻开,形似兰花。

上海老城隍庙奶油五香豆。

苏州有油酥豆板，乃以绿蚕豆瓣入油炸成。我记得从前的油酥豆板是洒盐的，后来吃的却是裹了糖的，没有加盐的好吃。

四川北碚的怪味胡豆味道真怪，酥，脆，咸，甜，麻，辣。

蚕豆可作调料。作川味菜离不开郫县豆瓣，我家里郫县豆瓣是周年不缺的。

北京就快有青蚕豆卖了，谷雨已经过了。

注　释

① 本篇原载《旅潮》1992 年七、八月号；以《食豆饮水斋闲笔》为题，初收《汪曾祺全集》第五卷，北京师范大学出版社，1998 年 8 月。

食豆饮水斋闲笔^①

豌　豆

　　在北市口卖熏烧炒货的摊子上，和我写的小说《异秉》里的王二的摊子上，都能买到炒豌豆和油炸豌豆。二十文（两枚当十的铜元）即可买一小包，洒一点盐，一路上吃着往家里走。到家门口，也就吃完了。

　　离我家不远的越塘旁边的空地上，经常有几副卖零吃的担子。卖花生糖的。大粒去皮的花生仁，炒熟仍是雪白的，平摊在抹了油的白石板上，冰糖熬好，均匀地浇在花生米上，候冷，铲起。这种花生糖晶亮透明，不用刀切，大片，放在玻璃匣里，要买，取出一片，现约，论价。冰糖极脆，花生很香。卖豆腐脑的。我们那里的豆腐脑不像北京浇口蘑渣羊肉卤，只倒一点酱油、醋，加一滴麻油——用一只一头缚着一枚制钱的筷子，在油壶里一蘸，滴在碗里，真正只有一滴。但是加很多样零碎佐料：小虾米、葱花、蒜泥、榨菜末、药芹末——我们那里没有旱芹，只有水芹即药芹，我很喜欢药芹的气味。我觉得这样的豆腐脑清清爽爽，比北京的勾芡的黏黏糊糊的羊肉卤的要好吃。卖糖豌豆粥的。香粳晚米和豌豆一同在铜锅中熬熟，盛出后加洋糖（绵白糖）一勺。夏日于柳阴下喝一碗，风味不恶。我离乡五十多年，至今还记得豌豆粥的香味。

　　北京以豌豆制成的食品，最有名的是"豌豆黄"。这东西其实制法很简单，豌豆熬烂，去皮，澄出细沙，加少量白糖，摊开压扁，切成5寸×3寸的长方块，再加刀割出四方小块，分而不离，以牙签扎取而食。据说这是"宫廷小吃"，过去是小饭铺里都卖的，很便宜，现在只仿膳这样的大餐馆里有了,而且卖得很贵。

夏天连阴雨天,则有卖煮豌豆的。整粒的豌豆煮熟,加少量盐,搁两个大料瓣在浮头上,用豆绿茶碗量了卖。虎坊桥有一个傻子卖煮豌豆,给的多。虎坊桥一带流传一句歇后语:"傻子的豌豆——多给。"北京别的地区没有这样的歇后语。想起煮豌豆,就会叫人想起北京夏天的雨。

早年前有磕豌豆模子的。豌豆煮成泥,摁在雕成花样的木模子里,磕出来,就成了一个一个小玩意儿,小猫、小狗、小兔、小猪。买的都是孩子,也玩了,也吃了。

以上说的是干豌豆。新豌豆都是当菜吃。烩豌豆是应时当令的新鲜菜。加一点火腿丁或鸡茸自然很好,就是素烩,也极鲜美。烩豌豆不宜久煮,久煮则汤色发灰,不透亮。

全国兴起了吃荷兰豌豆也就近几年的事。我吃过的荷兰豆以厦门为最好,宽大而嫩。厦门的汤米粉中都要加几片荷兰豆,可以解海鲜的腥味。北京吃的荷兰豆都是从南方运来的。我在厦门郊区的田里看到正在生长着的荷兰豆,搭小架,水红色的小花,嫩绿的叶子,嫣然可爱。

豌豆的嫩头,我的家乡叫豌豆头,但将"豌"字读成"安"。云南叫豌豆尖,四川叫豌豆颠。我的家乡一般都是油盐炒食。云南、四川加在汤面上面,叫做"飘"或"青"。不要加豌豆苗,叫"免飘";"多青重红"则是多要豌豆苗和辣椒。吃毛肚火锅,在涮了各种荤料后,浓汤之中推进一大盘豌豆颠,美不可言。

豌豆可以入画。曾在山东看到钱舜举的册页,画的是豌豆,不能忘。钱舜举的画设色娇而不俗,用笔稍细而能潇洒,我很喜欢。见过一幅日本竹内栖凤的画,豌豆花,叶颜色较钱舜举尤为鲜丽,但不知道为什么在豌豆前面画了一条赭色的长蛇,非常逼真。是不是日本人觉得蛇也很美?

一九九二年五月七日

绿　豆

　　绿豆在粮食里是最重的。一麻袋绿豆270斤,非壮劳力扛不起。

　　绿豆性凉,夏天喝绿豆汤、绿豆粥、绿豆水饭,可祛暑。

　　绿豆的最大用途是做粉丝。粉丝好像是中国的特产。外国名之曰玻璃面条。常见的粉丝的吃法是下在汤里。华侨很爱吃粉丝,大概这会引起他们的故国之思。每年国内要运销大量粉丝到东南亚各地,一律称为"龙口细粉",华侨多称之为"山东粉"。我有个亲戚,是闽籍马来西亚归侨,我在她家吃饭,她在什么汤里都必放两样东西:粉丝和榨菜。苏南人爱吃"油豆腐线粉",是小吃,乃以粉丝及豆腐泡下在冬菇扁尖汤里。午饭已经消化完了,晚饭还不到时候,吃一碗油豆腐线粉,蛮好。北京的镇江馆子森隆以前有一道菜,银丝牛肉:粉丝温油炸脆,浇宽汁小炒牛肉丝,哧拉有声。不知这是不是镇江菜。做银丝牛肉的粉丝必须是纯绿豆的,否则易于焦糊。我曾在自己家里做过一次,粉丝大概掺了不知别的什么东西,炸后成了一团黑炭。"蚂蚁上树"原是四川菜,肉末炒粉丝。有一个剧团的伙食办得不好,演员意见很大。剧团的团长为了关心群众生活,深入到食堂去亲自考察,看到菜牌上写的菜名有"蚂蚁上树",说:"啊呀,伙食是有问题,蚂蚁怎么可以吃呢?"这样的人怎么可以当团长呢?

　　绿豆轧的面条叫"杂面"。《红楼梦》里尤三姐说:"咱们清水下杂面,你吃我看。"或说杂面要下羊肉汤里,清水下杂面是说没有吃头的。究竟这句话是什么意思,我还不太明白。不过杂面是要有点荤汤的,素汤杂面我还没有吃过。那么,吃长斋的人是不吃杂面的?

　　凉粉皮原来都是绿豆的,现在纯绿豆的很少,多是杂豆的。大块凉粉则是白薯粉的。

　　凉粉以川北凉粉为最好,是豌豆粉,颜色是黄的。川北凉粉放很多油辣椒,吃时嘴里要嘘嘘出气。

　　广东人爱吃绿豆沙。昆明正义路南头近金碧路处有一家广东人开的甜品店,卖绿豆沙、芝麻糊和番薯糖水。绿豆沙、芝麻糊都好吃,番薯糖水则没有多大意思。

绿豆糕以昆明的吉庆祥和苏州采芝斋最好,油重,且加了玫瑰花。北京的绿豆糕不加油,是干的,吃起来噎人。我有一阵生胆囊炎,不宜吃油,买了一盒回来,我的孙女很爱吃,一气吃了几块,我觉得不可理解。

一九九二年五月十一日

黄　豆

豆叶在古代是可以当菜吃的。吃法想必是做羹。后来就没有人吃了。没有听说过有人吃凉拌豆叶、炒豆叶、豆叶汤。

我们那里,夏天,家家都要吃几次炒毛豆,加青辣椒。中秋节煮毛豆供月,带壳煮。我父亲会做一种毛豆:毛豆剥出粒,与小青椒(不切)同煮,加酱油、糖,候豆熟收汤,摊在筛子里晾至半干,豆皮起皱,收入小坛。下酒甚妙,做一次可以吃几天。

北京的小酒馆里盐水煮毛豆,有的酒馆是整棵地煮的,不将豆荚剪下,酒客用手摘了吃,似比装了一盘吃起来更香。

香椿豆甚佳。香椿嫩头在开水中略烫,沥去水,碎切,加盐;毛豆加盐煮熟,与香椿同拌匀,候冷,贮之玻璃瓶中,隔日取食。

北京人吃炸酱面,讲究的要有十几种菜码,黄瓜丝、小萝卜、青蒜……还得有一撮毛豆或青豆。肉丁(不用副食店买的绞肉末)炸酱与青豆同嚼,相得益彰。

北京人炒麻豆腐要放几个青豆嘴儿——青豆发一点芽。

三十年前北京稻香村卖熏青豆,以佐茶甚佳。这种豆大概未必是熏的,只是加一点茴香,入轻盐煮后晾成的。皮亦微皱,不软不硬,有咬劲。现在没有了,想是因为费工而利薄,熏青豆是很便宜的。

江阴出粉盐豆。不知怎么能把黄豆发得那样大,长可半寸,盐炒,豆不收缩,皮色发白,极酥松,一嚼即成细粉,故名粉盐豆。味甚隽,远胜花生米。吃粉盐豆，喝百花酒，很相配。我那时还不怎么会喝酒，只是喝白开水。星期天，坐在自修室里，喝水，吃豆，读李清照、辛弃疾词，别是一番滋味。我在江阴南菁中学读过两年，星期天多半是这样消磨过去的。前年我到江阴寻梦，向老同学问起粉盐豆，说现在已经没有了。

稻香村、桂香村、全素斋等处过去都卖笋豆。黄豆、笋干切碎，加酱油、糖煮。现在不大见了。

三年自然灾害时，对十七级干部有一点照顾，每月发几斤黄豆、一斤白糖，叫做"糖豆干部"。我用煮笋豆法煮之，没有笋干，放一点口蘑。口蘑是我在张家口坝上自己采得晒干的。我做的口蘑豆自家吃，还送人。曾给黄永玉送去过。永玉的儿子黑蛮吃了，在日记里写道："黄豆是不好吃的东西，汪伯伯却能把它做得很好吃，汪伯伯很伟大！"

炒黄豆芽宜烹糖醋。

黄豆芽吊汤甚鲜。南方的素菜馆、供素斋的寺庙，都用豆芽汤取鲜。有一老饕在一个庙里吃了素斋，怀疑汤里放了虾子包，跑到厨房里去验看，只见一口大锅里熬着一锅黄豆芽和香菇蒂的汤。黄豆芽汤加酸雪里蕻，泡饭甚佳。此味北人不解也。

黄豆对中国人民最大的贡献是能做豆腐及各种豆制品。如果没有豆腐，中国人民的生活将会缺一大块，和尚、尼姑、素菜馆的大师傅就通通"没戏"了。素菜除了冬菇、口蘑、金针、木耳、冬笋、竹笋，主要是靠豆腐、豆制品。素这个，素那个，只是豆制品变出的花样而已。关于豆腐，应另写专文，此不及。

一九九二年五月十日

扁　豆

我们那一带的扁豆原来只有北京人所说的"宽扁豆"的那一种。郑板桥写过一副对联："一庭春雨瓢儿菜，满架秋风扁豆花"，指的当是这种扁豆。这副对子写的是尚可温饱的寒士家的景况，有钱的阔人家是不会在庭院里种菜种扁豆的。扁豆有紫花和白花的两种,紫花的较多,白花的少。郑板桥眼中的扁豆花大概是紫的。紫花扁豆结的豆角皮色亦微带紫,白花扁豆则是浅绿色的。吃起来味道都差不多。唯入药用,则必为"白扁豆",两种扁豆药性可能不同。扁豆初秋即开花,旋即结角,可随时摘食。板桥所说"满架秋风",给人的感觉是已是深秋了。画扁豆花的画家喜欢画一只纺织娘,这是一个季节的东西。暑尽天凉,月色如水,听纺织娘在扁豆架上沙沙地振羽,至有情味。北京有种红扁豆的,花是大红的,豆角则是深紫红的。这种红扁豆似没人吃,只供观赏。我觉得这种扁豆红得不正常,不如紫花、白花有韵致。

北京通常所说的扁豆,上海人叫四季豆。我的家乡原来没有,现在有种的了。北京的扁豆有几种,一般的就叫扁豆,有上架的,叫"架豆"。一种叫"棍儿扁豆",豆角如小圆棍。"棍儿扁豆"字面自相矛盾,既似棍儿,不当叫扁。有一种豆角较宽而甚嫩的,叫"焖儿豆",我想是"眉豆"的讹读。北京人吃扁豆无非是焯熟凉拌,炒,或焖。"焖扁豆面"挺不错。扁豆焖熟,加水,面条下在上面,面熟,将扁豆翻到上面来,再稍焖,即得。扁豆不管怎么做,总宜加蒜。

我在泰山顶上一个招待所里吃过一盘炒棍儿扁豆,非常嫩。平生所吃扁豆,此为第一。能在泰山顶上吃到,尤为难得。

一九九二年五月十二日

芸　豆

我在昆明吃了几年芸豆。西南联大的食堂里有几个常吃的菜:炒猪血(云南叫"旺子"),炒莲花白(即北京的圆白菜、上海的卷心菜、张家口的疙瘩白),灰色的魔芋豆腐……几乎每天都有的是煮芸豆。府甫道菜市上有卖芸豆的,盐煮,我们有时买了当零嘴吃,因为很便宜。芸豆有红的和白的两种,我们在昆明吃的是红的。

北京小饭铺里过去有芸豆粥卖,是白芸豆。芸豆粥粥汁甚黏,好像勾了芡。

芸豆卷和豌豆黄一样,也是"宫廷小吃"。白芸豆煮成沙,入糖,制为小卷。过去北海漪澜堂茶馆里有卖,现在不知还有没有。

在乌鲁木齐逛"巴扎",见白芸豆极大,有大拇指头顶儿那样大,很想买一点,但是数千里外带一包芸豆回北京,有点"神经",遂作罢。

一九九二年五月十二日

红 小 豆

红小豆上海叫赤豆:赤豆汤,赤豆棒冰。北京叫小豆:小豆粥,小豆冰棍。我的家乡叫红饭豆,因为可掺在米里蒸成饭。

红小豆最大的用途是做豆沙。北方的豆沙有不去皮的,只是小豆煮烂而已。豆包、炸糕的馅都是这样的粗制豆沙。水滤去皮,成为细沙,北方叫"澄沙",南方叫"洗沙"。做月饼、甜包、汤圆,都离不开豆沙。豆沙最能吸油,故宜作馅。我们家大年初一早起吃汤圆,洗沙是年前就用大量的猪油拌了,每天在饭锅头上蒸一次,沙色紫得发黑,已经吸足了油。我们家的汤圆又很大,我只能吃两三个,因为一咬一嘴油。

四川菜有夹沙肉,乃以肥多瘦少的带皮臀肩肉整块煮至六七成熟,捞出,稍凉后,切成厚二三分的大片,两片之间肉皮不切通,中夹洗沙,上笼蒸扒。这道菜是放糖的,很甜。肥肉已经脱了油,吃起来不腻。但也不能多吃,我只能来两片。我的儿子会做夹沙肉,每次都很成功。

一九九二年五月十三日

豇 豆

我小时最讨厌吃豇豆,只有两层皮,味道寡淡。后来北京,岁数大了,觉得豇豆也还好吃。人的口味是可以变的。比如我小时不吃猪肺,觉得泡泡囊囊的,嚼起来很不舒服。老了,觉得肺头挺好吃,于老人牙齿甚相宜。

嫩豇豆切寸段,入开水锅焯熟,以轻盐稍腌,滗去盐水,以好酱油、镇江醋、姜、蒜末同拌,滴香油数滴,可以"渗"酒。炒食亦佳。

河北省酱菜中有酱豇豆,别处似没有。北京的六必居、天源,南方扬州酱菜中都没有。保定酱豇豆是整根酱的,甚脆嫩,而极咸。河北人口重,酱菜无不甚咸。

豇豆米老后,表皮光洁,淡绿中泛浅紫红晕斑。瓷器中有一种"豇豆红"就是这种颜色。曾见一豇豆红小石榴瓶,莹润可爱。中国人很会为瓷器的釉色取名,如"老僧衣"、"芝麻酱""茶叶末",都甚肖。

一九九二年五月十七日

注 释

① 本篇原载《长城》1993 年第二期;初收《榆树村杂记》,中国华侨出版社,1993 年 9 月。

我 的 父 亲^①

——自传体系列散文《逝水》之四

我父亲行三。我的祖母有时叫他的小名"三子"。他是阴历九月初九重阳节那天生的,故名菊生(我父亲那一辈生字排行,大伯父名广生,二伯父名常生),字淡如。他作画时有时也题别号:亚痴、灌园生……他在南京读过旧制中学。所谓旧制中学大概是十年一贯制的学堂。我见过他在学堂时用过的教科书,英文是纳氏文法,代数几何是线装的有光纸印的,还有"修身"什么的。他为什么没有升学,我不知道。"旧制中学生"也算是功名。他的这个"功名"我在我的继母的"铭旌"上见过,写的是扁宋体的泥金字,所以记得。什么是"铭旌",看《红楼梦》贾府办秦可卿丧事那回就知道,我就不噜苏了。

我父亲年轻时是运动员。他在足球校队踢后卫。他是撑杆跳选手,曾在江苏全省运动会上拿过第一。他又是单杠选手。我还见过他在天王寺外边驻军所设置的单杠上表演过空中大回环两周,这在当时是少见的。他练过武术,腿上带过铁砂袋。练过拳,练过刀、枪。我见他施展过一次武功。我初中毕业后,他陪我到外地去投考高中。在小轮船上,一个初来的侦缉队以检查为名勒索乘客的钱财。我父亲一掌,把他打得一溜跟头,从船上退过跳板,一屁股坐在码头上。我父亲平常温文尔雅,我还没见过他动手打人,而且,真有两下子!我父亲会骑马。南京马场有一匹烈马,咬人,没人敢碰它,平常都用一截粗竹筒套住它的嘴。我父亲偷偷解开缰绳,一骗腿骑了上去。一趟马道子跑下来,这马老实了。父亲还会游泳,水性很好。这些,我都不知道他是什么时候学的。

从南京回来后,他玩过一个时期乐器。他到苏州去了一趟,买回来好些乐器,笙箫管笛、琵琶、月琴、拉秦腔的胡胡、扬琴,甚至还有大小唢呐,唢呐我从未见他吹过。这东西吵人,除了吹鼓手、戏班子,一般玩乐器人都不在家里吹。一把大唢呐,一把小唢呐(海笛)一直放在他的画室柜橱的抽屉里。我们孩子们有时翻出来玩。没有哨子,吹不响,只好把铜嘴含在嘴里,自己呜呜作声,不好玩!他的一枝洞箫、一枝笛子,都是少见的上品。洞箫箫管很细,外皮作殷红色,很有年头了。笛子不是缠丝涂了一节一节黑漆的,是整个笛管擦了荸荠紫漆的,比常见的笛子管粗。箫声幽远,笛声圆润。我这辈子吹过的箫笛无出其右者。这两枝箫笛不是从乐器店里买的,是花了大价钱从私人手里买的。他的琵琶是很好的,但是拿去和一个理发店里换了。他拿回理发店的那面琵琶又脏又旧、油里咕叽的。我问他为什么要换了这么一面脏琵琶回来,他说:"这面琵琶声音好!"理发店用一面旧琵琶换了他的几乎是全新的琵琶,当然乐意。不论什么乐器,他听听别人演奏,看看指法,就能学会。他弹过一阵古琴,说:都说古琴很难,其实没有什么。我的一个远房舅舅,有一把一个法国神父送他的小提琴,我父亲跟他借回来,鼓揪鼓揪,几天功夫,就能拉出曲子来。据我父亲说:乐器里最难,最要功夫的,是胡琴。别看它只有两根弦,很简单,越是简单的东西越不好弄。他拉的胡琴我拉不了,弓子硬,马尾多,滴的松香很厚,松香拉出一道很窄的深槽,我一拉,马尾就跑到深槽的外面来了。父亲不在家的时候我有时使劲拉一小段,我父亲一看松香就知道我动过他的胡琴了。他后来不大摆弄别的乐器了,只有胡琴是一直拉着的。

摒挡丝竹以后,父亲大部分时间用于画画和刻图章。他画画并无真正的师承,只有几个画友。画友中过从较密的是铁桥,是一个和尚,善因寺的方丈。我写的小说《受戒》里的石桥,就是以他为原型的。铁桥曾在苏州邓尉山一个庙里住过,他作画有时下款题为"邓尉山僧"。我父亲第二次结婚,娶我的第一个继母,新房里就挂了铁桥的一个条幅,泥金纸,上角画了几枝桃花,两只燕子,款题"淡如仁兄嘉礼 弟铁桥写贺"。在新房里挂一幅和尚的画,我的父亲可谓全无禁忌;这位和尚和俗人称兄道弟,也真是不拘礼法。我上小学的时候,就觉得他们有点"胡来"。这幅画的两边还配了我的一个舅舅写的一副虎皮宣的对子:"蝶欲试花犹护粉,莺初学啭尚羞簧",我后来懂得对联的意思了,觉得实在很不像话!铁桥能画,也能写。他的字写石鼓,画法任伯年。根据我的印象,都是相当有功力的。我父亲和铁桥常来往,画风却没有怎么受他的影响。也画过一阵工笔花卉。我们那里的画家有一种理论,画画要从工笔入手,也许是有道理的。扬州有一位专画菊花的画家,这位画家画菊按朵论价,每朵大洋一元。父亲求他画了一套菊谱,二尺见方的大册页。我有个姑太爷,也是画画的,说:"像他那样的玩法,我们玩不起!"兴化有一位画家徐子兼,画猴子,也画工笔花卉。我父亲也请他画了一套册页。有一开画的是罂粟花,薄瓣透明,十分绚丽。一开是月季,题了两行字:"春水蜜波为花写照"。"春水"、"蜜波"是月季的两个品种,我觉得这名字起得很美,一直不忘。我见过父亲画工笔菊花,原来花头的颜色不是一次敷染,要"加"几道。扬州有菊花名种"晓色",父亲说这种颜色最不好画。"晓色",很空灵,不好捉摸。他画成了,我一看,是晓色!他后来改了画写意,用笔略似吴昌硕,照我看,我父亲的画是有功力的,但是"见"得少,没有行万里路,多识大家真迹,受了限制。他又不会做诗,题画多用前人陈句,故布局平稳,缺少创意。

父亲刻图章,初宗浙派,清秀规矩。他年轻时刻过一套《陋室铭》印谱,有几方刻得不错,但是过于著意,很拘谨。有"兰带"、"折钉",都是"做"出来的。有一方"草色入帘青"是双钩,我小时觉得很好看,稍大,即觉得纤巧小气。《陋室铭》印谱只是他初学刻印的成绩。三十多岁后,渐渐豪放,以治汉印为主。他有一套端方的《匋斋印存》,经常放在案头。有时也刻浙派小印。我记得他给一个朋友张仲陶刻过一块青田冻石小长方印,文曰"中匋",实在漂亮。"中匋"两字也很好安排。

刻印的人多喜藏石。父亲的石头是相当多的,他最心爱的是三块田黄。我在小说《岁寒三友》中写的靳彝甫的三块田黄,实际上写的是我父亲的三块图章。

他盖章用的印泥是自己做的。用的是"大劈砂",这是朱砂里最贵重的。大劈砂深紫色的，片状，制成印泥，鲜红夺目。他说见过一些明朝画，纸色已经灰暗，而印色鲜明不变。大劈砂盖的图章可以"隐指"，即用手指摸摸，印文是鼓出的。他的画室的书橱里摆了一列装在玻璃瓶的大劈砂和陈年的蓖麻子油，蓖麻是调印色用的。

　　我父亲手很巧，而且总是活得很有兴致。他会做各种玩意。元宵节，他用通草（我们家开药店，可以选出很大片的通草）为瓣，用画牡丹的西洋红（西洋红很贵，齐白石作画，有一个时期，如用西洋红，是要加价的）染出深浅，做成一盏荷花灯，点了蜡烛，比真花还美。他用蝉翼笺染成浅绿，以铁丝为骨，做了一盏纺织娘灯，下安细竹棍。我和姐姐提了，举着这两盏灯上街，到邻居家串门，好多人围着看。清明节前，他糊风筝。有一年糊了一只蜈蚣（我们那里叫"百脚"），是绢糊的。他用药店里称麝香用的小戥子约蜈蚣两边的鸡毛，——鸡毛必须一样重，否则上天就会打滚。他放这只蜈蚣不是用的一般线，是胡琴的老弦。我们那里用老弦放风筝的，家父实为第一人。（用老弦放风筝，风筝可以笔直地飞上去，没有"肚子"。）他带了几个孩子在傅公桥麦田里放风筝。这时麦子尚未"起身"，是不怕踩的，越踩越旺。春服既成，惠风和畅，我父亲这个孩子头带着几个孩子，在碧绿的麦垄间奔跑呼叫，为乐如何？我想念我的父亲（我现在还常常梦见他），想念我的童年，虽然我现在是七十二岁，皤然一老了。夏天，他给我们糊养金铃子的盒子。他用钻石刀把玻璃裁成一小块一小块，再合拢，接缝处用皮纸浆糊固定，再加两道细蜡笺条，成了一只船、一座小亭子、一个八角玲珑玻璃球，里面养着金铃子。隔着玻璃，可以看到金铃子在里面爬，吃切成小块的梨，张开翅膀"叫"。秋天，买来拉秧的小西瓜，把瓜瓤掏空，在瓜皮上镂刻出很细致的图案，做成几盏西瓜灯。西瓜灯里点了蜡烛，撒下一片绿光。父亲鼓捣半天，就为让孩子高兴一晚上。我的童年是很美的。

　　我母亲死后，父亲给她糊了几箱子衣裳，单夹皮棉，四时不缺。他不知从哪里搜罗来各种颜色，矸出各种花样的纸。听我的大姑妈说，他糊的皮衣跟真的一样，能分出滩羊、灰鼠。这些衣服我没看见过，但他用剩的色纸,我见过。我们用来折"手工"。有一种纸,银灰色,正像当时时兴的"慕本缎子"。

我父亲为人很随和,没架子。他时常周济穷人,参与一些有关公益的事情。因此在地方上人缘很好。民国二十年发大水,大街成了河。我每天看见他蹚着齐胸的水出去,手里横执了一根很粗的竹篙,穿一身直罗褂,他出去,主要是办赈济。我在小说《钓鱼的医生》里写王淡人有一次乘了船,在腰里系了铁链,让几个水性很好的船工也在腰里系了铁链,一头拴在王淡人的腰里,冒着生命危险,渡过激流,到一个被大水围困的孤村去为人治病。这写的实际是我父亲的事。不过他不是去为人治病,而是去送"华洋义赈会"发来的面饼(一种很厚的面饼,山东人叫"锅盔")。这件事写进了地方上人送给我祖父的六十寿序里,我记得很清楚。

父亲后来以为人医眼为职业。眼科是汪家祖传。我的祖父、大伯父都会看眼科。我不知道父亲懂眼科医道。我十九岁离开家乡,离乡之前,我没见过他给人看眼睛。去年回乡,我的妹婿给我看了一册父亲手抄的眼科医书,字很工整,是他年轻时抄的。那么,他是在眼科上下过功夫的。听说他的医术还挺不错。有一个邻居的孩子得了眼疾,双眼肿得像桃子,眼球红得像大红缎子。父亲看过,说不要紧。他叫孩子的父亲到阴城(一片乱葬坟场,很大,很野,据说韩世忠在这里打过仗)去捉两个大田螺来。父亲在田螺里倒进两管鹅翎眼药,两撮冰片,把田螺扣在孩子的眼睛上。过了一会田螺壳裂了。据那个孩子说,他睁开眼,看见天是绿的。孩子的眼好了,一生没有再犯过眼病。田螺治眼,我在任何医书上没看见过,也没听说过。这个"孩子"现在还在,已经五十几岁了。是个理发师傅。去年我回家乡,从他的理发店门前经过,那天,他又把我父亲给他治眼的经过,向我的妹婿详细地叙述了一次。这位理发师傅希望我给他的理发店写一块招牌。当时我很忙,没有来得及给他写。我会给他写的。一两天就写了托人带去。

我父亲配制过一次眼药。这个配方现在还在,但是没有人配得起,要几十种贵重的药,包括冰片、麝香、熊胆、珍珠……珍珠要是人戴过

52

的。父亲把祖母帽子上的几颗大珠子要了去。听我的第二个继母说，他制药极其虔诚，三天前就洗了澡（"斋戒沐浴"），一个人住在花园里，把三道门都关了，谁也不让去。

　　父亲很喜欢我。我母亲死后，他带着我睡。他说我半夜醒来就笑。那时我三岁（实年）。我到江阴去投考南菁中学，是他带着我去的。住在一个茶庄的栈房里，臭虫很多。他就点了一支蜡烛，见有臭虫，就用蜡烛油滴在它身上。第二天我醒来，看见席子上好多好多蜡烛油点子。我美美地睡了一夜，父亲一夜未睡。我在昆明时，他还在信封里用玻璃纸包了一小包"虾松"寄给我过。我父亲很会做菜，而且能别出心裁。我的祖父春天忽然想吃螃蟹。这时候哪里去找螃蟹？父亲就用瓜鱼（即水仙鱼），给他伪造了一盘螃蟹，据说吃起来跟真螃蟹一样。"虾松"是河虾剁成米大小粒，掺以小酱瓜丁，入温油炸透。我也吃过别人做的"虾松"，都比不上我父亲的手艺。

　　我很想念我的父亲。现在还常常做梦梦见他。我的那些梦本和他不相干，我梦里的那些事，他不可能在场，不知道怎么会搀和进来了。

一九九二年五月二十八日

注　释

① 　本篇原载《作家》1992 年第八期；初收《汪曾祺散文随笔选集》，沈阳出版社，1993 年 6 月。

晚　年①

——人寰速写之一

我们楼下随时有三个人坐着。他们都是住在这座楼里的。每天一早，吃罢早饭，他们各人提了马扎，来了。他们并没有约好，但是时间都差不多，前后差不了几分钟。他们在副食店墙根下坐下，挨得很近。坐到快中午了，回家吃饭。下午两点来钟，又来坐着，一直坐到副食店关门了，回家吃晚饭。只要不是刮大风，下雨，下雪，他们都在这里坐着。

一个是老佟。和我住一层楼，是近邻。有时在电梯口见着，也寒暄两句："吃啦？""上街买菜？"解放前他在国民党一个什么机关当过小职员，解放后拉过几年排子车，早退休了。现在过得还可以。一个孙女已经读大学三年级了。他八十三岁了。他的相貌举止没有什么特别的地方。脑袋很圆，面色微黑，有几块很大的老人斑。眼色总是平静的。他除了坐着，有时也遛个小弯，提着他的马扎，一步一步，走得很慢。

一个是老辛。老辛的样子有点奇特。块头很大，肩背又宽又厚，身体结实如牛。脸色紫红紫红的。他的眉毛很浓，不是两道，而是两丛。他的头发、胡子都长得很快。刚剃了头没几天，就又是一头乌黑的头发，满腮乌黑的短胡子。好像他的眉毛也在不断往外长。他的眼珠子是乌黑的。他的神情很怪。坐得很直，脑袋稍向后仰，蹙着浓眉，双眼直视路上行人，嘴唇噏着，好像在往里用力地吸气。好像愤愤不平，又像藐视众生，看不惯一切，心里在想：你们是什么东西！我问过同楼住的街坊：他怎么总是这样的神情？街坊说：他就是这个样子！后来我听说他原来是在一个机关食堂煮猪头肉、猪蹄、猪下水的。那么他是不会怒视这个世界，蔑视谁的。他就是这个样子。他怎么会是这个样子呢？他脑子里在想什么？还是什么都不想？他岁数不大，六十刚刚出头，退休还不到两年。

一个是老许。他最大，八十七了。他面色苍黑，有几颗麻子，看不出有八十七了——看不出有多大年龄。这老头怪有意思。他有两串数珠，——说"数珠"不大对，因为他并不信佛，也不"掐"它。一串是山核桃的，一串是山桃核的。有时他把两串都带下来，绕在腕子上。有时只带一串山桃核的，因为山核桃的太大，也沉。山桃核有年头了，已经叫他的腕子磨得很光润。他不时将他的数珠改装一次，拆散了，加几个原来是钉在小孩子帽子上的小银铃铛之类的东西，再穿好。有一次是加了十个算盘珠。过路人有的停下来看看他的数珠，他就把袖子向上提提，叫数珠露出更多。他两手戴了几个戒指，一看就是黄铜的，然而他告诉人是金的。他用一个钥匙链，一头拴在纽扣上，一头拖出来，塞在左边的上衣口袋里，就像早年间戴怀表一样。他自己感觉，这就是怀表。他在上衣口袋里插着两枝塑料圆珠笔的空壳——是他的孙女用剩下的，一枝白色的，一枝粉红的。我问老佟："他怎么爱搞这些？"老佟说："弄好些零碎！"他年轻时"跑"过"腿"，做过买卖。我很想跟他聊聊。问他话，他只是冲我笑笑。老佟说："他是个聋子。"

这三个在一处一坐坐半天，彼此都不说话。既然不说话，为什么坐得挨得这样近呢？大概人总得有个伴，即使一句话也不说。

老辛得过一次小中风，（他这样结实的身体怎么会中风呢？）但是没多少时候就好了。现在走起路来脚步还有一点沉。不过他原来脚步就很重。

老佟摔了一跤，骨折了，在家里躺着，起不来。因此在楼下坐着的，暂时只有两个人。不过老佟的骨折会好的，我想。

老许看样子还能活不少年。

注　释

① 本篇原载《美文》1992年第一期（创刊号）；初收《草花集》，成都出版社，1993年9月。

傻　子①

——人寰速写之二

这一带有好几个傻子。

一个是我们楼的傻八子。傻八子的妈生过八个孩子,他最小。傻八子两只小圆眼睛,鼻梁很低,几乎没有。他一天在人行道上走来走去,走得很慢,一步,一步,因为他很胖,肚子很大,走不快。他不停地自言自语。他妈说他爱"嘚啵"。我问他妈:"嘚啵什么?"——"电视、电视上听来的!"我注意听过,不知道说些什么,经常说的是:"你给我站住! ……"似乎他的"嘚啵"是有个对象的。"嘚啵"几句,又喝喝地笑一阵。他还爱唱,没腔没调,没有字眼,声音像一张留声机的坏唱盘:"咦……啊……嘞……"他有时倒吸气发出母猪一样的声音,这一带的孩子把这种声音叫做"打猪吭"。他不是什么都不明白,一边"嘚啵"着,见了熟人,也打招呼:"回来啦!"——"报纸来啦!"熟人走过,接着"嘚啵"。

他大哥要把他送到福利院去,——福利院是收容傻子的地方,他妈舍不得。

亚运会期间,街道办事处把他捆起来,送进福利院关了几天。亚运会结束,又放了回来。傻八子为此愤愤不平:"捆我!"

我问过傻八子:"你怎么不结婚?"傻八子用手指指他的太阳穴:"这儿,坏啦!"

附近有一个女傻子,喜欢上了傻八子,要嫁给他。傻八子妈不同意,说:"俩傻子,怎么弄!"

我们楼有个女的,是开发廊的,爱打扮,细长眼,涂眼影,画嘴唇,穿的衣服很"港"。有一天这女的要到传达室打电话,下台阶时,从傻八

56

子旁边擦身而过,傻八子跟她不知呜噜呜噜说了句什么。我问女的,"他跟你说什么?"——"他说我没穿袜子。"我这才注意到女的趿了一双很精致的拖鞋。傻八子会注意好看的女人,注意到她的脚,他并不彻底的傻。

另一个傻子家在蒲黄榆拐角的胡同里,小个子,精瘦精瘦的老是抱着肩膀匆匆忙忙地在这一带不停地走,嘴里也"嘚啵",但是声音小,不像傻八子大声"嘚啵"。匆匆忙忙地走着,"嘚啵"着,一边吃吃地笑。

蒲安里有个小傻子,也就是十五六岁,长得挺好玩,又白又胖。夏天,光着上身,一身白肉;圆滚滚的肚子上挂着一条极肥大的白裤衩,在粮店和副食店之间的空地上,甩着胳臂齐步走。见人就笑脸相迎,大声招呼:"你好!"——"你好!"

有一个傻子有四十岁了,穿得很整齐干净,他不"嘚啵",只是一脸的忧郁,在胡同口抱着胳臂,低头注视着地面,一动不动。

北京从前好像没有那么多傻子,现在为什么这样多?

六月十日

注 释

① 本篇原载《美文》1992 年创刊二号;初收《独坐小品》,宁夏人民出版社,1996 年 11 月。

大　妈　们[①]

——人寰速写之三

　　我们楼里的大妈们都活得有滋有味，使这座楼增加了不少生气。

　　许大妈是许老头的老伴，比许老头小十几岁，身体挺好，没听说她有什么病。生病也只是伤风感冒，躺两天就好了。她有一根花椒木的拐杖，本色，很结实，但是很轻巧，一头有两个杈，像两个小犄角。她并不用它来拄着走路，而是用来扛菜。她每天到铁匠营农贸市场去买菜，装在一个蓝布兜里，把布兜的袢套在拐杖的小犄角上，扛着。她买的菜不多，多半是一把韭菜或一把茴香。走到刘家窑桥下，坐在一块石头上，把菜倒出来，择菜。择韭菜、择茴香。择完了，抖落抖落，把菜装进布兜，又用花椒木拐杖扛起来，往回走。她很和善，见人也打招呼，笑笑，但是不说话。她用拐杖扛菜，不是为了省劲，好像是为了好玩。到了家，过不大会，就听见她乒乒乓乓地剁菜。剁韭菜，剁茴香。她们家爱吃馅儿。

　　奚大妈是河南人，和传达室小邱是同乡，对小邱很关心，很照顾。她最放不下的一件事，是给小邱张罗个媳妇。小邱已经三十五岁，还没有结婚。她给小邱张罗过三个对象，都是河南人，是通过河南老乡关系间接认识的。第一个是奚大妈一个村的。事情已经谈妥，这女的已经在小邱床上睡了几个晚上。一天，不见了，跟在附近一个小旅馆里住着的几个跑买卖的山西人跑了。第二个在一个饭馆里当服务员。也谈得差不多了，女的说要回家问问哥哥的意见。小邱给她买了很多东西：衣服、料子、鞋、头巾……借了一辆平板三轮，装了半车，蹬车送她上火车站。不料一去再无音信。第三个也是在饭馆里当服务员的，长得很好看，高颧骨，大眼睛，身材也很苗条。就要办事了，才知道这女的是个

"石女"。奚大妈叹了一口气:"唉!这事儿闹的!"

　　江大妈人非常好,非常贤慧,非常勤快,非常爱干净。她家里真是一尘不染。她整天不断地擦、洗、掸、扫。她的衣着也非常干净,非常利索。裤线总是笔直的。她爱穿坎肩,铁灰色毛涤纶的,深咖啡色薄呢的,都熨熨帖帖。她很注意穿鞋,鞋的样子都很好。她的脚很秀气。她已经过六十了,近看脸上也有皱纹了,但远远一看,说是四十来岁也说得过去。她还能骑自行车,出去买东西,买菜,都是骑车去。看她跨上自行车,一踩脚蹬,哪像是已经有了四岁大的孙子的人哪!她平常也不大出门,老是不停地收拾屋子。她不是不爱理人,有时也和人聊聊天,说说这楼里的事,但语气很宽厚,不嚼老婆舌头。

　　顾大妈是个胖子。她并不胖得腮帮的肉都往下掉,只是腰围很粗。她并不步履蹒跚,只是走得很稳重,因为搬动她的身体并不很轻松。她面白微黄,眉毛很淡。头发稀疏,但是总是梳得很整齐服贴。她原来在一个单位当出纳,是干部。退休了,在本楼当家属委员会委员,也算是干部。家属委员会委员的任务是要换购粮本、副食本了,到各家敛了来,办完了,又给各家送回去。她的干部意识根深蒂固,总觉得自己不是一个家庭妇女。别的大妈也觉得她有架子,很少跟她过话。她爱和本楼的退休了的或尚未退休的女干部说话。说她自己的事。说她的儿女在单位很受器重;说她原来的领导很关心她,逢春节都要来看看她……

　　在这条街上任何一个店铺里,只要有人一学丁大妈雄赳赳气昂昂走路的神气,大家就知道这学的是谁,于是都哈哈大笑,一笑笑半天。丁大妈的走路,实在是少见。头昂着,胸挺得老高,大踏步前进,两只胳臂前后甩动,走得很快。她头发乌黑,梳得整齐。面色紫褐,发出铜光,脸上的纹路清楚,如同刻出。除了步态,她还有一特别处:她穿的上衣,都是大襟的。料子是讲究的。夏天,派力司;春秋天,平绒;冬天,下雪,穿羽绒服。羽绒服没有大襟的。她为什么爱穿大襟上衣?这是习惯。她原是崇明岛的农民,吃过苦。现在苦尽甘来了。她把儿子拉扯大了。儿子、儿媳妇都在美国,按期给她寄钱。她现在一个人过,吃穿不愁。

她很少自己做饭，都是到粮店买馒头，买烙饼，买面条。她有个外甥女，是个时装模特儿，常来看她，很漂亮。这外甥女，楼里很多人都认识。她和外甥女上电梯，有人招呼外甥女："你来了！"——"我每星期都来。"丁大妈说："来看我！"非常得意。丁大妈活得非常得意，因此她雄赳赳气昂昂。

罗大妈是个高个儿，水蛇腰。她走路也很快，但和丁大妈不一样：丁大妈大踏步，罗大妈步子小。丁大妈前后甩胳臂，罗大妈胳臂在小腹前左右摇。她每天"晨练"，走很长一段，扭着腰，摇着胳臂。罗大妈没牙，但是乍看看不出来，她的嘴很小，嘴唇很薄。她这个岁数——她也就是五十出头吧，不应该把牙都掉光了，想是牙有病，拔掉的。没牙，可是话很多，是个连片子嘴。

乔大妈一头银灰色的卷发。天生的卷。气色很好。她活得兴致勃勃。她起得很早，每天到天坛公园"晨练"，打一趟太极拳，练一遍鹤翔功，遛一个大弯。然后顺便到法华寺菜市场买一提兜菜回来。她爱做饭，做北京"吃儿"。蒸素馅包子，炒疙瘩，摇棒子面嘎嘎……她对自己做的饭非常得意。"我蒸的包子，好吃极了"，"我炒的疙瘩，好吃极了"，"我摇的嘎嘎，好吃极了！"她间长不短去给她的孙子做一顿中午饭。她儿子儿媳妇不跟她一起住，单过。儿子儿媳是"双职工"，中午顾不上给孩子做饭。"老让孩子吃方便面，那哪成！"她爱养花，阳台上都是花。她从天坛东门买回来一大把芍药骨朵，深紫色的。"能开一个月！"

大妈们常在传达室外面院子里聚在一起闲聊天。院子里放着七八张小凳子、小椅子，她们就错错落落地分坐着。所聊的无非是一些家长里短。谁家买了一套组合柜，谁家拉回来一堂沙发，哪儿买的、多少钱买的，她们都打听得很清楚。谁家的孩子上"学前班"，老不去，"淘着哪！"谁家两口子吵架，又好啦，拐着胳臂上游乐园啦！乔其纱现在不时兴啦，现在兴"沙洗"……大妈们有一个好处，倒不搬弄是非。楼里有谁家结婚，大妈们早就在院里等着了。她们看扎着红彩绸的小汽车开进来，看放鞭炮，看新娘子从汽车里走出来，看年轻人往新娘子头发上撒金银色纸屑……

一九九二年六月十日

注　释

①　本篇原载《美文》1992 年创刊三号；初收《草花集》，成都出版社，1993 年
　　9 月。

豆　腐①

　　豆腐点得比较老的,为北豆腐。听说张家口地区有一个堡里的豆腐能用秤钩钩起来,扛着秤杆走几十里路。这是豆腐么?点的较嫩的是南豆腐。再嫩即为豆腐脑。比豆腐脑稍老一点的,有北京的"老豆腐"和四川的豆花。比豆腐脑更嫩的是湖南的水豆腐。

　　豆腐压紧成型,是豆腐干。

　　卷在白布层中压成大张的薄片,是豆腐片。东北叫干豆腐。压得紧而且更薄的,南方叫百页或千张。

　　豆浆锅的表面凝结的一层薄皮撩起晾干,叫豆腐皮,或叫油皮。我的家乡则简单地叫做皮子。

　　豆腐最简便的吃法是拌。买回来就能拌。或入开水锅略烫,去豆腥气。不可久烫,久烫则豆腐收缩发硬。香椿拌豆腐是拌豆腐里的上上品。嫩香椿头,芽叶未舒,颜色紫赤,嗅之香气扑鼻,入开水稍烫,梗叶转为碧绿,捞出,揉以细盐,候冷,切为碎末,与豆腐同拌(以南豆腐为佳),下香油数滴。一箸入口,三春不忘。香椿头只卖得数日,过此则叶绿梗硬,香气大减。其次是小葱拌豆腐。北京有歇后语:"小葱拌豆腐——一青二白",可见这是北京人家家都吃的小菜。拌豆腐特宜小葱,小葱嫩,香。葱粗如指,以拌豆腐,滋味即减。我和林斤澜在武夷山,住一招待所。斤澜爱吃拌豆腐,招待所每餐皆上拌豆腐一大盘,但与豆腐同拌的是青蒜。青蒜炒回锅肉甚佳,以拌豆腐,配搭不当。北京人有用韭菜花、青椒糊拌豆腐的,这是侉吃法,南方人不敢领教。而南方人吃的松花蛋拌豆腐,北方人也觉得岂有此理。这是一道上海菜,我第一次吃到却是在香港的一家上海饭馆里,是吃阳澄湖大闸蟹之前的一道凉菜。北豆腐、松花蛋切成小骰子块,同拌,无姜汁蒜泥,只少放一点盐而已。好吃么？用上海话说:蛮崭格！用北方话说:旱香瓜——另一个味儿。咸鸭蛋拌豆腐也是南方菜，但必须用敝乡所产"高邮咸蛋"。高邮咸蛋蛋黄色如硃砂，多油，和豆腐拌在一起，红白相间，只是颜色即可使人胃口大开。别处的咸鸭蛋，尤其是北方的，蛋黄色浅，又无油，都不中吃。

烧豆腐大体可分为两大类:用油煎过再加料烧的;不过油煎的。

北豆腐切成厚二分的长方块，热锅温油两面煎。油不必多，因豆腐不吃油。最好用平底锅煎。不要煎得太老，稍结薄壳，表面发皱，即可铲出，是名"虎皮"。用已备好的肥瘦各半熟猪肉，切大片，下锅略煸，加葱、姜、蒜、酱油、绵白糖，兑入原猪肉汤，将豆腐推入，加盖猛火煮二三开，即放小火咕嘟。约十五分钟，收汤，即可装盘。这就是"虎皮豆腐"。如加冬菇、虾米、辣椒及豆豉即是"家乡豆腐"。或加菌油，即是湖南有名的"菌油豆腐"——菌油豆腐也有不用油煎的。

"文思和尚豆腐"是清代扬州有名的素菜，好几本菜谱著录，但我在扬州一带的寺庙和素菜馆的菜单上都没有见到过。不知道文思和尚豆腐是过油煎了的，还是不过油煎的。我无端地觉得是油煎了的，而且无端地觉得是用黄豆芽吊汤，加了上好的口蘑或香蕈、竹笋，用极好秋油，文火熬成。什么时候材料凑手，我将根据想象，试做一次文思和尚豆腐。我的文思和尚豆腐将是素菜荤做，放猪油，放虾籽。

虎皮豆腐切大片，不过油煎的烧豆腐则宜切块，六七分见方。北方小饭铺里肉末烧豆腐，是常备菜。肉末烧豆腐亦称家常豆腐。烧豆腐里的翘楚，是麻婆豆腐。相传有陈婆婆，脸上有几粒麻子，在乡场上摆一个饭摊，挑油的脚夫路过，常到她的饭摊上吃饭，陈婆婆把油桶底下剩的油刮下来，给他们烧豆腐。后来大人先生也特意来吃她烧的豆腐。于是麻婆豆腐名闻遐迩。陈麻婆是个值得纪念的人物，中国烹饪史上应为她大书一笔，因为麻婆豆腐确实很好吃。做麻婆豆腐的要领是:一要油多。二要用牛肉末。我曾做过多次麻婆豆腐，都不是那个味儿，后来才知道我用的是瘦猪肉末。牛肉末不能用猪肉末代替。三是要用郫县豆瓣。豆瓣须剁碎。四是要用文火，俟汤汁渐渐收入豆腐，才起锅。

五是起锅时要撒一层川花椒末。一定得用川花椒,即名为"大红袍"者。用山西、河北花椒,味道即差。六是盛出就吃。如果正在喝酒说话,应该把说话的嘴腾出来。麻婆豆腐必须是:麻、辣、烫。

昆明最便宜的小饭铺里有小炒豆腐。猪肉末,肥瘦,豆腐捏碎,同炒,加酱油,起锅时下葱花。这道菜便宜,实惠,好吃。不加酱油而用盐,与番茄同炒,即为番茄炒豆腐。番茄须烫过,撕去皮,炒至成酱,番茄汁渗入豆腐,乃佳。

砂锅豆腐须有好汤,骨头汤或肉汤,小火炖,至豆腐起蜂窝,方好。砂锅鱼头豆腐,用花鲢(即胖头鱼)头,劈为两半,下冬菇、扁尖(腌青笋)、海米,汤清而味厚,非海参鱼翅可及。

"汪豆腐"好像是我的家乡菜。豆腐切成指甲盖大的小薄片,推入虾籽酱油汤中,滚几开,勾薄芡,盛大碗中,浇一勺熟猪油,即得。叫做"汪豆腐",大概因为上面泛着一层油。用勺舀了吃。吃时要小心,不能性急,因为很烫。滚开的豆腐,上面又是滚开的油,吃急了会烫坏舌头。我的家乡人喜欢吃烫的东西,语云:"一烫抵三鲜。"乡下人家来了客,大都做一个汪豆腐应急。周巷汪豆腐很有名。我没有到过周巷,周巷汪豆腐好,我想无非是虾籽多,油多。近年高邮新出一道名菜:雪花豆腐,用盐,不用酱油。我想给家乡的厨师出个主意:加入蟹白(雄蟹白的油即蟹的精子),这样雪花豆腐就更名贵了。

不知道为什么,北京的老豆腐现在见不着了,过去卖老豆腐的摊子是很多的。老豆腐其实并不老,老,也许是和豆腐脑相对而言。老豆腐的作料很简单:芝麻酱、腌韭菜末。爱吃辣的浇一勺青椒糊。坐在街边摊头的矮脚长凳上,要一碗老豆腐,就半斤旋烙的大饼,夹一个薄脆,是一顿好饭。

四川的豆花是很妙的东西,我和几个作家到四川旅游,在乐山吃饭。几位作家都去了大馆子,我和林斤澜钻进一家只有穿草鞋的乡下人光顾的小店,一人要了一碗豆花。豆花只是一碗白汤,啥都没有。豆花用筷子夹出来,蘸"味碟"里的作料吃。味碟里主要是豆瓣。我和斤澜各吃了一碗热腾腾的白米饭,很美。豆花汤里或加切碎的青菜,则为

"菜豆花"。北京的豆花饭庄的豆花乃以鸡汤煨成,过于讲究,不如乡坝头的豆花存其本味。

北京的豆腐脑过去浇羊肉口蘑渣熬成的卤。羊肉是好羊肉,口蘑渣是碎黑片蘑,还要加一勺蒜泥水。现在的卤,羊肉极少,不放口蘑,只是一锅稠糊糊的酱油黏汁而已。即便是过去浇卤的豆腐脑,我觉得也不如我们家乡的豆腐脑。我们那里的豆腐脑温在紫铜扁钵的锅里,用紫铜平勺盛在碗里,加秋油,滴醋、一点点麻油,小虾米、榨菜末、芹菜(药芹即水芹菜)末。清清爽爽,而多滋味。

中国豆腐的做法多矣,不胜记载。四川作家高缨请我们在乐山的山上吃过一次豆腐宴,豆腐十好几样,风味各别,不相雷同。特点是豆腐的质量极好。掌勺的老师傅从磨豆腐到烹制,都是亲自为之,绝不假手旁人。这一顿豆腐宴可称寰中一绝!

豆腐干南北皆有。北京的豆腐干比较有特点的是薰干。薰干切长片拌芹菜,很好。薰干的烟薰味和芹菜的芹菜香相得益彰。花干、苏州干是从南边传过来的,北京原先没有。北京的苏州干只是用味精取鲜,苏州的小豆腐干是用酱油、糖、冬菇汤煮出后晾得半干的,味长而耐嚼。从苏州上车,买两包小豆腐干,可以一直嚼到郑州。香干亦称茶干。我在小说《茶干》中有较细的描述:

> ……豆腐出净渣,装在一个一个小蒲包里,包口扎紧,入锅,码好,投料,加上好抽油,上面用石头压实,文火煨煮。要煮很长时间。煮得了,再一块一块从蒲包里倒出来。这种茶干是圆形的,周围较厚、中间较薄,周身有蒲包压出来的细纹,……这种茶干外皮是深紫黑色的,掰开了,里面是浅褐色的。很结实,嚼起来很有咬劲,越嚼越香,是佐茶的妙品,所以叫做"茶干"。

茶干原出界首镇,故称"界首茶干"。据说乾隆南巡,过界首,曾经品尝过。

干丝是淮扬名菜。大方豆腐干,快刀横披为片,刀工好的师傅一块豆腐丁能片丨六片;再立刀切为细丝。这种豆腐干是特制的,极坚致,切丝不断，又绵软，易吸汤汁。旧本只有拌干丝。干丝入开水略煮，捞出后装高足浅碗，浇麻酱油醋。青蒜切寸段，略焯，五香花生米搓去皮，同拌，尤妙。煮干丝的兴起也就是五六十年的事。干丝母鸡汤煮，加开阳（大虾米）、火腿丝。我很留恋拌干丝，因为味道清爽，现在只能吃到煮干丝了。干丝本不是"菜"，只是吃包子烧麦的茶馆里，在上点心之前喝茶时的闲食。现在则是全国各地淮扬菜系的饭馆里都预备了。我在北京常做煮干丝，成了我们家的保留节目。北京很少遇到大白豆腐干，只能用豆腐片或百页切丝代替。口感稍差，味道却不逊色，因为我的煮干丝里下了干贝。煮干丝没有什么诀窍，什么鲜东西都可往里搁。干丝上桌前要放细切的姜丝，要嫩姜。

臭豆腐是中国人的一大发明。我在上海、武汉都吃过。长沙火宫殿的臭豆腐毛泽东年轻时常去吃。后来回长沙，又特意去吃了一次，说了一句话："火宫殿的臭豆腐还是好吃。"这就成了"最高指示"，写在照壁上。火宫殿的臭豆腐遂成全国第一。油炸臭豆腐干，宜放辣椒酱、青蒜。南京夫子庙的臭豆腐干是小方块，用竹签像冰糖葫芦似的串起来卖，一串八块。昆明的臭豆腐不用油炸，在炭火盆上搁一个铁箅子，臭豆腐干放在上面烤焦，别有风味。

在安徽屯溪吃过霉豆腐，长条豆腐，长了二寸长的白色的绒毛，在平底锅中煎熟，蘸酱油辣椒青蒜吃。凡到屯溪者，都要去尝尝。

豆腐乳各地都有。我在江西进贤参加土改，那里的农民家家都做腐乳。进贤原来很穷，没有什么菜吃，顿顿都用豆腐乳下饭。做豆腐乳，放大量辣椒面，还放柚子皮，味道非常强烈。广西桂林、四川忠县、云南路南所出豆腐乳都很有名，各有特点。腐乳肉是苏州松鹤楼的名菜，肉味浓醇，入口即化。广东点心很多都放豆腐乳，叫做"南乳××饼"。

南方人爱吃百页。百页结烧肉是宁波、上海人家常吃的菜。上海老城隍庙的小吃店里卖百页结：百页包一点肉馅，打成结，煮在汤里，要吃，随时盛一碗。一碗也就是四五只百页结。北方的百页缺韧性，打不成结，一打结就断。百页可入臭卤中腌臭，谓之"臭千张"。

杭州知味观有一道名菜：炸响铃。豆腐皮（如过干，要少润一点水），瘦肉剁成细馅，加葱花细姜末，入盐，把肉馅包在豆腐皮内，成一卷，用刀剁，成寸许长的小段，下油锅炸得馅熟皮酥，即可捞出。油温不可太高，太高豆皮易糊。这菜嚼起来发脆响，形略似铃，故名响铃。做法其实并不复杂。肉剁极碎，成泥状（最好用刀背剁），平摊在豆腐皮上，折叠起来，如小钱包大，入油炸，亦佳。不入油炸，而以酱油冬菇汤煮，豆皮层中有汁，甚美。北京东安市场拐角处解放前有一家肉店宝华春，兼卖南味熟肉，卖一种酒菜：豆腐皮切细条，在酱肉汤中煮透，捞出，晾至微干，很好吃，不贵。现在宝华春已经没有了。豆腐皮可做汤。炖酥腰（猪腰炖汤）里放一点豆腐皮，则汤色雪白。

一九九二年六月二十五日

注　释

① 　本篇原载《小说林》1992 年第五期；初收《汪曾祺散文随笔选集》，沈阳出版社，1993 年 6 月。

新　校　舍[①]

　　西南联大的校舍很分散。有一些是借用原先的会馆、祠堂、学校，只有新校舍是联大自建的，也是联大的主体。这里原来是一片坟地。坟主的后代大都已经式微或他徙了，联大征用了这片地并未引起麻烦。有一座校门，极简陋，两扇大门是用木板钉成的，不施油漆，露着白茬。门楣横书大字："国立西南联合大学"。进门是一条贯通南北的大路。路是土路，到了雨季，接连下雨，泥泞没足，极易滑倒。大路把新校舍分为东西两区。

　　路以西，是学生宿舍。土墼墙，草顶。两头各有门。窗户是在墙上留出方洞，直插着几根带皮的树棍。空气是很流通的，因为没有人爱在窗洞上糊纸，当然更没有玻璃。昆明气候温和，冬天从窗洞吹进一点风，也不要紧。宿舍是大统间，两边靠墙，和墙垂直，各排了十张双层木床。一张床睡两个人，一间宿舍可住四十人。我没有留心过这样的宿舍共有多少间。我曾在 25 号宿舍住过两年。25 号不是最后一号。如果以三十间计，则新校舍可住一千二百人。联大学生约三千人，工学院住在拓东路迤西会馆；女生住"南院"，新校舍住的是文、理、法三院的男生。估计起来，可以住得下。学生并不老老实实地让双层床靠墙直放，向右看齐，不少人给它重新组合，把三张床拼成一个 U 字，外面挂上旧床单或钉上纸板，就成了一个独立天地，屋中之屋。结邻而居的，多是谈得来的同学。也有的不是自己选择的，是学校派定的。我在 25 号宿舍住的时候，睡靠门的上铺，和下铺的一位同学几乎没有见过面。他是历史系的，姓刘，河南人。他是个农家子弟，到昆明来考大学是由河南自己挑了一担行李走来的。——到昆明来考联大的，多数是坐公共汽车来的，乘滇越铁路火车来的，但也有利用很奇怪的交通工具来的。物理系有个姓应的学生,是自己买了一头毛驴,从西康骑到昆明来的。我和历史系同学怎么会没有见过面呢?他是个很用功的老实学生,每天黎明即起,到树林里去读书。我是个夜猫子,天亮才回床睡觉。一般说,学生搬动床位,调换宿舍,学校是不管的,从来也没有办事职员来查看过。有人占了一个床位,却终年不来住。也有根本不是联大的,却在宿舍里住了几年。有一个青年小说家曹卣,——他很年轻时就在《文学》这样的大杂志上发表过小说,他是同济大学的,却住在 25 号宿舍。也不到同济上课,整天在 25 号写小说。

桌椅是没有的。很多人去买了一些肥皂箱。昆明肥皂箱很多,也很便宜。一般三个肥皂箱就够用了。上面一个,面上糊一层报纸,是书桌。下面两层放书,放衣物,这就书橱、衣柜都有了。椅子?——床就是。不少未来学士在这样的肥皂箱桌面上写出了洋洋洒洒的论文。

宿舍区南边,校门围墙西侧以里,是一个小操场。操场上有一副单杠和一副双杠。体育主任马约翰带着大一学生在操场上上体育课。马先生一年四季只穿一件衬衫,一件西服上衣,下身是一条猎裤,从不穿毛衣、大衣。面色红润,连光秃秃的头顶也红润,脑后一圈雪白的卷发。他上体育课不说中文,他的英语带北欧口音。学生列队,他要求学生必须站直:"Boys! you must keep your body straight!"我年轻时就有点驼背,始终没有 straight 起来。

操场上有一个篮球场,很简陋。遇有比赛,都要临时画线,现结篮网,但是很多当时的篮球名将如唐宝华、牟作云……都在这里展过身手。

大路以东,有一条较小的路。这条路经过一个池塘,池塘中间有一座大坟,成为一个岛。岛上开了很多野蔷薇,花盛时,香扑鼻。这个小岛是当初规划新校舍时特意留下的。于是成了一个景点。

往北,是大图书馆。这是新校舍唯一的瓦顶建筑。每天一早,就有一堆学生在外面等着。一开门,就争先进去,抢座位(座位不很多),抢指定参考书(参考书不够用)。晚上十点半钟,图书馆的电灯还亮着,还有很多学生在里面看书。这都是很用功的学生。大图书馆我只进去过几次。这样正襟危坐，集体苦读，我实在受不了。

图书馆门前有一片空地。联大没有大会堂，有什么全校性的集会便在这里举行。在图书馆关着的大门上用摁钉摁两面党国旗，也算是会场。我入学不久，张清常先生在这里教唱过联大校歌（校歌是张先生谱的曲），学唱校歌的同学都很激动。每月一号，举行一次"国民月会"，全称应是"国民精神总动员月会"，可是从来没有人用全称，实在太麻烦了。国民月会有时请名人来演讲，一般都是梅贻琦校长讲讲话。梅先生很严肃，面无笑容，但说话很幽默。有一阵昆明闹霍乱，梅先生劝大家不要在外面乱吃东西，说："有一位同学说，'我吃了那么多次，也没有得过一次霍乱。'这种事情是不能有第二次的。"开国民月会时，没有人老实站着，都是东张西望，心不在焉。有一次，我发现青天白日满地红的国旗的太阳竟是十三只角（按规定应是十二只）！

"一二·一惨案"（国民党军队枪杀三位同学、一位老师）发生后，大图书馆曾布置成死难烈士的灵堂，四壁都是挽联，灵前摆满了花圈，大香大烛，气氛十分肃穆悲壮。那两天昆明各界前来吊唁的人络绎于途。

大图书馆后面是大食堂。学生吃的饭是通红的糙米，装在几个大木桶里，盛饭的瓢也是木头的，因此饭有木头的气味。饭里什么都有：砂粒、耗子屎……被称为"八宝饭"。八个人一桌，四个菜，装在酱色的粗陶碗里。菜多盐而少油。常吃的菜是煮芸豆，还有一种叫做蘑芋豆腐的灰色的凉粉似的东西。

大图书馆的东面，是教室。土墙，铁皮顶。铁皮上涂了一层绿漆。有时下大雨，雨点敲得铁皮丁丁当当地响。教室里放着一些白木椅子。椅子是特制的，右手有一块羽毛球拍大小的木板，可以在上面记笔记。椅子是不固定的，可以随便搬动，从这间教室搬到那间。吴宓先生上《红楼梦》研究课，见下面有女生没有坐下，就立即走到别的教室去搬椅子。一些颇有骑士风度的男同学于是追随吴先生之后，也去搬。到女同学都落座，吴先生才开始上课。

我是个吊儿郎当的学生，不爱上课。有的教授授课是很严格的。

教西洋通史(这是文学院必修课)的是皮名举。他要求学生记笔记,还要交历史地图。我有一次画了一张马其顿王国的地图,皮先生在我的地图上批了两行字:"阁下所绘地图美术价值甚高,科学价值全无。"第一学期期终考试,我得了三十七分。第二学期我至少得考八十三分,这样两学期平均,才能及格,这怎么办?到考试时我拉了两个历史系的同学,一个坐在我的左边,一个坐在我的右边。坐在右边的同学姓钮,左边的那个忘了。我就抄左边的同学一道答题,又抄右边的同学一道。公布分数时,我得了八十五,及格还有富余!

朱自清先生教课也很认真。他教我们宋诗。他上课时带一沓卡片,一张一张地讲。要交读书笔记,还有月考、期考。我老是缺课,因此朱先生对我印象不佳。

多数教授讲课很随便。刘文典先生教《昭明文选》,一个学期才讲了半篇木玄虚的《海赋》。

闻一多先生上课时,学生是可以抽烟的。我上过他的"楚辞"。上第一课时,他打开高一尺又半的很大的毛边纸笔记本,抽上一口烟,用顿挫鲜明的语调说:"痛饮酒,熟读《离骚》——乃可以为名士。"他讲唐诗,把晚唐诗和后期印象派的画联系起来讲。这样讲唐诗,别的大学里大概没有。闻先生的课都不考试,学期终了交一篇读书报告即可。

唐兰先生教词选,基本上不讲。打起无锡腔调,把词"吟"一遍:"'双鬓隔香红啊——玉钗头上风……'好!真好!"这首词就算讲过了。

西南联大的课程可以随意旁听。我听过冯文潜先生的美学。他有一次讲一首词:

> 汴水流,
> 泗水流,
> 流到瓜洲古渡头,
> 吴山点点愁。

冯先生说他教他的孙女念这首词,他的孙女把"吴山点点愁"念成

"吴山点点头",他举的这个例子我一直记得。

吴宓先生讲"中西诗之比较",我很有兴趣地去听。不料他讲的第一首诗却是：

> 一去二三里，
> 烟村四五家，
> 楼台六七座，
> 八九十枝花。

我不好好上课，书倒真也读了一些。中文系办公室有一个小图书馆，通称系图书馆。我和另外一两个同学每天晚上到系图书馆看书。系办公室的钥匙就由我们拿着，随时可以进去。系图书馆是开架的，要看什么书自己拿，不需要填卡片这些麻烦手续。有的同学看书是有目的有系统的。一个姓范的同学每天摘抄《太平御览》。我则是从心所欲，随便瞎看。我这种乱七八糟看书的习惯一直保持到现在。我觉得这个习惯挺好。夜里，系图书馆很安静，只有哲学心理系有几只狗怪声嗥叫——一个教生理学的教授做实验，把狗的不同部位的神经结扎起来，狗于是怪叫。有一天夜里我听到墙外一派鼓乐声，虽然悠远，但很清晰。半夜里怎么会有鼓乐声？只能这样解释：这是鬼奏乐。我确实听到的，不是错觉。我差不多每夜看书，到鸡叫才回宿舍睡觉。——因此我和历史系那位姓刘的河南同学几乎没有见过面。

新校舍大门东边的围墙是"民主墙"。墙上贴满了各色各样的壁报，左、中、右都有。有时也有激烈的论战。有一次三青团办的壁报有一篇宣传国民党观点的文章，另一张"群社"编的壁报上很快就贴出一篇反驳的文章，批评三青团壁报上的文章是"咬着尾巴兜圈子"。这批评很尖刻，也很形象。"咬着尾巴兜圈子"是狗。事隔近五十年，我对这一警句还记得十分清楚。当时有一个"冬青社"（联大学生社团甚多），颇有影响。冬青社办了两块壁报，一块是《冬青诗刊》，一块就叫《冬青》，是刊载杂文和漫画的。冯友兰先生、查良钊先生、马约翰先生,都曾经被画进漫画。冯先生、查先生、马先生看了,也并不生气。

除了壁报,还有各色各样的启事。有的是出让衣物的。大都是八成新的西服、皮鞋。出让的衣物就放在大门旁边的校警室里,可以看货付钱。也有寻找失物的启事,大都写着:"鄙人不慎,遗失了什么东西,如有捡到者,请开示姓名住处,失主即当往取,并备薄酬。"所谓"薄酬",通常是五香花生米一包。有一次有一位同学贴出启事:"寻找眼睛。"另一位同学在他的启事标题下用红笔画了一个大问号。他寻找的不是"眼睛",是"眼镜"。

新校舍大门外是一条碎石块铺的马路。马路两边种着高高的有加利树(即桉树,云南到处皆有)。

马路北侧,挨新校的围墙,每天早晨有一溜卖早点的摊子。最受欢迎的是一个广东老太太卖的煎鸡蛋饼。一个瓷盆里放着鸡蛋加少量的水和成的稀面,舀一大勺,摊在平铛上,煎熟,加一把葱花。广东老太太很舍得放猪油。鸡蛋饼煎得两面焦黄,猪油吱吱作响,喷香。一个鸡蛋饼直径一尺,卷而食之,很解馋。

晚上,常有一个贵州人来卖馄饨面。有时馄饨皮包完了,他就把馄饨馅拨在汤里下面。问他:"你这叫什么面?"贵州老乡毫不迟疑地说:"桃花面!"

马路对面常有一个卖水果的。卖桃子,"面核桃"和"离核桃",卖泡梨——棠梨泡在盐水里,梨肉转为极嫩、极脆。

晚上有时有云南兵骑马由东面驰向西面,马蹄铁敲在碎石块的尖棱上,迸出一朵朵火花。

有一位曾在联大任教的作家教授在美国讲学。美国人问他:西南联大八年,设备条件那样差,教授、学生生活那样苦,为什么能出那样多的人才?——有一个专门研究联大校史的美国教授以为联大八年,出的人才比北大、清华、南开三十年出的人才都多。为什么?这位作家回答了两个字:自由。

一九九二年七月五日

① 本篇原载《芒种》1992 年第十期；初收《草花集》，成都出版社，1993 年
9 月。

我 的 母 亲[①]

——自传体系列散文《逝水》之五

我父亲结过三次婚。

我的生母姓杨。我不知道她的学名。杨家不论男女都是排行的。我母亲那一辈"遵"字排行,我母亲应该叫杨遵什么。前年我写信问我的姐姐,我们的母亲叫什么。姐姐回信说:叫"强四"。我觉得很奇怪,怎么叫这么个名呢?是小名么?也不大像。我知道我母亲不是行四。一个人怎么会连自己母亲的名字都不知道呢?因为我母亲活着的时候我太小了。

我三岁的时候,母亲就故去了。我对她一点印象都没有。她得的是肺病,病后即移住在一个叫"小房"的房间里,她也不让人把我抱去看她。我只记得我父亲用一个煤油箱自制了一个炉子,煤油箱横放着,有两个火口,可以同时为母亲熬粥,熬参汤、燕窝,另外还记得我父亲雇了一只船陪她到淮城去就医,我是随船去的。我记得小船中途停泊时,父亲在船头钓鱼,还记得船舱里挂了好多大头菜。我一直记得大头菜的气味。

我只能从母亲的画像看看她。据我的大姑妈说,这张像画得很像。画像上的母亲很瘦,眉尖微蹙。样子和我的姐姐很相似。

我母亲是读过书的。她病倒之前每天还写一张大字。我曾在我父亲的画室里找出一摞母亲写的大字,字写得很清秀。

前年我回家乡,见着一个老邻居,她记得我母亲。看见过我母亲在花园里看花。——这家邻居和我们家的花园只隔一堵短墙。我母亲叫她"小新娘子"。"小新娘子,过来过来,给你一朵花戴。"我于是好像看见母亲在花园里看花,并且觉得她对邻居很和善。这位"小新娘子"已经是八十多岁的老太太了！

我还记得我母亲爱吃京冬菜。这东西我们家乡是没有的，是托做京官的亲戚带回来的，装在陶制的罐子里。

我母亲死后，她养病的那间"小房"锁了起来，里面堆放着她生前用的东西，全部嫁妆，——"摞橱"、皮箱和铜火盆、朱漆的火盆架子……我的继母有时开锁进去，取一两样东西，我跟着进去看过。"小房"外面有一个小天井。靠南有一个秋叶形的小花台。花台上开了一些秋海棠。这些海棠自开自落，没人管它。花很伶仃，但是颜色很红。

我的第一个继母娘家姓张。她们家原来在张家庄住，是个乡下财主。后来在城里盖了房子，才搬进城来。房子是全新的，新砖，新瓦，油漆的颜色也都很新。没有什么花木，却有一片很大的桑园。我小时就觉得奇怪，又不养蚕，种那么多桑树做什么？桑树都长得很好，干粗叶大，是湖桑。

我的继母幼年丧母，她是跟姑妈长大的，姑妈家姓吴。继母的姑妈年轻守寡。她住的房子二梁上挂着一块匾，朱地金字："松贞柏节"，下款是"大总统题"。这大总统不知是谁，是袁世凯？还是黎元洪？吴家家境不富裕，住的房子是张家的三间偏房。老姑奶奶有两个儿子，一个叫大和子，一个叫小和子。两个儿子都没上学校，念了几年私塾，专学珠算。同年龄的少年学"鸡兔同笼"，他们却每天打"归除"、"斤求两，两求斤"。他们是准备到钱庄去学生意的。

我的继母归宁，也到她的继母屋里坐坐，但大部分时间都在这三间偏房里和姑妈在一起。我父亲到老丈人那边应酬应酬，说些淡话，也都在"这边"陪姑妈闲聊。直到"那边"来请坐席了，才过去。

继母身体不好。她婚前咳嗽得很利害，和我父亲拜堂时是服用了一种进口的杏仁露压住的。

她是长女，但是我的外公显然并不钟爱她。她的陪嫁妆奁是不丰的。她有时准备出门作客，才戴一点首饰。比较好的首饰是副翡翠耳环。有一次，她要带我们到外公家拜年，她打扮了一下，换了一件灰鼠的皮袄。我觉得她一定会冷。这样的天气，穿一件灰鼠皮袄怎么行呢？

然而她只有一件皮袄。我忽然对我的继母产生一种说不出来的感情。我可怜她，也爱她。

后娘不好当。我的继母进门就遇到一个局面，"前房"（我的生母）留下三个孩子：我姐姐，我，还有一个妹妹。这对于"后娘"当然会是沉重的负担。上有婆婆，中有大姑子、小姑子，还有一些亲戚邻居，她们都拿眼睛看着，拿耳朵听着。

也许我和娘（我们都叫继母为娘）有缘，娘很喜欢我。

她每次回娘家，都是吃了晚饭才回来。张家总是叫了两辆黄包车，姐姐和妹妹坐一辆，娘搂着我坐一辆。张家有个规矩（这规矩是很多人家都有的），姑娘回自己婆家，要给孩子手里拿两根点着了的安息香。我于是拿着两根安息香，偎在娘怀里。黄包车慢慢地走着。两旁人家、店铺的影子向后移动着，我有点迷糊。闻着安息香的香味，我觉得很幸福。

小学一年级时，冬天，有一天放学回家，我大便急了，憋不住，拉在裤子里了（我记得我拉的屎是热腾腾的）。我兜着一裤兜屎，一扭一扭地回了家。我的继母一闻，二话没说，赶紧烧水，给我洗了屁股。她把我擦干净了，让我围着棉被坐着。接着就给我洗衬裤刷棉裤。她不但没有说我一句，连眉头都没有皱一下。

我妹妹长了头虱，娘煎了草药给她洗头，用篦子给她篦头发。张氏娘认识字，念过《女儿经》。《女儿经》有几个版本，她念过的那本，她从娘家带了过来，我看过。里面有这样的句子："张家长，李家短，别人的事情我不管。"她就是按照这一类道德规范做人的。她有时念经：《金刚经》、《心经》、《高王经》。她是为她的姑妈念的。

她做的饭菜有些是乡下做法，比如番瓜（南瓜）熬面疙瘩、煮百合先用油炒一下。我觉得这样的吃法很怪。

她死于肺病。

我的第二个继母姓任。任家是邵伯大地主，庄园有几座大门，庄园外有壕沟吊桥。

我父亲是到邵伯结的婚。那年我已经十七岁，读高二了。父亲写信给我和姐姐,叫我们去参加他的婚礼。任家派一个长工推了一辆独轮车到邵伯码头来接我们。我和姐姐一人坐一边。我第一次坐这种独轮车觉得很有趣。

我已经很大了,任氏娘对我们很客气,称呼我是"大少爷"。我十九岁离开家乡到昆明读大学。1986 年回乡,这时娘才改口叫我"曾祺"。——我这时已经六十六岁,也不是什么"少爷"了。

我对任氏娘很尊敬,因为她伴随我的父亲度过了漫长的很艰苦的沧桑岁月。

她今年八十六岁。

一九九二年七月十一日

注 释

①　本篇原载《作家》1993 年第二期;初收《汪曾祺散文随笔选集》,沈阳出版社,1993 年 6 月。

大 莲 姐 姐①

——自传体系列散文《逝水》之六

大莲姐姐可以说是我的保姆。她是我母亲从娘家带过来的。她在杨家伺候大小姐——我母亲，到了我们家"带"我。我们那里把女佣人都叫做"莲子"，"大莲子"、"小莲子"。伺候我的二伯母的女佣人，有一个奇怪称呼，叫"高脚牌大莲子"。不知道怎么会这样称呼，可能是她的脚背特别高。全家都叫我的保姆为"大莲子"，只有我叫她"大莲姐姐"。

我小时候是个"惯宝宝"。怕我长不大，于是认了好几个干妈，在和尚庙、道士观里都记了名，我的法名叫"海鳌"。我还记得在我父亲的卧室的一壁墙上贴着一张八寸高五寸宽的梅红纸，当中一行字"三宝弟子求取法名海鳌"，两边各有一个字，一边是"皈"，一边是"依"。我大概是从这张记名红纸上才认得这个"皈"字的。因为是"惯宝宝"，才有一个保姆专门"看"我。大莲姐姐对我的姐姐和妹妹是不大管的，就管照看我一个人。

大莲姐姐对我母亲很有感情，对我的继母就有一种敌意。继母还没有过门，嫁妆先发了过来，新房布置好了。她拍拍一张小八仙桌，对我的姐姐说："这是红木的，不是海梅的！""海梅"别处不知叫什么，在我们那里是最贵重的木料。我母亲的嫁妆就是海梅的。她还教我们唱：

"小白菜呀，

地里黄呀……"

我虽然很小，也觉得这不好。

大莲姐姐对我是很好。我小时不好好吃饭，老是围着桌子转，她就围着桌子追着喂我。不知要转多少圈,才能把半碗饭喂完。

晚上,她带着我睡。

我得了小肠疝气,有时发作,就在床上叫:"大莲姐姐,我疼。"她就熬了草药,倒在一个痰盂里,抱我坐在上面薰。薰一会,坠下来的小肠就能收缩回去。她不知从哪里学到一些偏方,都试过。煮了胡萝卜,让我吃。我天天吃胡萝卜,弄得我到现在还不喜欢胡萝卜的味儿。把鸡蛋打匀了,用个秤锤烧红了,放在鸡蛋里,嗤啦一声,鸡蛋熟了。不放盐,吃下去。真不好吃!

我上小学后,大莲姐姐辞了事,离开我们家。她好像在别的人家做了几年。后来,就不帮人了,住在臭河边一个白衣庵里。她信佛,听我姐姐说,她受过戒。并未剃去头发,只在头顶上剃了一块,烧的戒疤也少,头发长长了,拢上去,看不出来。她成了个"道婆子"。我们那里有不少这种道婆子。她们每逢哪个庙的香期,就去"坐经",——席地坐着,一坐一天。不管什么庙,是庙就"坐"。东岳庙、城隍庙,本来都是道士住持,她们不管,一屁股坐下就念"南无阿弥陀佛",我放学回家,路过白衣庵,她有时看着我走过,有时也叫我到她那里去玩。白衣庵实在没有什么好"玩"的。这是一个小庵,殿上塑着一尊白衣观音。天井东西各有一间小屋,大莲姐姐住东屋,西屋住的也是一个"带发修行"的道婆子。

她后来又和同善社、"理教劝戒烟酒会"的一些人混在一起。我们那里没有一贯道。如果有,她一定也会入一贯道的。她是什么都信的。

一九九二年七月十二日

注　释

① 本篇原载《作家》1993 年第四期;初收《汪曾祺散文随笔选集》,沈阳出版
社,1993 年 6 月。

我 的 小 学①

——自传体系列散文《逝水》之七

我读的小学是县立第五小学,简称五小,在城北承天寺的旁边,五小有一支校歌。我在小说《徙》的开头提到这支校歌。歌词如下:

> 西挹神山爽气,
>
> 东来邻寺疏钟,
>
> 看吾校巍巍峻宇,
>
> 连云栉比列其中。
>
> 半城半郭尘嚣远,
>
> 无女无男教育同。
>
> 桃红李白,芬芳馥郁,
>
> 一堂济济坐春风。
>
> 愿少年,乘风破浪,
>
> 他日毋忘化雨功。

"神山爽气"是秦邮八景之一。"神山"即"神居山",在高邮湖西,我没有去过,"爽气"也不知道是一种什么样子的气。"东来邻寺疏钟"的"邻寺"即承天寺。这倒是每天必须经过的。这是一座古寺,张士诚就是在承天寺称王的。张士诚攻下高邮在至正十三年(1353),称王在次年。那时就有这座寺了。以后也没听说重修过(我没见过重修碑记)。这也就是一个一般的寺庙。一个大雄宝殿,三世佛;殿后是站在鳌鱼头上的南海观音;西侧是罗汉堂,罗汉堂有一口大钟,我写的《幽冥钟》就是写的这口钟;东边是僧众的宿舍和膳堂,廊子上挂了一条很大的木头鱼,画出蓝色的鱼鳞,一口像倒挂的如意云头的铁磬,木鱼铁磬从来没听见敲响过。寺古房旧僧白头，佛像髹漆都暗淡了。看不出一点张士诚即位称王的痕迹。他在什么地方坐朝的呢？总不能在大雄宝殿上，也不会在罗汉堂里。

学校的对面，也就是承天寺的对面，是"天地坛"。原来大概是祭天地的地方，但我从小就没有见过祭过天地。这是一片很大的空地，安下一个足球场还有富余。天地坛四边有砖砌的围墙，但是除了五小的学生来踢球、跑步，可以说毫无用处。坛的四面长满了荒草，草丛中有枸杞，秋天结了很多红果子，我们叫它"狗奶子"。

"巍巍峻宇"，"连云栉比"，实在过于夸张了。一个只有六个班的小学，怎么能有这样高大，这样多的房子呢！

学校门外的地势比校内高，进大门，要下一个慢坡，慢坡是"站砖"铺的。不是笔直的，而是有点弯。不知道为什么，我们对这道弯弯的慢坡很有感情。如果它是笔直的，就没有意思了。

慢坡的东端是门房，同时也是斋夫（校工）詹大胖子的宿舍。詹大胖子墙上挂着一架时钟，桌上有一把铜铃，一个玻璃匣子放着花生糖、芝麻糖，是卖给学生吃的。学校不许他卖，他还是偷偷地卖。

詹大胖子的房子的对面，隔着慢坡，是大礼堂。大礼堂的用处是做"纪念周"，开"同乐会"。平常日子，是音乐教室，唱歌。

大礼堂的北面是校园。校园里花木不多，比较突出的是一架很大的"十姊妹"。我对这个校园留下很深的印象是：有一年我们县境闹蝗虫，蝗虫一过，遮天蔽日，学校里遍地都是蝗虫，我们就见蝗虫就捉，到校园里用两块砖头当磨子，把蝗虫磨得稀烂。蝗虫太可恶了！

校园之北，是教务处。一个很大的房间，两边靠墙摆了几张三屉桌，供教员备课，批改学生作业。当中有一张相当大的会议桌。这张会议桌平常不开会，有一个名叫夏普天的教员在桌上画炭画像。这夏普天（不知道为什么学生背后都不称他为"夏先生"，径称之为"夏普天"，有轻视之意）在教员中有其特别处。一是他穿西服（小学教员穿西服者甚少）；二是他在教小学之外还有一个副业：画像。用一个刻有方格的有四只脚的放大镜，放在一张照片上，在大张的画纸上画了经纬方格,看着放大镜,勾出铅笔细线条,然后用剪秃了的羊毫笔,蘸炭粉,涂出深浅浓淡。说是"涂"不大准确,应该说是"蹭"。我在小学时就知道这不叫艺术,但是有人家请他画,给钱。夏普天的画像真正只是谋生之术。夏家原是大族,后来败落了。夏普天画像,实非得已。过了好多年,我才知道夏普天是我们县的最早的共产党员之一!夏普天给我的印象是:一个非常聪明的人。

教务处的北面是幼稚园。现在一般都叫幼儿园,我入园时叫幼稚园。五小设幼稚园是创举。这个幼稚园是全县第一个幼稚园。

幼稚园的房子是新盖的。一切都是新的。新砖、新瓦、新门、新窗。这座房子有点特别,是六角形的。进门,是一个宽敞明亮的大厅。铺着漆成枣红色的地板,用白漆画出一个很大的圆圈。这圆圈是为了让"小朋友"沿着唱歌跳舞而画出的。"小朋友"每天除了吃点心,大部分时间是唱歌跳舞。规定:上幼稚园的"小朋友"的家里都要预备一双"软底鞋",——普通的布鞋,但是鞋底是几层布"纳"出来的软底。

幼稚园的老师是王文英,她是我们县里头一个从"幼稚师范"毕业的专业老师。整个幼稚园只有一个老师,教唱歌、跳舞都是她。我在幼稚园学过很多歌,有一些是"表演唱"。我至今记得的是《小羊儿乖乖》,母亲出去了,狼来了:

> 狼:小羊儿乖乖,
>
> 　　把门儿开开,
>
> 　　快点儿开开,
>
> 　　我要进来。
>
> 小羊:不开不开不能开,
>
> 　　母亲不回来,
>
> 　　谁也不能开。
>
> 狼:小兔子乖乖,
>
> 　　把门儿开开,
>
> 　　快点儿开开,
>
> 　　我要进来。

小兔:不开不开不能开,

　　母亲不回来,

　　谁也不能开。

狼:小螃蟹乖乖,

　　把门儿开开,

　　快点儿开开,

　　我要进来。

螃蟹:就开就开我就开——(开门)

狼:啊呜!(把小螃蟹吃了)

小羊、小兔:

　　可怜小螃蟹,

　　从此不回来。

另外还有:

　　拉锯,送锯,

　　你来,我去。

　　拉一把,推一把,

　　哗啦哗啦起风啦。

　　小小狗,快快走;

　　小小猫,快快跑!

(王老师除了教唱,领着小朋友唱,还用一架风琴伴奏。)

　　幼稚园门外是一个游戏场,有一个沙坑,一架秋千,还有一个"巨人布"。一根粗大柱,半截埋在土里,柱顶有一个火炬形的顶子,顶与柱之间是铁的轴棍,柱顶牵出八条粗麻绳,小朋友各攥住一根麻绳,连跑几步,拳起腿一悠,柱顶即转动,小朋友能悠好多圈。我到现在还不知道这个游戏器械为什么叫"巨人布"。也许应该写成"巨人步"。这种游戏大概是从外国传进来的。

　　在全班小朋友中我是最受王老师宠爱的。我们那一班临毕业前曾在游戏场上照了一张合影。我骑在一头木马上。这是我第一次留了一回马上英姿（另外还有一个同学骑在一个灰色的木鸭子上，其他小朋友都蹲着，坐着）。

我离开五小后很少和王老师见面。我十九岁离开家乡。和王老师不通音问。她和我的初中国文老师张道仁先生结了婚，我也不知道。

1981年我回了一次故乡，带了两盒北京的果脯，去看张老师和王老师。我给张老师和王老师都写了一张字。给王老师写的是一首不文不白的韵文：

> "小羊儿乖乖，
>
> 把门儿开开"，
>
> 歌声犹在，耳畔徘徊。
>
> 念平生美育，
>
> 从此培栽。
>
> 我今亦老矣，
>
> 白髭盈腮。
>
> 但师恩母爱，
>
> 岂能忘怀。
>
> 愿吾师康健，
>
> 长寿无灾。

这首"诗"使王老师哭了一个晚上。她对张先生说："我教了那么多学生，还没有一个来看看我的。"张先生非常感慨地再三说："师恩母爱！师恩母爱！……"他说王老师告诉他，我上幼稚园的时候还戴着我妈妈的孝。王老师不说，我还真不记得。

教务处和幼稚园的东面，是一、二、三、四年级教室。两排。两排教室之前是一片空地。空地的路边有几棵很大的梧桐。到了秋天，落了一地很大的梧桐叶。我很小的时候就知道"一叶落而天下惊秋"，而且不胜感慨。我们捡梧桐子。梧桐子炒熟了，是可以吃的，很香。

往后走，是五年级、六年级教室。这是另外一个区域，不仅因为隔着一个院了，有几棵桂花，而且因为五、六年级是"高年级"（一、二年级是初年级，三、四年级是中年级），到了这里俨然是"大人"了，不再是毛孩子了。

五年级教室在西边的平地上。教室外面是一口塘。塘里有鱼。常常看到有打鱼的来摸鱼，有时摸上很大的一条。从五年级的北窗伸出钓竿，就可以钓鱼。我有一次在窗里看着一条大黑鱼咬了钩，心里怦怦跳。不料这条大黑鱼使劲一挣，把钩线挣断了，它就带着很大的一截钓线游走了！

六年级教室在一座楼上。这楼是承天寺的旧物，年久失修，真是一座"危楼"，在楼上用力蹦跳，楼板都会颤动。然而它竟也不倒。

我小时了了。去年回乡，遇到一个小学同班姓许的同学（他现在是有名的中医），说我多年都是全班第一。他大概记得不准，我从三年级后算术就不好。语文（初中年级叫"国语"，高年级叫"国文"）倒是总是考第一的。

我觉得那时的语文课本有些篇是选得很好的。一年级开头虽然是"大狗跳，小狗叫"，后面却有《咏雪》这样的诗：

> 一片一片又一片，
> 两片三片四五片，
> 七片八片九十片，
> 飞入芦花都不见。

我学这一课时才虚岁七岁，可是已经能够感受到"飞入芦花都不见"的美。我现在写散文、小说所用的方法，也许是从"飞入芦花都不见"悟出的。

二年级课文中有两则谜语，其中一则是：

> 远观山有色，
> 近听水无声，
> 春去花还在，
> 人来鸟不惊。

谜底是：画。这对培养儿童的想象力是有好处的。

我希望教育学家能搜集各个时期的课本,研究研究,吸取有益的部分,用之今日。

教三、四年级语文的老师是周席儒。我记不得他教的课文了,但一直觉得他真是一个纯然儒者。他总是坐在三年级和四年级教室之间的一间小屋的桌上批改学生的作文,"判"大字。他判字极认真,不只是在字上用红笔画圈,遇有笔划不正处,都用红笔矫正。有"间架"不平衡的字,则于字旁另书此字示范。我是认真看周先生判的字而有所领会的。我的毛笔字稍具功力,是周先生砸下的基础。周先生非常喜欢我。

教五年级国文的是高北溟先生。关于高先生,我写过一篇小说《徙》。小说,自然有很多地方是虚构,但对高先生的为人治学没有歪曲。关于高先生,我在下一篇《初中》中大概还会提到,此处从略。

教六年级国文的是张敬斋,张先生据说很有学问,但是他的出名却是因为老婆长得漂亮,外号"黑牡丹"。他教我们《老残游记》,讲得有声有色。我留下印象最深的是大明湖上的对联:"四面荷花三面柳,一城山色半城湖",这使我对济南非常向往。但是他讲"黑妞白妞说书",文章里提到一个湖南口音的人发了一通议论,张先生也就此发了一通议论,说:为什么要说"湖南口音"呢?因为湖南话很蛮,俗说是"湖南骡子"。这实在是没有根据。我长大后到过湖南,从未听湖南人说自己是"骡子"。外省人也不叫湖南人是"湖南骡子"。不像外省人说湖北人是"九头鸟",湖北人自己也承认。也许张先生的话有证可查,但我小时候就觉得他是胡说。不知道为什么,我对张先生的"歪批"总也忘不了。

我在五小颇有才名,是因为我的画画得不错。教我们图画的老师姓王,因为他有一个口头语:"譬如",学生就给他起了个外号:"王譬如"。王先生有时带我们出校"野外写生",那是最叫人高兴的事。常去的地方是运河堤,因为离学校很近。画得最多的是堤上的柳树,用的是 6 个 B 的铅笔。

1991 年 10 月,我回高邮,见到同班同学许医生,他说我曾经送过他一张画：只用大拇指蘸墨，在纸上一按，加几笔犄角、四蹄、尾巴，就成了一头牛。大拇指有胹纹，印在纸上有牛毛效果。我三年级时是画过好些这种牛。后来就没有再画。

我对五小很有感情。每天上学，暑假、寒假还会想起到五小看看。夏天，到处长了很高的草。有一年寒假，大雪之后，我到学校去。大门没有锁，轻轻一推就开了。没有一个人，连詹大胖子也不在。一片白雪，万籁俱静。我一个人踏雪走了一会，心里很感伤。

我十九岁离乡，六十六岁回故乡住了几天。我去看看我的母校：什么也没有了。承天寺、天地坛，都没有了。五小当然没有了。

这是我的小学，我亲爱的，亲爱的小学！

  愿少年，乘风破浪，

  他日毋忘化雨功！

一九九二年八月六日

注　释

① 本篇原载《作家》1993 年第六期；初收《汪曾祺散文随笔选集》，沈阳出版社，1993 年 6 月。

我 的 初 中①

——自传体系列散文《逝水》之八

初中全名是高邮县立初级中学,是全县的最高学府。我们县过去连一所高中都没有。

地点在东门。原址是一个道观,名曰"赞化宫"。我上初中时,二门楣上还保留着"赞化宫"的砖额,字是《曹全碑》体隶书,写得不错,所以我才记得。

赞化宫的遗物只有:一个白石砌的圆形的放生池,池上有石桥。平日池干见底,连日大雨之后有水。东北角有一座小楼,原是供奉吕祖的。年久失修,岌岌可危。吕祖楼的对面有一土阜。阜上有亭,倒还结实。亭子的墙壁外面涂成红色。我们就叫它"小亭子"。亭之三面有圆形的窗洞。拳起两脚,坐在窗洞里,可以俯看墙外的土路。小亭之下长了相当大一丛紫竹。紫竹皮色深紫,极少见。我们县里好像只有这一丛紫竹。不知是何年,何人所种。小亭子左边有一棵楮树,我们那里叫"壳树"。楮树皮可造纸,但我们那里只是采其大叶以洗碗,因为楮叶有细毛,能去油腻。还有一棵很奇怪的树,叫"五谷树",一棵结五种形状不同的小果子,我们家乡从哪一种果子结得多少,以占今年宜豆宜麦。

初中的主要房屋是新建的。靠南墙是三间教室,依次为初一、初二、初三,对面是教导处和教员休息室。初三教室之东,有一个圆门,门外有一座楼,两层。楼上是图书馆,主要藏书是几橱万有文库。楼下是"住读生"的宿舍。初中学生大部分是"走读",有从四乡村镇来的学生,城区无亲友家可寄住,就住在学校里,谓之"住读"。

初中的主课是"英(文)、国(文)、算(数学)"。学期终了结算学生

89

的总平均分数，也只计算这三门。

初一、初二的英文没有学到什么东西，因为教员不好。初三却有一门奇怪的课："英文三民主义"。不知道这是国民党的统一规定，还是我们学校里特别设置的。教这一课的是校长耿同霖。耿同霖解放后被枪毙了，不知道他有什么罪恶，但他在当我们的校长时看不出有多坏。他有一个习惯，讲话或上课时爱用两手摩挲前胸。他老是穿一件墨绿色的毛料的夹袍。在我的想象里，他被枪毙时也是穿的这件夹袍。

初一、初二国文是高北溟先生教的。他的教学法大体如我在小说《徙》中所写的那样。有些细节是虚构的，如小说中写高先生编过一本《字形音义辨》，实际上他没有编过这样一本书，他只是让学生每周抄写一篇《字辨》上的字。但他编过一些字形的歌诀，如："戍横、戌点、戊中空。"《国学常识》是编过一本讲义的，学生要背："三坟五典八索九丘"，"乾三连、坤六断、震仰盂、艮覆碗"……他讲书前都要朗读一遍。有时从高先生朗读的顿挫中学生就能体会到文义。"小子识之：苛政猛于虎也！""永州之野，产异蛇，黑质而白章……"他讲书，话不多，简明扼要。如讲《训俭示康》："……'厅事前仅容旋马'，闭目一想，就知道房屋有多狭小了。"这使我受到很大启发，对写小说有好处。小说的描叙要使读者有具体的印象。如果记录厅事的尺寸，即无意义。高先生教书很严，学生背不出书来，是要打手心的。我的堂弟汪曾炜挨过多次打。因为他小时极其顽皮，不用功。曾炜后来发愤读书，现在是著名的心脏外科专家了。我的同班同学刘子平后来在高邮中学教书，和高先生是同事了，曾问过高先生："你从前为什么对我们那么严？"高先生叹了一口气，说："我现在想想，真也不必。"小说《徙》中写高先生在初中未能受聘，又回小学去教书了，是为了渲染高先生悲怆遭遇而虚构的，事实上高先生一直在高邮中学任教，直至寿终。

教初三国文的是张道仁先生。他是比较有系统地把新文学传到高邮来的。他是上海大夏大学毕业的。我在写给张先生的诗中有两句："汲源来大夏，播火到小城"。1986年，我和张先生提起，他说他主要根据的是孙俍工的一本书。

教初二代数的是王仁伟先生。王先生少孤。他的父亲曾游食四方。王先生曾拿了一册他的父亲所画的册页，让我交给我父亲题字。我看了这套册页，都是记游之作。其中有驴、骡、骆驼，大概是在北方的时候多。王先生学历不高，没有上过大学。他的家境不宽裕，白天在学校上课，晚上还要在家里为十多个学生补习，够辛苦的。也许因为他的脾气不好，多疑而易怒，见人总是冷着脸子。我的代数不好，但王先生却很喜欢我。我有一次病了几天，他问我的堂哥汪曾浚（他和我同班）："汪曾祺的病怎么样？"我那堂哥回答："他死不了。"王先生大怒，说："你死了我也不问！"

教初三几何的是顾调笙先生。他同时是教导主任。他是中央大学毕业的，中央大学是名牌国立大学，因此他看不起私立大学毕业的教员，称这种大学为"野鸡大学"，有时在课堂公开予以讥刺。他对我的几何加意辅导。因为他一心想培养我将来进中央大学，学建筑，将来当建筑师。学建筑同时要具备两种条件，一是要能画画，一是要数学好，特别是几何。我画画没有问题，数学——几何却不行。他在我身上花了很多功夫，没有效果，叹了一口气说："你的几何是桐城派几何！"桐城派文章简练，而几何是要一步步论证的，我那种跳跃式的演算，不行！顾先生走路总是反抄着两手，因为他有点驼背，想用这种姿势纠正过来。他这种姿势显得人更为自负。

教美术的是张杰夫先生。"夫"字的行草似"大人"两个字合在一起，学生背后便称之为"杰大人"。他不是本地人，是盐城人，上海艺专毕业。他画水彩，也画国画。每天写大字一张，临《礼器碑》。《礼器碑》用笔结体都比较奇峭，高邮人不欣赏。他的业绩是开辟了一个图画教室，就在吕祖楼东边的一排闲房里。订制了画架，画板（是银杏木的）。我们这才知道画西洋画是要把纸钉在画板上斜立在画架上画的（过去我们画画都是把纸平放在桌子上画的）。二年级以后，画水彩画，我开始知道分层布色，知道什么叫"笔触"。我们画的次数最多的是鱼，两条鱼，放在瓷盘里。我们最有兴趣的是倒石膏模子。张先生性格有点孤僻，和本地籍的同事很少来往。算是知交的，只有一个常州籍教地理的史先生。史先生教了一学年，离开了。张先生写了一首诗送他："侬今送君人笑痴，他日送侬知是谁？"这是活剥《葬花词》，但是当时我们觉得写得很好，很贴切。大概当时的教员都有一点无端端的感伤主义。

教音乐的也是一位姓张的先生，他的特别处是发给学生的乐谱不是简谱，是线谱；教了一些外国歌。我学会《伏尔加船夫曲》就是在那时候。张先生郁郁不得志，他学历不高，薪水也低。

东门外是刑场。出东门，有一道铁板桥，脚踏在上面，咚咚地响。桥下是水闸，闸上闸下落差很大，水声震耳，如同瀑布。这道桥叫做"掉魂桥"，说是犯人到了桥上，魂就掉了。过去刑人是杀头的。东门外南北大路也有四五个圆的浅坑，就是杀人的遗迹。据说，犯人跪在坑里，由刽子手从后面横切一刀，人头就落地了。后来都改成枪毙了，我们那里叫做"铳人"。在教室里上着课，听到凄厉的拉长音的号声，就知道：铳人了。一下课，我们就去看。犯人的尸首已经装在一具薄皮材里，抬到城墙外面的荒地里，地下一摊泛出蓝光的血。

东门之东，过一小石桥，有几间瓦房。原来大概是一个什么祠，后来成了耕种学田的农民的住家。瓦房外是打谷场。有一棵大桑树。桑树下卧着一头牛。不知道为什么，我一想起桑树和牛，就很感动，大概是因为看得太熟了。

城墙下是护城河，就是流经掉魂桥的河。沿河种了一排很大的柳树。柳树远看如烟，有风则起伏如浪。我第一次体会到什么是"烟柳"、"柳浪"，感受到中国语言之美。可以这样说：这排柳树教会我怎样使用语言。

往南走，是东门宝塔。

除了到打谷场上看看，沿护城河走走，我们课余的活动主要有：爬城墙、跳河。

操场东面，隔一道小河，即是城墙。城墙外壁是砖砌的，内壁不封砖，只是夯土。内壁有一点坡度，但还是很陡。我们几乎每天搞一次登山运动。上了陡坡，手扶垛口，心旷神怡。然后由陡坡飞奔而下。这可是相当危险的,无法减速,下到平地,收不住脚,就会一直蹿到河里去。

操场北面,沿东城根到北城根,虽在城里,却很荒凉。人家不多,很分散。有一些农田,东一块,西一块,大大小小,很不规整。种的多是杂粮,豆子、油菜、大麦……地大概是无主的地,种地的也不正经地种,荒秽不治,靠天收。地块之间,芦荻过人。我曾经在一片开着金黄的菊形的繁花的茼蒿上面(茼蒿开花时高可尺半)看到成千上万的粉蝶,上下翻飞,真是叫人眼花缭乱。看到这种超常景象,叫人想狂叫。

这里有很多野蔷薇,一丛一丛,开得非常旺盛。野蔷薇是单瓣的,不耐细看,好处在多,而且,甜香扑鼻。我自离初中后,再也没有看到这样多的野蔷薇。

稍远处有一片杂木林。我有一次在林子里看到一个猎人。我从来没有看到过猎人。我们那里打鱼的很多,打猎的几乎没有。这个猎人黑瘦黑瘦的,眼睛很黑。他穿了一身黑的衣裤,小腿上缠了通红的绑腿。这个猎人给我一种非常猛厉的印象。他在追逐一只斑鸠。斑鸠已经发觉,它在逃避。斑鸠在南边的树头枝叶密处,猎人从北往南走。他走得从容不迫,一步,一步。快到树林南边,斑鸠一翅飞到北边树上。猎人又由南往北走,一步,一步。这是一种无声的紧张,持续的意志的角逐。我很奇怪,斑鸠为什么不飞出树林。这样往复多次,斑鸠慌神了,它飞得不稳了。一声枪响,斑鸠落地。猎人拾起斑鸠,放进猎袋,走了。他的大红的绑腿鲜明如火。我觉得斑鸠和猎人都很美。

这一片荒野上有一些纵横交错的小河。我们几乎每天来比赛"跳河"。起跑一段,纵身一跳,跳到对岸。河阔丈许,跳不好就会掉在河里。但我的记忆中似没有一人惨遭灭顶。

跳河有大王,大王名孙普,外号黑皮。他是多宽的河也敢跳的。

赞化宫之外,有一处房屋也是归初中使用的:孔庙。孔庙离赞化宫很近,往西走三分钟即到。孔庙大门前有一个半圆形的"泮池",常年有水,池上围以石栏。泮池南面是一片大坪场,整整齐齐地栽了很多松树,都已经很大了。孔庙的主体建筑是"明伦堂",原是祭孔的地方,后来成了初中的大礼堂。至圣先师的牌位被请到原来仕"训导"、"教谕"

的厢房里去了,原来供牌位的地方挂了孙中山像。明伦堂的东西两壁挂了十六条彩印的条幅,都是民族英雄,有苏武牧羊、闻鸡起舞、班超投笔、木兰从军……其余的,记不得了。为什么要挂这样的画?这时"九一八"事变已经发生,全国上下抗战救国情绪高涨。我们的国文、历史课都增加培养民族意识的内容,作文也多出这方面的题目。有一次高北溟先生出了一道作文题:"救国策",我那堂哥汪曾浚劈头写道:"国将亡,必欲求,此不易之理也。"他的名句我一直记得。他大概读了一些《东莱博议》之类的书,学会了这种调调。这有点可笑,一个初中学生能拿出什么救国之策呢?但是大敌当前,全民奋起,精神可贵。我到现在还觉得应该教初中、小学的学生背会《木兰辞》,唱"苏武,留胡节不辱"。这对培养青少年的情操和他们的审美意识,都是有好处的。

一九九二年八月二十四日

注 释

① 本篇原载《作家》1993 年第八期;初收《汪曾祺散文随笔选集》,沈阳出版社,1993 年 6 月。

未 尽 才①

——故人偶记

陶　光

陶光字重华,但我们背后都只叫他陶光。他是我的大一国文教作文的老师。西南联大大一教课文和教作文的是两个人。教课文的是教授、副教授,教作文的一般是讲师、助教。陶光当时是助教。陶光面白皙,风度翩翩。他有个特点,上课穿了两件长衫来,都是毛料的,外面一件是铁灰色的,里面一件是咖啡色的。进了教室就把外面一件脱了,挂在墙上的钉子上。外面一件就成了夹大衣。教作文,主要是修改学生的作文,评讲。他有时评讲到得意处,就把眼睛闭起来,很陶醉。有一个也是姓陶的女同学写了一篇抒情散文,记下雨天听一盲人拉二胡的感受,陶先生在一段的末尾给她加了一句:"那湿冷的声音湿冷了我的心。"当时我就记住了。也许是因为第二个"湿冷"是形容词作动词用,有点新鲜。也许是这一句的感伤主义情绪。

他后来转到云南大学教书去了,好像升了讲师。

后来我跟他熟起来是因为唱昆曲。云南大学中文系成立了一个曲社,教学生拍曲子的,主要的教师是陶光。吹笛子的是历史系教员张宗和。陶先生的曲子唱得很好,是跟红豆馆主学过的。他是唱冠生的,嗓子很好,高亮圆厚,底气很足。《拾画叫画》、《八阳》、《三醉》、《琵琶记·辞朝》、《迎像哭像》……都唱得慷慨淋漓,非常有感情。用现在的说法,他唱曲子是很"投入"的。

他主攻的学问是什么,我不了解。他是刘文典的学生,好像研究过

《淮南子》。据说他的旧诗写得很好，我没有见过。他的字写得很好，是写二王的。我见过他为刘文典的《〈淮南子〉校注》石印本写的扉页的书题，极有功力。还见过他为一个同学写的小条幅，是写在桃红地子的冷金笺上的，三行：

> 故园东望路漫漫，
>
> 双袖龙钟泪不干。
>
> 马上相逢无纸笔，
>
> 凭君传语报平安。

字有《圣教序》笔意。选了这首唐诗，大概是有所感的，那时已是抗战胜利，联大的老师、同学都作北归之计，他还要滞留云南。他常有感伤主义的气质，触景生情是很自然的。

他留在云南大学教书。我们北上后不大知道他的消息。听说经刘文典作媒，和一个唱滇戏的女演员结了婚。后来好像又离了。滇戏演员大概很难欣赏这位才子。

全国解放前他去了台湾，大概还是教书。后在台湾客死，遗诗一卷。我总觉得他在台湾是寂寞的。

陆

真抱歉，我连他的真名都想不起来了。和他同时期的研究生都叫他"小陆克"。陆克是30年代美国滑稽电影明星。叫他小陆克是没有道理的。他没有哪一点像陆克，只是因为他姓陆。长脸，个儿很高。两腿甚长，走起路来有点打晃。这个人物有点传奇性，他曾经徒步旅行了大半个中国。所以能完成这一壮举，大概是因为他腿长。

他在云南大学附近的一所中学——南英中学兼一点课，我也在南英中学教一班国文，联大同学在中学兼课的很多，这样我们就比较熟了。他的特点是一天到晚泡茶馆，可称为联大泡茶馆的冠军。他把脸盆、毛巾、牙刷都放在南英中学下坡对面的一家茶馆里，早起到茶馆洗脸,然后泡一碗茶,吃两个烧饼。他的手指特别长,拿烧饼的姿势是兰花手。吃了烧饼就喝茶看书。他好像是历史系的研究生,所看的大都是很厚的外文书。中午,出去随便吃点东西,回来重要一碗茶,接着泡,看书,整个下午。晚上出去吃点东西,回来接着泡。一直到灯火阑珊,才挟了厚书回南英中学睡觉。他看了那么多书,可是一直没见他写过什么东西。联大的研究生、高年级的学生,在茶馆里喜欢高谈阔论,他只是在一边听着,不发表他的见解。他到底有没有才华?我想是有的。也许他眼高手低?也许天性羞涩,不爱表现?

他后来到了重庆,听说生活很潦倒,到了吃不上饭。终于死在重庆。

朱　南　铣

朱南铣是个怪人。我是通过朱德熙和他认识的。德熙和他是中学同学。他个子不高,长得很清秀,一脸聪明相,一看就是江南人。研究生都很佩服他,因为他外文、古文都很好,很渊博。他和另外几个研究生被人称为"无锡学派",无锡学派即钱钟书学派,其特点是学贯中西,博闻强记。他是念哲学的,可是花了很长时间钻研滇西地理。

他家在上海开钱庄,他有点"小开"脾气。我们几个人:朱德熙、王逊、徐孝通常和他一起喝酒。昆明的小酒铺都是窄长的小桌子,盛酒的是莲蓬大的绿陶小碗,一碗一两。朱南铣进门,就叫"摆满",排得一桌酒碗。他最讨厌在吃饭时有人在后面等座。有一天,他和几个人快吃完了,后面的人以为这张桌子就要空出来了,不料他把堂倌叫来:"再来一遍。"——把刚才上过的菜原样再上一次。

他只看外文和古文的书,对时人著作一概不看。我和德熙到他家开的钱庄去看他,他正躺在藤椅上看方块报。说:"我不看那些学术文章,有时间还不如看看方块报。"

他请我们几个人到老正兴吃螃蟹喝绍兴酒。那天他和我都喝得大醉,回不了家,德熙等人把我们两人送到附近一家小旅馆睡了一夜。德熙后来跟我说:"你和他喝酒不能和他喝得一样多。如果跟他喝得一样多,他一定还要再喝。"这人非常好胜。

他后来在人民文学出版社当编辑,研究《红楼梦》。

听说他在咸宁干校,有一天喝醉酒,掉到河里淹死了。

他没有留下什么著作。他把关于《红楼梦》的独创性的见解都随手记在一些香烟盒上。据说有人根据他在香烟盒子上写的一两句话写成了很重要的论文。

注　释

① 本篇原载《三月风》1992 年第九期;初收《汪曾祺散文随笔选集》,沈阳出版社,1993 年 6 月。

干　丝①

南京、镇江、扬州、高邮、淮安都有干丝。发源地我想是扬州。这是淮扬菜系的代表作之一,很多菜谱都著录。但其实这不是"菜"。干丝不是下饭的,是佐茶的。

扬州一带人有吃早茶的习惯。人说扬州人"早上皮包水,晚上水包皮"。"水包皮"是洗澡,"皮包水"是喝茶。"扬八属"各县都有许多茶馆。上茶馆不只是喝茶,是要吃包子点心的。这有点像广东的"饮茶"。不过广东的茶楼是由服务员(过去叫"伙计")推着小车,内置包点,由茶客手指索要,扬州的茶馆是由客人一次点齐,陆续搬上。包点是现做现蒸,总得等一些时候,一般上茶馆的大都要一个干丝。一边喝茶,吃干丝,既消磨时间,也调动胃口。

一种特制的豆腐干,较大而方,用薄刃快刀片成薄片,再切为细丝,这便是干丝。讲究一块豆腐干要片十六片,切丝细如马尾,一根不断。

最初似只有烫干丝。干丝在开水锅中烫后,滗去水,在碗里堆成宝塔状,浇以麻油、好酱油、醋,即可下箸。过去盛干丝的碗是特制的,白地青花,碗足稍高,碗腹较深,敞口,这样拌起干丝来好拌。现在则是一只普通的大碗了。我父亲常带了一包五香花生米,搓去外皮,携青蒜一把,嘱堂倌切寸段,稍烫一烫,与干丝同拌,别有滋味。这大概是他的发明。干丝喷香,茶泡两开正好,吃一箸干丝,喝半杯茶,很美!扬州人喝茶爱喝"双拼",倾龙井、香片各一包,入壶同泡,殊不足取。总算还好,没有把乌龙茶和龙井搀和在一起。

煮干丝不知起于何时,用小虾米吊汤,投干丝入锅,下火腿丝、鸡丝,煮至入味,即可上桌。不嫌夺味,亦可加冬菇丝。有冬笋的季节,可加冬笋丝。总之烫干丝味要清纯,煮干丝则不妨浓厚。但也不能搁螃蟹、蛤蜊、海蛎子、蛏,那样就是喧宾夺主,吃不出干丝的味了。

北京没有适于切干丝的豆腐干。偶有"大白干",质地松泡,切丝易断。不得已,以高碑店豆腐片代之,细切如扬州方干一样,但要选片薄而有韧性者。这道菜已经成了我偶设家宴的保留节目。

美籍华人女作者聂华苓和她的丈夫保罗·安格尔来北京,指名要在我家吃一顿饭,由我亲自做。我给她配了几个菜。几个什么菜,我已经忘了,只记得有一大碗煮干丝。华苓吃得淋漓尽致,最后端起碗来把剩余的汤汁都喝了。华苓是湖北人,年轻时是吃过煮干丝的。但在美国不易吃到。美国有广东馆子、四川馆子、湖南馆子,但淮扬馆子似很少。我做这个菜是有意逗引她的故国乡情!我那道煮干丝自己也感觉不错,是用干贝吊的汤。前已说过,煮干丝不厌浓厚。

一九九二年九月七日

注　释

① 本篇原载《家庭》1993 年第二期;初收《榆树村杂记》,中国华侨出版社,1993 年 9 月。

怀 念 德 熙 [①]

德熙原来是念物理系的,大学二年级,才转到中文系来。他的数学底子很好。这样,他才能和王竹溪先生合作,测定一件青铜器的容积。

我和德熙在大学一年级时就认识。我们的认识是因为在一起唱京剧。有时也一同去看厉家班的戏。后来云南大学组织了一个曲社,我们一起去拍曲子,做"同期",几乎一次不落。我后来不唱昆曲了,德熙是一直唱着的。他的爱好影响了他的夫人何孔敬。他们到美国去,我想是会带了一枝笛子去的。

德熙不藏字画。他家里挂着的只有一条齐白石的水印木刻梨花,和我给他画的墨菊横幅。他家里没有什么贵重的摆设,但是窗明几净,一尘不染,瓶花灯罩朴朴素素,位置得宜,表现出德熙一家的审美趣味。

同时具备科学头脑和艺术家的气质,我以为是德熙能在语言学、古文字学上取得很大成绩的优越条件。也许这是治人文科学的学者都需要具备的条件。

德熙的治学,完全是超功利的。在大学读书时,他生活清贫,但是每日孜孜,手不释卷。后来在大学教书,还兼了行政职务,往来的国际、国内学者又多,很忙,但还是不知疲倦地从事研究、写作。我每次到他家里去,总看到他的书桌上有一篇没有写完的论文、摊着好些参考资料和工具书。研究工作,在他,是辛苦的劳动,但也是一种超级的享受。他所以乐此不倦,我觉得,是因为他随时感受到语言和古文字的美。一切科学,到了最后,都是美学。德熙上课,是很能吸引学生的。我听过不止一个他的学生说过:语法,本来是很枯燥的,朱先生却能讲得很有趣味,常常到了吃饭的钟声响了,学生还舍不得离开。为什么能这样?我想是德熙把他对于语言,对于古文字的美感传染给了学生。一个人感受到工作中的美,这样活着,才有意思。

德熙是个感情不甚外露的人,但是是一个很有感情的人。他对家人子女,第三代,都怀有一种含蓄,温和,但是很深的爱。对青年学者也是这样。我不止一次听他谈起过裘锡圭先生,语气中充满感情,好像他发现了一个天才。

德熙对师长是很尊敬的,对唐立厂先生、王了一先生、吕叔湘先生,都是如此,他后来是国际知名的学者了,但没有一般的"后起之秀"的傲气。我没有听他说过一句关于前辈的刻薄话。

德熙乐于助人,师友中遇有困难,德熙总设法帮助他"解决问题"。因此他的人缘很好。不少人提起德熙,都说"朱德熙人很好"。一个人被人说是"人很好"并不容易。我以为这是最高的称赞。

德熙今年 72 岁(他、李荣和我是同年),按说寿数也不算短,但是他还有许多工作可以做,他应该再过几年清闲安静的日子,遽然离去,叫人不得不感到非常遗憾。

注　释

①　本篇原载 1992 年 10 月 29 日《人民日报》海外版,又载《方言》1992 年第四期(11 月 24 日出版,文字略有不同);原为 1992 年 9 月 20 日在北京大学举办的"朱德熙教授追思会"上的发言。初收《汪曾祺散文随笔选集》,沈阳出版社,1993 年 6 月。

肉食者不鄙①

狮 子 头

狮子头是淮安菜。猪肉肥瘦各半,爱吃肥的亦可肥七瘦三,要"细切粗斩",如石榴米大小(绞肉机绞的肉末不行),荸荠切碎,与肉末同拌,用手抟成招柑大的球,入油锅略炸,至外结薄壳,捞出,放进水锅中,加酱油、糖,慢火煮,煮至透味,收汤放入深腹大盘。

狮子头松而不散,入口即化,北方的"四喜丸子"不能与之相比。

周总理在淮安住过,会做狮子头,曾在重庆红岩八路军办事处做过一次,说:"多年不做了,来来来,尝尝!"想必做得很成功,因为语气中流露出得意。

我在淮安中学读过一个学期,食堂里有一次做狮子头,一大锅油,狮子头像炸麻团似的在油里翻滚,捞出,放在碗里上笼蒸,下衬白菜。一般狮子头多是红烧,食堂所做却是白汤,我觉最能存其本味。

镇 江 肴 蹄

镇江肴蹄,盐渍,加硝,放大盆中,以巨大石块压之,至肥瘦肉都已板实,取出,煮熟,晾去水气,切厚片,装盘。瘦肉颜色殷红,肥肉白如羊脂玉,入口不腻。

吃肴肉,要蘸镇江醋,加嫩姜丝。

乳　腐　肉

乳腐肉是苏州松鹤楼的名菜，制法未详。我所做乳腐肉乃以意为之。猪肋肉一块，煮至六七成熟，捞出，俟冷，切大片，每片须带肉皮、肥瘦肉，用煮肉原汤入锅，红乳腐碾烂，加冰糖、黄酒，小火焖。乳腐肉嫩如豆腐，颜色红亮，下饭最宜。汤汁可蘸银丝卷。

腌　笃　鲜

上海菜。鲜肉和咸肉同炖，加扁尖笋。

东　坡　肉

浙江杭州、四川眉山，全国到处都有东坡肉。苏东坡爱吃猪肉，见于诗文。东坡肉其实就是红烧肉，功夫全在火候。先用猛火攻，大滚几开，即加作料，用微火慢炖，汤汁略起小泡即可。东坡论煮肉法，云须忌水，不得已时可以浓茶烈酒代之。完全不加水是不行的，会焦糊粘锅，但水不能多。要加大量黄酒。扬州炖肉，还要加一点高粱酒。加浓茶，我试过，也吃不出有什么特殊的味道。

传东坡有一首诗："无竹令人俗，无肉令人瘦。若要不俗与不瘦，除非天天笋烧肉。"未必可靠，但苏东坡有时是会写这种张打油体的诗的。冬笋烧肉，是很好吃。我的大姑妈善做这道菜，我每次到姑妈家，她都做。

霉干菜烧肉

这是绍兴菜，全国各处皆有，但不似绍兴人三天两头就要吃一次。鲁迅一辈子大概都离不开霉干菜。《风波》里所写的蒸得乌黑的霉干菜很诱人,那大概是不放肉的。

黄鱼鲞烧肉

宁波人爱吃黄鱼鲞(黄鱼干)烧肉,广东人爱吃咸鱼烧肉,这都是外地人所不能理解的口味,其实这种搭配是很有道理的。近几年因为违法乱捕,黄鱼产量锐减,连新鲜黄鱼都很难吃到,更不用说黄鱼鲞了。

火　腿

浙江金华火腿和云南宣威火腿风格不同。金华火腿味清,宣威火腿味重。

昆明过去火腿很多,哪一家饭铺里都能吃到火腿。昆明人爱吃肘棒的部位,横切成圆片,外裹一层薄皮,里面一圈肥肉,当中是瘦肉,叫做"金钱片腿"。正义路有一家火腿庄,专卖火腿,除了整只的、零切的火腿,还可以买到火腿脚爪,火腿油。火腿油炖豆腐很好吃。护国路原来有一家本地馆子,叫"东月楼",有一道名菜"锅贴乌鱼",乃以乌鱼片两片,中夹火腿一片,在平底铛上烙熟,味道之鲜美,难以形容。前年我到昆明去,向本地人问起东月楼,说是早就没有了,"锅贴乌鱼"遂成《广陵散》。

华山南路吉庆祥的火腿月饼,全国第一。一个重旧秤四两,名曰"四两砣"。吉庆祥还在,而且有了分号,所制四两砣不减当年。

腊　肉

湖南人爱吃腊肉。农村人家杀了猪,大部分都腌了,挂在厨灶房梁上,烟薰成腊肉。我不怎么爱吃腊肉,有一次在长沙一家大饭店吃了一回蒸腊肉,这盘腊肉真叫好。通常的腊肉是条状,切片不成形,这盘腊肉却是切成颇大的整齐的方片,而且蒸得极烂,我没有想到腊肉能蒸得这样烂！入口香糯,真是难得。

夹沙肉·芋泥肉

夹沙肉和芋泥肉都是甜的,夹沙肉是川菜,芋泥肉是广西菜。厚膘臀尖肉,煮半熟,捞出,沥去汤,过油灼肉皮起泡,候冷,切大片,两片之间不切通,夹入豆沙,装碗笼蒸,蒸至四川人所说"粑而不烂"倒扣在盘里,上桌,是为夹沙肉。芋泥肉做法与夹沙肉相似,芋泥较豆沙尤为细腻,且有芋香,味较夹沙肉更胜一筹。

白 肉 火 锅

白肉火锅是东北菜。其特点是肉片极薄,是把大块肉冻实了,用刨子刨出来的,故入锅一涮就熟,很嫩。白肉火锅用海蛎子(蚝)作锅底,加酸菜。

烤 乳 猪

烤乳猪原来各地都有,清代满汉餐席上必有这道菜,后来别处渐渐没有,只有广东一直盛行,大饭店或烧腊摊上的烤乳猪都很好。烤乳猪如果抹一点甜面酱卷薄饼吃,一定不亚于北京烤鸭。可惜广东人不大懂得吃饼,一般烤乳猪只作为冷盘。

(一九九二年九月九日)

注 释

① 本篇原载《家庭》1993 年第三期;初收《榆树村杂记》,中国华侨出版社,1993 年 9 月。

鱼我所欲也[①]

石　斑

我第一次吃石斑鱼是一九四六年,在越南海防一家华侨开的饭馆里。那吃法很别致。一条很大的石斑,红烧,同时上一大盘生的薄荷叶。我仿照邻座人的办法,吃一口石斑鱼,嚼几片薄荷叶。这薄荷可把口中残余的鱼味去掉,再吃第二口,则鱼味常新。这种吃法,国内似没有。越南人爱吃薄荷,华侨饭馆这样的搭配,盖受越南人之影响。

石斑鱼有红斑,青斑——即灰鼠斑。灰鼠斑尤为名贵,清蒸最好。

鳜　鱼

可以和石斑相媲美的淡水鱼,其谓鳜鱼乎?张志和《渔父》词:"西塞山前白鹭飞,桃花流水鳜鱼肥",一经品题,身价十倍。我的家乡是水乡,产鱼,而以"鳊、白、鮨"为三大名鱼:"鮨"是鮨花鱼,即鳜鱼。徐文长以为"鮨"字应作"罽"。"罽"是古代的花毯。鮨花鱼身上有黄黑的斑点,似"罽"。但"罽"字今人多不识,如果饭馆的菜单上出现这个字,顾客将不知道这是什么东西。鳜鱼肉细,是蒜瓣肉,刺少,清蒸、汆汤、红烧、糖醋皆宜。苏南饭馆做"松鼠鳜鱼",甚佳。

一九三八年,我在淮安吃过干炸鮨花鱼。活鳜鱼,重三斤,加花刀,在大油锅中炸熟,外皮酥脆,鱼肉白嫩,蘸花椒盐吃,极妙。和我一同吃的有小叔父汪兰生、表弟董受申。汪兰生、董受申都去世多年了。

鲥鱼·刀鱼·鮰鱼

这都是江鱼。

鲥鱼现在卖到二百多块钱一斤,成了走后门送礼的东西,"吃的人不买,买的人不吃"。

刀鱼极鲜、肉极细,但多刺。金圣叹尝以为刀鱼刺多是人生恨事之一。不会吃刀鱼的人是很容易卡到嗓子的。镇江人以刀鱼煮至稀烂,用纱布滤去细刺,以做汤、下面,即谓"刀鱼面",很美。

我在江阴读南菁中学时,常常吃到鮰鱼,学校食堂里常做这东西。在江阴是很便宜的。鮰鱼本名鮠鱼,但今人只叫它鮰鱼。鮰鱼大概也能红烧。但我在中学时吃的鮰鱼都是白烧。后来在汉口的璇宫饭店吃的,也是白烧。鮰鱼肉厚,切块放在碗里,没有吃过的人会以为这是鸡块。鮰鱼几乎无刺,大块入口,吃起来很过瘾,宜于馋而懒的人。或说鮰鱼是吃死人的。江里哪有那么多的死人?! 鮰鱼吃鱼,是确实的。凡吃鱼的鱼都好吃。鳜鱼也是吃鱼的。养鱼的池塘里是不能有鳜鱼的,见鳜鱼,即捕去。

黄 河 鲤 鱼

我不爱吃鲤鱼,因为肉粗,且有土腥气,但黄河鲤鱼除外。在河南开封吃过黄河鲤鱼,后来在山东水泊梁山下吃过黄河鲤鱼,名不虚传。辨黄河鲤与非黄河鲤,只须看鲤鱼剖开后内膜是白的还是黑的。白色者是真黄河鲤,黑色者是假货。梁山一带人对鲤鱼很重视,酒席上必须有鲤鱼,"无鱼不成席"。婚宴尤不可少。梁山一带人对即将结婚的青年男女,不说是"等着吃你的喜酒",而说"等着吃你的鱼!"鲤鱼要吃三斤左右的,价也最贵。《水浒传·吴学究说三阮撞筹》中,吴用说他"在一个大财主家做门馆教学,今来要对付十数尾金色鲤鱼,要重十四五斤的"。鲤鱼大到十四五斤,不好吃了,写《水浒》的施耐庵、罗贯中对吃鲤鱼外行。

虎头鲨和昂嗤鱼

虎头鲨和昂嗤鱼原来都是贱鱼,在我的家乡是上不得席的,现在都变得名贵了。

苏州人特重塘鳢鱼,谈起来眉飞色舞。我到苏州一看:嗐,原来就是我们那里的虎头鲨。虎头鲨头大而硬,鳞色微紫,有小黑斑,样子很凶恶,而肉极嫩。我们家乡一般用来氽汤,汤里加醋。昂嗤鱼阔嘴有须,背黄腹白,无背鳍,背上有一根硬骨,捏住硬骨,它会"昂嗤昂嗤"地叫。过去也是氽汤、不放醋,汤白如牛乳。近年家乡兴起炒昂嗤鱼片,谓之"炒金银片",亦佳。

鳝　鱼

淮安人能做全鳝席,一桌子菜,全是鳝鱼。除了烤鳝背、炝虎尾等等名堂,主要的做法一是炒,二是烧。鳝鱼烫熟切丝再炒,叫做"软兜";生炒叫炒脆鳝。红烧鳝段叫"火烧马鞍桥",更粗的鳝段叫"闷张飞"。制鳝鱼都要下大量姜蒜,上桌后撒胡椒,不厌其多。

一九九二年九月十四日

注　释

① 本篇原载《家庭》1993 年第一期;初收《榆树村杂记》,中国华侨出版社,
　　1993 年 9 月。

后　台^①

道　具　树

我躺在道具树下面看书。

道具树不是树,只是木板、稻草、麻袋、帆布钉出来的,刷了颜色,很粗糙。但是搬到台上,打了灯光,就像是一棵树了。

道具树不是树。然而我觉得它是树,是一棵真的树。树下面有新鲜的空气流动。

我躺在道具树下面看书,看弗吉尼亚·伍尔芙的《果园里》。

凝　视

她愿意我给她化妆,愿意我凝视她的脸。我每天给她化妆,把她的脸看得很熟了。我给她打了底彩,揉了胭脂,描了眉(描眉时得屏住气,否则就会画得一边高一边低,——我把她的眉梢画得稍为扬起一点),勾了眼线,涂了口红(用小指尖抹匀),在下唇下淡淡地加了一点阴影。

在我给她化妆的时候,在我长久地凝视她的脸的时候,她很乖。

大　姐

大姐是管服装的。她并不喜欢演戏,她可以说是一个毫无浪漫主义气质的人。她来管服装只是因为人好,有一副热心肠,愿意帮助人。

她管服装很尽职,有条有理。她总是带了一个提包到后台来,包里是剪刀、刷子、熨斗……她胸前总是别着几根带着线头的针。哪件服装绽了线,就缝几针。她倾听着台上的戏,下一场谁该换什么服装了,就准备好放在顺手的地方。大家都很尊敬她,都叫她大姐。

大姐是个好人。她愿意陪人上街买衣料,买皮鞋。也愿意陪人去吃一碗米线。她给人传递情书。一对情人闹别扭了,她去劝解。学校什么社团在阳宗海举办夏令营,她去管伙食。

鄑

鄑是个半职业演员。她的身世很复杂。她是清末民初一个大名士的孙女。她的父亲是姨太太生的,她也是姨太太生的。她父亲曾经在海防当过领事。她在北京读了一年大学,就休学做了演员……她爱跟人谈她的曲折的身世,有些话似乎不太可信。她是个情绪型的人,容易激动,说话表情丰富,手势很多,似乎随时都是在演戏。她不知怎么到了昆明。她很会演戏。《雷雨》里的鲁妈、《原野》里的焦大妈都演得很好。但是昆明演话剧的机会不是很多,不知道她是靠什么生活的。

她和一个经济系四年级的大学生同居了一个时期。这个大学生跑仰光,跑腊戍,倒卖尼龙丝袜、PONO'S 口红,有几个钱。鄑把他们的房间布置得很别致。藤编的凉帽翻过来当灯罩,云南绿釉陶罐里插着大把的康乃馨,墙上挂着很大的克拉克盖博和蓓蒂黛维斯的照片,没有椅子凳子,客人来了坐在草蒲团上,地下没有地毯,铺了一地松毛。

有一天,经济系大学生到后台来,鄑忽然当着很多人,扬起手来打了大学生一个很响亮的耳光。大学生被别的演员劝走了。鄑在化妆室里又哭又闹,说是大学生欺负了她。正哭得不可开交,剧务来催场:"鄑!该你上了!"鄑立刻不哭了,稍微整了整妆,扑了一点粉,上场,立刻进了角色,好像刚才什么事也没有发生。真奇怪,她哭成那样,脸上的妆并没有花了。

黑　　妞

大家都叫她黑妞。她长得黑黑的,眼睛很大,很亮,看起来有点野,但实际上很温顺,性格朴素。她爱睁大了眼睛听人说话。她和我不一样。我是个吊儿郎当的人,写一些虚无缥缈的诗。她在学校参加进步的学生社团,参加歌咏队,参加纪念"一二·九"运动的大会。我演戏,只是为了好玩,为艺术而艺术;她参加演戏,是一种进步活动,当然也是为了玩。我们俩演的都不是重要角色,最后一场没有戏,卸了妆,就提前离开剧场。从舞台的侧门下来到剧场门口,要经过一个狭狭的巷子,只有一点路灯的余光,很暗。她伸出手来拉住我的手。我很高兴。我知道她很喜欢我。以后每次退出舞台,她都在巷口等我,很默契。我们一直手拉着手,走完狭巷,到剧场大门,分手。仅此而已。我们并没有吻一下。我还从来没有吻过人。她大概也没有。

十多年以后,我到一个中学去做报告,讲鲁迅,见到了她。她在这个中学教语文,来听我的报告。见面,都还认得。她还是那样,眼睛还很大,只是,不那样亮了。她神情有点忧郁,我觉得她这十多年的生活大概经历了不少坎坷。

一九九二年十月十九日

注　释

① 本篇原载《江南》1993 年第二期;初收《汪曾祺全集》第五卷,北京师范大学出版社,1998 年 8 月。

对读者的感谢①

几年以前，我收到浙江的一个念化学的大学生的来信，他提出对我的小说《七里茶坊》的看法，说："你写的那些人，是我们这个民族的支柱。"我很高兴。我认为他读懂了这篇作品，这一句话比许多长篇大论的评论说得更深刻，更准确。一个人的作品被人理解，特别是比较内在的感情被理解，是非常欣慰的。这会让你觉得这个作品没有白写。

也是几年前的事了。我收到了一个包装得很整齐严实的邮包，书不像书，打开了，是四个笔记本。一个天长县的文学青年把我的一部分小说用钢笔抄了一遍！他还在行间用红笔加了圈点，在页边加了批。看来他是花了功夫学我的。我曾经一再对文学青年说过：不要学我。但是这个"学生"这样用功，还是很使我感动。不能否认，有一些青年人在写作方法上受了我的影响。这使我很惶恐，我真的不希望这样。这也使我在写作时增加了一分责任感，一分压力，我要写得更慎重一些，不要害了人。

散文《故乡的食物》一开头引郑板桥的家书："天寒冰冻时暮，穷亲戚朋友到门，先泡一大碗炒米送手中，佐以酱姜一小碟，最是暖老温贫之具。"这篇文章在《雨花》发表时引文与此有小异，我曾加注说：手边无板桥集，所引或有错误。一位扬州的读者看到后，很快就将板桥的原文抄寄给我，这样我在收到集子里的时候才能改正。

两个多月前，作家出版社转来邯郸市锅炉辅机厂梁辰同志一封信，内云：

"……发现了一个小疑点，即《吴三桂》文中提及的张士诚攻下高邮之年份：'但是他于至正十三年（1553）攻下了高邮'（305页）。我怀疑公元纪年应为1355年，虽然3与5手书潦草或易相混，但未必是手民排错,因下文接云:'他(吴)生于 1612 年。……敝乡于六十年之间出过两位皇上,……'依常识推断:张生于元末,吴生于明末,其间不可能仅隔六十年。但在外手头无书,只好存疑。返邯郸后即查历史纪元表,果然错了年份,应纠正为'敝乡于二百六十年间出过两位皇上。'……"

我完全同意梁辰同志的意见。我从小算术不好,但作文粗疏如此,实在很不应该。梁辰同志看书这样认真,令人感佩。

中国的作家是在读者的理解、关怀,甚至监视之下写作的。这是非常值得感谢的。

注　释

① 本篇原载 1992 年 10 月 25 日《文汇报》;初收《汪曾祺全集》第五卷,北京师范大学出版社,1998 年 8 月。

岁　朝　清　供^①

"岁朝清供"是中国画家爱画的画题。明清以后画这个题目的尤其多。任伯年就画过不少幅。画里画的、实际生活里供的，无非是这几样：天竹果、腊梅花、水仙。有时为了填补空白，画里加两个香橼。"橼"谐音圆，取其吉利。水仙、腊梅、天竹，是取其颜色鲜丽。隆冬风厉，百卉凋残，晴窗坐对，眼目增明，是岁朝乐事。

我家旧园有腊梅四株，主干粗如汤碗，近春节时，繁花满树。这几棵腊梅罄口檀心，本来是名贵的，但是我们那里重白心而轻檀心，称白心者为"冰心"，而给檀心的起一个不好听的名字："狗心"。我觉得狗心腊梅也很好看。初一一早，我就爬上树去，选择一大枝——要枝子好看，花蕾多的，拗折下来——腊梅枝脆，极易折，插在大胆瓶里。这枝腊梅高可三尺，很壮观。天竹我们家也有一棵，在园西墙角。不知道为什么总是长不大，细弱伶仃，结果也少。我不忍心多折，只是剪两三穗，插进胆瓶，为腊梅增色而已。

我走过很多地方，像我们家那样粗壮的腊梅还没有见过。

在安徽黟县参观古民居，几乎家家都有两三丛天竹。有一家有一棵天竹，结了那么多果子，简直是岂有此理！而且颜色是正红的，——一般天竹果都偏一点紫。我驻足看了半天，已经走出门了，又回去看了一会。大概黟县土壤气候特宜天竹。

在杭州茶叶博物馆，看见一个山坡上种了一大片天竹。我去时不是结果的时候，不能断定果子是什么颜色的，但看梗干枝叶都作深紫色，料想果子也是偏紫的。

任伯年画天竹，果极繁密。齐白石画天竹，果较疏；粒大，而色近朱红。叶亦不作羽状。或云此别是一种，湖南人谓之草天竹，未知是否。

养水仙得会"刻",否则叶子长得很高,花弱而小,甚至花未放蕾即枯瘪。但是画水仙都还是画完整的球茎,极少画刻过的,即福建画家郑乃珖也不画刻过的水仙。刻过的水仙花美,而形态不入画。

北京人家春节供腊梅、天竹者少,因不易得。富贵人家常在大厅里摆两盆梅花(北京谓之"干枝梅",很不好听),在泥盆外加开光粉彩或景泰蓝套盆,很俗气。

穷家过年,也要有一点颜色。很多人家养一盆青蒜。这也算代替水仙了吧。或用大变萝卜一个,削去尾,挖去肉,空壳内种蒜,铁丝为箍,以线挂在朝阳的窗下,蒜叶碧绿,萝卜皮通红,萝卜缨翻卷上来,也颇悦目。

广州春节有花市,四时鲜花皆有。曾见刘旦宅画"广州春节花市所见",画的是一个少妇的背影,背兜里背着一个娃娃,右手抱一大束各种颜色的花,左手拈花一朵,微微回头逗弄娃娃,少妇著白上衣,银灰色长裤,身材很苗条。穿浅黄色拖鞋。轻轻两笔,勾出小巧的脚跟。很美。这幅画最动人处,正在脚跟两笔。

这样鲜艳的繁花,很难说是"清供"了。

曾见一幅旧画:一间茅屋,一个老者手捧一个瓦罐,内插梅花一枝,正要放到案上,题目:"山家除夕无他事,插了梅花便过年",这才真是"岁朝清供"!

(一九九二年十二月三十一日)

注　释

① 本篇原载《草花集》,成都出版社,1993 年 9 月。

悔 不 当 初[①]

我一生最大的遗憾是没有把英文学好。

小学六年级就有英文课,但是我除了book、pen之类少数的单词外什么也没有记住。初中原来教英文的是我的一个远房舅舅,行六,是个近视眼,人称"杨六瞎子",据说他的英文是很好的。但是我进初中时他已经在家享福,不教书了。后来的英文教员都不怎么样。初中三年级教英文的是校长耿同霖,用的课本却是《英文三民主义》——他是国民党党部的什么委员,教学的效果可想而知。因此全校学生的英文被白白地耽误了三年。我读的高中是江阴的南菁中学。南菁中学的数、理、化和英文的程度在江苏省是很有名的。教我们英文的是吴锦棠先生。他是圣约翰大学毕业的,英文很好,能够把《英汉四用辞典》背下来。吴先生原来是西装笔挺很洋气,很英俊的,他的夫人是个美人。夫人死后,吴先生的神经受了刺激,变得很邋遢,脑子也有点糊涂了。他上课是很有趣的。讲《李白大梦》,模仿李白的老婆在李白失踪后到处寻找李白,尖声呼叫;讲《澳洲人打袋鼠》,他会模仿袋鼠的样子,四脚朝天躺在讲桌上。高中一、二年级的英文课本是相当深的,除了兰姆的散文,还有《为什么经典是经典》这样的难懂的论文,有一课是《凯撒大帝》剧本中凯撒遇刺后安东尼在他的尸体前的演讲!除了课本以外,还要背扬州中学编的单页的《英文背诵五百篇》。如果我能把这两册课本学好,把《五百篇》背熟,我的英文会是很不错的。但是我没有做到。原因是:一、我的初中英文基础太差;二、我不用功;三、吴先生糊涂。考试时,他给上一班出的题目都忘了,给下一班出的还是那几道题。月考、大考(学期考试)都是这样。学生知道了,就把上一班的试题留下来,到时候总可以应付。而且吴先生心肠特好,学生的答卷即便文不对题,只要能背下一段来,他也给分。主要还是要怪我自己,不能怪吴先生。这样好的老师,教出了我这么个学生!——我的同班同学有不少是英文很好的。我到现在还常怀念吴先生,并且觉得有点对不起他。

1937年暑假后,江阴失陷,我在淮安中学、私立扬州中学、盐城临时中学辗转"借读",简直没有读什么书。淮安中学教英文的姓过,无锡人,他教的英文实在太浅了,还不到初中一年级程度。我们已经高三了,他却从最起码的拼音教起:d-a,da;d-o,do;d-u,du!

参加大学入学考试时我的英文不知道得了几分,反正够呛。我记得很清楚,有一道题是中翻英,是一段日记:"我刷了牙,刮了脸……"我不知"刮脸"怎么翻,就翻成"把胡子弄掉"!

大一英文是连滚带爬,凑合着及格的。

大二英文,教我们那个班的是一个俄国老太太,她一句中文也不会说,我对她的英文也莫名其妙。期终考试那天,我睡过了头(我任何课上课都不记笔记,到期终借了别的同学的笔记本看,接连开了几个夜车,实在太困了),没有参加考试。因此我的大二英文是0分。

不会英文,非常吃亏。

作为一个作家,有时难免和外国人见面座谈,宴会,见面握手寒暄,说不了一句整话,只好傻坐着,显得非常愚蠢。

偶尔出国,尤其不便。我曾到美国爱荷华参加国际写作计划。几乎所有的外国作家都能说英语,我不会,离不开翻译一步。或作演讲,翻译得不大准确,也没有办法。我曾作过一个关于中国艺术的"留白"特点的演讲,提到中国画的构图常不很满,比如马远,有些画只占一个角,被称为"马一角",翻译的女士翻成了"一只角的马"(美国有一种神话传说中的马,额头有一只角),我知道她翻得不对,但也没有纠正,因为我也不知道"马一角"在英语中该怎么说。有些外国作家,尤其是拉丁美洲的作家,不知道为什么对我很感兴趣,但只通过翻译,总不能直接交流感情。有一位女士眼睛很好看,我说她的眼睛像两颗黑李子,大陆去的翻译也没有办法,他不知道英语的黑李子该怎么说。后来是一位台湾诗人替我翻译了告诉她,她才非常高兴地说:"喔! 谢谢你!"台湾的作家英文都不错,这一点,优于大陆作家。

最别扭的是:不能读作品的原著。外国作品,我都是通过译文看的。我所接受的西方文学的影响,其实是译文的影响。六朝高僧译经,认为翻译是"嚼饭哺人",我吃的其实是别人嚼过的饭。我很喜欢海明威的风格,但是海明威的风格究竟是怎么回事,我真说不上来,我没有读过他的一本原著。我有时到鲁迅文学院等处讲课,也讲到海明威,但总是隔靴搔痒,说不到点子上。

再有就是对用英文翻译的自己的作品看不懂,更不用说是提意见。我有一篇小说《受戒》译成英文。这篇小说里有三副对联,我想:这怎么翻呢?后来看看译文,译者用了一个干净绝妙的主意:把对联全部删去了。我有个英文很棒的朋友,说是他是能翻的。我如果自己英文也很棒,我也可以自己翻!

我觉得不会外文(主要是英)的作家最多只能算是半个作家。这对我说起来,是一个惨痛的、无可挽回的教训。我已经 72 岁,再从头学英文,来不及了。

我诚恳地奉劝中青年作家,学好英文。

学英文,得从中学抓起。一定要选择好的英文教员。如果英文教员不好,将贻误学生一辈子。

希望教育部门一定要重视这个问题。

注　释

① 本篇原载《时代青年》1993 年第四期;初收《草花集》,成都出版社,1993 年9 月。

1993 年

昆明的吃食①

几家老饭馆

东月楼。东月楼在护国路,这是一家地道的云南饭馆。其名菜是锅贴乌鱼。乌鱼两片,去其边皮,大小如云片糕,中夹宣威火腿一片,于平铛上文火烙熟,极香美。宜酒宜饭,也可作点心。我在别处未吃过,在昆明别家饭馆也未吃过,信是人间至味。

东月楼另一名菜是酱鸡腿。入味,而鸡肉不"柴"。

映时春。映时春在武成路东口,这是一家不大不小的饭馆。最受欢迎的菜是油淋鸡。生鸡剁为大块,以热油反复浇灼,至熟,盛以一尺二寸的大盘,蘸花椒盐吃,皮酥肉嫩。一盘上桌,顷刻无余。

映时春还有两道菜为别家所无。一是雪花蛋。乃以温油慢炒鸡蛋清,上洒火腿细末。雪花蛋比北方饭馆的芙蓉鸡片更为细嫩。然无宣腿细末则无以发其香味。如用蛋黄,以同法炒之,则名桂花蛋。

这是一个两层楼的饭馆。楼下散座,卖冷荤小菜,楼上卖热炒。楼上有两张圆桌,六张大八仙桌,座位经常总是满的。招呼那么多客人,却只有一个堂倌。这位堂倌真是能干。客人点了菜,他记得清清楚楚(从前的饭馆是不记菜单的),随即向厨房里大声报出菜名。如果两桌先后点了同一样菜,就大声追加一句:"番茄炒鸡蛋一作二"(一锅炒两盘)。听到厨房里锅铲敲炒的声音,知道什么菜已经起锅,就飞快下楼,(厨房在楼下,在店堂之里,菜炒得了,由墙上一方窗口递出)转眼之间,又一手托一盘菜,飞快上楼,脚踩楼梯,登登登登,麻溜之至。他这一天上楼下楼,不知道有多少趟。累计起来,他一天所走的路怕有几十里。客人吃完了,他早已在心里把账算好,大声向楼下账桌报出钱数:下来几位,几十元几角。他的手、脚、嘴、眼一刻不停,而头脑清晰灵敏,从不出错,这真是个有过人精力的堂倌。看到一个精力旺盛的人,是叫人高兴的。

过桥米线·汽锅鸡

这似乎是昆明菜的代表作,但是今不如昔了。

原来卖过桥米线最有名的一家,在正义路近文庙街拐角处,一个牌楼的西边。这一家的字号不大有人知道,但只要说去吃过桥米线,就知道指的是这一家,好像"过桥米线"成了这家的店名。这一家所以有名,一是汤好。汤面一层鸡油,看似毫无热气,而汤温在一百度以上。据说有一个"下江人"司机不懂吃过桥米线的规矩,汤上来了,他咕咚喝下去,竟烫死了。二是片料讲究,鸡片、鱼片、腰片、火腿片,都切得极薄,而又完整无残缺,推入汤碗,即时便熟,不生不老,恰到好处。

专营汽锅鸡的店铺在正义路近金碧路处。这家的字号也不大有人知道,但店堂里有一块匾,写的是"培养正气",昆明人碰在一起,想吃汽锅鸡,就说:"我们去培养一下正气。"中国人吃鸡之法有多种,其最著者有广州盐焗鸡、常熟叫花鸡,而我以为应数昆明汽锅鸡为第一。汽锅鸡的好处在哪里?曰:最存鸡之本味。汽锅鸡须少放几片宣威火腿,一小块三七,则鸡味越"发"。走进"培养正气",不似走进别家饭馆,五味混杂,只是清清纯纯,一片鸡香。

为什么现在的汽锅鸡和过桥米线不如从前了?从前用的鸡不是一般的鸡,是"武定壮鸡"。"壮"不只是肥壮而已,这是经过一种特殊的技术处理的鸡。据说是把母鸡骗了。我只听说过公鸡有骗了的,没有听说母鸡也能骗。母鸡骗了,就使幼长肉,"壮"了。这种手术只有武定人会做。武定现在会做的人也不多了，如不注意保存，可能会失传的。我对母鸡能骗，始终有点将信将疑。不过武定鸡确实很好。前年在昆明，佤族女作家董秀英的爱人，特意买到一只武定壮鸡，做出汽锅鸡来，跟我五十年前在昆明吃的还是一样。

甬道街鸡㙡。鸡㙡之名甚怪。为什么叫"鸡㙡"，到现在还没有人解释清楚。这是一种菌子，它生长的地方也怪，长在田野间的白蚁窝上。为什么专在白蚁窝上生长，到现在也还没有人解释清楚。鸡㙡的菌盖不大，而下面的菌把甚长而粗。一般菌子中吃的部分多在菌盖，而鸡㙡好吃的地方正在菌把。鸡㙡可称菌中之王。鸡菌的味道无法比方。不得已，可以说这是"植物鸡"。味似鸡，而细嫩过之，入口无渣，甚滑，且有一股清香。如果用一个字形容鸡㙡的口感，可以说是：腴。甬道街有一家中等本地饭馆，善做鸡㙡，极有名。

这家还有一个特别处，用大锅煮了一锅苦菜汤。这苦菜汤是奉送的，顾客可以自己拿了大碗去盛。汤甚美，因为加了一些洗净的小肠同煮。

昆明是菌类之乡。除鸡㙡外，干巴菌、牛肝菌、青头菌，都好吃。

小西门马家牛肉馆。马家牛肉馆只卖牛肉一种，亦无煎炒烹炸，所有牛肉都是头天夜里蒸煮熟了的，但分部位卖。净瘦肉切薄片，整齐地在盘子里码成两溜，谓之"冷片"，蘸甜酱油吃。甜酱油我只在云南见过，别处没有。冷片盛在碗里浇以热汤，则为"汤片"，也叫"汤冷片"。牛肉切成骨牌大的块，带点筋头巴脑，以红曲染过，亦带汤，为"红烧"。有的名目很奇怪，外地人往往不知道这是什么部位。牛肚叫做"领肝"，牛舌叫"撩青"。"撩青"之名甚为形象。牛舌头的用处可不是撩起青草往嘴里送么？不大容易吃到的是"大筋"，即牛鞭也。有一次我陪一位女同学上马家牛肉馆，她问："这是什么东西？"我真没法回答她。

马家隔壁是一家酱园。不时有人托了一个大搪瓷盘，摆七八样酱菜，放在小碟子里，藠头、韭菜花、腌姜……供人下饭（马家是卖白米饭的）。看中哪几样，即可点要，所费不多。这颇让人想起《东京梦华录》之类的书上所记的南宋遗风。

护国路白汤羊肉。昆明一般饭馆里是不卖羊肉的。专卖羊肉的只有不多的几家，也是按部位卖，如"拐骨"（带骨腿肉）、"油腰"（整羊腰，不切）、"灯笼"（羊眼）……都是用红曲染了的。只有护国路一家卖白汤羊肉，带皮，汤白如牛乳，蘸花椒盐吃。

奎光阁面点。奎光阁在正义路，不卖炒菜米饭，只卖面点，昆明似只此一家。卖葱油饼（直径五寸，葱甚多，猪油煎，两面焦黄）、锅贴、片儿汤（白菜丝、蛋花、下面片）。

玉溪街蒸菜。玉溪街有一家玉溪人开的饭馆，只卖蒸菜，不卖别的。好几摞小笼，一屋子热气腾腾。蒸鸡、蒸骨、蒸肉……"瓢（读去声）小瓜"甚佳。小南瓜挖去瓤（此读平声），塞入切碎的猪肉，蒸熟去笼盖，瓜香扑鼻。这家蒸菜的特点是衬底不用洋芋、白薯，而用皂角仁。皂角仁这东西，我的家乡女人绣花时用来"光"（去声）绒，绒沾皂仁粘液，则易入针，且绣出的花有光泽。云南人都拿来吃，真是闻所未闻。皂仁吃起来细腻软糯，很有意思。皂角仁不可多吃。我们过腾冲时，宴会上有一道皂角仁做的甜菜，一位河北老兄一勺又一勺地往下灌。我警告他：这样吃法不行，他不信。结果是这位老兄才离座席，就上厕所。皂角仁太滑了，到了肠子里会飞流直下。

米 线 饵 块

米线属米粉一类。湖南米粉、广东的沙河粉，都是带状，扁而薄。云南的米线是圆的，粗细如线香，是用压饸饹似的办法压出来的。这东西本来就是熟的，临吃加汤及配料，煮两开即可。昆明讲究"小锅米线"。小铜锅，置炭火上，一锅煮两三碗，甚全只煮一碗。

米线的配料最常见的是"焖鸡"。焖鸡其实不是鸡,而是加酱油花椒大料煮出的小块净瘦肉(可能过油炒过)。本地人爱吃焖鸡米线。我们刚到昆明时,昆明的电影院里放的都是美国电影,有一个略懂英语的人坐在包厢(那时的电影院都有包厢)的一角以意为之的加以译解,叫做"演讲"。有一次在大众电影院,影片中有一个情节,是约翰请玛丽去"开餐","演讲"的人说:"玛丽呀,你要哪样?"楼下观众中有一个西南联大的同学大声答了一句:"两碗焖鸡米线!"这本来是开开玩笑,不料"演讲"人立即把电影停住,把全场的灯都开了,厉声问:"是哪个说的?哪个说的!"差一点打了一次群架。"演讲"人认为这是对云南人的侮辱。其实焖鸡米线是很好吃的。

另一种常见的米线是"爨肉米线",即在米线锅中放入肉末。这个"爨"字实在难写。但是昆明的米线店的价目表上都是这样写的。大概云南有《爨宝子》、《爨龙颜》两块名碑,云南人对它很熟悉,觉得这样写很亲切。

巴金先生在写怀念沈从文先生的文章中,说沈先生请巴老吃了两碗米线,加一个鸡蛋,一个西红柿,就算一顿饭。这家卖米线的铺子,就在沈先生住的文林街宿舍的对面。沈先生请我吃过不止一次。他们吃的大概是"爨肉米线"。

米线也还有别的配料。文林街另一家卖米线的就有:鳝鱼米线,鳝鱼切片,酱油汤煮,加很多蒜瓣;叶子米线,猪肉皮晾干油炸过,再用温水发开,切成长片,入汤煮透,这东西有的地方叫"响皮",有的地方叫"假鱼肚",昆明叫"叶子"。

芒忠寺坡有一家卖"炒肉米线"。大块肥瘦猪肉,煮极烂,置大磁盘中,用竹片刮下少许,置米线上,浇以滚开的白汤。

青莲街有一家卖羊血米线。大锅煮羊血,米线煮开后,舀半生羊血一大勺,加芝麻酱、辣椒、蒜泥。这种米线吃法甚"野",而鄙人照吃不误。

护国路有一家卖炒米线。小锅,放很多猪油,少量的汤汁,加大量辣椒炒。甚咸而极辣。

凉米线。米线加一点绿豆芽之类的配菜,浇作料。加作料前堂倌要问:"吃酸醋吗甜醋?"一般顾客都说:"酸甜醋。"即两样醋都要。甜醋别处未见过。

米粉揉成小枕头状的一坨,蒸熟,是为饵块。切成薄片,可加肉丝青菜同炒,为炒饵块;加汤煮,为煮饵块。云南人认为腾冲饵块最好。腾冲人把炒饵块叫做"大救驾"。据说明永历帝被吴三桂追赶,将逃往缅甸,至腾冲,没吃的,饿得走不动了,有人给他送了一盘炒饵块,万岁爷狼吞虎咽,吃得精光,连说:"这可救了驾了!"我在腾冲吃过大救驾,没吃出所以然,大概我那天也不太饿。

饵块切成火柴棍大小的细丝,叫做饵丝。饵丝缅甸也有。我曾在中缅交界线上吃过一碗饵丝。那地方的国界没有山,也没有河,只是在公路上用白粉画一道三寸来宽的线,线以外是缅甸,线以内是中国。紧挨着国境线,有一个缅甸人摆的饵丝摊子。这边把钱(人民币)递过去,那边就把饵丝递过来。手过国界没关系,只要脚不过去,就不算越境。缅甸饵丝与中国饵丝味道一样!

还有一种饵块是米面的饼,形状略似北方的牛舌饼,但大一些,有一点像鞋底子。用一盆炭火,上置铁箅子,将饵块饼摊在箅子上烤,不停地用油纸扇扇着,待饵块起泡发软,用竹片涂上芝麻酱、花生酱、甜酱油、油辣子,对折成半月形,谓之"烧饵块"。入夜之后,街头常见一盆红红的炭火,听到一声悠长的吆唤:"烧饵块!"给不多的钱,一"块"在手,边走边吃,自有一种情趣。

点心和小吃

火腿月饼。昆明吉庆祥火腿月饼天下第一。因为用的是"云腿"(宣威火腿),做工也讲究。过去四个月饼一斤,按老秤说是四两一个,称为"四两砣"。前几年有人从昆明给我带了两盒"四两砣"来,还能保持当年的质量。

破酥包子。油和的发面做的包子。包子的名称中带一个"破"字,似乎不好听。但也没有办法，因为蒸得了皮面上是有一些小小裂口。糖馅肉馅皆有，吃是很好吃的，就是太"油"了。你想想，油和的面，刚揭笼屉，能不"油"么？这种包子，一次吃不了几个，而且必须喝很浓的茶。

玉麦粑粑。卖玉麦粑粑的都是苗族的女孩。玉麦即包谷。昆明的汉人叫包谷，而苗人叫玉麦。新玉麦，才成粒，磨碎，用手拍成烧饼大，外裹玉麦的箨片（粑粑上还有手指的印子），蒸熟，放在漆木盆里卖，上覆杨梅树叶。玉麦粑粑微有咸味，有新玉麦的清香。苗族女孩子吆唤："玉麦粑粑……"声音娇娇的，很好听。如果下点小雨，尤有韵致。

洋芋粑粑。洋芋学名马铃薯，山西、内蒙叫山药，东北、河北叫土豆，上海叫洋山芋，云南叫洋芋。洋芋煮烂，捣碎，入花椒盐、葱花，于铁勺中按扁，放在油锅里炸片时，勺底洋芋微脆，粑粑即漂起，捞出，即可拈吃。这是小学生爱吃的零食，我这个大学生也爱吃。

摩登粑粑。摩登粑粑即烤发面饼，不过是用松毛（马尾松的针叶）烤的，有一种松针的香味。这种面饼只有凤翥街一家现烤现卖。西南联大的女生很爱吃。昆明人叫女大学生为"摩登"，这种面饼也就被叫成"摩登粑粑"，而且成了正式的名称。前几年我到昆明，提起这种粑粑，昆明人说：现在还有，不过不在凤翥街了，搬到另外一条街上去了，还叫做"摩登粑粑"。

一九九三年一月十三日

注　释

① 本篇原载《随笔》1993 年第三期；初收《汪曾祺全集》第五卷，北京师范大学出版社，1998 年 8 月。

花①

荷　花

我们家每年要种两缸荷花,种荷花的藕不是吃的藕,要瘦得多,节间也长,颜色黄褐,叫做"藕秧子"。在缸底铺一层马粪,厚约半尺,把藕秧子盘在马粪上,倒进多半缸河泥,晒几天,到河泥坼裂有缝,倒两担水,将平缸沿。过个把星期,就有小荷叶嘴冒出来。过几天荷叶长大了。冒出花骨朵了。荷花开了,露出嫩黄的小莲蓬,很多很多花蕊。清香清香的。荷花好像说:"我开了。"

荷花到晚上要收朵。轻轻地合成一个大骨朵。第二天一早,又放开。荷花收了朵,就该吃晚饭了。

下雨了。雨打在荷叶上啪啪地响。雨停了,荷叶面上的雨水水银似的摇晃。一阵大风,荷叶倾侧,雨水流泻下来。

荷叶的叶面为什么不沾水呢?

荷叶粥和荷叶粉蒸肉都很好吃。

荷叶枯了。

下大雪,荷花缸里落满了雪。

报春花·毋忘我

昆明报春花到处都有。圆圆的小叶子,柔软的细梗子,淡淡的紫红色的成簇的小花。田埂的两侧开得满满的,谁也不把它当作"花"。连根挖起来,种在浅盆里,能活。这就是翻译小说里常常提到的樱草。

偶然在北京的花店里看到十多盆报春花,种在青花盆里,标价相当贵,不禁失笑。昆明人如果看到,会说:这也卖?

Forget-me-not——毋忘我,名字很有诗意,花实在并不好看。草本,矮棵,几乎是贴地而生的。抽条颇多,一丛一丛的。灰绿色的布做的似的皱皱的叶子。花甚小,附茎而开,颜色正蓝。蓝得很正,就像国画颜色中的"三蓝"。花里头像这样纯正的蓝色的还很少见,——一般蓝色的花都带点紫。

为什么西方人把这种花叫做 Forget-me-not 呢?是不是思念是蓝色的?

昆明人不管它什么毋忘我,什么 Forget-me-not,叫它"狗屎花"!

这叫西方的诗人知道,将谓大煞风景。

绣　　球

绣球,周天民编绘的《花卉画谱》上说:

> 绣球　虎耳草科,落叶灌木,高达一、二丈,干皮带皱。叶大椭圆形,边缘有锯齿。春月开花,百朵成簇,如球状而肥大。小花五出深裂,瓣端圆,有短柄,其色有淡紫、红、白。百株成簇,俨如玉屏。

我始终没有分清绣球花的小花到底是几瓣,只觉得是分不清瓣的一个大花球。我偶尔画绣球,也是以意为之的画了很多簇在一起的花瓣,哪一瓣属于哪一朵小花,不管它!

绣球花是很好养的,不需要施肥,也不要浇水,不用修枝,也不长虫,到时候就开出一球一球很大的花,白得像雪,非常灿烂。这花是不耐细看的,只是赫然的在你眼前轻轻摇晃。

我以前看过的绣球都是白的。

我有个堂房的小姑妈——她比我才大一岁。绣球花开的时候,她就折了几大球,插在一个白瓷瓶里,她在花下面写小字。

她是订过婚的。

听说她婚后的生活很不幸，我那位姑父竟至动手打她。

前年听说，她还在，胖得不得了。

绣球花云南叫做"粉团花"。民歌里有用粉团花来形容女郎长得好看的。用粉团花来形容女孩子，别处的民歌里似还没有见过。

我看过的最好的绣球是在泰山。泰山人养绣球是一种风气。一个茶馆的院子里的石凳上放着十来盆绣球，开得极好。盆面一层厚厚的喝剩的茶叶。是不是绣球宜浇残茶？泰山盆栽的绣球花头较小，花瓣较厚，瓣作豆绿色。这样的绣球是可以细看的。

杜 鹃 花

淡淡的三月天，

杜鹃花开在山坡上，

杜鹃花开在小溪旁，

多美丽哦，

乡村家的小姑娘，

乡村家的小姑娘。

这是抗日战争期间昆明的小学生很爱唱的一首歌。董林肯词，徐守廉曲。这是一首曲调明快的抒情歌，很好听。不单小学生爱唱，中学生也爱唱，大学生也有爱唱的，因为一听就记住了。

董林肯和徐守廉是同济大学的学生，原来都是育才中学毕业的。育才中学是全面培养学生才能的，而且是实行天才教育的学校。学生多半有艺术修养。董林肯、徐守廉都是学工的（同济大学是工科大学），但都对艺术有很虔诚的兴趣，因此能写词谱曲。

我是怎么认识他们俩的呢？因为董林肯主办了班台莱耶夫的《表》的演出，约我去给演员化妆，我到同济大学的宿舍里去见他们，认识了。那时在昆明，只要有艺术上的共同爱好，有人一介绍，就会熟起来的。

董林肯为什么要主持《镲》的演出？我想是由于在昆明当时没有给孩子看的戏。他组织这次演出是很辛苦的，而且演戏总有些叫人头疼的事，但是还是坚持了下来。他不图什么，只是因为有一颗班台莱耶夫一样的爱孩子的心。

我记得这个戏的导演是劳元干。演员里我记得演监狱看守的是刺杀孙传芳的施剑翘的弟弟，他叫施什么我已经忘记了。他是个身材魁梧的胖子。我管化妆，主要是给他贴一个大仁丹胡子。有当时有中国秀兰邓波儿之称的小明星，长大后曾参与搜集整理《阿诗玛》，现在写小说、散文的女作家刘绮。有一次，不知为什么，剧团内部闹了意见，戏几乎开不了场，刘绮在后台大哭。刘绮一哭，事情就解决了。

刘绮，有这回事么？

前几年我重到昆明，见到刘绮。她还能看出一点小时候的模样。不过，听说已经当了奶奶了。

不知道为什么，我有时还会想起董林肯和徐守廉。我觉得这是两个对艺术的态度极其纯真，像我前面所说的，虔诚的人。他们身上没有一点明星气、流氓气。这是两个通身都是书卷气的搞艺术的人。

淡淡的三月天，
杜鹃花开在山坡上，
杜鹃花开在小溪旁……

木 香 花

我的舅舅家有一架木香花。木香花开，我们就揪下几撮，——木香柄长，似海棠，梗蒂着枝，一揪，可揪下一撮，养在浅口瓶里，可经数日。

木香亦称"锦栅儿"，枝条甚长。从运河的御码头上船，到快近车逻，有一段，两岸全是木香，枝条伸向河上，搭成了一个长约一里的花棚。小轮船从花棚下开过，如同仙境。

前几年我回故乡一次，说起这一段运河两岸的木香花棚，谁也不知道。我有点怀疑：我是不是做梦？

昆明木香花极多。观音寺南面,有一道水渠,渠的两沿,密密的长了木香。

我和朱德熙曾于大雨少歇之际,到莲花池闲步。雨又下起来了,我们赶快到一个小酒馆避雨。要了两杯市酒(昆明的绿陶高杯,可容三两),一碟猪头肉,坐了很久。连日下雨,墙脚积苔甚厚。檐下的几只鸡都缩着一脚站着。天井里有很大的一棚木香花,把整个天井都盖满了。木香的花、叶、花骨朵,都被雨水湿透,都极肥壮。

四十年后,我写了一首诗,用一张毛边纸写成一个斗方,寄给德熙:

> 莲花池外少行人,
>
> 野店苔痕一寸深。
>
> 浊酒一杯天过午,
>
> 木香花湿雨沉沉。

德熙很喜欢这幅字,叫他的儿子托了托,配一个框子,挂在他的书房里。

德熙在美国病逝快半年了,这幅字还挂在他在北京的书房里。

一九九三年一月二十九日

注　释

① 本篇原载《收获》1993 年第四期;初收《草花集》,成都出版社,1993 年
9 月。

昆虫备忘录①

复　眼

我从小学三年级《自然》教科书上知道蜻蜓是复眼，就一直捉摸复眼是怎么回事。"复眼"，想必是好多小眼睛合成一个大眼睛。那它怎么看呢？是每个小眼睛都看到一个小形象，合成一个大形象？还是每个小眼睛看到形象的一部分，合成一个完全形象？捉摸不出来。

凡是复眼的昆虫，视觉都很灵敏。麻苍蝇也是复眼，你走近蜻蜓和麻苍蝇，还有一段距离，它就发现了，嗡——，飞了。

我曾经想过：如果人长了一对复眼？

还是不要！那成什么样子！

蚂　蚱

河北人把尖头绿蚂蚱叫"挂大扁儿"。西河大鼓里唱道："挂大扁儿甩子在那荞麦叶儿上"，这句唱词有很浓的季节感。为什么叫"挂大扁儿"呢？我怪喜欢"挂大扁儿"这个名字。

我们那里只是简单地叫它蚂蚱。一说蚂蚱，就知道是指尖头绿蚂蚱。蚂蚱头尖，徐文长曾觉得它的头可以蘸了墨写字画画，可谓异想天开。

尖头蚂蚱是国画家很喜欢画的。画草虫的很少没有画过蚂蚱。齐白石、王雪涛都画过。我小时也画过不少张，只为它的形态很好掌握，很好画，——画纺织娘，画蝈蝈，就比较费事。我大了以后，就没有画过蚂蚱。前年给一个年轻的牙科医生画了一套册页,有一开里画了一只蚂蚱。

蚂蚱飞起来会格格作响,不知道它是怎么弄出这种声音的。蚂蚱有鞘翅,鞘翅里有膜翅。膜翅是淡淡的桃红色,很好看。

我们那里还有一种"土蚂蚱",身体粗短,方头,色如泥土,翅上有黑斑。这种蚂蚱,捉住它,它就吐出一泡褐色的口水,很讨厌。

天津人所说的"蚂蚱"实是蝗虫。天津的"烙饼卷蚂蚱",卷的是焙干了的蝗虫肚子。河北省人嘲笑农民谈吐不文雅,说是"蚂蚱打喷嚏——满嘴的庄稼气",说的也是蝗虫。蚂蚱还会打喷嚏?这真是"糟改"庄稼人!

小蝗虫名蝻。有一年,我的家乡闹蝗虫,在这以前,大街上一街蝗蝻乱蹦,看着真是不祥。

花　大　姐

瓢虫款款地落下来了,摺好它们黑绸衬裙——膜翅,顺顺溜溜;收拢硬翅,严丝合缝。瓢虫是做得最精致的昆虫。

"做"的? 谁做的?

上帝。

上帝?

上帝做了一些小玩意儿,给他的小外孙女儿玩。

上帝的外孙女儿?

哦,上帝说:"给你! 好看吗?"

"好看!"

上帝的外孙女儿?

对!

瓢虫是昆虫里面最漂亮的。

北京人叫瓢虫为"花大姐",好名字!

瓢虫,朱红的,瓷漆似的硬翅,上有黑色的小圆点。圆点是有定数的,不能瞎点。黑点,叫做"星"。有七星瓢虫、十四星瓢虫……星点不同,瓢虫就分为两大类。一类是吃蚜虫的,是益虫;一类是吃马铃薯的嫩叶的,是害虫。我说吃马铃薯嫩叶的瓢虫,你们就不能改改口味,也吃蚜虫吗?

独 角 牛

吃晚饭的时候,嗡——扑!飞来一只独角牛,摔在灯下。它摔得很重,摔晕了。轻轻一捏,就捏住了。

独角牛是硬甲壳虫,在甲虫里可能是最大的,从头到脚,约有二寸。甲壳铁黑色,很硬。头部尖端有一只犀牛一样的角。这家伙,是昆虫里的霸王。

独角牛的力气很大。北京隆福寺过去有独角牛卖,给它套上一辆泥制的小车,它就拉着走。

北京管这个大力士好像也叫做独角牛。学名叫什么,不知道。

磕 头 虫

我抓到一只磕头虫。北京也有磕头虫?我觉得很惊奇。我拿给我的孩子看,以为他们不认识。

"磕头虫。我们小时候玩过。"

哦。

磕头虫的脖子不知道怎么有那么大的劲,把它的肩背按在桌面上,它就吧答吧答地不停地磕头。把它仰面朝天放着,它运一会气,脖子一挺,就反弹得老高,空中转体,正面落地。

蝇 虎

蝇虎,我们那里叫做苍蝇子,形状略似蜘蛛而长,短脚,灰黑色,有细毛,趴在砖墙上,不注意是看不出来的。蝇虎的动作很快,苍蝇落在它面前,还没有站稳,已经被它捕获,来不及嘤地叫上一声,就进了蝇虎子的口了。蝇虎的食量惊人,一只苍蝇,眨眼之间就吃得只剩一张空皮了。

苍蝇是很讨厌的东西,因此人对蝇虎有好感,不伤害它。

捉一只大金苍蝇喂蝇虎子,看着它吃下去,是很解气的。蝇虎子对送到它面前的苍蝇从来不拒绝。这蝇虎子不怕人。

狗　蝇

世界上最讨厌的东西是狗蝇。狗蝇钻在狗毛里叮狗,叮得狗又疼又痒,烦躁不堪,发疯似的乱蹦,乱转,乱骂人,——叫。

一九九三年二月二日

注　释

① 本篇原载《草花集》,成都出版社,1993 年 9 月;又载《大家》1994 年第一期。其中《花大姐》又载《幸福》1996 年第十二期。

祈　难　老[①]

　　太原晋祠,从悬瓮山流出一股泉水,是为晋水之源。泉名"难老泉"。泉流出一段,泉上建亭,亭中有一块竖匾,题曰:"永锡难老",傅青主书,字写得极好。"难老"之名甚佳。不说"不老",而说"难老"。难老不是说老得很难。没有人快老了,觉得老得太慢了:阿呀,怎么那么难呀,快一点老吧。这里所谓难老,是希望老得缓慢一点,从容一点,不是"焉得不速老"的速老,不是"人命危浅,朝不虑夕"那样的衰老。

　　要想难老,首先要旷达一点,不要太把老当一回事。说白了,就是不要太怕死。老是想着我老了,没有几年活头了,有一点头疼脑热,就很紧张,思想负担很重,这样即使是多活几年,也没有多大意思。老死是自然规律,谁也逃不脱的。唐宪宗时的宰相裴度云:"鸡猪鱼蒜,逢着则吃;生老病死,时至则行",这样的态度,很可取法。

　　其次是对名利得失看得淡一些。孔夫子说:"及其老也,戒之在得。"得,无非一是名,二是利。现在有些作家"下海",我觉得这未可厚非,但这是中青年的事,老了,就不必"染一水"了。多几个钱,花起来散漫一点,也不错。但是我对进口家具、真皮沙发、纯毛地毯,实在兴趣不大,——如果有人送我,我也不会拒绝。我对名牌服装爱好者不能理解。穿在身上并不特别舒服,也并不多么好看,这无非是显出一种派头,有"份"。何必呢。中国作家还不到做一个"雅皮士"的时候吧。至于吃食,我并不主张"一箪食一瓢饮",但是我不喜欢豪华宴会。吃一碗烩鲍鱼、黄焖鱼翅,我觉得不如来一盘爆肚,喝二两汾酒。而且我觉得钱多了,对写作没有好处,就好比吃饱了的鹰就不想拿兔子了。名,是大多数作者想要的。三代以下未有不好名者。但是我以为人不可没有名,也不可太有名。60岁时,我被人称为作家,还不习惯。进70岁,就又升了一级,被称为老作家、著名作家,说实在的,我并不舒服。盛名之下,其实难副,这成了一种负担。我一共才写了那么几本书,摞在一起,也没有多大分量。有些关于我的评论、印象记、访谈录之类,我也看看。言谈微中,也有知己之感。但是太多了,把我弄成热点,而且很多话说得过了头,我很不安。十多年前我在一次座谈会上说过,希望我就是悄悄地写写,你们就是悄悄地看看,是真话。这样我还能多活几年。

要难老,更重要的是要工作。饱食终日,无所事事,是最难受的。我见过一些老同志,离退休以后,什么也不干,很快就显老了,精神状态老了。要找点事做,比如搞搞翻译、校点校点古籍……。作为一个作家,要不停地写。笔这个东西,放不得。一放下,就再也拿不起来了。写长篇小说,我现在怕是力不从心了。曾有写一个历史题材的长篇的打算,看来只好放弃。我不能进行长时期的持续的思索,尤其不能长时期的投入、激动。短篇小说近年也写得少,去年一年只写了三篇。写得比较多的是散文。散文题材广泛,写起来也比较省力,近二年报刊约稿要散文的也多,去年竟编了三本散文集,是我没有料到的。

散文中相当一部分是为人写的序。顾炎武说过:"人之患在好为人序",予岂好为人序哉,予不得已也。人家找上门来了,不好意思拒绝。写序是很费时间的,要看作品,要想出几句比较中肯的话。但是我觉得上了年纪的作家为青年作家写序是一种不可推卸的责任,所以我还愿意写。但是我要借此机会提出一点要求:一、作者要自揣作品有一定水平,值得要老头儿给你卖卖块儿。二、让我看的作品只能挑出几篇,不要把全部作品都寄来,我篇篇都看,实在吃不消。三、寄来作品请自留底稿,不要把原稿寄来。我这人很"拉糊",会把原稿搞丢了的。四、期限不要逼得太紧,不要全书已经发排,就等我这篇序。

我几乎每天都要写一点,我的老伴劝我休息休息。我说这就是休息。在不拿笔的时候,我也稍事休息。我的休息一是泡一杯茶在沙发上坐坐,二是看一点杂书。这也是为了写作。坐,并不是"一段呆木头"似的坐着,脑子里会飘飘忽忽地想一些往事。人老了,对近事善忘,有时有人打电话给我,说了什么事,当时似乎记住了,转脸就忘了。

但对多少年前的旧事却记得很真切。这是老人"十悖"之一。我把这些往事记下来，就是一篇散文。我将为深圳海天出版社编一本新的散文集，取名就叫《独坐小品》②。看杂书，也是为了找一点写作的材料。我看的杂书大都是已经看过的，但是再看看，往往有新的发现。比如，几本笔记里都记过应声虫，最近看了一本诗话，才知道得应声虫病是会要人的命的，而且这种病还会传染！这使我对应声虫有了一层新的认识。

今年正月十五，是我的七十三岁生日，写了一副小对联，聊当自寿：

往事回思如细雨
旧书重读似春潮

癸酉年元宵节晚六时
七十三年前这会我正在出生。

注　释

①　本篇原载《火花》1993 年第四期；初收《草花集》，成都出版社，1993 年
　　9 月。

②　此集后来（1996 年）由宁夏人民出版社出版。

昆明年俗①

铺　松　毛

昆明春节,很多人家铺松毛——马尾松的针叶。满地碧绿,一室松香。昆明风俗,亦如别处,初一至初五不扫地,——扫地就把财气扫出去了。铺了松毛不唯有过节气氛,也显得干净。

昆明城外,遍地皆植马尾松,松毛易得。

贴　唐　诗

昆明有些店铺过年不贴春联,贴唐诗。

昆明较小的店铺的门面大都是这样:下半截是砖墙,上半截是一排四至八扇木板,早起开门卸下木板,收市后上上。过年不卸板,板外贴万年红纸,上写唐诗各一首。此风别处未见。初一上街闲逛,沿街读唐诗,亦有趣。

劈　甘　蔗

春节街头常见人赌赛劈甘蔗。七八个小伙子,凑钱买一堆甘蔗,人备折刀一把,轮流劈。甘蔗立在地上,用刀尖压住甘蔗梢,急掣刀,小刀在空中画一圈,趁甘蔗未倒,一刀劈下。劈到哪里,切断,以上一截即归劈者。有人能一刀从梢劈通到根,围看的人都喝彩。

掷 升 官 图

掷升官图几个人玩都可以。正方的皮纸上印回文的道道,两道之间印各种官职。每人持一铜钱。掷骰子,按骰子点数往里移动铜钱,到地后一看,也许升几级为某官,也可能降几级。升官图当是清代的玩意,因为有"笔帖式"这样的满官。至升为军机处大臣,即为赢家,大家出钱为贺。有的官是没有实权的,只是一种荣誉,如"紫禁城骑马"。我是很高兴掷到"紫禁城骑马"的,虽然只是纸上骑马,也觉得很风光。

嚼 葛 根

春节卖葛根。置木板上,上蒙湿了水的蓝布。葛根粗如人臂。给毛把钱,卖葛根的就用薄刃快刀横切几片给你。葛根嚼起来有点像生白薯,但无甜味,微苦。本地人说,吃了可以清火。管它清火不清火,这东西我没有尝过(在中药店里倒见过,但是切成棋子块的),得尝尝,何况不贵。

注 释

① 本篇原载 1993 年 2 月 7 日《文汇报》;初收《榆树村杂记》,中国华侨出版社,1993 年 9 月。

故乡的元宵①

故乡的元宵是并不热闹的。

没有狮子、龙灯,没有高跷,没有跑旱船,没有"大头和尚戏柳翠",没有花担子、茶担子。这些都在七月十五"迎会"——赛城隍时才有,元宵是没有的。很多地方兴"闹元宵",我们那里的元宵却是静静的。

有几年,有送麒麟的。上午,三个乡下的汉子,一个举着麒麟,——一张长板凳,外面糊纸扎的麒麟,一个敲小锣,一个打镲,咚咚嚓嚓敲一气,齐声唱一些吉利的歌。每一段开头都是"格炸炸":

格炸炸,格炸炸,

麒麟送子到你家……

我对这"格炸炸"印象很深。这是什么意思呢?这是状声词?状的什么声呢?送麒麟的没有表演,没有动作,曲调也很简单。送麒麟的来了,一点也不叫人兴奋,只听得一连串的"格炸炸"。"格炸炸"完了,祖母就给他们一点钱。

街上掷骰子"赶老羊"的赌钱的摊子上没有人。六颗骰子静静地在大碗底卧着。摆赌摊的坐在小板凳抱着膝盖发呆。年快过完了,准备过年输的钱也输得差不多了,明天还有事,大家都没有赌兴。

草巷口有个吹糖人的。孙猴子舞大刀、老鼠偷油。

北市口有捏面人的。青蛇、白蛇、老渔翁。老渔翁的蓑衣是从药店里买来的夏枯草做的。

到天地坛看人拉"天嗡子"——即抖空竹,拉得很响,天嗡子蛮牛似的叫。

到泰山庙看老妈妈烧香。一个老妈妈鞋底有牛屎,干了。

一天快过去了。

不过元宵要等到晚上，上了灯，才算。元宵元宵嘛。我们那里一般不叫元宵，叫灯节。灯节要过几天，十三上灯，十七落灯。"正日子"是十五。

各屋里的灯都点起来了。大妈（大伯母）屋里是四盏玻璃方灯。二妈屋里是画了红寿字的白明角琉璃灯，还有一张珠子灯。我的继母屋里点的是红琉璃泡子。一屋子灯光，明亮而温柔，显得很吉祥。

上街去看走马灯。连万顺家的走马灯很大。"乡下人不识走马灯，——又来了。"走马灯不过是来回转动的车、马、人（兵）的影子，但也能看它转几圈。后来我自己也动手做了一个，点了蜡烛，看着里面的纸轮一样转了起来，外面的纸屏上一样映出了影子，很欣喜。乾陞和的走马灯并不"走"，只是一个长方的纸箱子，正面白纸上有一些彩色的小人，小人连着一根头发丝，烛火烘热了发丝，小人的手脚会上下动。它虽然不"走"，我们还是叫它走马灯。要不，叫它什么灯呢？这外面的小人是唐僧、孙悟空、猪八戒、沙和尚。整个画面表现的是《西游记》唐僧取经。

孩子有自己的灯。兔子灯、绣球灯、马灯……兔子灯大都是自己动手做的。下面安四个辘轳，可以拉着走。兔子灯其实不大像兔子，脸是圆的，眼睛是弯弯的，像人的眼睛，还有两道弯弯的眉毛！绣球灯、马灯都是买的。绣球灯是一个多面的纸扎的球，有一个篾制的架子，架子上有一根竹竿，架子下有两个辘轳，手执竹竿，向前推移，球即不停滚动。马灯是两段，一个马头，一个马屁股，用带子系在身上。西瓜灯、虾蟆灯、鱼灯，这些手提的灯，是小小孩玩的。

有一个习俗可能是外地所没有的：看围屏。硬木长方框，约三尺高，尺半宽，镶绢，上画工笔的演义小说人物故事，灯节前装好，一堂围屏约三十幅，屏后点蜡烛。这实际上是照得透亮的连环画。看围屏有两处，一处在炼阳观的偏殿，一处在附设在城隍庙里的火神庙。炼阳观画的是《封神榜》，火神庙画的是《三国》。围屏看了多少年，但还是年年看。好像不看围屏就不算过灯节似的。

街上有人放花。

有人放高升（起火），不多的几枝。起火升到天上，嗤——灭了。

天上有一盏红灯笼。竹篾为骨，外糊红纸，一个长方的筒，里面点了蜡烛，放到天上。灯笼是很好放的，连脑线都不用，在一个角上系上线，就能飞上去。灯笼在天上微微飘动，不知道为什么，看了使人有一点薄薄的凄凉。

年过完了，明天十六，所有店铺就"大开门"了。我们那里，初一到初五，店铺都不开门。初六打开两扇排门，卖一点市民必需的东西，叫做"小开门"。十六把全部排门卸掉，放一挂鞭，几个炮仗。叫做"大开门"，开始正常营业。年，就这样过去了。

一九九三年二月十二日

注 释

① 本篇原载 1993 年 3 月 18 日《武汉晚报》；初收《草花集》，成都出版社，1993 年 9 月。

地质系同学①

　　西南联大各系的学生各有特点,中文系的不衫不履,带点名士气。工学院的同学挟着画图板、丁字尺,一个个全像候补工程师。从法律系二三年级的学生身上已经可以看出一位名律师或大法官的影子。商学系的同学很实际,他们不爱幻想。从举止、动作、谈吐上,大体上可以勾画出我们的同学可能经历的人生道路。但这只是相对而言,比较而言,不能像矿物一样可以用光谱测定。比如,有一个比我高两班的同学,读了四年工学院,毕业后又考进文学研究所作哲学研究生由实入虚,你说他该是什么风度呢? 不过地质系的学生身上共同的特点是比较显著的。

　　首先,他们的身体都很好。学地质的没有好身体是不行的。学校对报考地质系的考生的体检要求特别严格。搞地质不能只在实验室里搞,大部分时间要从事野外作业,走长路,登高山(据我所知现在的中国登山队的运动员有两位原来是读地质的),还要背很重的矿石,经常要风餐露宿,生活条件很艰苦,身体差一点是吃不消的。地质系的男同学大都身材较高,挺拔英俊,女同学身体也很好。他们大都是运动员,打篮球、排球,是系队、校队的代表。从仪表上说,他们都有当电影明星的资格。

　　他们的价值观念是清楚的。他们对自己所选择的学业和事业的道路是肯定的。他们没有徬徨、犹豫、困惑。从一开头就有一种奉献精神。——学地质是不可能升官发财的。他们充分认识到他们的工作对于国家的意义,一般说来,他们的祖国意识比别的系的同学更强烈,更实在。

　　他们都很用功。学地质,理科的底子,数学、物理、化学都要比较好。但是比较特别的是，他们除了本门科学，对一般文化，包括文学艺术，也有广泛的兴趣。因此地质系的同学大都文质彬彬，气度潇洒，毫无鄙俗之气，是一些名副其实的"知识分子"。地质系同学在学校时就作出了很大成绩。云南地方曾出了厚厚的一本《云南矿产调查》，就是西南联大地质系师生合作搞出来的。

在他们野外作业列队归来，穿着夹克，背着厚帆布背包，足登厚底翻皮长靴，或是平常穿了干净的蓝布长衫（地质系的学生都爱干净），在学校的土路从容走着，我都有好感，对他们很欣赏。

其实我所认识的地质系的同学不多，一共只有四个，都是1939年入学，43班的，和我一个班级。

比较熟识的是马杏垣。我对马杏垣有较深的印象不是由于对他的专业学识有所了解，而是因为他会刻木刻。联大当时没有人刻木刻，一个学地质的刻木刻尤其稀罕。马杏垣曾参加曾昭抡先生所率领的康藏考察团到过一趟西藏，回来在壁报上发表了他的一系列铅笔速写和木刻。他发表木刻用的笔名是"马蹄"，有时用两个英文省写字母"M. T."。他的木刻作品偶尔在昆明的报刊上也发表过。据我看，他的木刻是很有风格，很不错的。如果他不学地质而学美术，我相信也会成为一个优秀的画家、木刻家的。多才多艺，是联大许多搞自然科学的教授、学生的一个共同的特点。

马杏垣毕业后到美国留学。

1948年，我在北京午门的历史博物馆工作，有一天来了一位参观的上岁数的人，河北丰润一带的口音，他不知怎么知道我是西南联大的，问我认识不认识马杏垣，我说认识。他说他是马杏垣的父亲。于是跟我滔滔不绝地谈起马杏垣，他说了些什么，我已经不记得，只记得老人家很为他这个现在美国的儿子感到骄傲。是呀，有这样的儿子，是值得骄傲。

马杏垣回国后在地质研究所工作，曾任所长，后来听说担任名誉所长。木刻，我想，大概是不刻了。

第二个是杨起。他是杨振声先生的儿子。杨先生是我的老师。我在杨先生处见过他。他长得很像杨先生。他是蓬莱人，个头很高，一个典型的山东大汉，文雅的、谦虚的山东大汉。他给我的印象是非常谦虚，一种从里到外的谦虚。他知道我是杨先生比较喜欢的学生，因此在校舍的土路上相逢，都很亲切地点头招呼。

还有一个是欧大澄。我不知道怎么和他认识的，可能是由于我的一个同系同班的同学和他中学同学，他和这个同学常相过从，我和他也就熟识了。在我的印象里他是喜爱音乐的。我不能确记着他是会拉提琴，弹吉他，或吹口琴。但是他很能欣赏西洋古典音乐，这一印象我想没有错。即使记错了，我觉得他身上有一种古典音乐熏陶出来的气质，这一点不会错。

杨起、欧大澄，现在都不知道在哪里。

因为认识欧大澄，这样也就对郝贻纯有些印象。因为她常和欧大澄在一起走。郝贻纯在女同学里是长得好看的，但是她从来不施脂粉（我们的女同学有一些是非常"捯饬"的，每天涂了很重的口红去听课），淡雅素朴，落落大方。她好像也是打排球的。

郝贻纯这几年参与了一些政治活动。我不知道她是人大代表还是全国政协委员，好像还是全国妇联的委员。人大、政协、妇联有这样的委员，似乎这些会还有点开头。郝贻纯是彻底"从政"了，还是还没有放弃她的本行？

我的地质系的同学，年龄和我不相上下，都已经过了七十了。他们大概是离、退休了。但是我很知道，他们会是离而不休、退而不休的。他们大概都还在查资料、写论文，在培养博士生、研究生，不会是听鸟养花，优游终老的。

中国的知识分子是多好的知识分子呀！

注　释

① 本篇原载《新生界》1993 年第二期；初收《汪曾祺全集》第六卷，北京师范大学出版社，1998 年 8 月。

老　董①

　　为了写国子监，我到国子监去逛了一趟，不得要领。从首都图书馆抱了几十本书回来，看了几天，看得眼花气闷，而所得不多。后来，我去找了一个"老"朋友聊了两个晚上，倒像是明白了不少事情。我这朋友世代在国子监当差，"侍候"过翁同龢、陆润庠、王垿等祭酒，给新科状元打过"状元及第"的旗，国子监生人，今年七十三岁，姓董。

——《国子监》

　　我写《国子监》大概是 1954 年。老董如果活着，已经 101 岁了。

　　我认识老董是在午门历史博物馆，时间大概是 1948 年春末夏初。

　　老历史博物馆人事简单，馆长以下有两位大学毕业生，一位是学考古的，一位是学博物馆专业的；一位马先生管仓库，一位张先生是会计，一个小赵管采购，以上是职员。有八九个工人。工人大部分是陈列室的看守，看着正殿上的宝座、袁世凯祭孔时官员穿的道袍不像道袍的古怪服装、没有多大价值的文物。有一个工人是个聋子，专管扫地，扫五凤楼前的大石块甬道，聋子爱说话，但是他的话我听不懂，只知道他原来是银行职员，不知道怎样沦为工人了。再有就是老董和他的儿子德启。老董只管掸掸办公室的尘土，拔拔广坪石缝中的草。德启管送信。他每天把一堆信排好次序，"绺一绺道"，跨上自行车出天安门。

　　老董曾经"阔"过。

　　据朋友老董说，纳监的监生除了要向吏部交一笔钱，领取一张"护照"外，还需向国子监交钱领"监照"——就是大学毕业证书。照例一张监照，交钱一两七钱。国子监旧例，积银二百八十两，算一个"字",按"千字文"数,有一个字算一个字,平均每年约收入五百字上下。我算了算,每年国子监收入的监照银约有十四万两。……这十四万两银子照国家规定是不上缴的,由国子监官吏皂役按份摊分,……据老董说,连他一个"字"也分五钱八分,一年也从这一项上收入二百八九十两银子!

老董说,国子监还有许多定例。比如,像他,是典籍厅的刷印匠,管给学生"做卷"——印制作文用的红格本子,这事包给了他,每月例领十三两银子。他父亲在时还会这宗手艺,到他时则根本没有学过,只是到大栅栏口买一刀毛边纸,拿到琉璃厂找铺子去印,成本共花三两,剩下十两,是他的。所以,老董说,那年头,手里的钱花不清——烩鸭条才一吊四百钱一卖!

——《国子监》

据老董说,他儿子德启娶亲,搭棚办事,摆了 30 桌,——当然这样的酒席只是"肉上找",没有海参鱼翅,而且是要收份子的,但总也得花不少钱。

他什么时候到历史博物馆来,怎么来的,我没有问过他。到我认识他时,他已经不是"手里的钱花不清"了,吃穿都很紧了。

历史博物馆的职工中午大都是回家吃。有的带一顿饭来。带来的大都是棒子面窝头、贴饼子。只有小赵每天都带白面烙饼,用一块屉布包着,显得很"特殊化"。小赵原来打小鼓的出身,家里有点儿积蓄。

老董在馆里住,饭都是自己做。他的饭很简单,凑凑合合,小米饭。上顿没吃完,放一点儿水再煮煮,拨一点面疙瘩,他说这叫"鱼儿钻沙"。有时也煮一点大米饭。剩饭和面和在一起,擀一擀,烙成饼。这种米饭面饼,我还没见过别人做过。菜,一块熟疙瘩,或是一团干虾酱,咬一口熟疙瘩、干虾酱,吃几口饭。有时也做点熟菜,熬白菜。他说北京好,北京的熬白菜也比别处好吃——五味神在北京。"五味神"是什么神?我至今没有考查出来。

他对这样凑凑合合的一日三餐似乎很"安然",有时还颇能自我调侃,但是内心深处是个愤世者。生活的下降,他是不会满意的。他的不满,常常会发泄在儿子身上。有时为了一两句话,他会忽然暴怒起来,跳到廊子上,跪下来对天叩头:"老天爷,你看见了?老天爷,你睁睁眼!"

每逢老董发作的时候,德启都是一声不言语,靠在椅子里,脸色铁青。

别的人,也都不言语。因为知道老董的感情很复杂,无从劝解。

老董没有嗜好。年轻时喝黄酒,但自我认识他起,他滴酒不沾。他也不抽烟。我写了《国子监》,得了一点稿费,因为有些材料是他提供的,我买了一个玛瑙鼻烟壶,烟壶的顶盖是珊瑚的,送给他。他很喜欢。我还送了他一小瓶鼻烟,但是没见他闻过。

1960年(那正是三年自然灾害的后期)我到东堂子胡同历史博物馆宿舍去看我的老师沈从文,一进门,听到一个人在传达室骂大街,一听,是老董!

"我操你们的祖宗!操你八辈的祖奶奶!我80多岁了,叫我挨饿!操你们的祖宗,操你们的祖奶奶!"

没有人劝,骂让他骂去吧!一个80多岁的老人了,谁也不能把他怎么样。

老董经过前清、民国、袁世凯、段祺瑞、北伐、日本、国民党、共产党,他经过的时代太多了。老董如果把他的经历写出来,将是一本非常精彩的回忆录(老董记性极好,哪年哪月,白面多少钱一袋,他都记得一清二楚),这可能是一份珍贵史料——尽管是野史。可惜他没写,也没有人让人口述记录下来。

一九九三年三月二十日

注　释

① 本篇原载《追求》1993年第四期;初收《草花集》,成都出版社,1993年9月。

白　马　庙[①]

我教的中学从观音寺迁到白马庙，我在白马庙住过一年。白马庙没有庙。这是由篆塘到大观楼之间一个镇子。我们住的房子形状很特别，像是卡通电影上面的房子，我们就叫它卡通房子。先前日本飞机常来轰炸，有钱的人多在近郊盖了房子，躲警报。后来日本飞机不来了，这些房子都空了下来，学校就租了当教员宿舍。这些房子的设计都有点别出心裁，而以我们住的卡通房子最显眼，老远就看得见。

卡通房子门前有一条土路，通到马路。三面都是农田，不挨人家。我上课之余，除了在屋里看看书，常常伏在窗台上看农民种田。看插秧，看两个人用一个戽斗戽水。看一个十五六岁的孩子用一个长柄的锄头挖地。这个孩子挖几锄头就要停一停，唱一句歌。他的歌有音无字，只有一句，但是很好听，长日悠悠，一片安静。我那时正在读《庄子》。在这样的环境中读《庄子》，真是太合适了。

这样的不挨人家的"独立家屋"有一点不好，是招小偷。曾有小偷光顾过一次。发觉之后，几位教员拿了棍棒到处搜索，闹腾了一阵无所得。我和松卿有一次到城里看电影，晚上回来，快到大门时，从路旁沟里窜出一条黑影，跑了。是一个伺机翻墙行窃的小偷。

小偷不少。教导主任老杨曾当美军译员，穿了一条美军将军呢的毛料裤子，晚上睡觉，盖在被窝上压脚。那天闹小偷，他醒来，拧开电灯看看，将军呢裤子没了。他翻了个身，接碴儿睡他的觉。我们那时教师都是这样，得、失无所谓，而可失之物亦不多，只要不是真的赤条条来去无牵挂，怎么着也能混得过去。——这位老兄从美军复员，领到一笔复员费，崭新的票子放在夹克上衣口袋里，打了一夜沙蟹，几乎全部输光。

学校的教员有的在校内住，也有住在城里，到这里来兼课的。坐马车来,很方便。朱德熙有一次下了马车,被马咬了一口! 咬在胸脯上,胸上落了马的牙印衣服却没有破。

镇上有一个卖油盐酱醋香烟火柴的杂货铺,一家猪肉案子,还有一个做饵块的作坊。我去看过工人做饵块,小枕头大的那么一碗,不知道怎么竟能蒸熟。

饵块作坊门前有一道砖桥,可以通到河南边。桥南是菜地,我们随时可以吃到刚拔起来的新鲜蔬菜。临河有一家茶馆,茶客不少。靠窗而坐,可以看见河里的船,船上的人,风景很好。

使我惊奇的是东壁粉墙上画了一壁茶花,画得满满的。墨线勾边,涂了很重的颜色,大红花、鲜绿的叶子,画得很工整,花、叶多对称,很天真可爱。这显然不是文人画。我问冲茶的堂倌这画是谁画的? ——"哑巴。——他就爱画,哪样上头都画。他画又不要钱,自己贴颜色,就叫他画吧!"

过两天,我看见一个挑粪的,粪桶是新的,粪桶近桶口处画了一周遭串枝莲,深墨勾线,笔如铁线,匀匀净净。不用问,这又是那个哑巴画的。粪桶上描花,真是少见。

听说哑巴岁数不大,二十来岁。他没有跟谁学过,就是自己画。

我记得白马庙,主要就是因为这里有一个画画的哑巴。

一九九三年三月二十九日

注 释

① 本篇原载《大家》1994 年第一期;初收《草花集》,成都出版社,1993 年 9 月。

文　游　台^①

文游台是我们县首屈一指的名胜古迹。台在泰山庙后。

泰山庙前有河,曰澄河。河上有一道拱桥,桥很高,桥洞很大。走到桥上,上面是天,下面是水,觉得体重变得轻了,有凌空之感。拱桥之美,正在使人有凌空感。我们每年清明节后到东乡上坟都要从桥上过(乡俗,清明节前上新坟,节后上老坟)。这正是杂花生树,良苗怀新的时候,放眼望去,一切都使人心情极为舒畅。

澄河产瓜鱼,长四五寸,通体雪白,莹润如羊脂玉,无鳞,无刺,背部有细骨一条,烹制后骨亦酥软可吃。极鲜美。这种鱼别处其实也有,有的地方叫水仙鱼,北京偶亦有卖,叫面条鱼,但我的家乡人认定这种鱼只有我的家乡有,而且只有文游台前面澄河里有!家乡人爱家乡,只好由着他说。不过别处的这种鱼不似澄河的产的味美,倒是真的,因为都经过冷藏转运,不新鲜了。为什么叫"瓜鱼"呢?据说是因黄瓜开花时鱼始出,到黄瓜落架时就再捕不到了,故又名"黄瓜鱼"。是不是这么回事,谁知道。

泰山庙亦名东岳庙,差不多每个县里都有的,其普遍的程度不下于城隍庙。所祀之神称为东岳大帝。泰山庙的香火是很盛的,因为好多人都以为东岳大帝是管人的生死的。每逢香期,初一十五,特别是东岳大帝的生日(中国的神佛都有一个生日,不知道是从什么档案里查出来的)来烧香的善男信女(主要是信女)络绎不绝。一进庙门就闻到一股触鼻的香气。从门楼到甬道,两旁排列的都是乞丐,大都伪装成瞎子、哑巴、烂腿的残废(烂腿是用蜡烛油画的),来烧香的总是要准备一两吊铜钱施舍给他们的。

正面是大殿,神龛里坐着大帝,油白脸,疏眉细目,五绺长须,颇慈祥的样子。穿了一件簇新的大红蟒袍,手捧一把摺扇。东岳大帝何许人也? 据说是《封神榜》上的黄飞虎!

正殿两旁,是"七十二司",即阴间的种种酷刑,上刀山、下油锅、锯人、磨人……这是对活人施加的精神威慑:你生前做坏事,死后就是这样!

我到泰山庙是去看戏。

正殿的对面有一座戏台。戏台很高,下面可以走人。这倒也好,看戏的不会往前头挤,因为太靠近,看不到台上的戏。

戏台与正殿之间是观众席。没有什么"席",只是一片空场,看戏的大都是站着。也有自己从家里扛了长凳来坐着看的。

没有什么名角,也没有什么好戏。戏班子是"草台班子",因为只在里下河一带转,亦称"下河班子"。唱的是京戏,但有些戏是徽调。不知道为什么,哪个班子都有一出《杨松下书》。这出戏剧情很平淡,我小时最不爱看这出戏。到了生意不好,没有什么观众的时候(这种戏班子,观众入场也还要收一点钱),就演《三本铁公鸡》,再不就演《九更天》、《杀子报》。演《杀子报》是要加钱的,因为下河班子的闻太师勾的是金脸。下河班子演戏是很随便的,没有准纲准词。只有一年,来了一个叫周素娟的女演员,是个正工青衣,在南方的科班时坐科学过戏,唱戏很规矩,能唱《武家坡》、《汾河湾》这类的戏,甚至能唱《祭江》、《祭塔》……我的家乡真懂京戏的人不多,但是在周素娟唱大段慢板的时候,台下也能鸦雀无声,听得很入神。周素娟混得到里下河来搭班,是"卖了胰子"落魄了。有一个班子有一个大花脸,嗓子很冲,姓颜,大家就叫他颜大花脸。有一回,我听他在戏台旁边的廊子上对着烧开水的"水锅"大声嚷嚷:"打洗脸水!"我从他的声音里听出了一腔悲愤,满腹牢骚。我一直对颜大花脸的喊叫不能忘。江湖艺人,吃这碗开口饭,是充满辛酸的。

泰山庙正殿的后面,即属于文游台范围,沿砖路北行,路东有秦少游读书台。更北,地势渐高即文游台。台基是一个大土墩。墩之一侧为四贤祠。四贤名字,说法不一。这本是一个"淫祠",是一位蒲圻"先生"把它改造了的。蒲圻先生姓胡,字尧元。明代张缒《谒文游台四贤祠》诗云:"迩来风流文渐烬,文游名在无遗踪。虽有高台可游眺,异端丹碧徒穷窿。嘉禾不植稂莠盛,邦人奔走如狂朦。蒲圻先生独好古,一扫陋俗隆高风。长绳倒拽淫象出,易以四子衣冠容。"这位蒲圻先生实在是多事,把"淫象"留下来让我们看看也好。我小时到文游台,不但看不到淫象,连"四子衣冠容"也没有,只有四个蓝地金字的牌位。墩之正面为盍簪堂。"盍簪"之名,比较生僻。出处在《易经》。《易·豫》:"勿疑,朋盍簪。"王弼注:"盍,合也;簪,疾也。"孔颖达疏:"群朋合聚而疾来也。"如果用大白话说,就是"快来堂"。我觉得"快来堂"也挺不错。我们小时候对盍簪堂的兴趣比四贤祠大得多,因为堂的两壁刻着《秦邮帖》。小时候以为帖上的字是这些书法家在高邮写的。不是的。是把各家的书法杂凑起来的(帖都是杂凑起来的)。帖是清代嘉庆年间一个叫师亮采的地方官属钱梅溪刻的。钱泳《履园丛话》:"二十年乙亥……是年秋八月为韩城师禹门太守刻《秦邮帖》四卷,皆取苏东坡、黄山谷、米元章、秦少游诸公书,而殿以松雪、华亭二家。"曾有人考证,帖中书颇多"赝鼎",是假的,我们不管这些,对它还是很有感情。我们用薄纸蒙在帖上,用铅笔来回磨蹭,把这些字"拓"下来带回家。有时翻出来看看,觉得字都很美。

盍簪堂后是一座木结构的楼,是文游台的主体建筑。楼颇宏大,东西两面都是大窗户。我读小学时每年"春游"都要上文游台,趴在两边窗台上看半天。东边是农田,碧绿的麦苗,油菜、蚕豆正在开花,很喜人。西边是人家,鳞次栉比。最西可看到运河堤上的杨柳,看到船帆在树头后面缓缓移动。缓缓移动的船帆叫我的心有点酸酸的,也甜甜的。

文游台的出名,是因为这是苏东坡、秦少游、王定国、孙莘老聚会的地方,他们在楼上饮酒、赋诗、倾谈、笑傲。实际上文游诸贤之中,最牵动高邮人心的是秦少游。苏东坡只是在高邮停留一个很短的时期。王定国不是高邮人。孙莘老不知道为什么给人一个很古板的印象,使人不大喜欢。文游台实际上是秦少游的台。

秦少游是高邮人的骄傲,高邮人对他有很深的感情,除了因为他是大才子，"国士无双"，词写得好，为人正派，关心人民生活（著过《蚕书》）……还因为他一生遭遇很不幸。他的官位不高，最高只做到"正字"，后半生一直在迁谪中度过。46岁"坐党籍"改馆阁校勘，出为杭州通判。这一年由于御史刘拯给他打了小报告，说他增损《实录》，贬监处州酒税。叫一个才子去管酒税，真是令人啼笑皆非。48岁因为有人揭发他写佛书，削秩徙郴州。50岁，迁横州。51岁迁雷州。几乎每年都要调动一次，而且越调越远。后来朝廷下了赦令，廷臣多内徙，少游启程北归，至藤州，出游光华亭，索水欲饮，水至，笑视之而卒，终年53岁。

迁谪生活，难以为怀，少游晚年诗词颇多伤心语，但他还是很旷达，很看得开的，能于颠沛中得到苦趣。明陶宗仪《说郛》卷八十二：

> 秦观南迁，行次郴道遇雨，有老仆滕贵者，久在少游家，随以南行，管押行李在后，泥泞不能进，少游留道旁人家以候，久之方盘跚策杖而至，视少游叹曰："学士，学士！他们取了富贵，做了好官，不枉了怎地，自家做甚来陪奉他们！波波地打闲官，方落得甚声名！"怒而不饭。少游再三勉之，曰："没奈何。"其人怒犹未已，曰："可知是没奈何！"少游后见邓博文言之，大笑，且谓邓曰："到京见诸公，不可不举似以发大笑也。"

我以为这是秦少游传记资料中写得最生动的一则。而且是可靠的。这样如闻其声的口语化的对白是伪造不来的。这也是白话文学史中很珍贵的资料，老仆、少游，都跃然纸上。我很希望中国的传记文学、历史题材的小说戏曲都能写成这样。然而可遇而不可求。现在的传记历史题材的小说，都空空廓廓，有事无人，而且注入许多"观点"，使人搔痒不着，吞蝇欲吐。历史连续电视剧则大多数是胡说八道！

东坡闻少游凶信，叹曰："少游已矣，虽万人何赎"，呜呼哀哉。

（一九九三年四月十九日）

注　释

① 本篇原载《散文天地》1993 年第五期；初收《草花集》，成都出版社，1993 年
9 月。

露筋晓月①

——故乡杂忆

"秦邮八景"中我最不感兴趣的是"露筋晓月"。我认为这是对我的故乡的侮辱。

有姑嫂二人赶路,天黑了,只得在草丛中过夜。这一带蚊子极多,叮人很疼。小姑子实在受不了。附近有座小庙,小姑子到庙里投宿。嫂子坚决不去,遂被蚊虫咬死,身上的肉都被吃净,露出筋来。时人悯其贞节,为她立了祠,祠曰露筋祠。这地方从此也叫做露筋。

这是哪个全无心肝的卫道之士编造出来的一个残酷惨厉的故事!这比"饿死事小,失节事大"还要灭绝人性。

这故事起源颇早,米芾就写过《露筋祠碑》。

然而早就有人怀疑过。欧阳修就说这不合情理:蚊子怎么多,也总能拍打拍打,何至被咬死? 再说蚊子只是吸人的血,怎么会把肉也吃掉了露出筋来呢?

我坐小轮船从高邮往扬州,中途轮机发生故障,只能在露筋抛锚修理。

高邮湖上的蓝天渐渐变成橙黄,又渐渐变成深紫,暝色四合,令人感动。我回到舱里,吃了两个夹了五香牛肉的烧饼,喝了一杯茶,把行李里带来的珠罗纱蚊帐挂好,躺了下来。不大会,就睡着了。

听到一阵嘤嘤的声音,睁眼一看:一个蚊子,有小麻雀大,正把它的长嘴从珠罗纱的窟窿里伸进来,快要叮到我的赤裸的胳臂,不过它太大了,身子进不来。我一把攥住它的长嘴,抽了一根棉线,把它的长嘴拴住,棉线的一头压在枕头下。蚊子进不来又飞不走,就在帐外拍扇翅膀。这就好像两把扇子往里吹风。我想:这不赖,我可以凉凉快快地睡一夜。

一个声音,很细,但是很尖:

"哥们!"

这是蚊子说话哪,——"哥们"?

"哥们,你为什么把我拴住?"

"你是世界上最可恨的东西!你们为什么要生出来?"

"我们是上帝创造的。"

"你们为什么要吸人的血?"

"这是上帝的意旨。"

"为什么咬得人又疼又痒?"

"不这样人怎么能记住他们生下来就是有罪的?"

"咬就咬吧,为什么要嗡嗡叫?"

"不叫,怎么能证明我们的存在?"

"你们真该统统消灭!"

"你消灭不了!"

"我现在就要把你消灭了!"

我伸开两手,隔着蚊帐使劲一拍。不料一欠身,线头从枕头下面脱出,蚊子带着一截棉线飞走了。最可气的是它还回头跟我打了个招呼:"拜拜!你消灭不了我们,我们是国家一级保护动物!"

一声汽笛,我醒了。

晓月朦胧,露华滋润,荷香细细,流水潺潺。

轮机已经修好了。又一声长长的汽笛,小轮船继续完成未尽的航程。

我靠着船栏杆,想起王士禛的《露筋祠》诗:"……门外野风开白莲。"

一九九三年四月二十日

158

注　释

①　本篇原载《鸭绿江》1993 年第九期;以《耿庙神灯(外一章)》为题又载《散文天地》1994 年第三期;初收《草花集》,成都出版社,1993 年 9 月。

手　把　肉[①]

　　蒙古人从小吃惯羊肉,几天吃不上羊肉就会想得慌。蒙古族舞蹈家斯琴高娃(蒙古族女的叫斯琴高娃的很多,跟那仁花一样的普遍)到北京来,带着她的女儿。她的女儿对北京的饭菜吃不惯。我们请她在晋阳饭庄吃饭,这小姑娘对红烧海参、脆皮鱼……统统不感兴趣。我问她想吃什么,"羊肉!"我把服务员叫来,问他们这儿有没有羊肉,说只有酱羊肉。"酱羊肉也行,咸不咸?""不咸。"端上来,是一盘羊腱子。小姑娘白嘴把一盘羊腱子都吃了。问她:"好吃不好吃?""好吃!"她妈说:"这孩子! 真是蒙古人! 她到北京几天,头一回说'好吃'。"

　　蒙古人非常好客,有人骑马在草原上漫游,什么也不带,只背了一条羊腿。日落黄昏,看见一个蒙古包,下马投宿。主人把他的羊腿解下来,随即杀羊。吃饱了,喝足了,和主人一家同宿在蒙古包里,酣然一觉。第二天主人送客上路,给他换了一条新的羊腿背上。这人在草原上走了一大圈,回家的时候还是背了一条羊腿,不过已经不知道换了多少次了。

　　"四人帮"肆虐时期,我们奉江青之命,写一个剧本,搜集素材,曾经四下内蒙古。我在内蒙古学会了两句蒙古话。蒙古族同志说,会说这两句话就饿不着。一句是"不达一地"——要吃的;一句是"莫哈一的"——要吃肉。"莫哈"泛指一切肉,特指羊肉。(元杂剧有一出很特别的戏,汉话和蒙古话掺和在一起唱。其中有一句是"莫哈整斤吞",意思是整斤地吃羊肉。)果然,我从伊克昭盟到呼伦贝尔大草原,走了不少地方,吃了多次手把肉。

　　八、九月是草原最美的时候。经过一夏天的雨水,草都长好了,阿格和灰背青是牲口最爱吃的草。草原上的草在我们看起来都是草,牧民却对每一种草都叫得出名字。草里有野葱、野韭菜（蒙古人说他们那里的羊肉不膻，是因为羊吃野葱，自己把味解了）。到处开着五颜六色的花。羊这时也都上了膘了。

内蒙古的作家、干部爱在这时候下草原，体验生活、调查情况，也是为去"贴秋膘"。进了蒙古包，先喝奶茶。内蒙古的奶茶制法比较简单，不像西藏的酥油茶那样麻烦。只是用铁锅坐一锅水，水开后抓一把茶叶，滚几滚，加牛奶，放一把盐，即得。我没有觉得有太大的特点，但喝惯了会上瘾的。（蒙古人一天也离不开奶茶。很多人早起不吃东西，喝两碗奶茶就去放羊。）摆了一桌子奶食，奶皮子、奶油（是稀的）、奶渣子……还有月饼、桃酥。客人喝着奶茶，蒙古包外已经支起大锅，坐上水，杀羊了。

蒙古人杀羊真是神速，不是用刀子捅死的，是掐断羊的主动脉。羊挣扎都不挣扎，就死了。马上开膛剥皮，工具只是一把比水果刀略大一点的折刀。一会儿的功夫，羊皮就剥下来，抱到稍远处晒着去了。看看杀羊的现场，连一滴血都不溅出，草还是干干净净的。

"手把肉"即白水煮切成大块的羊肉。一手"把"着一大块肉，用一柄蒙古刀自己割了吃。蒙古人用刀子割肉真有功夫。一块肉吃完了，骨头上连一根肉丝都不剩。有小孩子割剔得不净，妈妈就会说："吃干净了，别像那干部似的！"干部吃肉，不像牧民细心，也可能不大会使刀子。牧民对奶、对肉都有一种近似宗教情绪似的敬重，正如汉族的农民对粮食一样，糟踏了，是罪过。吃手把肉过去是不预备佐料的，顶多放一碗盐水，蘸了吃。现在也有一点佐料，酱油、韭菜花之类。因为是现杀、现煮、现吃，所以非常鲜嫩。在我一生中吃过的各种做法的羊肉中，我以为手把羊肉第一。如果要我给它一个评语，我将毫不犹豫地说：无与伦比！

吃肉，一般是要喝酒的。蒙古族极爱喝酒，而且几乎每饮必醉。我在呼和浩特听一个土默特旗的汉族干部说："骆驼见了柳，蒙古人见了酒"，意思说就走不动了——骆驼爱吃柳条。我以为这是一句现代俗语。偶读　本宋人笔记，见有"骆驼见柳，蒙古见酒"之说，可见宋代已有此谚语,已经流传几百年了。可惜我把这本笔记的书名忘了。宋朝的蒙古人喝的大概是武松喝的那种煮酒,不会是白酒——蒸馏酒。白酒是元朝的时候才从阿拉伯传进来的。

在达茂旗吃过一次"羊贝子",即煮全羊。整只羊放在大锅里煮。据说蒙古人吃只煮30分钟。因为我们是汉族,怕太生了不敢吃,多煮了15分钟。整羊,剁去四蹄,趴在一个大铜盘里。羊头已经切下来,但仍放在脖子后面的腔子上,上桌后再搬走。吃羊贝子有规矩,先由主客下刀,切下两条脖子后面的肉(相当于北京人所说的"上脑"部位),交叉斜搭在肩背上,然后其他客人才动刀,各自选取自己爱吃的部位。羊贝子真是够嫩的,一刀切下去,会有血水滋出来。同去的编剧、导演,有的望而生畏,有的浅尝即止,鄙人则吃了个不亦乐乎。羊肉越嫩越好。蒙古人认为煮久了的羊肉不好消化,诚然诚然。我吃了一肚子半生的羊肉,太平无事。

蒙古人真能吃肉。海拉尔有两位书记到北京东来顺吃涮羊肉,两个人要了14盘肉,服务员问:"你们吃得完吗?"一个书记说:"前几天我们在呼伦贝尔,五个人吃了一只羊!"

蒙古人不是只会吃手把肉,他们也会各种吃法。呼和浩特的烧羊腿,烂,嫩,鲜,入味。我尤喜欢吃清蒸羊肉。我在四子王旗一家不大的饭馆中吃过一次"拔丝羊尾"。我吃过拔丝山药、拔丝土豆、拔丝苹果、拔丝香蕉,从来没听说过羊尾可以拔丝。外面有一层薄薄的脆壳,咬破了,里面好像什么也没有,一包清水,羊尾油已经化了。这东西只宜供佛,人不能吃,因为太好吃了!

我在新疆唐巴拉牧场吃过哈萨克的手抓羊肉。做法与内蒙古的手把肉略似,也是大锅清水煮,但切的肉块较小,煮的时间稍长。肉熟后,下面条,然后装在大瓷盘里端上来。下面是面,上面是肉。主人以刀把肉切成小块。客人以手抓肉及面同吃。吃之前,由一个孩子执铜壶注水于客人之手。客人手上浇水后不能向后甩。只能待其自干,否则即是对主人不敬。铜壶颈细而长,壶身镂花,有中亚风格。

注　释

① 本篇原载《新苑》1993 年第二、三期合刊；初收《中国当代名人随笔·汪曾祺卷》，陕西人民出版社，1993 年 12 月。

一 个 暑 假[①]

　　我的家乡人要出一本韦鹤琴先生纪念册,来信嘱写一篇小序。我觉得这篇序由我来写不合适,我是韦先生受业弟子,弟子为老师的纪念册写序,有些僭妄,而且我和韦先生接触不多,对他的生平不了解,建议这篇序还是请邑中耆旧和韦先生熟识的来写,我只寄去一首小诗:

> 绿纱窗外树扶疏,
> 长夏蝉鸣课楷书,
> 指点桐城申义法,
> 江湖满地一纯儒。

诗后加了一个附注:

　　小学毕业之暑假,我在三姑父孙石君家从韦先生学。韦先生每日讲桐城派古文一篇,督临《多宝塔》一纸。我至今作文写字,实得力于先生之指授。忆我从学之时,已经六十年矣,而先生之声容态度,闲闲雅雅,犹在耳目。

　　关于这个附注,也还需要再作一点说明。我的三姑父——我的家乡对姑妈有一个很奇怪的称呼,叫"摆摆",姑父则叫"姑摆摆",原是办教育的,他后来弃教从商,经营过水泵,造过酱醋,但他一直是个"儒商",平日交往的还是以清白方正、有学问的教员居多。他对韦先生很敬佩,这年暑假就请他住到家里,教我的表弟和我。

　　"绿纱窗外树扶疏"是记实。三姑父在生活上是个革新派。他们家是不供菩萨的,也没有祖宗牌位。堂屋正面的墙上挂着两副对子。一副我还记得:"谈禅不落三乘后,负未还期十亩前",好像就是韦先生写的。他家的门窗,都钉了绿色的铁纱,这在我们县里当时是少见的。

因此各间屋里都没有苍蝇蚊子。而且绿纱沉沉，使人感到一片凉意。窗外是有一些树的。有一棵苹果树，这也是少见的。每年也结几个苹果，很小，而且酸。树上当然是有知了叫的。

三姑父家后面有一片很大的空地。有几个山东人看中了这片地，租下开了一个锅厂。锅厂有几个小伙计，除了眼睛、嘴唇，一天脸上都是黑的，煤烟薰的。他们老是用大榔头把生铁块砸碎，成天听到咠啷咠啷的声音。不过并不吵人。

我就在蝉鸣和砸铁声中读书写字。这个暑假我觉得过得特别的安静。

韦先生学问广博，但对桐城派似乎下的功夫尤其深。他教我的都是桐城派的古文，每天教一篇。我印象最深的是姚鼐的《登泰山记》、方苞的《左忠毅公逸事》、戴名世的《画网巾先生传》等等诸篇。《登泰山记》里的名句："苍山负雪，明烛天南。望晚日照城郭，汶水、徂徕如画，而半山居雾若带然"，我一直记得。尤其是"明烛天南"，我觉得写得真美，我第一次知道"烛"字可以当动词用。"居雾"的"居"字也下得极好。左光斗在狱中的表现实在感人："国家之事糜烂至此，……不速去，无俟奸人构陷，吾今即扑杀汝！"这真是一条铁汉子。《画网巾先生传》写得浅了一点，但也不失为一篇立场鲜明的文章。刘大櫆、薛福成等人的文章，我也背过几篇。我一直认为"桐城义法"是有道理的，不能一概斥之为"谬种"。

韦先生是写魏碑的。我的祖父六十岁的寿序的字是韦先生写的（文为高北溟先生所撰），写在万年红纸上，字极端整，无一败笔。我后来看到一本影印的韦先生临的魏碑诸体的字帖，才知道韦先生把所有的北碑几乎都临过，难怪有这样深的功力。不过他为什么要我临《多宝塔》呢？最近看到韦先生的诗稿，明白了：韦先生的字的底子是颜字。诗稿是行楷，结体用笔实自《祭侄文》、《争座位》出。写了两个月《多宝塔》，对我以后写字，是大有好处的。

我的小诗附注中说："我至今作文写字，实得力于先生之指授"，是诚实的话，非浮泛语。

暑假结束后,我读了初中,韦先生回家了,以后,我和韦先生再也没有见过面。

听说韦先生一直在三垛,很少进城。抗战时期,他拒绝出任伪职,终于家。

韦先生名子廉,鹤琴是别号。我怀疑"子廉"也是字,非本名。

(一九九三年春)

注　释

① 本篇原载《收获》1998 年第一期;初收《汪曾祺全集》第六卷,北京师范大学出版社,1998 年 8 月。

看　　画[①]

上初中的时候,每天放学回家,一路上只要有可以看看的画,我都要走过去看看。

中市口街东有一个画画的,叫张长之,年纪不大,才二十多岁,是个小胖子。小胖子很聪明。他没有学过画,他画画是看会的。画册、画报、裱画店里挂着的画,他看了一会就能默记在心。背临出来,大致不差。他的画不中不西,用色很鲜明,所以有人愿意买。他什么都画。人物、花卉、翎毛、草虫都画。只是不画山水。他不只是临摹,有时也"创作"。有一次他画了一个斗方,画一棵芭蕉,一只五彩大公鸡,挂在他的画室里(他的画室是敞开的)。这张画只能自己画着玩玩,买是不会有人买的,谁家会在家里挂一张"鸡巴图"?

他擅长的画体叫做"断简残篇"。一条旧碑帖的拓片(多半是汉隶或魏碑)、半张烧糊一角的宋版书的残页、一个裂了缝的扇面、一方端匋斋的印谱……七拼八凑,构成一个画面。画法近似"颖拓",但是颖拓一般不画这种破破烂烂的东西。他画得很逼真,乍看像是剪贴在纸上的。这种画好像很"稚",而且这种画只有他画,所以有人买。

这个家伙写信不贴邮票,信封上的邮票是他自己画的。

有一阵子,他每天骑了一匹大马在城里兜一圈,郭答郭答,神气得很。这马是一个营长的。城里只要驻兵,他很快就和军官混得很熟。办法很简单,每人送一套春宫。

1947年,我在上海先施公司二楼卖字画的陈列室看到四条"断简残篇",一看署名,正是"张长之"!这家伙混得能到上海来卖画,真不简单。

北门里街东有一个专门画像的画工,此人名叫管又萍。走进他的画室,左边墙上挂着一幅非常醒目的朱元璋八分脸的半身画,高四尺,装在镜框里。朱洪武紫棠色脸,额头、颧骨、下巴,都很突出。这种面相,叫做"五岳朝天"。双眼奕奕,威风内敛,很像一个开国之君。朱皇帝头戴纱帽,著圆领团花织金大红龙袍。这张画不但皮肤、皱纹、眼神画得很"真",纱帽、织金团龙,都画得极其工致。这张画大概是画工平生得意之作,他在画的一角用掺揉篆隶笔意的草书写了自己的名字:管又萍。若干年后,我才体会到管又萍的署名后面所挹注的画工的辛酸。画像的画工是从来不署名的。

　　若干年后,我才认识到管又萍是一个优秀的肖像画家,并认识到中国的肖像画有一套自成体系的肖像画理论和技法。

　　我的二伯父和我的生母的像都是管又萍画的。二伯父端坐在椅子上,穿著却是明朝的服装,头戴方巾,身著湖蓝色的斜领道袍。这可能是尊重二伯父的遗志,他是反满的。我没有见过二伯父,但是据说是画得很像的。我母亲去世时我才三岁,记不得她的样子,但我相信也是画得很像的,因为画得像我的姐姐,家里人说我姐姐长得很像我母亲。画工画像并不参照照片,是死人断气后,在床前直接勾描的。

　　然后还得起一个初稿。初稿只画出颜面,画在熟宣纸上,上面蒙了一张单宣,剪出一个椭圆形的洞,像主的面形从椭圆形的洞里露出。要请亲人家属来审查,提意见,胖了,瘦了,颧骨太高,眉毛离得远了……管又萍按照这些意见,修改之后,再请亲属看过,如无意见,即可定稿。然后再画衣服。

　　画像是要讲价的,讲的不是工钱,而是用多少硃砂,多少石绿,贴多少金箔。

　　为了给我的二伯母画像,管又萍到我家里和我的父亲谈了几次,所以我知道这些手续。

　　管又萍的"生意"是很好的,因为他画人很像,全县第一。

　　这是一个谦恭谨慎的人,说话小声,走路低头。

出北门，有一家卖画的。因为要下一个坡，而且这家的门总是关着，我没有进去看过。这家的特点是每年端午节前在门前柳树上拉两根绳子，挂出几十张钟馗。饮酒、醉眠、簪花、骑驴、仗剑叱鬼、从鸡笼里掏鸡、往胆瓶里插菖蒲、嫁妹、坐着山轿出巡……大概这家藏有不少钟馗的画稿，每年只要照描一遍。钟馗在中国人物画里是个很有人性，很有幽默感的可爱的形象。我觉得美术出版社可以把历代画家画的钟馗收集起来出一本《钟馗画谱》，这将是一本非常有趣的画册。这不仅有美术意义，对了解中国文化也是很有意义的。

新巷口有一家"画匠店"，这是画画的作坊。所生产的主要是"家神菩萨"。家神菩萨是几个本不相干的家族的混合集体。最上一层是南海观音和善财龙女。当中是关云长和关平、周仓。下面是财神。他们画画是流水作业，"开脸"的是一个人，画衣纹的是另一个人，最后加彩贴金的又是一个人。开脸的是老画匠，做下手活的是小徒弟。画匠店七八个人同时做活，却听不到声音，原来学画匠的大都是哑巴。这不是什么艺术作品，但是也还值得看看。他们画得很熟练，不会有败笔。有些画法也使我得到启发。比如他们画衣纹是先用淡墨勾线，然后在必要的地方用较深的墨加几道，这样就有立体感，不是平面的，我在画匠店里常常能站着看一个小时。

这家画匠店还画"玻璃油画"。在玻璃的反面用油漆画福禄寿或老寿星。这种画是反过来画的，作画程序和正面画完全不同。比如画脸，是先画眉眼五官，后涂肉色；衣服先画图案，后涂底子。这种玻璃油画是作插屏用的。

我们县里有几家裱画店，我每一家都要走进去看看。但所裱的画很少好的。人家有古一点的好画都送到苏州去裱。本地裱工不行，只有一次在北市口的裱画店里看到一幅王匋民写的八尺长的对子，给我留下深刻的印象。我认为王匋民是我们县的第一画家。他的字也很有特点。我到现在还说不准他的字的来源，有章草，又有王铎、倪瓒。他用侧锋写那样大的草书对联,这种风格我还没有见过。

(一九九三年六月一日)

注　释

　　①　本篇原载《草花集》,成都出版社,1993 年 9 月。

裘盛戎二三事①

　　裘盛戎把花脸艺术推到了一个新的阶段。以前的花脸大都以实大声宏,粗犷霸悍取胜,盛戎开始演唱得很讲究,很细,很有韵味,很美。盛戎初露头角时,有人对他的演唱看不惯,嘲笑他是"妹妹花脸"。这些人说对了! 盛戎即便是演粗豪人物也带有几分妩媚。粗豪和妩媚是辩证的统一。男性美中必须有一点女性美。

　　盛戎非常注意宏细、收放、虚实,不是一味在台上喊叫。这样才有对比,有映照,有起伏。他在《铫期》中打的虎头引子,"终朝边塞"几乎是念出来的,而且是轻轻地念出来的,下边"征胡虏"才用深厚的胸音高唱,这样才有大将风度。如果上来就卯足了劲,就不像个元老重臣,像个山大王了。《雪花飘》开场四句:"打罢了新春六十七(哟),看了五年电话机。传呼一千八百日,舒筋活血强似下棋。"盛戎也是轻唱,在叙述中带点抒情,很潇洒。这四句散板简直有点像马派老生。旧本《杜鹃山》有一场"烤番薯"。毒蛇胆在山下烧杀乡亲,雷刚不能下山搭救。他在篝火中烤一块番薯,番薯的糊香使他想起乡亲们往日待他的恩情,唱道:"一块番薯掰两半,曾受深恩三十年……""一块番薯掰两半"是虚着唱的,轻轻地,他在回忆。"深恩"用足胸腔共鸣,深沉浑厚,感情很浓重。

　　盛戎高音很好,但不滥用,用则如奇峰突起,极其提神。《连环套》"饮罢了杯中酒",一般花脸"杯"字多平唱,盛戎拔了一个高。《群英会》黄盖只有四句散板,盛戎能要下三个"好"。"俺黄盖受东吴三世厚恩","三"字拔高,非常突出。我问过盛戎的琴师汪本贞:"'三'字高唱是不是盛戎的创造?"汪本贞说:"是的。"我说:"'三'字高唱,表现出黄盖受东吴之恩不止一世,因此才愿冒极大风险,诈降曹营。"汪本贞说:"就是! 就是!"盛戎在香港告别演出的剧目是《锁五龙》,那天他不知怎么来了劲,"二十年投胎某再来","投胎"使了个嘎调——高八度,台底下炸了窝。连汪本贞都没有想到,说:"我给他拉了一辈子胡琴,从来没有听他这么唱过。"

花脸有"炸音",有"鼻音"。一般花脸演员能"炸"就"炸",有 eng 的字很早就归入鼻音,听起来"嗯嗯"作响。这是架子花脸的唱法,不是铜锤的唱法。这是唱"花脸",不是唱人物。盛戎很少使"炸音"、"鼻音"。他唱《盗御马》"自有那黄三泰与你们抵偿","泰"字稍用"炸音",但不过分。《铡美案》"包龙图打坐在开封府","封"字只略带鼻音,盛戎的鼻腔共鸣极好,可以说是举世无双。一个耳鼻喉科的苏联专家对盛戎的鼻腔构造发生很大兴趣。但是盛戎字字有鼻腔共鸣,而无字着意用鼻音,只是自自然然地唱。盛戎演的是人物,不是行当。此盛戎超出于侪辈,以至造成"无净不裘"的秘密所在。

盛戎善于用气,晚年在研究气口上下了很大功夫。他跟我说:"老汪唉,花脸唱一场戏,得用多少气呀! 我现在岁数大了,不研究气口怎么行?"他在气口运用上有很多独到之处。《智取威虎山》李勇奇的独唱有一句大腔,一般花脸都只是唱半句,后面就交给了胡琴,盛戎说:"要叫我唱,我就唱全了,用程派,声音控制得很'小'。"盛戎的唱法有许多地方确实从程派受到启发。李勇奇唱腔的最后一句:"扫平那威虎山我一马当先",按花脸惯例,都是在"一马"后面换气,"当先"一口气唱出,盛戎不这样,他在"当"字后换气,唱成"一马当——先……"。他说"当"字唱在后面,"先"字就没有多少气了,不"足"。

盛戎的表演能够扬长避短,不拘成法。他的腿不太好,踢得不高,他就把《盗御马》的踢腿改成了大跨步,很美,台下一片掌声。他"四记头"亮相,髯口甩在哪边,没准谱。到他快亮相的时候,后台的青年演员就在边幕后等着:"瞧着瞧着! 看他今天甩在左边,还是右边!"——"怪! 甭管甩在哪边,都挺好看!"《除三害》的周处,把开氅一甩,往肩上一搭,迤里歪斜的就下场了,完全是一个天桥杂巴地! 这个身段的设计是从生活来的,周处本来是个痞子。

盛戎许多表演都是从生活中来,借鉴了话剧,借鉴了周信芳。铫刚压死国丈,家院一报,铫期一惊,差一点落马,是有名的例子。见到铫刚,问了一句:"儿是铫刚?"随即一串冷笑。我问过盛戎,这时候为什么冷笑,盛戎说:"你真是好样儿的,你给我闯了这么大的祸!"戏曲演员运用潜台词的不多,盛戎的戏常有丰富的潜台词。《万花亭》郭妃给铫期敬酒,盛戎接杯,口中连说:"不敢!不敢!"声音很小,又是背着身,台下是根本听不见的,但是盛戎每次演到这里,从来都是一丝不苟。

盛戎文化不高,但是理解能力很强,而且表现得出。《杜鹃山·打长工》有两句唱:"他遍体伤痕都是豪绅罪证,我怎能在他的旧伤痕上再加新伤痕?"是流水板,原来设计的唱腔是"数"过去的。我跟盛戎说:"老兄,这可不成!你得真看到伤痕,而且要想一想。"盛戎立刻理解:"我再来来,您看成不成?"他把"旧伤痕上"唱"散"了,放慢了速度,加一个弹拨乐的单音小执头"登登登登……"然后回到原节奏,"再加新伤痕"一泻无余。设计唱腔的唐在炘、熊承旭齐声叫"好!"《烤番薯》里的一句唱词"一块番薯掰两半",设计唱腔的同志不明白这是什么意思,盛戎说:"这有什么不明白的!一块番薯掰两半,有他吃的就有我吃的。"基于这种理解,盛戎才能把这一句唱词唱得那样感情深厚。

盛戎一直想重演《杜鹃山》,愿意和我、唐在炘、熊承旭再合作一次。为此曾特意请我和老唐、老熊上家里吃过一次饭。

这时盛戎身体已经不行了,可是不死心。他一个人睡在小屋里,夜里看剧本,两次把床头灯的灯罩烤着了。

盛戎大概已经知道自己得的是癌症,肺癌。他跟我说:"甭管它是什么,有病咱们治病!"他并未丧失信心。

盛戎住进了肿瘤医院,癌细胞已经扩散到脑子,不治了。但还想着演《杜鹃山》,枕边放着剧本。有一次剧本被人挪开,他在枕边乱摸。他的夫人用报纸卷了个纸筒放在他手里,他才算安心。他临终前两三天,我和在炘、承旭到医院去看他。他的学生方荣翔领我们到盛戎的病房。盛戎的半拉脸烤电都烤糊了,正在昏睡。荣翔叫他:"先生先生,有人来看您。"盛戎微微睁眼。荣翔指指我,问盛戎:"您还认识吗?"盛戎在枕上点点头,说了一个字:"汪"。随即流下一大滴眼泪。

千古文章未尽才,悲夫!

一九九三年七月二十八日

注　释

① 本篇原载《汪曾祺全集》第六卷,北京师范大学出版社,1998 年 8 月。

贴　秋　膘①

人到夏天，没有什么胃口，饭食清淡简单，芝麻酱面（过水，抓一把黄瓜丝，浇点花椒油）；烙两张葱花饼，熬点绿豆稀粥……两三个月下来，体重大都要减少一点。秋风一起，胃口大开，想吃点好的，增加一点营养，补偿补偿夏天的损失，北方人谓之"贴秋膘"。

北京人所谓"贴秋膘"有特殊的含意，即吃烤肉。

烤肉大概源于少数民族的吃法。日本人称烤羊肉为"成吉思汗料理"（青木正《中华腌菜谱》里提到），似乎这是蒙古人的东西。但我看《元朝秘史》，并没有看到烤肉。成吉思汗当然是吃羊肉的，"秘史"里几次提到他到了一个什么地方，吃了一只"双母乳的羊羔"。羊羔而是"双母乳"（两只母羊喂奶）的，想必十分肥嫩。一顿吃一只羊羔，这食量是够可以的。但似乎只是白煮，即便是烤，也会是整只的烤，不会像北京的烤肉一样。如果是北京的烤肉，他吃起来大概也不耐烦，觉得不过瘾。我去过内蒙几次，也没有在草原上吃过烤肉。那么，这是不是蒙古料理，颇可存疑。北京卖烤肉的，都是回民馆子。"烤肉宛"原来有齐白石写的一块小匾，写得明白："清真烤肉宛"，这块匾是写在宣纸上的，嵌在镜框里，字写得很好，后面还加了两行注脚："诸书无烤字，应人所请自我作古。"我曾写信问过语言文字学家朱德熙，是不是古代没有"烤"字，德熙复信说古代字书上确实没有这个字。看来"烤"字是近代人造出来的字了。这是不是回民的吃法？我到过回民集中的兰州，到过新疆的乌鲁木齐，伊犁，吐鲁番，都没有见到如北京烤肉一样的烤肉。烤羊肉串是到处有的，但那是另外一种。北京的烤肉起源于何时，原是哪个民族的，已不可考。反正它已经在北京生根落户，成了北京"三烤"（烤肉，烤鸭，烤白薯）之一，是"北京吃儿"的代表作了。

北京烤肉是在"炙子"上烤的。"炙子"是一根一根铁条钉成的圆板，下面烧着大块的劈柴，松木或炙木。羊肉切成薄片（也有烤牛肉的，少），由堂倌在大碗里拌好佐料——酱油，炙油，料酒，大量的香菜，加一点水，交给顾客，由顾客用长筷子平摊在炙子上烤。"炙子"的铁条之间有小缝，下面的柴烟火气可以从缝隙中透上来，不但整个"炙子"受火均匀，而且使烤着的肉带柴木清香；上面的汤卤肉屑又可填入缝中，增加了烤炙的焦香。过去吃烤肉都是自己烤。因为炙子颇高，只能站着烤，或一只脚踩在长凳上。大火烤着，外面的衣裳穿不住，大都脱得只穿一件衬衫。足蹬长凳，解衣磅礴，一边大口地吃肉，一边喝白酒，很有点剽悍豪霸之气。满屋子都是烤炙的肉香，这气氛就能使人增加三分胃口。平常食量，吃一斤烤肉，问题不大。吃斤半，二斤，二斤半的，有的是。自己烤，嫩一点，焦一点，可以随意。而且烤本身就是个乐趣。

北京烤肉有名的三家：烤肉季，烤肉宛，烤肉刘。烤肉宛在宣武门里，我住在国会街时，几步就到了，常去。有时懒得去等炙子（因为顾客多，炙子常不得空），就派一个孩子带个饭盒烤一饭盒，买几个烧饼，一家子一顿饭，就解决了。烤肉宛去吃过的名人很多。除了齐白石写的一块匾，还有张大千写的一块。梅兰芳题了一首诗，记得第一句是"宛家烤肉旧驰名"，字和诗当然是许姬传代笔。烤肉季在什刹海，烤肉刘在虎坊桥。

从前北京人有到野地里吃烤肉的风气。玉渊潭就是个吃烤肉的地方。一边看看野景，一边吃着烤肉，别是一番滋味。听玉渊潭附近的老住户说，过去一到秋天，老远就闻到烤肉香味。

北京现在还能吃到烤肉，但都改成由服务员代烤了端上来，那就没劲了。我没有去过。内蒙也有"贴秋膘"的说法，我在呼和浩特就听到过。不过似乎只是汉族干部或说汉语的蒙族干部这样说。蒙语有没有这说法，不知道。呼市的干部很愿意秋天"下去"考察工作或调查材料。别人就会说："哪里是去考察，调查，是去'贴秋膘'去了。"呼市干部所说"贴秋膘"是说下去吃羊肉去了。但不是去吃烤肉，而是去吃手把羊肉。到了草原，少不了要吃几顿羊肉。有客人来，杀一只羊，这在牧民实在不算什么。关于手把羊肉，我曾写过一篇文章，收入《蒲桥集》，兹不重述。那篇文章漏了一句很重要的话，即羊肉要秋天才好吃，大概要到阳历九月，羊才上膘，才肥。羊上了膘，人才可以去"贴"。

注　释

①　本篇原载《中国美食家》1993 年七月试刊号；初收《汪曾祺全集》第六卷，北京师范大学出版社，1998 年 8 月。

名　实　篇①

　　我浑身上下无名牌,除了口袋里有时有一盒名牌烟。叫我谈名牌,实在是赶鸭子上架。我只能说一点极其一般的老生常谈。

　　"牌子"是外来语,中国原先没有这个东西。"牌子"是商标,更精确一点,是"注册商标",原文是 Trade mark。最初引进的可能是广东人。广东四五十年前出了一种花露水,瓶子上贴了印了两个广东妞的图画,有字:"双妹唛"——后来为了通行全国,改成了"双妹老牌花露水"。但是"唛"这个字并未消失。有一种长方形扁铁桶装的花生油,还叫做"骆驼唛"。我的女儿管这种油叫做"骆驼妈"。

　　中国没有牌子,但有字号。有的字号标明××为记,这"为记"实近似商标。如北京后门桥一家卖酱菜的在门口挂一个大葫芦,这本是一个幌子,但成了这一家的字号,有一个时期与六必居、天源鼎足而立,后来不知道为什么歇业了。有的药品以创制的人为记。昆明云南白药的仿单印着曲焕章的照片,北京长春堂的避瘟散的外包装上印着发明这种药的老道的像。曲焕章、老道的玉照,实起了牌子的作用。老字号、名牌,有时是分不清的。王麻子、张小泉,是字号,也是商标。

　　牌子的兴起,最初大概是香烟。人们买烟,都得认准了是什么牌子的。一时从南到北到处充斥各种中外名牌烟:555、三炮台、绞盘牌、老刀牌、红锡包;骆驼牌、Lucky Strike、吉士斐儿、万宝路……中国烟则有大前门、美丽牌。其后才出现别种名牌商品。最初是"天虚我生新发明"的无敌牌牙粉、三友实业社的三角牌床单、天厨味精、奇异牌电灯泡……这些名牌,有的退步了,有些消失了。考察一下名牌的兴衰史,可以作为今天创保名牌的借鉴。

　　名的基础是实。"名者实之宾","实至名归",这是常识,也是真理。要出名,先得东西地道。北京人的俗话说:"人叫人千声不语,货叫人点手就来",说得很形象。

创名牌不易,保名牌尤难。关键是质量。昆明吉庆祥的火腿月饼我以为是天下第一。前几年有人给我带了一盒"四两砣"(旧秤四两一个),质量和我40年前在昆明吃的还是一样。而过桥米线、汽锅鸡则完全不是那么一回事了!

以烟卷为例。"红塔山"现在已经是无可争议的国产烟的头块牌了。原来可不是这样。在云南名烟中,"红塔山"只是位居第三。为什么能够力挫群雄,扶摇直上呢?因为玉溪卷烟厂非常重视质量,厂的领导认为质量是企业的生命。他们严格把好两道质量关。一是保证烟叶的质量。他们说玉烟的第一车间不在厂里,而在田间。厂方对烟农在农药、化肥等方面给予很大的帮助,但有一个条件:你得给我一级烟叶。第二是烟叶在制造前一定要储存二年至二年半,这样才能把烟叶中的杂味挥发掉。中药铺的制药作坊挂着一副对子:"修合虽无人见,存心自有天知。"制烟也是这样。烟叶的质量、储存时间,是没有人看见的。但是烟也有"天",这个"天"就是烟民的感觉。

名牌是要靠宣传的,就是做广告。"桃李不言,下自成蹊"是过于古典的说法。"酒好不怕巷子深"未必然。小酒铺贴对联:"隔壁三家醉,开坛十里香",是宣传,是广告,而且很夸张。广告,总要夸张,但是夸张得有谱。有的广告实在太离谱。上海过去有一个叫黄楚九的人,此人全靠广告起家。他发明了一种药叫"百龄机",大做广告。他出过一本画册,宣传百龄机"有意想不到之功效",请上海的名画家作画,图文并茂,每一页宣传意想不到的功效中的一项。有一页画的是一个人在小便,文曰:"小便远射有力。"因为这种功效真是"意想不到",给我留下的印象很深。但是我不会去买百龄机的,因为小便是否远射有力,关系不大。现在有许多高级补药,我看到广告言过其实,总不免想到百龄机,想到小便远射有力。

广告是一门艺术。广告语言要有点文学性。广告语言中最好的,我以为是丰田汽车广告牌上的"车到山前必有路,有路便有丰田车",

头一句运用中国谚语很巧妙，下接"有路便有丰田车"，读起来非常顺口。美丽牌香烟在《申报》《新闻报》作全幅广告，只是两句话——"有美皆备，无丽不臻"，虽然两句的意思是一样的，在诗律中是"合掌"，但是简单明了。而且大家看得多了，便记得住。其次是图像。万宝路在各画报杂志上登的广告，都是同一个牛仔。这个牛仔的形象、气质和万宝路的烟味有相通处，是一幅成功的广告。听说这个牛仔前两年死了，那万宝路以后靠谁来做广告呢？广告上出现的人物形象得讨人喜欢。七喜电视广告上的那个女孩就很可爱。康莱蛋卷广告上那个男孩，"康莱，把营养和美味，卷起来！"看了那个孩子，叫人很想买一盒康莱蛋卷嚼嚼。有的广告是失败的，如一个风雨衣厂的广告，看了叫人莫名其妙。

随着商品经济的发展，名牌的破土解箨，应该培养人们的名牌意识，有些观念需要改变。比如"价廉物美"，在高消费时期，就不适用，应该代之以"价高物美"。现在"价廉物美"的陈旧观念，还在束缚着一些企业的手脚。

名牌意识的普及，有几个方面，一是企业家，一是消费者，一是工商业的领导。名牌需要保护，需要特殊照顾。最重要的是保障原料的供应。举一个例，昆明的汽锅鸡、过桥米线为什么质量下降？因为汽锅鸡、过桥米线过去用的鸡都是"武定壮鸡"——一种动了特殊手术的肥母鸡，现在武定壮鸡几乎没有了，用人工饲养的肉鸡，怎么能做得出不减当年的汽锅鸡和过桥米线呢？要恢复当年的汽锅鸡、过桥米线，首先应恢复武定壮鸡的生产。

注　释

① 本篇原载《中国名牌》1993 年总第四期；初收《汪曾祺全集》第六卷，北京师范大学出版社，1998 年 8 月。

栗　子①

　　栗子的形状很奇怪，像一个小刺猬。栗有"斗"，斗外长了长长的硬刺，很扎手。栗子在斗里围着长了一圈，一颗一颗紧挨着，很团结。当中有一颗是扁的，叫做脐栗。脐栗的味道和其他栗子没有什么两样。坚果的外面大都有保护层，松子有鳞瓣，核桃、白果都有苦涩的外皮，这大概都是为了对付松鼠而长出来的。

　　新摘的生栗子很好吃，脆嫩，只是栗壳很不好剥，里面的内皮尤其不好去。

　　把栗子放在竹篮里，挂在通风的地方吹几天，就成了"风栗子"。风栗子肉微有皱纹，微软，吃起来更为细腻有韧性，不像吃生栗子会弄得满嘴都是碎粒，而且更甜。贾宝玉为一件事生了气，袭人给他打岔，说："我想吃风栗子了，你给我取去。"怡红院的檐下是挂了一篮风栗子的。风栗子入《红楼梦》，身价就高起来，雅了。这栗子是什么来头，是贾蓉送来的？刘姥姥送来的？还是宝玉自己在外面买的？不知道，书中并未交待。

　　栗子熟食的较多。我的家乡原来没有炒栗子，只是放在火里烤。冬天，生一个铜火盆，丢几个栗子在通红的炭火里，一会儿，砰的一声，蹦出一个裂了壳的熟栗子，抓起来，在手里来回倒，连连吹气使冷，剥壳入口，香甜无比，是雪天的乐事。不过烤栗子要小心，弄不好会炸伤眼睛。烤栗子外国也有，西方有"火中取栗"的寓言，这栗子大概是烤的。

　　北京的糖炒栗子，过去讲究栗子是要良乡出产的。良乡栗子比较小，壳薄，炒熟后个个裂开，轻轻一捏，壳就破了，内皮一搓就掉，不"护皮"。据说良乡栗子原是进贡的，是西太后吃的（北方许多好吃的东西都说是给西太后进过贡）。

北京的糖炒栗子其实是不放糖的，昆明的糖炒栗子真的放糖。昆明栗子大，炒栗子的大锅都支在店铺门外，用大如玉米豆的粗砂炒，不时往锅里倒一碗糖水。昆明炒栗子的外壳是粘的，吃完了手上都是糖汁，必须洗手。栗肉为糖汁沁透，很甜。

炒栗子宋朝就有。笔记里提到的"爊栗"，我想就是炒栗子。汴京有个叫李和儿的，爊栗有名。南宋时有一使臣（偶忘其名姓）出使，有人遮道献爊栗一囊，即汴京李和儿也。一囊爊栗，寄托了故国之思，也很感人。

日本人爱吃栗子，但原来日本没有中国的炒栗子。有一年我在广交会的座谈会上认识一个日本商人，他是来买栗子的（每年都来买）。他在天津曾开过一家炒栗子的店，回国后还卖炒栗子，而且把他在天津开的炒栗子店铺的招牌也带到日本去，一直在东京的炒栗子店里挂着。他现在发了财，很感谢中国的炒栗子。

北京的小酒铺过去卖煮栗子。栗子用刀切破小口，加水，入花椒大料煮透，是极好的下酒物。现在不见有卖的了。

栗子可以做菜。栗子鸡是名菜，也很好做，鸡切块，栗子去皮壳，加葱、姜、酱油，加水淹没鸡块，鸡块熟后，下绵白糖，小火焖20分钟即得。鸡须是当年小公鸡，栗须完整不碎。罗汉斋亦可加栗子。

我父亲曾用白糖煨栗子，加桂花，甚美。

北京东安市场原来有一家卖西式蛋糕、冰点心的铺子卖奶油栗子粉。栗子粉上浇稀奶油，吃起来很过瘾。当然，价钱是很贵的。这家铺子现在没有了。

羊羹的主料是栗子面。"羊羹"是日本话，其实只是潮湿的栗子面压成长方形的糕，与羊毫无关系。

河北的山区缺粮食，山里多栗树，乡民以栗子代粮。栗子当零食吃是很好吃的，但当粮食吃恐怕胃里不大好受。

注　释

① 　本篇原载《家庭》1993 年第八期;初收《汪曾祺全集》第六卷,北京师范大学出版社,1998 年 8 月。

牌　坊^①

——故乡杂忆

臭河边南岸有三座贞节牌坊。三座牌坊大小、高矮、式样差不多，好像三姊妹，都是白石头。重檐，方柱。横枋当中有一块微向前倾的长方石头，像一本洋装书。上刻两个字："圣旨"。这三座牌坊旌表的是什么人，谁也没有注意过。立牌坊的年月是刻在横枋的左侧的，但是也没有人注意过。反正是有了年头了。牌坊整天站着，默默无言。太阳好的时候，牌坊把影子齐齐地落在前面的土地上。下雨天，在大雨里淋着。每天黄昏，飞来很多麻雀，落在石檐下面、石枋石柱的缝隙间，叽叽喳喳，叫成一片。远远走过来，好像牌坊自己在叫。

听到过一个关于牌坊的故事。

有一家，姓徐，是个书香人家，徐少爷娶妻白氏，貌美而贤惠，知书达理。不幸徐少爷得了一场伤寒，早离尘世。徐少奶奶这时才二十四五岁，年轻守寡。徐少爷留下一个孩子，才三岁。徐少奶奶就守着这个孩子，教他读书习字。

转眼二十年过去了，孩子已经长大成人。孩子很聪明，也用功，功名顺利，由秀才、举人，一直到中了进士。

这年清明祭祖，徐氏族人聚会，说起白夫人年轻守节，教子成名，应该申报旌表，为她立牌坊。儿子觉得在理，就回家对母亲说明族人所议。

白夫人一听，大怒，说：

"我不要立牌坊！"

说着从床下拖出一条柳条笆斗，笆斗里是一斗铜钱。白夫人把铜钱往地板上一倒，说：

"这就是我的贞节牌坊!"

原来白夫人每到欲念升起,脸红心乱时,就把一斗铜钱倒在地板上,滚得哪儿都是,然后俯身一枚一枚地拾起来,这样就岔过去了。

儿子从此再也不提立牌坊的事。

注　释

① 　本篇原载《草花集》,成都出版社,1993 年 9 月;又载《东方文化》创刊号(1993 年 10 月出版)。

金　陵　王　气①

我对南京几乎一无所知，也一无可记。

解放前我只去过南京一次，1936年夏天，去接受蒋介石检阅，听他"训话"。

国民党在学校里实行军事化，所有中学都派了军事教官，设军事课。当时强邻虎视，我们从初中时就每天听到"国难当头"的宣传教育，学生的救国意识都很浓厚，对军事化并无反感。

国民党政府规定高中一年级学生暑假要分地区集中军训。苏州、扬州、无锡、常州、江阴等地的高一学生在镇江集训。地点在镇江郊区的三十六标。"标"即营房，这名称大概是从清朝的绿营兵时代沿袭下来的。

集训无非是学科、术科、"筑城教范"、"打野外"、打靶……这一套。再就是听国民党中要人的演讲。如"中国国民党是中国青年的党，中国青年是中国国民党的青年"（叶楚伧语）；"信仰领袖要信仰到迷信的地步，服从领袖要服从到盲从的地步"（周佛海语）……

集训队有一个特殊人物，蒋纬国。他那时在苏州东吴大学读一年级（大学一年级学生也和高中一年级一同参加集训）。一到星期六下午，就听到政治处的秘书大声呼叫："二少爷！二少爷！"不是南京来了长途电话，就是来接二少爷的汽车到了。"二少爷"长得什么模样，我当时就没有记住。

集中军训快要结束时，江浙两省的高一学生调集南京，去听委员长训话。

从镇江坐铁闷子车，到南京出站后整队齐步走开往宿营处中央军校。一个个全都挺胸收腹，气宇轩昂。受了两个月的训，步伐很整齐，鞋底踏地,夸、夸、夸、夸……人行道上有两个外国年轻女人,看样子是使馆外交官的家属,随着我们的大队走,也是齐步走。我们喊"一、二、三——四!"她们也跟着一块喊。她们觉得很有趣,我们也觉得很有趣。这里有使馆,有使馆的年轻女人,让人感觉到这是"国府"所在地。

看了一些在当时看来是很高大华美的建筑,如励志社,觉得"国都"果然气势不凡。

树木很多。南京的绿化搞得很好,那时就打下了基础。听说现在有些高大的法国梧桐还是蒋介石时期种的。

听蒋介石训话的地方在中山陵。

中山陵设计得很好,甚至可以说是完美。蓝琉璃瓦顶,白墙、白柱。陵在半山,自平地至半山享堂有很多层极宽的石级,也是白色的。石级两侧皆植松柏。这种蓝白两色的设计思想想来是和国民党的党旗青天白日有关,但来谒陵的人似乎不大有人联想到三民主义,只觉得很美,既很素静,又很有气魄。我在美国曾和参加爱荷华写作计划的外国作家一同参观林肯墓,一位哥伦比亚诗人说他在南京看过中山陵,认为林肯墓不能和中山陵比,不如中山陵有气魄。他不知道林肯墓是"墓",中山陵是"陵"呀!从中山陵看,国民党气数未尽。

蒋介石来了。穿的是草绿色毛料军服,裁剪得很合身。露出裤口外的马刺则是金色的。蒋介石这时的身体还挺不错,从平地到上面的平台,是缓步走上去的。

检阅的总指挥是桂永清,他那时是师长,是蒋介石的嫡系亲信。他上去向蒋介石报告。这家伙真有两下子,从平地到蒋介石站着的平台,是一直用正步走上去的!蒋介石的"训话"实在不精彩,只是把国民党的党歌像讲国文似的从头至尾讲了一遍。他讲一段,就用一个很大的玻璃杯喝一大杯水。有人猜想,这水是参汤。幸亏国民党的党歌很短,蒋介石的"训话"时间也不长,否则在大太阳下面立正太久,真受不了。

这一天给我们每人发了一个纸袋,内装一块榨菜、一块牛肉、两个小圆面包。这一袋东西我是什么时候吃掉的,记不得了。很好吃。以致我一想到南京,就想起榨菜牛肉圆面包。

第二天一早,我们就回镇江了。在南京,除了中山陵,哪儿也没去。

注　释

① 本篇原载《银潮》1993 年第九期;初收《汪曾祺全集》第六卷,北京师范大
学出版社,1998 年 8 月。

老年的爱憎①

大约三十年前，我在张家口一家澡塘洗澡，翻翻留言簿，发现有叶圣老给一个姓王的老搓背工题的几句话，说老王服务得很周到，并说："与之交谈，亦甚通达。""通达"用在一个老搓背工的身上，我觉得很有意思，这比一般的表扬信有意思得多。从这句话里亦可想见叶老之为人。因此至今不忘。

"通达"是对世事看得很清楚，很透澈，不太容易着急生气发牢骚。

但"通达"往往和冷漠相混。鲁迅是反对这种通达的。《祝福》里鲁迅的本家叔叔堂上的对联的下联写的便是"事理通达心气和平"，鲁迅是对这位讲理学的老爷存讽刺之意的。

通达又常和恬淡，悠闲联在一起。

这几年不知道怎么提倡起悠闲小品来，出版社争着出周作人、林语堂、梁实秋的书，这说明什么问题呢？

周作人早年的文章并不是那样悠闲的，他是个人道主义者，思想是相当激进的。直到《四十自寿》"请到寒斋吃苦茶"的时候，鲁迅还说他是有感慨的。后来才真的闲得无聊了。我以为林语堂、梁实秋的文章和周作人早期的散文是不能相比的。

提倡悠闲文学有一定的背景，大概是因为大家生活得太紧张，需要休息，前些年的文章政治性又太强，过于严肃，需要轻松轻松。但我以为一窝蜂似的出悠闲小品，不是什么好事。

可是偏偏有人（而且不少人）把我的作品算在悠闲文学一类里，而且算是悠闲文学的一个代表人物。

我是写过一些谈风俗，记食物，写草木虫鱼的文章，说是"悠闲"，并不冤枉。但我也写过一些并不悠闲的作品。我写的《陈小手》，是很

189

沉痛的。《城隍·土地·灶王爷》,也不是全无感慨。只是表面看来,写得比较平静,不那么激昂慷慨罢了。

我不是不食人间烟火,不动感情的人。我不喜欢那种口不臧否人物,绝不议论朝政,无爱无憎,无是无非,胆小怕事,除了猪肉白菜的价钱什么也不关心的离退休干部。这种人有的是。

中国人有一种哲学,叫做"忍"。我小时候听过"百忍堂"张家的故事,就非常讨厌。现在一些名胜古迹卖碑帖的文物商店卖的书法拓本最多的一是郑板桥的"难得糊涂",二是一个大字:"忍"。这是一种非常庸俗的人生哲学。

周作人很欣赏杜牧的一句诗:"忍过事堪喜",以为这不像杜牧说的话。杜牧是凡事都忍么?请看《阿房宫赋》:"使天下之人,不敢言而敢怒。"

一九九三年十一月三日

注　释

① 本篇原载《钟山》1994 年第一期;初收《汪曾祺全集》第六卷,北京师范大学出版社,1998 年 8 月。

继　　母①

林则徐的女儿嫁沈葆桢,病笃,自知不治,写了一副对联留给沈葆桢和她的女儿:

> 我别良人去矣。大丈夫何患无妻。
>
> 若他年重结丝罗,莫对生妻谈死妇。
>
> 汝从严父戒哉,小妮子终当有母。
>
> 倘异日得蒙扶养,须知继母即亲娘。

(引自 1993 年 11 期《女声》杂志)

这实际上是一篇遗嘱。病危之时,不以自己的生死萦怀,没有多少生离死别的悲悲切切,而是拳拳以丈夫和继室,女儿和后母处好关系为念,真是难得。老是继室面前谈前妻,总是会使继室在感情上不舒服的。前娘的女儿对后娘总不会那么亲,久之,便会产生隔阂。使她放心不下的,唯此二事,所以言之谆谆。话说得既通达,又充满人情。这真是大家风范,不愧是林则徐的女儿。

由此我想起一个与后娘有关的评剧小戏,《鞭打芦花》,是写闵子骞的。闵子骞的母亲死了,他父亲又续娶了一房。后房生了两个儿子。一天,下大雪,闵子骞的父亲命三个儿子驾车外出,闵子骞的父亲看见大儿子抱肩耸背,不使劲,很生气,抽了他一鞭。一鞭下去,闵子骞的上袄裂开了,闵子骞的父亲怔了:袄里絮的不是棉花,是芦花!闵子骞的父亲大为生气,怎么可以对前房的儿子这样呢!他要把这个后老伴休了。闵子骞说千万使不得,跑在雪地上说了两句话:

> 母在一子单,
>
> 母去三子寒。

这是两句非常感人的话。

闵子骞是孔子的学生,是个孝子。孔子称赞他说:"孝哉闵子骞!人不间于其父母昆弟之言。"(《论语·先进》)"鞭打芦花"有没有这回事,未见记载。我想是民间艺人编出来的戏,这样富于生活气息的细节,也只有民间艺人能够想得出。这是一出说教的戏,但是编得很艺术,很感人。过去在农村演出,到"母在一子单,母去三子寒",有的妇女会流泪,甚至会哭出声来的。

继母是不好当的。"继母"在旧社会一直是一个不好解决的家庭问题、社会问题、伦理道德问题。一般继母对自己生的儿女即便是打是骂,也还是疼的,因为照京郊农村小戏所说,这是"我生的,我养的,我锄的,我榜的!"而对前房的子女,则是"隔层肚皮隔重山"。这种关系,须要协调。怎么协调?"亦唯忠恕而已矣"。

林则徐的女儿的遗联,《鞭打芦花》的情节,直接间接都受了儒家思想的影响。林则徐的女儿出身书香门第,曾读孔孟之书,自不必说。《鞭打芦花》的编剧艺人未必读过《论语》(但是一出土生土长的民间小戏却以一个孔夫子的弟子作主角,这是值得深思的),但是这位(或这些)剧作者掌握了儒家思想最精粹的内核:人情。

现在实行一对夫妻只生一个孩子的政策,"继母"问题已经不那么尖锐,不那么普遍了,但是由此涉及的伦理道德问题并没有解决,即如何为人母。

有些与"继母"毫不相干的社会现象,从伦理道德角度来看,即所谓"人际关系",其实是相通的,即怎样"做人"。

一个国家,一个民族,一个时代,总要有它的伦理道德观念。我们今天的伦理道德观念从什么地方取得?我看只有从孔夫子那里借鉴,曰仁心,曰恕道,或者如老百姓所说:讲人情。如果一个时代没有道德支柱,只剩下赤裸裸的自私和无情,将是极其可怕的事。我们现在常说提高民族的素质,什么素质?应该是文化素质、心理素质、伦理道德素质。

我觉得林则徐的女儿的遗联、《鞭打芦花》,对提高民族伦理道德素质,是有作用的。

一九九三年十一月十八日

注　释

① 本篇原载《大家》1998 年第二期;初收《汪曾祺全集》第六卷,北京师范大
学出版社,1998 年 8 月。

小 乐 胃[①]

小乐胃或写作"小乐味",但是上海话"味"读 mi,不读 wei,所以还是写成"小乐胃",虽然有点勉强,也许有更准确的写法,须请教老上海。

小雨连阴,在自己家里,一小砂锅腌笃鲜、一盘雪里蕻炒冬笋肉丝,一盘皮蛋拌豆腐(这个菜只有上海有),一碟油氽果肉,吃一斤老酒,小乐胃!

但我所说的小乐胃范围更大一点,包括酒菜、面点、小吃、零食。

我弄不清乌贼鱼卤鸡蛋是怎样把一只完整的去壳鸡蛋塞进完整的乌贼鱼肚子里去的。吃起来蛮有意思。红方(五花肉切成正方的一块,卤熟),肥而不腻,颜色鲜明。卤煮花干,价钱不贵。

氽明蚶下酒,一绝。

黄泥螺是酒菜中的尤物。

我觉得南翔馒头比天津狗不理的包子好,和以"川菜扬点"著名的绿杨村的包子是两样风格。

上海的面都是汤面,像北京的炸酱面、打卤面,是没有的。我认为最好的面是马路旁边、弄堂里厢卖的咖喱牛肉面。汤鲜、肉嫩,咖哩味足。雪菜肉丝面亦甚佳,要是新鲜雪里蕻、阔条面。八宝辣酱面亦有风味。大排骨面、小排骨面平平。

上海馄饨有大馄饨、小馄饨。大馄饨为菜肉馅,他处少见。小馄饨是纯肉馅。

逛老城隍庙,总要喝一碗鸡鸭血汤,吃几只百页结。鸡鸭血汤是用海蜒鱼调的汤,有一种特殊的鲜味。我陪一位北方朋友去喝鸡鸭血汤,吃百页结,他说:"这有什么吃头!"

上海零食的代表作是老城隍庙的奶油五香豆。北京、昆明等城市都曾经仿制过,都有个特点:咬不动。

老城隍庙前些年还有梨膏糖卖,我看了很亲切,因为我小时候吃过。现在的孩子都吃巧克力、大白兔奶糖,对梨膏糖不会感兴趣。倒是老人有时买两块含在嘴里,为了怀旧。

零食里有两样是比较特别的,一是鸭肫肝,一是龙虱,过去卖香烟火柴的小店就有得卖,装在广口的玻璃大瓶里。龙虱本不是上海东西,是广东来的。上海人有的不吃,因为这是昆虫。我有一次看电影时拿了一包龙虱一只一只地吃,旁座两位小姐吓得连忙调了个座位。

零食里最便宜的是甜支卜、咸支卜。好像是萝卜丝做的。喝清茶,嚼咸支卜,看周作人的文章,很配称。

上海人爱吃檀香橄榄,比福建人还爱吃。福建的橄榄多是用甘草等药料腌制过的,橄榄味已保留不多。上海的檀香则是一颗颗碧绿生青的新鲜橄榄,这样放在嘴里嚼了很久,才真能食后回甘。

上海饮食的特点是精致,有味道,实惠。但因为是“小乐胃”,缺点是小,缺少气魄,有点小家子气。这和上海人的生活方式、上海人的心态,和上海整个文化构成是一致的。随着改革开放的大潮涌起,上海文化,包括上海的饮食文化会有所改变。但是不管开放到什么程度,要上海人人都能喝得起人头马 XO,是不可能的。要上海人像山东人一样攥着几根大葱啃一斤锅盔,像河北人一样捧着一海碗芝麻酱面,一边狼吞虎咽,一边嘎吱嘎吱嚼着紫皮生大蒜,上海人是吃不消的。

注　释

① 本篇原载《上海文化》1993 年第一期。

耿庙神灯①

　　我的家乡的"八景"(鲁迅说中国人有八景癖)多半跟水有关系,而且都是些浪漫主义的想像,真要跑到那个景点去看,是什么也看不到的。"耿庙神灯"就是这样。

　　耿七公是有这个人的,他住在运河东堤上。他是个医生,给人治病。但又似一个神仙。说是他常坐在一个蒲团上,在高邮湖上漂。某年,运河决口,修筑河堤,水急,合不了龙,七公把蒲团往河里一丢,水一时断流,龙遂合。

　　有一点大概是可靠的:耿七公在他家门前立一个很高的旗杆,每天晚上挂一串红灯,为夜行的舟船指路。

　　耿七公死了,红灯长在。每到大风大雨之夜,湖里的船不辨东南西北,在风浪里乱转,这时在浓云密雨中就会出现红灯,有时三盏、有时七盏,飘飘忽忽,上上下下。迷路的船夫对着红灯划去,即可平安到岸。

　　这就是"耿庙神灯"。

　　七公是船户和渔民的保护神。他们在沙堤上为他立了一座小庙,叫"七公殿"。渔民每年要做"七公会",大香大烛,诚心礼拜,很隆重。

　　七公殿离御码头不远,我小时候去玩过。现在已经没有了,不过七公殿这个地名还有。渔民现在每年还作七公会。

　　耿庙神灯,美丽的灯。

注　释

① 本篇原载《塔上随笔》,群众出版社,1993 年 11 月;又载《散文天地》1994年第三期。

西 山 客 话①

命车入市，
瞬目可至，
安步徐行，
亦是乐事。

北京之西，西山之麓，长安寺与灵光寺之间，有平陂隙地，业房地产者辟为山庄，即名为"八大处山庄"，地点选得极好。八大处近在咫尺，举步可以登山，有山居之清趣，无攀援之辛劳。又离市区不远，自山庄至天安门仅16.8公里，驱车半小时即到，交通甚便。山庄建筑皆依山借景，藏屋于树，原有古树怪石悉皆保留。屋皆外朴内华，曲折有致，坐卧其中，有浮生半日之乐，得淡泊宁静之怀。春宜花，夏宜风，秋宜月，冬宜雪，四时佳兴，可与人同。其间亦有高敞厅堂，便交际，便洽谈，便开筵宴客。北京人口日密，华屋如林，求一可建别墅之地已无多矣，"八大处山庄"甚难得，有意卜居京郊者幸勿失之交臂。辑此图册，备讯览焉。

从 250 万年前走来

250万年前西山一带是什么样子呢？

现在在八大处六处香界寺脚下还能看到"冰川漂砾"。这是第四纪冰川擦痕的遗迹。冰川时期，气温高寒，平川山岳终年冰封雪盖。除了冰川，什么也没有。后来气温变化，冰川融解，有些砾石随冰顺水而下，在急速滑动中，留下几道擦痕，这是地质变化的见证。第四纪与人类的出现有关，故被科学家称为"灵生纪"。我们的远祖就是在这　纪逐渐滋生、繁衍,以至成了我们这样的人。人的出现经过一个多么漫长,艰苦,悲壮的历程呀。香界寺砾石上刻有地质学家李四光手书的大字"冰川漂砾"。看到这四个字你会产生比"念天地之悠悠"更深的感慨的。现在擦痕已经被铁栏护住,不能近看了,怕人踏牛踩,逐渐模糊。

八　大　处

> 驱车出京城,
> 还见京城影。
> 举头八大处,
> 手揽十二景。

西山风景,旧称有"三山""八大处""十二景"。

"三山"是翠微、平坡、卢师。

北京的山都在京西。西山是太行山的余脉。清高宗(乾隆)有句云:"太行分秀干,永定贯阴精。孕育成灵局,崔巍护帝京。"明大司马许纶,认为西山地势极妙,"平分龙虎地,环保凤凰城"。登西山绝顶,可以俯瞰北京小平原,千重树木,万户炊烟。西山一带真是风水宝地。

"八大处"是:长安寺(一处)、灵光寺(二处)、三山庵(三处)、大悲寺(四处)、龙泉庵(五处)、香界寺(六处)、宝珠洞(七处)、证果寺(八处)。

"十二景"为:绝顶远眺、春山杏林、翠峰云断、卢师夕照、烟雨鹃声、五桥夜月、水谷流泉、虎峰叠翠、深秋红叶、高林晓日、雨后山洪、层峦晴雪。

很少有人看遍十二景。有的景不易遇。"雨后山洪",西山不常发山洪。"层峦晴雪",除了冬天,是看不到的,有在雪后登山的雅兴的人是不多的。"烟雨鹃声"只是一种境界,"鹃声"可闻而不可见,严格说这不能算一"景"。因此,游西山者,实际上游的是"八大处"。

"八大处"亦称"八大刹",是八处寺庙。西山原来寺庙甚多,据《日下旧闻考》说有三百七十处,未必精确。一般说是"西山三百寺",也只是约数。那时的西山到处是庙,到处是白塔。这些寺庙逐渐毁圮,不少是八国联军时烧掉的。最后只剩下八座了,故称八大处。

这些刹是明清两代,主要是清代皇帝所"敕建"的。皇帝到这里来敬佛,烧香,休息,避暑。

六处香界寺最大,最富丽辉煌,因为乾隆在这里住过一阵。

慈禧也来过,在二处灵光寺水心亭看过金鱼。水心亭金鱼池的金鱼据说咸丰年间就开始放养,现在有的有二尺长了。据说慈禧看鱼时,金鱼结队来朝拜,领队的一条有一个婴儿大。慈禧很高兴,摘下了耳环,叫太监给金鱼戴在鳃上。这大概是和尚编出来的故事,不过编得也挺有意思。

八大处到处都有帝王留下的踪迹,他们题的联、匾、诗。逛八大处,可以感受到帝王生活的气息。现在有几处如香界寺已修建了仿宫廷的别墅,你如果有兴趣,可以进去住两天,过过当皇上的瘾。

八大处是佛教圣地。最能吸引亚洲佛教信徒的,是二处灵光寺的佛牙舍利塔。据闻佛祖释迦牟尼圆寂火化后留下两枚佛牙,一颗传至锡兰,一颗辗转流传至燕京。由大辽建招仙塔供养。招仙塔在八国联军时毁于炮火。后幸而发现。由中国佛教协会新建十三层宝塔供养。各国来此膜拜者甚多。

平 地 山 居

结庐在人境,
性本爱丘山。
隔户闻鸡犬,
何似在人间。

一处长安寺在山脚平地上。一般游西山者大都由二处上山,游过其他七处再回到一处休息、喝茶、等车。游人上山前不在一处停留,故即便是春秋佳日旅游季节,这里也不喧闹拥挤。游人下山是陆续而来,又陆续而去,不会乱成一团。来作西山一日游者,早发晚归,总不免有点累。若是住在这里,就可以从从容容,今天游两处,明天游两处,回到住处,新茶热饭,闲坐谈天,真是乐事。这里既有山居的乐趣,又有近城的方便。从一处到天安门才 16.8 公里,乘车半小时可到。在这里筑室而居,实在很理想。

五 朝 帝 都

金瓦红墙紫禁城,

五朝宫阙尚峥嵘。

万方乐奏千条柳,

丽日和风唱太平。

北京是使很多人向往,很多人眷恋的地方。很多老北京,在北京住过多年的别处的人,走了全国很多地方,有的出过国,一回到北京,就会说:"还是北京好啊!"老舍的话剧《方珍珠》里一个给唱大鼓的女艺人弹三弦的老弦师,陪着女艺人跑了很多码头,回到北京,说:一到了北京,我这心里就跟吃了一个凉柿子似的,甭提多舒服了!

北京人自称住在"天子脚下"。

曾有过五个朝代在这里建都。这五朝是辽、金、元、明、清。

北京为辽南京的所在。辽南京的旧址已不可确认,但还遗留下一些文物胜迹,如大觉寺、戒台寺、天宁寺塔。

北京在金代为中都。金帝曾役使大批士卒、民夫、工匠掘土凿池,开挖海子,栽植花木,堆砌假山,叠筑琼华岛。现在的北海大体上是金代的规模。卢沟桥是金章宗时落成的。

北京是元代的大都。大都规划严整,呈长方形。城内街道如同一个棋盘,南北和东西各有九条大街,全都整齐划一,大街宽 24 步,小街宽 20 步。在大街两侧平行排列小街和胡同。现在元大都北城墙只保留一些不多的遗址,但其规模尚可想见。这样整齐划一的城市规划思想一直影响到后代。北京有很多地名叫什么什么胡同,外地人会奇怪,为什么叫"胡同"。"胡同"是蒙古话,大概是元大都时期留下的。

明太祖朱元璋在应天（今南京）称帝,定应天为南京,把元大都改称为北平府,封第四子朱棣为燕王,就藩北平。洪武三十一年,朱元璋死,其孙朱允炆即位,是为建文帝。朱棣在建文元年起兵北平,四年,攻下南京,夺取帝位。永乐元年,朱棣升北平为北京。"北京"之名,即由此始。

朱棣派大将营建北京。

明北京城是在元大都的基础上,参考南京的城池宫殿而营建的。

明代宫殿分前后两个部分。前一部分以承天门（清代改为天安门）、端门、午门、三大殿为中心,以文华殿、武英殿为两翼。后一部分是皇帝和后妃居住的地方,即通常所说的"后宫"。

明代北京的布局是以一条纵贯南北的中轴线为依据的。这条中轴线以永定门为起点,皇城后门的钟鼓楼为终点。所有宫殿、街道、民居都在中轴线两侧展开。北京的街道绝大部分是正南正北,正东正西的（偶尔有偏斜的即称为"斜街",如"烟袋斜街""杨梅竹斜街"）。这种方方正正、整整齐齐的总体布局的城市,在世界上绝无仅有。

清代的城苑基本上是在明宫的基础上增建的。

一个外地人初到北京,看着故宫,第一个突出的感觉是:真是皇家气象! 这种皇家气象是别的城市所没有的。

天安门是"颁诏"（皇帝下圣旨）的地方,平常正门是不开的,只有皇帝出巡,才打开。天安门里外都有两根高高的石柱,叫做"华表"。华表顶端有圆盘,上面蹲着一个龙不像龙,麒麟不像麒麟的叫不出名字的石兽。建筑学家梁思成曾问过古建工人:"这叫什么?"工人答曰:"门里的叫做'望君出'。""外面的呢?""——'望君归'。"这是建筑工人按照自己的意思随便起的名字。古建筑的许多零碎的装饰,都叫不出名字。所有宫殿房顶四周向外支出的檐牙的上面都有十多个琉璃烧制的小东西,有的看得出是什么:龙、凤、麒麟、海马……最靠外的一个,是一个道童模样的人,骑在一个又像鸟又像兽的东西身上。梁先生问建筑工人:"这叫什么?"答曰:"这叫'走投无路'。"这实在很幽默。

午门在囗形的城下。这才是真正的宫门。城上有正殿,四角有方形亭状的建筑,俗称"五凤楼"。

午门是皇帝接见使臣和接受献俘的地方,平常是不启用的。旧小说和戏曲里常说"推出午门斩首",没有那回事,皇宫外边怎能杀人呢?

午门以里,就是"三大殿",宏伟华丽,世无其匹。殿里的华盖、宝座、一应陈设还保持当年的原貌。

宫里建筑的华美,除了三大殿,要算紫禁城四角的四座角楼。"角楼"是御林军放哨的岗楼。角楼是世界建筑史上的一个奇迹,角楼的结构非常繁复,叫做"九梁十八柱"。据传说,当初建角楼,皇上要"九梁十八柱",这可把领头的工匠难坏了,"九梁十八柱"怎么斗在一起呀!他愁得不行。正在犯难,听见外面有个老头卖蝈蝈,买个蝈蝈来解解心烦吧。蝈蝈笼子是秫秸编的,编得怪灵巧。工匠头拿着蝈蝈笼翻来覆去地看,忽然双眼一亮:这不是九梁十八柱嘛!于是就照蝈蝈笼的样子盖了角楼。这卖蝈蝈的老头是谁?——是鲁班。角楼在禁城四角,御河之上,倒影映入粼粼波光,玲珑绚丽,叹为观止。

文 化 古 城

> 九城栉比列华屋,
> 处处书香与画轴。
> 卜宅西山山下住,
> 清谈不觉渐离俗。

中国多文化名城,而以北京为其最。

故宫博物院是全国最大的博物院。院内收藏自商周至明清历代的珍贵文物。这些文物绝大部分是稀世之宝,价值连城。院内有一些经常开放的馆,如珍宝馆、陶瓷馆……也常举办一些短期陈列的专题性的展览,如明清书画展、匏器展……全国的艺术家不断到故宫来观摩。一个书法家、画家,不到故宫来看看故宫所藏字画,可以说是未开眼界,不能体会中国书画的真正妙处。一个对艺术有兴趣的外来游客,到了北京,哪里都不去,只是天天到故宫看那些艺术作品,管保你连看一个月也看不够。多看看艺术作品,不知不觉,就会减少一分俗气,增添一分高雅。故宫博物院是一所培养审美感情的大学校。

北京是一座大学城。历史最悠久的是北京大学、清华大学。北京大学原在沙滩,后迁入原燕京大学的校园,园内景色甚佳,有未名湖,清澈秀丽。除了综合性的大学,还有一些专业性的学院,这些学院集中在一个地区,号称"八大学院区"。大学、学院为国家培养了很多人才。北京可以说是人才的摇篮。

北京图书馆是国家图书馆,规模最大,藏书最多,且多善本。原在北海西面的文津街,后在紫竹院旁边建了新馆。新馆被世界公认为"亚洲最大的书城"。

"北京文化"的重要组成部分是皇家园林。最著名的是颐和园和圆明园。颐和园布局规划,极有巧思,园外之山,园内之湖,都得到充分的利用。建筑疏朗而不分散,密集而不拥挤。在世界名园中,颐和园占很高的位置。圆明园是一座中西合璧的"超大"园林。八国联军时毁于炮火,现在只剩下一些断裂的石楣石柱,供人凭吊。到圆明园残址,主要不是"看",而是"想"。想我们这个民族,这个民族的昨天,这个民族的今天,也想这个民族的明天。到圆明园,你会很具体地扪触到什么是历史。

中国园林的特点是文化气息浓。名园必有名匾、名联、名诗。皇家园林亦如此。颐和园亦如此。皇家园林的联匾的内容一般都是堆金叠玉,富丽堂皇,无甚深意。字,也是"皇帝体","黑、大、光、圆"。但是作为皇帝,能写这样的字,也不容易。证明皇帝也还是重视文化素养的。

北海的漪澜堂下游廊两壁嵌砌《三希堂法帖》,汇集了晋唐宋明的法书,使北海提高了文化品位。《三希堂法帖》不难买到。在八大处山庄寓居的"大款",在书斋里放一部《三希堂法帖》,忙里偷闲,随手翻翻,是一种精美的享受。

琉璃厂是一条文化街。这条街上的店铺全都做的与文化有关的买卖。有的买卖字画,有的专卖碑版字帖,有的卖旧瓷器,有的卖古书,有裱字画的、刻图章的。最有名的"南纸店"是荣宝斋。你如果想写写毛笔字,画两笔画,消遣消遣,怡悦性情,到荣宝斋,文房四宝,一应俱全。荣宝斋的水印木刻,是中国一绝。大幅的可印《张萱捣练图》《韩熙载夜宴图》,和原作完全一样。荣宝斋的笺纸用淡彩水印,可以用来写信、题诗,赠送海外亲友,也是十分雅致的礼品。

风 水 宝 地

青山排户入,
在山泉水清。
七碗风生腋,
饮之寿且宁。

北京的地势西高东低。西面是山,东南是一马平川的"北京小平原"。"西山"本是北京西面所有的山。《日下旧闻考》引清高宗乾隆语云:"西山峰岭层叠,不可殚名,因居西城右辅,故以'西山'概焉。"西山一带真是风水宝地。

"天下名山僧占多",中国的名山都有庙,西山自隋代起即有僧人建庙,以后不断增多。后来这些庙遭到毁坏。前面说过,最大的一次毁坏是八国联军。最后只剩下了八座庙,故八大处亦称"八大刹"。八刹非一时所建,但错落有致,好像有一个什么人事前做过一番统一规划似的。八大处的好处是景随步移,山随路转,八刹各有特色,绝不雷同。

京西水好。水从太行山下来,到北京,落差五十米,于是潜入地面,为地下水。或有时涌出地面,为喷泉,为湖泊,最后汇入永定河。

玉泉山的水号称天下第一泉。过去,只有皇上可以喝。每天由水夫运到宫里,叫做"御水"。有的大臣塞给水夫一点钱,才能私买一坛"御水",用以烹茶。

西山八大处五处龙泉庵有泉,清洌甘美,曾有自署"锄月老人"者作《甜水歌》:"……谁凿石罅泻石髓,涓涓汩汩流清泉。……汲来烹茶香且洌,调羹炊黍味弥鲜。或云饮之令人寿,揆之于理宜有焉。……"

住在八大处山庄的客人如果有兴趣,不妨到五处去取两坛水(最好不要用塑料桶),回来品尝品尝,这比一般的矿泉水一定"清冽"得多。以烹茶,不论是杭州的"狮峰龙井"还是武夷山的"大红袍",一定会更"发"茶味。

其实西山之水,本系一脉,"八大处山庄"前后左右之水,都"清冽甘美"。"或云饮之令人寿,揆之于理宜有焉"。

春花秋叶,鸟啭鱼乐

> 静鸟投林宿,
> 闲鱼出水游。
> 尘飞不到处,
> 容我小淹留。

"曲径通幽处,禅房花木深",寺庙都有花木,而且树龄甚老,品种名贵。八大处也是这样。大悲寺有一棵银杏,已经活了八百年,树干须几个人合抱。银杏是远古时期孑遗植物,被称为"活化石"。它生长缓慢,而寿命很长,能活一千年。大悲寺的这棵银杏再活几百年问题不大。大悲寺有一丛"黄皮刚竹",是稀有竹种。一般竹子到冬天就会脱叶,"黄皮刚竹"经冬不凋,大雪之后,枝叶更加鲜绿。

香界寺大雄宝殿前有娑罗树两株。娑罗树中国很少,老百姓说月亮里的影子就是娑罗树影。在弄楼一侧有一棵玉兰。玉兰在北方不算稀罕,颐和园有很多棵,但八大处只此一棵,故足珍贵。这棵玉兰据说是明代所植,高与楼齐,开花时瓣如玉片,蕊似黄鹅,一树光明,灿烂耀眼。灵光寺花木最盛,有一棵很高的紫薇。紫薇一名"不耐痒树",也叫"痒痒树"。这种树很怪,它有"感觉",用指甲挠它的树干,树的全身,枝、叶、花就会微微颤动。八大处牡丹、芍药很多,几乎处处皆有。

到了秋天,可看红叶。红叶不是枫树,是黄栌。黄栌到秋天,树叶就会转为红色。北京人看红叶是秋游盛事,可以说是倾城出动。原来看红叶是在香山,近年西山大力种植黄栌,西山遂为看红叶的第二去处。陈毅元帅有诗云:"西山红叶好,霜重色愈浓。"住八大处山庄者,可以去印证印证。红叶深浅层叠,如火如荼,作为摄影的背景,照北京人的话说:"没治了!"

鸟鸣山更幽。西山鸟多。"烟雨鹃声"是西山十二景之一。杜鹃在北京不大容易见到。杜鹃的鸣声不同的人听起来不一样。有人说是"割麦插禾",有人听起来是"不如归去",有人说它叫的是"光棍好苦"!雨窗静坐,不妨分辨分辨,它究竟叫的是啥。

皇 帝 行 宫

> 万机之暇且从容,
>
> 窄袖轻衣射大弓。
>
> 汉武秦皇俱往矣,
>
> 尚余松韵入霜钟。

六处香界寺在八处中为最大。这是明清两代帝王登山野游休息的地方,所以殿宇宏大精整。乾隆年间在这里建造了避暑行宫,丹漆彩画,更加华丽。乾隆确曾在行宫住过,哪一年,住了多久,无可查考。

皇帝离开"大内",到行宫里来住住,干什么呢?无非是参悟佛理,修养精神。乾隆曾在中厅写了一副对联:

> 山色溪声,净理了可悟;
>
> 风清月白,胜赏良有因。

皇帝也很忙,坐朝,看报告(奏折)、批文件(诏书),他需要一个地方休休假,"躲清静"。

皇帝休假,除了学佛、读书,还要习骑射。清代以弓箭取得天下,入关以后,皇族还一直保持这种家规。清宣宗(道光)画"习射"像,自题:

> 几闲弧矢每操持,
>
> 家法勤修志莫移。

《红楼梦》里的贾宝玉也还是要练射箭的。

从现存的几代大清皇帝的"行乐图"看,皇帝射过鹿,射过雁,射过雉(野鸡),射过兔子,甚至射过不大点的凫(野鸭子),目的自然不在猎取野味,只是消遣消遣,抻练筋骨,不使自己懒得"放肉"而已,——清代的帝王都长得精瘦精瘦的,不像明朝皇帝大都是胖子。

除了学佛、读书、骑射,皇上还会鼓捣一点小玩意儿,比如养蝈蝈。北京贵族养蝈蝈养在瓠器(葫芦)里,外表精致,里面还有"胆"。"胆"是金属细丝编织的。一般是铜丝、银丝编织的。皇上玩,"胆"大概是金丝的。

西山出产的蝈蝈,个儿大,皮色黑,声音洪亮,是有名的"铁皮蝈蝈"。蝈蝈养好了,能越冬。大雪纷飞之际,把蝈蝈取出来,听听蝈蝈叫,也是个乐儿。住在八大处山庄的诸公,有没有兴趣弄几个蝈蝈来养养?

冬天宫里还有一种消遣,填"九九消寒图"。一张长方形的白纸,打了格子,双钩九个楷字:

庭前垂

柳珍重

待春风

这九个字都是九笔。双钩的是翰林院的学士。皇帝每天用朱笔填廓一笔,填满一字,就在字的右下侧注明,何时开始数九,那天天气如何,阴晴雨雪。把这九个字都填满了,九九八十一天,冬天就过完了。这本是皇家消闲遣兴的玩意儿,后来传到民间。八大处的售品部似可刷印一些双钩"九九消寒图",让外地人填着玩。

中国民间对"数九"也很重视,各地都有"九九歌"("九九歌"都是写得很美的,希望有人编一本《中国民间九九歌》,这是极好的民间诗歌)。华北农村常见的"九九歌"是:

一九连二九,相逢不出手

(天气已冷,彼此见面,不伸出手来,只是在袖筒里作揖)。

三九四九,牙门唤狗

（"牙门"是开一点门缝）。

五九六九,沿河看柳。

七九河开,八九雁来

（塞北人说：七九河开河不开,八九雁来雁准来）。

九九加一九,耕牛遍地走

（开始春耕）。

中国原是农业社会,"九九歌"反映了农村生活的特点,皇帝填廓的"消寒图"则完全表现出闲豫的情趣,和老百姓生活距离得很远了。

皇家生活是极端奢侈的。拿吃来说,溥仪一家六口人一个月要用三千九百六十斤肉,三百八十八只鸡鸭。溥仪曾找出一张"早膳"（即午餐,宫里一天只吃两顿饭）的菜单,内容如下：

　　口蘑肥鸡　三鲜鸭子　五柳鸡丝　炖肉　炖肚肺
　　肉片炖白菜　黄焖羊肉　羊肉炖菠菜豆腐　樱桃肉山药
　　炉肉烧白菜　羊肉片余小萝卜　鸭条熘海参　鸭丁熘葛仙米
　　烧慈菇　肉片焖玉兰片　羊肉丝焖疙瘩丝　炸春卷
　　黄韭菜炒肉　熏肘花小肚　卤煮豆腐　熏干丝　烹掐菜
　　花椒油炒白菜丝　五香干　祭神肉片汤　白煮塞勒　烹白肉

这么多东西,一个人怎么吃得完？溥仪的菜单还算少的,慈禧一个人要一百多样。这些菜肴只是显排场,摆样子的,太后、皇上是不吃的。他们各有膳房,另做爱吃的菜。慈禧就爱吃李莲英做的烩鸭条。据说宫里的炒豆芽菜是用缝被窝的大针扎出小孔,把肉泥挤进去炒的。有这种可能。

饭菜做而不吃,衣服做而不穿。据溥仪回忆,从十月初六至十一月初五,给他做的衣服就有：皮袄十一件、皮袍褂六件、皮紧身二件、棉衣裤及紧身三十件。

清室帝后都爱听戏。宫里有几处戏台。最大的是颐和园的畅音阁,台有三层。宫里有专门培养演员和排戏的地方,叫做"昇平署"。

演员都是由聪明俊秀的小太监里选拔的。原来唱的是昆山腔、弋阳腔，后来逐渐改为皮黄。有时也把外面的名角传到宫里去"当差"，叫做"外学"。谭鑫培、杨小楼都到宫里唱过戏。唱好了，慈禧就降旨："赏。"唱不好就"传杆子"——用竹竿打屁股。

皇室中有不少自己会唱戏的，称为"票友"。红豆馆主（溥侗）就是一代名票。不但"文武昆乱不挡"，除了武生、花脸，还能唱青衣。不少京剧名角都向他请教过。

北京有很多旗人（满族）。旗人不治生业，不种地，不会手艺，不做买卖，只是按时去领皇粮，叫做"铁杆庄稼"。他们的本事就是玩，玩得非常讲究，非常精致。架鹰，逮獾子。玩鸟，各种鸟，有听叫的，有观赏的，有打弹的，——包括玩鸟笼、鸟食罐。玩鼻烟壶，瓷的、玛瑙的、"内画"料器。鼻烟壶只是把玩，并不真的装鼻烟。一只名贵的烟壶一装鼻烟就毁了。玩蛐蛐，玩蝈蝈……

蝈蝈养在葫芦里，随时在怀里揣着。

瓠器（葫芦）作为玩意儿摆设大概是清代以后的事。在葫芦长成之前外面套了木刻的模子，让葫芦依着模子长，可以长成长方的、四棱的、八角的、三代彝器样子。葫芦外壳有各种图案，也都是在模子上抠出来，让它照样长的，不是用刀刻的。

民国以后，再无皇粮可领，"铁杆庄稼"倒了，旗人大都败落了下来。但是他们都还保留着旗人的生活习惯。喝黄酒要吃红白豆腐（炖肉只能喝白酒）。吃炸酱面要有十几样"菜码儿"，顶花带刺的嫩黄瓜、青豆、小萝卜缨儿……吃一碟水疙瘩丝，也要切得头发那么细。

旗人是可以看出来的，他们大都是瘦高个儿，窄长脸，眼细而长。"高帝子孙多隆准"，皇室的"旧王孙"大都是高鼻梁。

西山住过两个有名的旗人。

一个是曹雪芹。曹雪芹的故居究竟在哪里，没有人说得准，但他在西山住过是可以肯定的。曹雪芹晚年很穷，"举家食粥酒常赊"，但是他在这样清贫的生活中，还能"著书黄叶村"，写出了《红楼梦》这样不朽的名著，真是了不起。在八大处山庄一带走走，说不定脚下曾是曹雪芹散步过的小路。

另一个名人是画家溥心畬,他画山水多,与张大千齐名,并称"南张北溥"。他的画常自署"西山逸民"。

古钟和古松

长安寺里花木深,
松叶尖尖硬似针。
长乐钟声犹未尽,
悠悠余韵入禅心。

长安寺始建于明弘治十七年(1504),初名善应寺,清康熙十年(1671)重修。清代曾任礼部尚书的龚鼎孳所撰碑文称长安寺"规模宏丽,表表杰出"。寺里有两件珍贵的文物:两棵白皮松。一对古铜钟。

白皮松是常绿乔木,叶三针一束,粗硬,摸起来扎手。特点是外面的树皮老后,即成片脱落,露出内皮,颜色如新割的铅,故又称"铅松"。内皮若云斑,很美。北京有不少棵白皮松,但树龄比长安寺更老的,似很少。这两棵白皮松是元代所植,至今已有六百年了。白皮松是中国特产,别的国家没有。

钟是明万历二十八年(1600)所铸的"御钟",算来已有四百年了。"万历二十八年"是铸在钟体上的,不会有错。钟现在敲起来声音还很浑厚悠远,好像这四百年对它没有什么影响。

面对古钟、古松,会令人想起时间的飞逝,生命的修短,想起不朽,想起永恒。不同的游客会生出不同的感慨,但一般都不会无动于衷。

四百年前钟,
六百年前松。
手抚白皮松,
来听古铜钟。
钟声犹似昔,

松老不中空。

人生天地间，

当似钟与松。

荣名以为宝，

勉立肤寸功。

解得其中意，

物我皆不穷。

虎 山 杏 海

长安寺后有山，不高，山形似伏虎，名曰虎山，亦曰虎头山、虎头岩。山前有一片杏树，约有千株。杏花本没有什么好看的，但一千棵杏树，都开了花，那可是很壮观了。杏花色红而浅，但深浅亦有层次。远望一片浅红的海，如云蒸霞蔚，使人目眩神移。杏花易零落，偶有微风，便纷纷扬扬落下细碎的花瓣，从杏林走过，头上、肩上都会蒙了一层，真是"拂了一身还满"。

山里人栽杏树可不是为了看花，是为了让它结杏儿的。春末夏初，杏儿次第成熟，住在一处的人可以接连不断地吃到各种品种的杏儿：麦黄杏、香白杏、杏儿吧嗒……都是树熟，即在树上熟透了的新鲜杏。这样的杏，是在城里水果摊上买不到的。北京人还有一个习惯，买大香白杏一篮，选出个大体圆的，放在大白瓷盘里，置于条案上，不是为了吃，是为了闻香。屋里有一盘香白杏，随时随刻，都散发出一阵一阵甜香。外地人在一处闲住者，不妨也仿老北京一样，在客厅里"供"一盘香白杏，享受一下北京的甜香。

有的杏不是为了吃它的"肉"，而是要取其杏仁。

北京杏仁的吃法有：五香炒杏仁、盐煮杏仁、杏仁茶（与米浆同煮成糊）、杏仁豆腐（杏仁浆凝结，切薄片，下菠萝汁，是甜菜）。寓居一处的南方人都不妨尝试，用广东人的说法，是"好嘢"！

野　餐

野餐得野趣，

山果佐山泉。

人世一杯酒，

浮生半日闲。

西山随处可野餐。

由一处至二处，游人极少停留，住一处者到这里野餐，最为方便。

一处至二处之间，无乔松大树，只有一些紫穗槐之类的灌木，但亦有野趣。

野餐不宜丰盛。最好带一筐箩新棒子面贴饼子，几块"大腌萝卜"，荤菜也以最平民化的蒜肠、粉肠、猪头肉为好。胃口好的，带两只德州脱骨烧鸡也无妨。天福的酱肘子也对付。要带几瓶矿泉水。酒，"二锅头"就行了。人头马XO当然不错，但跑到西山这样的野地方喝XO，不对景。

一、二处之间无果树，但满山遍野有很多酸枣。自己去摘，一会儿的工夫，就能摘一大堆。西山酸枣，粒大味甜。主要是：新鲜。手摘的野果，吃起来，别有滋味。

西山榛莽丛草中多蝈蝈。蝈蝈肥大多子，大肚，故称"大肚蝈蝈"。捉大肚蝈蝈几十个，折枯树枝一堆，点火，把蝈蝈投入，不一会儿，即烧熟。这是放羊孩子的吃法。烧蝈蝈，蘸盐花，喝二锅头，就贴饼子，人间至味！

后　记

门对清风，户绕流泉。梵宇为邻，桑麻可话。子贡生涯，陶朱事业。既隐于市，亦隐于山。人在图画之中，神游红尘之外。居此福地，宜登寿域。编是书讫，聊贡余言。

（一九九三年底）

注 释

① 本篇原载《北京文学》2018 年第五期。系作者为广州白马广告公司所作的
关于西山"八大处山庄"地产项目的广告文案。

附

西 山 客 话①

北京之西,西山之麓,长安寺与灵光寺之间,有平陂隙地,业房地产
者辟为山庄,即名为"八大处山庄"。地点选得极好。八大处近在咫
尺,举步可以登山,有山居之清趣,无攀援之辛劳。又离市区不远,交通
甚便。山庄建筑皆依山借景,藏屋于树。原有古树,怪石,悉皆绿尔。
屋皆外朴内华,曲折有致。坐卧其中,有浮生半日之乐,得淡泊宁静之
怀。春宜花,夏宜风,秋宜月,冬宜雪。四时佳兴,可与人同。其间亦有
高敞厅堂,便交际,便洽谈,便开筵宴客。北京人口日密,华屋如林,求
一可建别墅之地已无多矣。"八大处山庄"甚难得,有意卜居者幸勿失
之交臂。辑此图册,备讯览焉。

> 命车入市,瞬目可至,
> 安步徐行,亦是乐事。

北京的地势西高东低。西面是山,东南是一马平川的"北京小平
原"。"西山"本是泛指北京西面所有的山。《日下旧闻考》引清高宗乾
隆语云:"西山峰岭层叠,不可殚名,因居西城右辅,故以'西山'概焉。"
但"西山八大处"的西山则专指翠微、平坡、卢师三山。

八大处分布在三山之间。八刹非一时所建,但错落有致,好像有一

213

个什么人事前作过一番统一规划似的。八大处的好处是景随步移,山随路转,八刹各有特色,绝不雷同。

西山峰峦重叠,但不甚高峻,到八大处作一日游,可以朝发夕归。但是爬一天山,总有点累。如果在八大处山庄住着,今天逛一两处,明天逛一两处,从从容容,潇潇洒洒,回到住处,点烟一支,沏茶一盏,真是神仙过的日子。

> 金瓦红墙紫禁城,五朝宫阙尚峥嵘,
>
> 万方乐奏千条柳,丽日和风唱太平。
>
> 九城栉比列华屋,处处书香与画轴,
>
> 卜宅西山山下住,清谈不觉渐离俗。

西山分三山八处十二景,山山秀美,物物迷人,帝气瑞祥,加上气候宜人,冬暖夏凉,与京城相距不远,最宜建行宫。六处香界寺在八刹中为最大。这是明清两代帝王登山野游休息的地方,所以殿宇宏大精整。乾隆年间在这里修建了避暑行宫,丹漆彩画,更加华丽。

皇帝离开"大内"到行宫里来住,干什么呢?无非是参悟佛理,修养精神。除了学佛、读书,还要习骑射,还会鼓捣一些小玩意,比如养蝈蝈。西山出产的蝈蝈,个儿大,皮色黑,声音宏亮,是有名的"铁皮蝈蝈"。大雪纷飞之际,把蝈蝈取出来,听听蝈蝈叫,也是个"乐儿"。

山上二十七别墅,都是历代名人寻幽而建,现在还可觅到袁氏(袁世凯)、冯氏(冯国璋)等的别墅遗址。昔时有"西山三百寺",与山隈青霭相间,犹如佛国乐土。现存八大处,尽是明清两朝帝敕而建,各代皇帝都爱到此游乐参禅,乐而不疲,整个西山犹如一座巨大的御花园。八大处山庄正缘此帝气龙象而起。

八大处花木繁盛,长安寺后有山,曰虎头山。山前有一片杏树,约有千株。一千棵杏树,都开了花,那可是很壮观了。远望一片浅红的海,如云蒸霞蔚,使人目眩神移。

香界寺大雄宝殿前面有娑罗树两株。娑罗树中国很少,老百姓说

214

月亮里的影子就是娑罗树影。弄楼一侧有一棵玉兰。八大处只此一棵，据说是明代所植，高与楼齐，开花时瓣如玉片，蕊似黄鹅，一树光明。灵光寺花木最盛，有一棵很高的紫薇。这棵树有"感觉"，用指甲挠它的树干，树的全身、枝、花就会微微颤动。八大处牡丹、芍药很多，几乎处处皆有。

京西水好。水从太行山下来，到北京，落差五十米，于是潜入地面，为地下水。或有时涌出地面，为喷泉，为湖泊，最后汇入永定河。

西山八大处五处龙泉庵有一泉，清冽甘美。昔有自署"锄月老人"者作《甜水歌》："……谁凿石罅泻石髓，涓涓汩汩流清泉。……汲来烹茶香且冽，调羹炊黍味弥鲜。"

其实西山之水，本系一脉，"八大处山庄"前后左右之水，甚清冽甘美。"或云饮之令人寿，揆之于理宜有焉"。

到了秋天，可看红叶。红叶不是枫树，是黄栌。黄栌到秋天，树叶就会转为红色。北京人看红叶是秋游盛事，可以说是倾城出动。原来看红叶是在香山，近年西山大力种植黄栌，西山遂成为看红叶的第二去处。陈毅元帅诗云："西山红叶好，霜重色愈浓"，红叶深浅层叠，如火如荼，作为摄影的背景，照北京人的话说："没治了！"

冬日遇上大雪，八大处遍山银装素裹，更显佛教圣境。八大处是佛教圣地。最能吸引亚洲佛教徒的，是二处灵光寺的佛牙舍利塔。据闻佛祖释迦牟尼圆寂火化后留下两枚佛牙，一颗传至锡兰，一颗辗转流传至燕京，由大辽建招仙塔供养。各国佛教徒来此膜拜者甚多。

> 结庐在人境。
>
> 性本爱丘山。
>
> 往来十丈红尘里，
>
> 难得浮生半日闲。

八大处山庄的设计意念卓绝，展现了皇家园林的神髓奇趣。中国皇家园林的营造，注重因山理水，借景点景，达到景园互补，与自然合一的境界，顺应帝王的博大胸襟。故八大处山庄的设计均以自然和谐为要。别墅依山而起,循势而上,高差十几米,错落有致,令人赏心悦目。而且隐屋于树,在 2.3 公顷的山地上兴建 25 栋别墅,容积率仅 3.8%,每幢建筑面积 230—410 平方米不等。每户更有 350—500 平方米的私家花园不一,参天古木,嶙嶙怪石,悉皆留存。别墅的高度都在三层以下,与八大处胜迹相映成趣,其他任何市区内别墅无法相比。别墅外墙饰以雅致的灰色、白色,虽无宫阙雕梁繁美,但与青山绿树相生相融,内里品格益显高贵,并可随业主喜好任选装修风格,另有一番与众不同的豪华感觉,尤胜帝王行宫。

西山多隐士,绝世遗名,只求执守真我。在八大处山庄怡居或小憩,做一个闲人,晨起拾级登山,暮看夕鸟投林,春花秋月,兴衰荣辱,存乎一心,然则"清泠之状与目谋,潜潜之声与耳谋,悠然而虚者与神谋,渊然而静者与心谋",淡泊宁静,心止如泓,非但抛却都市繁嚣陆离,更能忘象见性,俨然小隐于野。或可遥想昔日帝王在此宴乐游猎,修身养性、览经阅史、领悟治国大策的情景,体验帝王生活三昧,也是难得之乐。闲有隙时,不妨更深入山中,以当年卢师面壁的情怀,参禅证果,以随心、随喜、随缘的态度,倾听生命的真谛,是人生的至高境界。

皇家生活是极端奢侈的。拿吃来说,溥仪一家六口人一个月要用三千九百六十斤肉,三百八十八只鸡鸭。溥仪的还算少的,慈禧一个人要一百多样。这些菜肴只是显排场,摆样子的,太后、皇上是不吃的,他们各有膳房,另做爱吃的菜。慈禧就爱吃李莲英做的烩鸭条。

清室帝后都爱听戏。宫里有几处戏台。最大的是颐和园的畅音阁,台有三层。宫里有专门培养演员和排戏的地方,叫做"昇平署"。演员都是由聪明俊秀的小太监里选拔的。原来唱的是昆山腔、弋阳腔,后来逐渐改为皮黄。有时也把外面的名角传到宫里去"当差",叫做"外学",谭鑫培、杨小楼都到宫里唱过戏。唱好了,慈禧就降旨"赏",唱不好就要"传杆子"——用竹竿打屁股。

皇室中有不少自己会唱戏的,称为"票友"。红豆馆主(溥侗)就是一代名票。不但"文武昆乱不挡",除了武生、花脸,还能唱青衣。不少京剧名角都向他请教过。

北京有很多旗人（满族）。旗人不治生业，不种地，不会手艺、不作买卖，只是按时去领皇粮，叫做"铁杆庄稼"。他们的本事就是玩，玩得非常讲究、非常精致。架鹰，玩鸟。各种鸟，有听叫的，有观赏的，有打弹的，包括玩鸟笼、鸟食罐。玩鼻烟壶，瓷的、玛瑙的、"内画"料器。鼻烟壶只是把玩，并不真的装鼻烟。一只名贵的烟壶一装鼻烟就毁了。玩蛐蛐的，玩蝈蝈的……

蝈蝈养在葫芦里，随时在怀里揣着。

匏器（葫芦）作为玩意摆设大概是清代以后的事。在葫芦长成之前外面套了木刻的模子，让葫芦依着模子长，可以长成方的、四棱的、八角的样子。葫芦外壳有各种图案，也都是在模上抠出来，让它照样长，不是用刀刻的。

注　释

① 　本篇原载《汪曾祺全集》第八卷,北京师范大学出版社,1998 年 8 月。

1994 年

在台北闻急救车鸣笛声有感[①]

我喜欢一个人坐坐。参加两岸三边华文小说研讨会,由于疲劳和其他原因,昨天晚上流了鼻血,今天对向往已久的阳明山竟未能随行览胜,坐在宾馆里喝茶休息。忽然听到马路上连续起伏的尖厉的鸣笛声音。这给我很大刺激。但是我的情绪很快就好转了,我断定:这是急救车的鸣笛。

这种尖厉的、起伏不停的鸣笛声,据我所知,有三类,一是急救车,一是救火车,一是抓人的警车。

我在"文革"期间,随时可听到警车的鸣笛声,听得人心惊肉跳,毛骨悚然。这种杀气腾腾的声音,不但人听熟了,连鸟都听熟了。

北京的画眉很多会模仿这样尖厉的声音,画眉讲究有"口",有的画眉能模仿好多种声音,如山喜鹊、大喜鹊、苇咋子、猫叫、麻雀争风,甚至推运水的木轮小车吱吱扭扭的声音。但是不能瞎叫。瞎叫谓之"脏口"。凡画眉学了"脏口",养鸟的就会抓出来立刻摔死。学警车,就是"脏口",养画眉的听到这种"脏口",会毫不犹豫地从笼里把它抓出来,只叭嚓一声摔在地下。

画眉何辜?这只是表现了养鸟人对这种声音的厌恶。

世界上许多事物,外表相似,而内涵不同。急救车、救火车、抓人的警车,鸣笛声极相似,但是在对人的感情上引起强烈的差异。

差异何在?在对人的态度。简单地说,是合乎不合乎人道主义。急救车、救火车,表现了对人的关切;而警车,不管怎么说,都表现了对人的压制。

这种对鸣笛声的感情，我想台湾、大陆是一致的。台湾、大陆的民众的心理是相通的。

全世界的普通人的心理是相通的。

因此，世界是有希望的。

注　释

① 　本篇原载 1994 年 1 月 12 日台湾《中国时报》。

七 载 云 烟[①]

天 地 一 瞬

我在云南住过七年，1939—1946 年。准确地说，只能说在昆明住了七年。昆明以外，最远只到过呈贡，还有滇池边一片沙滩极美，柳树浓密的叫做斗南村的地方，连富民都没有去过。后期在黄土坡、白马庙各住过年把二年，这只能算是郊区。到过金殿、黑龙潭、大观楼，都只是去游逛，当日来回。我们经常活动的地方是市内。市内又以正义路及其旁出的几条横街为主。正义路北起华山南路，南至金马碧鸡牌坊，当时是昆明的贯通南北的干线，又是市中心所在。我们到南屏大戏院去看电影，——演的都是美国片子。更多的时间是无目的地闲走，闲看。

我们去逛书店。当时书店都是开架售书，可以自己抽出书来看。有的穷大学生会靠在柜台一边，看一本书，一看两三个小时。

逛裱画店。昆明几乎家家都有钱南园的写得四方四正的颜字对联。还有一个吴忠荩老先生写的极其流利但用笔扁如竹篾的行书四扇屏。慰情聊胜无，看看也是享受。

武成路后街有两家做锡箔的作坊。我每次经过，都要停下来看做锡箔的师傅在一个木墩上垫了很厚的粗草纸，草纸间衬了锡片，用一柄很大的木槌，使劲夯砸那一垛草纸。师傅浑身是汗，于是锡箔就槌成了。没有人愿意陪我欣赏这种槌锡箔艺术，他们都以为："这有什么看头！"

逛茶叶店。茶叶店有什么逛头？有！华山西路有一家茶叶店，一壁挂了一副嵌在镜框里的米南宫体的小对联。字写得好，联语尤好：

静对古碑临黑女

闲吟绝句比红儿

我觉得这对得很巧,但至今不知道这是谁的句子。尤其使我不明白的,是这家茶叶店为什么要挂这样一副对子?

我们每天经过,随时往来的地方,还是大西门一带。大西门里的文林街,大西门外的凤翥街、龙翔街。"凤翥"、"龙翔",不知道是哪位擅于辞藻的文人起下的富丽堂皇的街名,其实这只是两条丁字形的小小的横竖街。街虽小,人却多,气味浓稠。这是来往滇西的马锅头卸货、装货、喝酒、吃饭、抽鸦片、睡女人的地方。我们在街上很难"深入"这种生活的里层,只能切切实实地体会到:这是生活!我们在街上闲看。看卖木柴的,卖木炭的,卖粗瓷碗、卖砂锅的,并且常常为一点细节感动不已。

但是我生活得最久,接受影响最深,使我成为这样一个人,这样一个作家,——不是另一种作家的地方,是西南联大,新校舍。

骑了毛驴考大学

万里长征,

辞却了五朝宫阙。

暂驻足,

衡山湘水,

又成离别。

绝徼移栽桢干质,

九州遍洒黎元血。

尽笳吹弦诵在山城,

情弥切……

——西南联大校歌

日寇侵华,平津沦陷,北大、清华、南开被迫南迁,组成一个大学,在长沙暂住,名为"临时大学"。后迁云南,改名"国立西南联合大学",简称"西南联大"。这是一座战时的,临时性的大学,但却是一个产生天才,影响深远,可以彪炳于世界大学之林,与牛津、剑桥、哈佛、耶鲁平列而无愧色的,窳陋而辉煌的,奇迹一样的,"空前绝后"的大学。喔,我的母校,我的西南联大!

像蜜蜂寻找蜜源一样飞向昆明的大学生,大概有几条路径。

一条是陆路。三校部分同学组成"西南旅行团",由长沙出发,走向大西南。一路夜宿晓行,埋锅造饭,过的完全是军旅生活。他们的"著装"是短衣,打绑腿,布条编的草鞋,背负薄薄的一卷行李,行李卷上横置一把红油纸伞,有点像后来的大串联的红卫兵。除了摆渡过河外,全是徒步。自长沙至昆明,全程3500里,算得是一个壮举。旅行团有部分教授参加,闻一多先生就是其中之一。闻先生一路画了不少铅笔速写。其时闻先生已经把胡子留起来了,——闻先生曾发愿:抗战不胜,誓不剃须!

另一路是海程。由天津或上海搭乘怡和或太古轮船,经香港,到越南海防,然后坐滇越铁路火车,由老街入境,至昆明。

有意思的是,轮船上开饭,除了白米饭之外,还有一箩高粱米饭。这是给东北学生预备的。吃高粱米饭,就咸鱼、小虾,可以使"我的家在东北松花江上"的流亡学生得到一点安慰,这种举措很有人情味。

我们在上海就听到滇越路有瘴气,易得恶性疟疾,沿路的水不能喝,于是带了好多瓶矿泉水。当时的矿泉水是从法国进口的,很贵。

没有想到恶性疟疾照顾上了我!到了昆明,就发了病,高烧超过四十度,进了医院,医生就给我打了强心针(我还跟护士开玩笑,问"要不要写遗书?")。用的药是606,我赶快声明:我没有生梅毒!

出了院,晕晕惚惚地参加了全国统一招生考试。上帝保佑,竟以第一志愿被录取,我当时真是像做梦一样。

当时到昆明来考大学的,取道各有不同。

有一位历史系姓刘的同学是自己挑了一担行李,从家乡河南一步一步走来的。这人的样子完全是一个农民,说话乡音极重,而且四年不改。

有一位姓应的物理系的同学,是在西康买了一头毛驴,一路骑到昆明来的。此人精瘦,外号"黑鬼",宁波人。

这样一些莘莘学子,不远千里,从四面八方奔到昆明来,考入西南联大,他们来干什么,寻找什么?

大部分同学是来寻找真理,寻找智慧的。

也有些没有明确目的,糊里糊涂的。我在报考申请书上填了西南联大,只是听说这三座大学,尤其是北大的学风是很自由的,学生上课、考试,都很随便,可以吊儿郎当。我就是冲着吊儿郎当来的。

我寻找什么?

寻找潇洒。

斯 是 陋 室

西南联大的校舍很分散,很多处是借用昆明原有的房屋、学校、祠堂。自建的,集中,成片的校舍叫"新校舍"。

新校舍大门南向,进了大门是一条南北大路。这条路是土路,下雨天滑不留足,摔倒的人很多。这条土路把新校舍划分成东西两区。

西边是学生宿舍。土墙,草顶。土墙上开了几个方洞,方洞上竖了几根不去皮的树棍,便是窗户。挨着土墙排了一列双人木床,一边十张,一间宿舍可住四十人,桌椅是没有的。两个装肥皂的木箱摞起来,既是书桌,也是衣柜。昆明不知道哪里来的那么多肥皂箱,很便宜,男生女生多数都有这样一笔"财产"。有的同学在同一宿舍中一住四年不挪窝,也有占了一个床位却不来住的。有的不是这个大学的,却住在这里。有一位,姓曹,是同济大学的,学的是机械工程,可是他从来不到同济大学去上课,却从早到晚趴在木箱上写小说。有些同学成天在一起,乐数晨夕,堪称知己。也有老死不相往来,几乎等于不认识的。我和那位姓刘的历史系同学就是这样,我们俩同睡一张木床,他住上铺,我住下铺,却很少见面。他是个很守规矩,很用功的人,每天按时作息。

我是个夜猫子,每天在系图书馆看一夜书,到天亮才回宿舍。等我回屋就寝时,他已经在校园树下苦读英文了。

大路的东侧,是大图书馆。这是新校舍唯一的一座瓦顶的建筑。每天一早,就有人等在门外"抢图书馆",——抢位置,抢指定参考书。大图书馆藏书不少,但指定参考书总是不够用的。

每月月初要在这里开一次"国民精神总动员月会",简称"国民月会"。把图书馆大门关上,钉了两面交叉的党国旗,便是会场。所谓月会,就是由学校的负责人讲一通话。讲的次数最多的是梅贻琦,他当时是主持日常校务的校长(北大校长蒋梦麟、南开校长张伯苓)。梅先生相貌清癯,人很严肃,但讲话有时很幽默。有一个时期昆明闹霍乱,梅先生告诫学生不要在外面乱吃,说:"有同学说:'我在外面乱吃了好多次,也没有得一次霍乱',同学们! 这种事情是不能有第二次的。"

更东,是教室区。土墙,铁皮屋顶(涂了绿漆)。下起雨来,铁皮屋顶被雨点打得乒乒乓乓地响,让人想起王禹偁的《黄冈竹楼记》。

这些教室方向不同,大小不一,里面放了一些一边有一块平板,可以在上面记笔记的木椅,都是本色,不漆油漆。木椅的设计可能还是从美国传来的,我在爱荷华、耶鲁都看见过。这种椅子的好处是不固定,可以从这个教室到那个教室任意搬来搬去。吴宓(雨僧)先生讲《红楼梦》,一看下面有女生还站着,就放下手杖,到别的教室去搬椅子。于是一些男同学就也赶紧到别的教室去搬椅子。到宝姐姐、林妹妹都坐下了,吴先生才开始讲。

这样的陋室之中,却培养了很多优秀的人才。

联大五十周年校庆时,校友从各地纷纷返校。一位从国外赶回来的老同学(是个男生),进了大门就跪在地下放声大哭。

前几年我重回昆明,到新校舍旧址(现在是云南师范大学)看了看,全都变了样,什么都没有了,只有东北角还保存了一间铁皮屋顶的教室,也岌岌可危了。

不　衫　不　履

联大师生服装各异,但似乎又有一种比较一致的风格。

女生的衣著是比较整洁的。有的有几件华贵的衣服,那是少数军阀商人的小姐。但是她们也只是参加 Party 时才穿,上课时不会穿得花里胡哨的。一般女生都是一身阴丹士林旗袍,上身套一件红毛衣。低年级的女生爱穿"工裤",——劳动布的长裤,上面有两条很宽的带子,白色或浅花的衬衫。这大概本是北京的女中学生流行的服装,这种风气被贝满等校的女生带到昆明来了。

男同学原来有些西装革履,裤线笔直的,也有穿麂皮夹克的,后来就日渐少了,绝大多数是蓝布衫,长裤。几年下来,衣服破旧,就想各种办法"弥补",如贴一张橡皮膏之类。有人裤子破了洞,不会补,也无针线,就找一根麻筋,把破洞结了一个疙瘩。这样的疙瘩名士不止一人。

教授的衣服也多残破了。闻一多先生有一个时期穿了一件一个亲戚送给他的灰色夹袍,式样早就过时,领子很高,袖子很窄。朱自清先生的大衣破得不能再穿,就买了一件云南赶马人穿的深蓝毡鲁的一口钟(大概就是彝族察尔瓦)披在身上,远看有点像一个侠客。有一个女生从南院(女生宿舍)到新校舍去,天已经黑了,路上没有人,她听到后面有梯里突鲁的脚步声,以为是坏人追了上来,很紧张,回头一看,是化学教授曾昭抡。他穿了一双空前(露着脚趾)绝后鞋(后跟烂了,提不起来,只能半趿着),因此发出梯里突鲁的声音。

联大师生破衣烂衫,却每天孜孜不倦地做学问,真是穷且益坚,不坠青云之志,这种精神,人天可感。

当时"下海"的,也有。有的学生跑仰光、腊戌,趸卖"玻璃丝袜"、"旁氏口红";有一个华侨同学在南屏街开了一家很大的咖啡馆,那是极少数。

采　薇

大学生大都爱吃,食欲很旺,有两个钱都吃掉了。

初到昆明,带来的盘缠尚未用尽,有些同学和家乡邮汇尚通,不时可以得到接济,一到星期天就出去到处吃馆子。汽锅鸡、过桥米线、新亚饭店的过油肘子、东月楼的锅贴乌鱼、映时春的油淋鸡、小西门马家牛肉馆的牛肉、厚德福的铁锅蛋、松鹤楼的乳腐肉、"三六九"(一家上海面馆)的大排骨面,全都吃了一个遍。

钱逐渐用完了,吃不了大馆子,就只能到米线店里吃米线、饵块。当时米线的浇头很多,有焖鸡(其实只是酱油煮的小方块瘦肉,不是鸡)、爨肉(即肉末,音川,云南人不知道为什么爱写这样一个笔画繁多的怪字)、鳝鱼、叶子(油炸肉皮煮软,有的地方叫"响皮",有的地方叫"假鱼肚")。米线上桌,都加很多辣椒,——"要解馋,辣加咸"。如果不吃辣,进门就得跟堂倌说:"免红!"

到连吃米线、饵块的钱也没有的时候,便只有老老实实到新校舍吃大食堂的"伙食"。饭是"八宝饭",通红的糙米,里面有砂子、木屑、老鼠屎。菜,偶尔有一碗回锅肉、炒猪血(云南谓之"旺子"),常备的菜是盐水煮芸豆,还有一种叫"魔芋豆腐"的紫灰色的,烂糊糊的淡而无味的奇怪东西。有一位姓郑的同学告诫同学:饭后不可张嘴——恐怕飞出只鸟来!

1944年,我在黄土坡一个中学教了两个学期。这个中学是联大同学办的,没有固定经费,薪水很少,到后来连一点极少的薪水也发不出来,校长(也是同学)只能设法弄一点米来,让教员能吃上饭。菜,对不起,想不出办法。学校周围有很多野菜,我们就吃野菜。校工老鲁是我们的技术指导。老鲁是山东人,原是个老兵,照他说,可吃的野菜简直太多了,但我们吃得最多的是野苋菜(比园种的家苋菜味浓)、灰菜(云南叫做灰藋菜,"藋"字见于《庄子》,是个很古的字),还有一种样子像一根鸡毛掸子的扫帚苗。野菜吃得我们真有些面有菜色了。

有一个时期附近小山上柏树林里飞来很多硬壳昆虫，黑色，形状略似金龟子。老鲁说这叫豆壳虫，是可以吃的，好吃！他捉了一些，撕去硬翅，在锅里干爆了，撒了一点花椒盐，就起酒来。在他的示范下，我们也爆了一盘，闭着眼睛尝了尝，果然好吃。有点像盐爆虾，而且有一股柏树叶的清香，——这种昆虫只吃柏树叶，别的树叶不吃。于是我们有了就酒的酒菜和下饭的荤菜。这玩意多得很，一会儿的工夫就能捉一大瓶。

要写一写我在昆明吃过的东西，可以写一大本，撮其大要写了一首打油诗。怕读者看不明白，加了一些注解，诗曰：

> 重升肆里陶杯绿②，
> 饵块摊头炭火红③。
> 正义路边养正气④，
> 小西门外试撩青⑤。
> 人间至味干巴菌⑥，
> 世上馋人大学生。
> 尚有灰藋堪漫吃⑦，
> 更循柏叶捉昆虫。

一半光阴付苦茶

昆明的大学生（男生）不坐茶馆的大概没有。不可一日无此君，有人一天不喝茶就难受。有人一天喝到晚，可称为"茶仙"。茶仙大抵有两派。一派是固定茶座。有一位姓陆的研究生，每天在一家茶馆里喝三遍茶，早，午，晚。他的牙刷、毛巾、洗脸盆就放这家茶馆里，一起来就上茶馆。另一派是流动茶客。有一姓朱的，也是研究生，他爱到处遛，腿累了就走进一家茶馆，坐下喝一气茶。全市的茶馆他都喝遍了。他不但熟悉每一家茶馆，并且知道附近哪是公共厕所，喝足了茶可以小便，不至被尿憋死。

关于喝茶，我已经写过一篇《泡茶馆》，已经发表过，写得相当详

227

细,不再重复,有诗为证:

> 水厄囊空亦可赊⑧,
> 枯肠三碗嗑葵花⑨。
> 昆明七载成何事?
> 一半光阴付苦茶。

水 流 云 在

云南人对联大学生很好,我们对云南、对昆明也很有感情。我们为云南做了一些什么事,留下一点什么?

有些联大师生为云南做了一些有益的实事,比如地质系师生完成了《云南矿产普查报告》,生物系师生写出了《中国植物志·云南卷》的长编初稿。其他还有多少科研成果,我不大知道,我不是搞科研的。

比较明显的,普遍的影响是在教育方面。联大学生在中学兼课的很多,连闻一多先生都在中学教过国文,这对昆明中学生学业成绩的提高,是有很大作用的。

更重要的是使昆明学生接受了民主思想,呼吸到独立思考,学术自由的空气,使他们为学为人都比较开放,比较新鲜活泼。这是精神方面的东西,是抽象的,是一种气质,一种格调,难于确指,但是这种影响确实存在。如云如水,水流云在。

一九九四年二月十五日

注 释

① 本篇原载《中国作家》1994 年第四期;初收《汪曾祺全集》第六卷,北京师范大学出版社,1998 年 8 月。

② 昆明的白酒分市酒和升酒。市酒是普通白酒,升酒大概是用市酒再蒸一次,谓之"玫瑰重升",似乎有点玫瑰香气。昆明酒店都是盛在绿陶的小碗里,一碗可盛二小两。

③ 饵块分两种,都是米面蒸熟了的。一种状如小枕头,可做汤饵块、炒饵块。

一种是椭圆的饼,状如鞋底,在炭火上烤得发泡,一面用竹片涂了芝麻酱、花生酱、甜酱油、油辣子,对合而食之,谓之"烧饵块"。

④　汽锅鸡以正义路牌楼旁一家最好。这家无字号,只有一块匾,上书大字:"培养正气",昆明人想吃汽锅鸡,就说:"我们今天去培养一下正气。"

⑤　小西门马家牛肉极好。牛肉是蒸或煮熟的,不卖炒菜,分部位,如"冷片"、"汤片"……有的名称很奇怪,如大筋(牛鞭)、"领肝"(牛肚)。最特别的是"撩青"(牛舌),牛的舌头可不是撩青草的么?但非懂行人会觉得这很费解。"撩青"很好吃。

⑥　昆明菌子种类甚多,如"鸡枞",这是菌中之王。但有一点我至今不明白它为什么只在白蚁窝上长"牛肝菌"(色如牛肝,生时熟后都像牛肝,有小毒,不可多吃,且须加大量的蒜,否则会昏倒。有个女同学吃多了牛肝菌,竟至休克)。"青头菌",菌盖青绿,菌丝白色,味较清雅。味道最为隽永深长,不可名状的是干巴菌。这东西中吃不中看,颜色紫褐,不成模样,简直像一堆牛屎,里面又夹杂了一些松毛、杂草。可是收拾干净了,撕成蟹腿状的小片,加青辣椒同炒,一箸入口,酒兴顿涨,饭量猛开。这真是人间至味!

⑦　"蕈"字云南读平声。

⑧　我们和凤翥街几家茶馆很熟,不但喝茶,吃芙蓉糕可以欠账,甚至可以向老板借钱去看电影。

⑨　茶馆常有女孩子来卖炒葵花子,绕桌轻唤:"瓜子瓜,瓜子瓜。"

长 城 漫 忆 ^①

我的家乡是苏北,和长城距离很远,但是我小时候即对长城很有感情,这主要是因为常唱李叔同填词的那首歌:

> 长城外,
> 古道边,
> 芳草碧连天。
> 晚风拂柳笛声残,
> 夕阳山外山……

长城给我一个很悲凉的印象。

到北京后曾参观了八达岭长城。这一段长城是新修过的,砖石过于整齐,使我觉得是一个假古董。长城变成了游览区,非复本来面目。

1958年我被错划成右派,下放张家口沙岭子劳动,这可真是出了长城了。

张家口一带农民把长城叫做"边墙"。我很喜欢这两个字。"边墙"者,防边之墙也。

长城内外各种方面是有区别的,但也不是那样截然不同。

长城外的平均气温比关里要低几度。我们冬天在沙岭子野外劳动,那天降温到零下39度,生产队长敲钟叫大家赶快回去,再降下去要冻死人的。零下39度在坝上不算什么,但在边墙附近可就是奇寒了。长城外昼夜温差大,当地人说:"早穿皮袄午穿纱,抱着火炉吃西瓜。"这本是西北很多地方都有的俗谚,但是张家口人以为只有他们才是这样。再就是风大。有一天刮了一夜大风,山呼海啸。第二天一早我们到果园去劳动,在地下捡了二三十只石鸡子。这些石鸡子是在水泥电

230

线杆上撞死的。它们被狂风刮得晕头转向、乱扑乱飞,想必以为落到电线杆上就可以安全了。这一带还爱下雹子。"蛋打一条线"(张家口一带把雹子叫做"冷蛋"),远远看见雹子云黑压压齐齐地来了,不到一会:砰里叭啦,劈里卜碌!有一场雹子,把我们的已经熟透的葡萄打得稀烂。一年的辛苦,全部泡汤(真是泡了汤)!沽源有一天下了一个雹子,有马大!

塞外无霜期短,但关里有的农作物这里大都也能生长:稻粱菽麦黍稷。因为雨少,种麦多为"干寄子",即把麦种先期下到地里等雨——"寄"字甚妙。为了争季节,有些地方种春小麦。春小麦可不好吃,蒸出馒头来发粘。坝下种莜麦的地方不多,坝上则主要的作物是莜麦。坝上土层薄,地块大,广种薄收。无水利灌溉,靠天收。如果一年有一点雨,打的莜麦可供河北省吃一年,故有人称坝上是"中国的乌克兰"。坝上的地块有多大?说是有一个农民牵了一头母牛去耕地,耕了一趟,回来时母牛带回一个小牛犊子,已经三岁了!

马牛羊鸡犬豕都有。坝上有的地方是半农半牧区。张北的张北马、短角牛都是有名的。长城外各村都养羊。一是为了吃肉,二是要羊皮。塞外人没有一件白茬老羊皮袄是过不了冬的。狗皮主要是为了做帽子。没有狐狸皮帽子的,戴了狗皮遮耳大三块瓦皮帽,也能顶得住无情的狂风。

塞外人的饮食结构和关里不同的是爱吃糕,吃莜面。"糕"是黄米面拍成烧饼大小的饼子,在涂了胡麻油的铛上烙熟。口外认为这是食物中的上品,经饿,"三十里的莜面四十里的糕,二十里的白面饿断腰"。过去地主请工锄地,必要吃糕:"锄地不吃糕,锄了大大留小小!"张家口一带人吃莜面和山西雁北不同。雁北吃莜面只是蘸酸菜汤,加一点凉菜,张家口人则是蘸热的菜汤吃。锅里下一点油,把菜——山药(土豆)、西葫芦、疙瘩白(圆白菜)切成块,哗啦一声倒在油锅里,这叫"下搭油",盖盖焖熟后,再在菜面上浇一点油,叫做"上搭油"。这一带人做菜用油很省。有农民见一个下放干部炒菜,往锅里倒了半碗油,说:"你用这么多的油,炒石子儿也是好吃的!"在烩菜里放几块羊肉,那就是过年了！

他们也知道吃野味。"天鹅、地鹊、鸽子肉、黄鼠"，这是人间美味。石鸡子、半翘子，是很容易捉到手，但是，虽然他们也说："宁吃飞禽四两，不吃走兽半斤"，他们对石鸡子之类的兴趣其实并不是很大，远不如来一碗口蘑炖羊肉"解恨"。

长城内外不缺水果。杏树很多，果大而味浓。宣化葡萄，历史最久，味道最佳。

长城对我们这个民族到底起了什么作用？说法不一。有人说这是边防的屏障，对于抵御北方民族入侵，在当时是必不可少的。这使得中国完成统一，对民族心理凝聚力的形成，是有很大影响的。也有人说这使得我们的民族形成一种盲目的自大心理，造成文化的封闭乃至停滞，对中国的发展起了阻碍作用。我对这样深奥的问题没有研究过，没有发言权，但是我觉得它是伟大的。

一个美国的航天飞机的飞行员（忘其名）说过：在月球能看见地球上的中国的万里长城，那么长城是了不起的。

"文化大革命"后期，有一个中学的语文教员领着一班初一的学生去游长城，回来让学生都写一篇游记，一个学生只写了一句：

长城啊，

真他妈的长！

一九九四年四月二十一日

注　释

① 本篇原载《长城》1995年第一期；初收《汪曾祺全集》第六卷，北京师范大学出版社，1998年8月。

大　地①

祈　祷

　　从乌鲁木齐往吐鲁番,汽车以每小时八十公里的速度在戈壁滩上飞驰,车轮好像不着地。戈壁很大,很平,表层覆盖一层黑白相间、黄豆大的砂砾,铺得非常均匀。戈壁上没有生命。没有动物,没有鸟,不长草,连"梭梭"都不见一丛,非常荒凉,一种难以想象的荒凉,好像这是另外一个星球。

　　到吐鲁番了。景象变了。有树,有街道房屋,有店铺,有人。吐鲁番没有雨,也没有风,空气闷闷的。我们都有点恍惚。在戈壁上飞驰时,我们没有想到戈壁尽头是这样一块绿洲,——(我们这才体会到什么是"绿洲")。我们像做梦。是吐鲁番像梦,还是刚才驰过的戈壁像梦?

　　从吐鲁番返回乌鲁木齐,太阳已经偏西。戈壁依然是那样一望无际,一样荒凉,——使人产生神秘感的荒凉。从汽车里远远看见两个维吾尔人在祈祷。他们都穿了长过膝盖的黑白相间的条纹的长袍——"裙衿"。一个瘦高,一个稍矮。他们在西逝的阳光里肃立着,微微低了头,一动不动。虽然隔着很远,但仍可以感觉到他们的虔诚。

　　这两个在戈壁滩上西逝的阳光中站立着祈祷的穆斯林使我深受感动。

雹　子

我到坝上沽源马铃薯研究站去画一套《中国马铃薯图谱》。

有一天,有一个干部从正蓝旗骑马到"站"里来办事,马拴在"拴马桩"上。这是一匹黑马,很神骏。我忽然想试试骑骑马。我已经二十年没有骑马了。起初有点胆怯,但是这匹马走得很稳,地又很平,于是我就放胆撒开缰绳让马飞奔起来。坝上的地真是大地,一眼望不到边,长着干净得水洗过一样整齐的"碱草",种着大片大片的莜麦。要问坝上的地块有多大?有一个农民告诉我:有一个汉子牵了一头母牛去犁地,犁了一垄,回来时母牛带回了一个牛犊子,已经三岁了!在这样平坦的大地上驰马,真是痛快。

变天了! 黑云四合,速度很快,顷刻之间已到头顶。黑云绞扭着,翻腾着,扩散着,喷射着,雷鸣电闪,很可怕。不断变化着的浓云,好像具有一种超自然的、不可抗拒的威力,让人感到这是天神在发怒。这是雹子云。我早就听说过坝上的雹子很厉害,能有鸡蛋大,曾经砸死过牛,也砸死过人。

我赶紧扯动缰绳,夹紧了马肚子,飞奔着赶回马铃薯研究站。刚才还是明晃晃的太阳,刹时变得天昏地暗,几乎不辨五指。站在黑沉沉的大地上飞驰,觉得我的马和我自己都很小。

雪　湖

下了两天雪,运河封了冻,轮船不能开,我们决定"起旱",——从陆上步行。我们四个人,我,——一个放寒假回家的中学生,那三个是跑生意的买卖人。到了邵伯,他们建议"下湖",从高邮湖上斜插到高邮。他们是老江湖,从湖上起旱已经不止一次,路很熟,远远的湖边的影影绰绰的村子,他们都能指认得出来。对我却是一种新鲜的经验。雪还在下,虽然不大,但是湖面洁白如玉,真是"白茫茫一片大地真干净"。

"高邮到邵伯,六十六",斜插走湖面,也就是四五十里,今天下晚到高邮,没有问题。因此那三位跑生意的买卖人并不着急赶路。他们走一截,就停下来等等我。见我还不上来,他们就在结了冰、落了雪的湖面上坐下来吃牛肉干,喝酒。

我穿了棉衣棉裤,戴了一种护耳的毡帽——这种毡帽叫做"锅腔子",还有个不好听的名字,叫"狗套头"。走了一程,"哈气"蒸到"狗套头"的帽檐,结冰。

我筋力还好,没有成了三位买卖人的累赘(他们对于"学生子"是很照顾的)。

看见琵琶闸了,县城已经不远。

琵琶闸外的河堤上,无人家,无店铺,只有一个小饭店。

我走进小饭店。小饭店只有一张桌子。墙上贴了一副写在"梅红纸"上的小对联,八个大字:

　　家常便饭
　　随意小酌

一九九四年八月

注　释

① 本篇原载《大地》1994 年第九期;初收《汪曾祺全集》第六卷,北京师范大学出版社,1998 年 8 月。

夏　天①

　　夏天的早晨真舒服。空气很凉爽,草尖还挂着露水(蜘蛛网上也挂着露水)。写大字一张,读古文一篇。夏天的早晨真舒服。

　　凡花大都是五瓣,栀子花却是六瓣。山歌云:"栀子花开六瓣头。"栀子花粗粗大大,色白,近蒂处微绿,极香,香气简直有点叫人受不了,我的家乡人说是:"碰鼻子香"。栀子花粗粗大大,又香得掸都掸不开,于是为文雅人不取,以为品格不高。栀子花说:"去你妈的,我就是要这样香,香得痛痛快快,你们他妈妈的管得着吗!"

　　人们往往把栀子花和白兰花相比。苏州姑娘串街卖花,娇声叫卖:"栀子花! 白兰花!"白兰花花朵半开,娇娇嫩嫩,如象牙白玉,香气文静,但有点甜俗,为上海长三堂子的"倌人"所喜,因为听说白兰花要到夜间枕上才格外地香。我觉得红"倌人"的枕上之花,不如船娘鬓边花更为刺激。

　　夏天的花里最为幽静的是珠兰。

　　牵牛花短命。早晨沾露才开,午时即已萎谢。

　　秋葵也命薄。瓣淡黄,白心,心外有紫晕。风吹薄瓣,楚楚可怜。

　　凤仙花有单瓣者,有重瓣者。重瓣者如小牡丹,凤仙花茎粗肥,湖南人用以腌"臭咸菜",此吾乡所未有。

　　马齿苋、狗尾巴草、益母草,都长得非常旺盛。

　　淡竹叶开浅蓝色小花,如小蝴蝶,很好看。叶片微似竹叶而较柔软。

"万把钩"即苍耳。因为结的小果上有许多小钩,碰到它就会挂在衣服上,得小心摘去,所以孩子叫它"万把钩"。

我们那里有一种"巴根草",贴地而长,见缝扎根,一棵草蔓延开来,长了很多根,横的,竖的,一大片。而且非常顽强,拉扯不断。很小的孩子就会唱:

> 巴根草,
>
> 绿茵茵,
>
> 唱个唱,
>
> 把狗听。

最讨厌的是"臭芝麻"。掏蟋蟀、捉金铃子,常常沾了一裤腿。其臭无比,很难除净。

西瓜以绳络悬之井中,下午剖食,一刀下去,喀嚓有声,凉气四溢,连眼睛都是凉的。

天下皆重"黑籽红瓤",吾乡独以"三白"为贵:白皮、白瓤、白籽。"三白"以东墩产者最佳。

香瓜有:牛角酥,状似牛角,瓜皮淡绿色,刨去皮,则瓜肉浓绿,籽赤红,味浓而肉脆,北京亦有,谓之"羊角蜜";虾蟆酥,不甚甜而脆,嚼之有黄瓜香;梨瓜,大如拳,白皮,白瓤,生脆有梨香;有一种较大,皮色如虾蟆,不甚甜,而极"面",孩子们称之为"奶奶哼",说奶奶一边吃,一边"哼"。

蝈蝈,我的家乡叫做"叫蚰子"。叫蚰子有两种。一种叫"侉叫蚰子",那真是"侉",跟一个叫驴子似的,叫起来"咶咶咶咶"很吵人。喂它一点辣椒,更吵得厉害。一种叫"秋叫蚰子",全身碧绿如玻璃翠,小巧玲珑,鸣声亦柔细。

别出声,金铃子在小玻璃盒子里爬哪!它停下来,吃两口食,——鸭梨切成小骰子块。于是它叫了"丁铃铃铃"……

乘凉。

搬一张大竹床放在天井里,横七竖八一躺,浑身爽利,暑气全消。看月华。月华五色晶莹,变幻不定,非常好看。月亮周围有了一个模模糊糊的大圆圈,谓之"风圈",近几天会刮风。"乌猪子过江了"——黑云漫过天河,要下大雨。

一直到露水下来,竹床子的栏杆都湿了,才回去,这时已经很困了,才沾藤枕(我们那里夏天都枕藤枕或漆枕),已入梦乡。

鸡头米老了,新核桃下来了,夏天就快过去了。

注　释

① 本篇原载《大家》1994 年第六期;初收《汪曾祺全集》第六卷,北京师范大学出版社,1998 年 8 月。

一　　技^①

珠　花

北门口有一家穿珠花的。我小时候,妇女出客都还兴戴珠花。每次放学路过,我总愿意到这家穿珠花的作坊里去看看。铺面很小,只有一个老师傅带两个徒弟做活。老师傅手艺非常熟练。穿珠花一般都是小珠子,——米珠。偶尔有定珠花的人家从自己家里拿来大珠子,比如听说有一个叫汪炳的,他娶亲时新娘子鞋尖的四颗珍珠有豌豆大!一般都没有用这样大的珠子穿珠花的,那得做别的用处,比如钉在"帽勒子"上。老师傅用小镊子拈起一颗一颗米珠,用细铜丝一穿,这种细铜丝就叫做"花丝"。看也不看,就穿成了一串,放在一边(我到现在还不明白那么小的珠子怎样打的孔)。珠串做齐,把花丝扭在一起,左一别,右一别,加上铜托,一朵珠花就做成了。珠花有几种式样,以"凤穿牡丹"、"丹凤朝阳"最多。

现在戴珠花的几乎没有了,只有戏曲旦角演员的"头面"上还用。但大都是玻璃料珠。用真的"珍珠头面"的,恐怕很少了。

发 蓝 点 翠

"发蓝"是在银首饰(主要是簪子)上,錾出花纹,在花纹空处,填以珐琅彩料,用吹管(这种吹管很简单,只是一个豆油灯碗,放七八根灯草,用一根铜管呼呼地吹)吹得珐琅彩料与银器熔为一体,略经打磨,碱水洗净,即成。

"点翠"是把翠鸟的翅羽剪成小片,按首饰的需要,嵌在银器里,加热,使"翠"不致脱落,即可。

齐白石题画翠鸟:"羽毛可取"。翠鸟毛的颜色确实无可代替。但是现在旦角头面没有"点翠"的,大都是化学药品染制的绸料贴上去的了。

真的点翠现在还不难见到,十三陵定陵皇后的凤冠就是点翠的。不过大概是复制品,不是原物。

葡 萄 常

葡萄常三姐妹都没有嫁人。她们做的葡萄(做为摆设)别的倒也没有什么稀奇:都是玻璃吹出来的,很像,颜色有紫红的,绿的;特异处在葡萄皮外面挂着一层轻轻的粉,跟真葡萄一样。这层薄薄的粉是怎么弄上去的? ——常家不是刷上去或喷上去的。多少做玩器的都捉摸过,捉摸不出来。这是常家的独得之秘,不外传。这样,才博得"葡萄常"的名声。

常家三姐妹相继去世:"葡萄常"从此绝矣。

注　释

① 本篇原与《夏天》一起以《夏天(外一篇)》为题载《大家》1994 年第六期;初收《汪曾祺全集》第六卷,北京师范大学出版社,1998 年 8 月。

续修族谱序[①]

闻之祖父云：汪本姬姓，文王之后也。时代久远，未可稽考。自越国公受封江南，亦已千年。歙县旧有汪氏宗祠，今圮。我曾往歙县、屯溪、黟县，所遇族人甚多。汪在皖南，实为大姓。而散居四方者尤不知凡几。民国十五年，曾修族谱。六十八年来，宗支繁衍，又不知凡几矣，族人有倡议续修宗谱者矣，其意至善。汪非甚巨族，自越国公以后，少阀阅冠冕之累。而文学之士，自宋至明，至于乾嘉之时，代不乏人。汪氏固为清门，亦可以无愧于天下矣，族谱之修，果何为乎？亦无非慎终追远，民德归厚而已。绳其祖武，不坠家声，清白为人，永葆令誉，各尽所长，以利于邦国，瞩望来者，其共勉之。

高邮第八十九代裔孙曾祺谨撰

注　释

① 　本篇撰于 1994 年。系为续修《汪氏族谱》所撰序言。据手稿编入。

草　巷　口[①]

过去，我们那里的民间常用燃料不是煤。除了炖鸡汤、熬药，也很少烧柴。平常煮饭、炒菜，都是烧草，——烧芦柴。这种芦柴秆细而叶多，除了烧火，没有什么别的用处。草都是由乡下——主要是北乡用船运来，在大淖靠岸。要买草的，到岸边和草船上的人讲好价钱，卖草的即可把草用扁担挑了，送到这家，一担四捆，前两捆，后两捆，水桶粗细一捆，六七尺长。送到买草的人家，过了秤，直接送到堆草的屋里。给我们家过秤的是一个本家叔叔抡元二爷。他用一杆很大的秤约了分量，用一张草纸记上"苏州码子"。我是从抡元二爷的"草纸账"上才认识苏州码子的。现在大家都用阿拉伯数字，认识苏州码子的已经不多了。我们家后花园里有三间空屋，是堆草的。一次买草，数量很多，三间屋子装得满满的，可以烧很多时候。

从大淖往各家送草，都要经过一条巷子，因此这条巷子叫做草巷口。

草巷口在"东头街上"算是比较宽的巷子。像普通的巷子一样，是砖铺的，——我们那里的街巷都是砖铺的，但有一点和别的巷子不同，是巷口嵌了一个相当大的旧麻石磨盘。这是为了省砖，废物利用，还是有别的什么原因，就不知道了。

磨盘的东边是一家油面店，西边是一个烟店。严格说，"草巷口"应该指的是油面店和烟店之间，即麻石磨盘所在处的"口"，但是大家把由此往北，直到大淖一带都叫做"草巷口"。

"油面店"，也叫"茶食店"，即卖糕点的铺子，店里所卖糕点也和别的茶食店差不多,无非是:兴化饼子、鸡蛋糕。兴化饼子带椒盐味,大概是从兴化传过来的;羊枣,也叫京果,分大小两种,小京果即北京的江米条,大京果似北京蓼花而稍小;八月十五前当然要做月饼;过年前做蜂糖糕,像一个锅盖,蜂糖糕是送礼用的;夏天早上做一种"潮糕",米面蒸成,潮糕做成长长的一条,切开了一片一片是正方的,骨牌大小,但是切时断而不分,吃时一片一片揭开吃,潮糕有韧性,口感很好;夏天的下午做一种"酒香饼子",发面,以糯米和面,烤熟,初出锅时酒香扑鼻。

吉陞的糕点多是零块地卖,如果买得多(是为了送礼的),则用苇篾编的"撇子"装好,一底一盖,中衬一张长方形的红纸,印黑字:

　　本店开设东大街草巷口座北朝南惠顾诸君请认明吉陞字号庶不致误

源昌烟店主要是卖旱烟,也卖水烟——皮丝烟。皮丝烟中有一种,颜色是绿的,名曰"青条",抽起来劲头很冲。一般烟店不卖这种烟。

源昌有一点和别家店铺不同。别的铺子过年初一到初五都不开门,破五以前是不做生意的。源昌却开了一半铺搭子门,靠东墙有一个卖"耍货"的摊子。可能卖耍货的和源昌老板是亲戚,所以留一块空地供他摆摊子。"耍货"即卖给小孩子玩意:"捻捻转"、"地嗡子"(陀螺)……卖得最多的是"洋泡"。一个薄薄橡皮做的小囊,上附小木嘴。吹气后就成了氢气球似的圆泡,撒手后,空气振动木嘴里的一个小哨,哇的一声。还卖一些小型的花炮,起火,"猫捉老鼠"……最便宜的是"滴滴金",——皮纸制成麦秆粗细的小管,填了一点硝药,点火后就会嗤嗤地喷出火星,故名"滴滴金"。

进巷口,过麻石磨盘,左手第一家是一家"茶炉子"。茶炉子是卖开水的,即上海人所说的"老虎灶"。店主名叫金大力。金大力只管挑水,烧茶炉子的是他的女人。茶炉子四角各有一口大汤罐,当中是火口。烧的是粗糠。一簸箕粗糠倒进火口,呼的一声,火头就蹿了上来,水马上呱呱地就开了。茶炉子卖水不收现钱,而是事前售出很多"茶筹子"——一个一个小竹片,上面用烙铁烙了字:"十文"、"二十文",来打开水的,交几个茶筹子就行。这大概是一种古制。

往前走两步,茶炉子斜对面,是一个澡塘子。不大。但是东街上只有这么一个澡塘子,这条街上要洗澡的只有上这家来。澡塘子在巷口往西的一面墙上钉了一个人字形小木棚,每晚在小棚下挂一个灯笼,算是澡塘的标志(不在澡塘的门口)。过年前在木棚下贴一条黄纸的告白,上写:

正月初六日早有菊花香水

那就是说初一到初五澡塘子是不开业的。

为什么是"菊花香水"而不是兰花香水、桂花香水?我在这家澡塘洗过多次澡,从来没有闻到过"菊花香水"味儿,倒是一进去,就闻到一股浓重的澡塘子味儿。这种澡塘子味道,是很多人愿意闻的。他们一闻这味道,就觉得:这才是洗澡!

有些人烫了澡(他们不怕烫,不烫不过瘾),还得擦背、捏脚、修脚,这叫"全大套"。还要叫小伙计去叫一碗虾子、猪油、葱花面来,三扒两口吃掉。然后咕咚咕咚喝一壶浓茶,脑袋一歪,酣然睡去。洗了"全大套"的澡,吃一碗滚烫的虾子汤面,来一觉,真是"快活似神仙"。

由澡塘往北,不几步,是一个卖香烛的小店。这家小店只有一间门面。除香烛纸祃之外,还卖"箱子"。苇秆为骨,外糊红纸,四角贴了"云头"。这是人家买去,内装纸钱,到冥祭时烧给亡魂的。小香烛店的老板(他也算是"老板"),人物猥琐,个儿矮小,而且是个"齇鼻子","齇"得非常厉害,说起话来瓮声瓮气,谁也听不清他说什么。他的媳妇可是一个很"刷括"(即干净利索)的小媳妇,她每天除了操持家务,做针线,就是糊"箱子"。一街的人都为这小媳妇感到很不平,——嫁了这么个小矮个齇鼻子丈夫。但是她就是这样安安静静地过了好多年。

由香烛店往北走几步,就闻到一股骡粪的气味。这是一家碾坊。这家碾坊只有一头骡子(一般碾坊至少有两头骡子,轮流上套)。碾坊是个老碾房。这头骡子也老了。看到这头老骡子低着脑袋吃力地拉着

244

碾子,总叫人有些不忍心。骡子的颜色是豆沙色的,更显得没有精神。

碾坊斜对面有一排比较整齐高大的房子,是连万顺酱园的住家兼作坊。作坊主要制品是萝卜干。萝卜条揉盐之后,晾晒在门外的芦席上,过往行人,可以抓几个吃。新腌的萝卜干,味道很香。

再往北走,有几户人家。这几家的女人每天打芦席。她们盘腿坐着,压过的芦苇片在她们的手指间跳动着,延展着,一会儿的功夫就能织出一片。

再往北还零零落落有几户人家。这几户人家都是干什么的,我就不知道了,我很少到那边去。

注 释

① 本篇原载《雨花》1995 年第一期;初收《汪曾祺全集》第六卷,北京师范大学出版社,1998 年 8 月。

造　屋　为　人 [①]

世界上有各种样房屋，各有各的用处，形制也就不同。长城为了防御（如果把长城也算是房屋），太和殿是为了皇帝临朝议政的，午门是为了献俘，祈年殿为了祈年。外国的，凯旋门是为了纪念战功，白宫是总统办公室。比萨斜塔是干什么用的，我就不知道了。但是绝大多数的房屋是为了住人的。从鄂温克族的"撮罗子"、内蒙草原的蒙古包，到故宫的御花园，都是如此。

住房的风格是和人的精神、人的生活意识、文化意识相一致的。北京的四合院是典型的中国人的住宅，是一种保守的建筑形式。"四合院"的精义在一个"合"字。中国人讲究"睦邻"——处街坊，街坊以外，就很少往来。我到皖南黟县参观过古民居，民居多低小，堂屋，两厢都小。那么小小的房子还要盖出一楼一底，走进去好像连腰都伸不直。通风、采光都不好，大上午，房间里光线也像是黄昏了，黑洞洞的，这样小的房子，门窗、隔扇却都雕镂得很精细。这样的民居比北京的四合院还要保守，这种民居格局也反映出商人思想的保守——民居主人多为商人，善做木材生意。有一家堂屋里挂了一幅朱红的木刻对联，联文如下："做官好，为商好，学好便好；创业难，守成难，知难不难"，这对联的核心是"守成"。美国的民居大都是一家一座，一家跟一家不挨着，没有围墙，但是门窗都紧闭着，看不见里面的主人在干什么。我问过美国人："你们干嘛要把房子盖成这样？"美国人说："我们都是个人主义者，不愿意叫人干扰我们的生活。"在美国，倘非事前约好，是不能随便上人家串门聊天的。

这几年，北京盖了不少居民楼，对缓解房屋紧张起了很大的作用，是市府的一项德政。但是千篇一律，从外到内，都是一样。怎样使民居体现社会主义精神文明,这还是一个值得研究的问题。

　　我的理想的居室是什么样的呢？一要比较宽敞,也不要太大。苏州的拙政园,我就觉太大了,而且散漫无章法。网师园就挺好,也开阔,也幽深,小巧玲珑,便于闲坐待客。我现在的房子过于仄逼,到处是书,几无下脚处。要写点东西,得把桌上的书报搬到床上堆着,晚上睡觉再搬回桌上。我的书大部分不上架,我自己写的书有一些收到后不能开封,只好在墙角码起来。我希望有一间大一点的书斋,除了书桌,还放得下写字画画的案子。希望在设计时就安排好摆书橱、挂字画的地方,这样才像一个知识分子的家。另外,要有个能坐下七八个客人的会客室;厨房也要稍大一些,伸手够得着坛坛罐罐——我是自己做饭的。但是什么时候才能实现我的理想呢？尝作打油诗自嘲：

　　　　年年岁岁一床书,

　　　　弄笔晴窗且自娱。

　　　　更有一般堪笑处,

　　　　六平方米作郇厨。

　　等着吧。"面包会有的,什么都会有的"。

一九九五年十月十五日

注　释

① 本篇原载《中华锦绣》1995 年十一、十二月合刊号。

月　亮[①]

她叫林靓月。

"靓"字广东人读音近"亮",温州则读如"见"。说不清她是导游还是泽雅宾馆的服务员,"泽雅"的领导把我交给她,让她照顾。她照顾得很周到。这一带山路她非常熟悉,遇有一点高低不平,她就伸手搀着我,很体贴。她叫靓月,我叫她月亮。

她告诉我,她读过初中,没有再升学,因为她下面还有两个弟弟,父亲要培养两个弟弟,就让她停了学。她哭了三天,后来就打起精神生活。她家在对面山上,她指给我看,在一片竹林里。她父亲开了一个小饭馆,她有空还要回去帮父亲张罗张罗,一天往来两山之间好几次,连蹦带跳,像一头小鹿。

我在宾馆里给人写字,我给她写了一张小条幅:"家居绿竹丛中,人在明月光里。"她让我给她父亲的饭馆写一个招牌,写四个字:"春来酒家"。她知道我写过《沙家浜》。写得了,她非常高兴,立刻就卷起来给她父亲看去了。

月亮长得很好看,在温州姑娘中也可说是出类拔萃的。身材高高的,苗条而矫健。两条长长的腿。眉毛弯弯的,眼睛清澈,显得很聪明。虽然整天吹着山风,皮色还极细嫩。

温州的女孩子多是这样。皮色白净,矫健苗条。温州姑娘有一个特点:走路比较快。从她们的生态中,让人感到她们都有明确的生活目标,她们要尽快赶到这个目标。一个地方的少女的脚步,最能显出这地方的生活节奏。她们忙忙地度过一天,到了晚上才松弛下来,坐在大排档的小案上,悠闲地品尝着生猛海鲜。也许一边

吃着海鲜,一边还盘算着明天干什么。这就是温州姑娘——温
州人。

(一九九五年)

注　释

① 本篇原载 1996 年 2 月 6 日《钱江晚报》;后与《深箩漖》一并以《温州杂记》
为题发表,载 1998 年 8 月 16 日《温州晚报》。

七十五岁①

碧池中有新莲子,吃得人间十二红。

书画缓缓还旧债,衰翁毕竟是衰翁。

我家的人的寿数都不是很高。我的祖母活得久些,活到九十多岁。我的祖父、伯父大都是六七十岁就过世,只能算是中寿。我大概不会活得很长。现在人的期望寿命都比较高,"古稀"不算什么。我曾经说过,活到七十岁就算够本。再活就算白赚。我能赚多少岁,不知道。一时半会还不会报销,那就再凑合几年吧。有几年算几年。此事强求不得。

我的家乡很重端午,端午中午饭菜大都是红颜色的,谓之"十二红",包括哪些样,记不得了。咸鸭蛋、炒虾、炒红苋菜,总是有的。孩子们过端午总有些兴奋,我到现在也还是这样。我还能吃几次"十二红"呢,不可知矣。这大概是我的家乡特有的风俗。

既然活着,总得做一点事,不能一天闲坐着。我现在每天长长短短都还要写一点东西,为报纸杂志插空补白。但我希望索稿的同志能让我从容一点,不要逼得太紧。

我也还写一点字,画一点画,希望不要限时定量,尤其不要要求当众挥毫。求字索画的同志大概不知道写字画画是很吃力的。半月前我写了两副行书对联,写完了,半天才缓得过劲来。甚矣吾衰也。

(一九九五年)

注　释

① 本篇据手稿编入。

病①

　　大部分人都不愿意生病，这种思想有时会形诸姓名，如霍去病，如后来的辛弃疾。我很少生病。除了1939年初到昆明时，因为恶性疟疾，住过院，此外没有一次住过医院，我颇引为自豪。近年情况有些改变。今年春节我想到医院做一次小肠右偏疝手术，不料经过检查，肝功不合标准，不能手术，于是我成了一个病人，不断吃了很多中药、西药，成了一个药罐子。这很不方便，行动不便，体力不佳，尤其是工作情绪锐减，成天不想做什么事，这可真不好。北方农民有言：有什么别有病，没什么别没钱，我于此深有同感。我希望赶快把病治好，成一个"好人"，可以正常的工作。人活着总得干点什么，不能白过。

（一九九五年）

注　释

　　①　本篇据手稿编入。

1996 年

深　箩　漈^①

　　"漈"字不常见,《辞海》云:"闽方言,指瀑布。"但我认识这个字却是在温州。前几年在永嘉,永嘉有九级瀑。永嘉有些景点还没有名字,当地人希望给九级瀑起个名字。我想了想,提笔在一张大宣纸上写了四个字:"九叠飞漈",因为"漈"字有特点,朱自清先生就写过一篇白水漈的散文。温州泽雅也把瀑布叫做"漈"。

　　去年温州雨水少,大小龙湫竟无一滴水。泽雅诸漈水势不如往年,但还能界破青山,飞流直下。

　　深箩漈为什么叫做深箩漈呢?漈水下注,成为一个很深的潭。据说有人曾经测量过,用一个铅坠,上系一箩麻线往下沉,一箩麻线用完,才沉到潭底。未必有人真的这样测量过,麻线一箩有多长,也无从估量。但这是一个很生动的,很富有想象力的推断,很美,也很感人的推测。

　　潭水碧绿,大抵水愈深则色愈绿。

　　泽雅人要求写几个字,准备刻在岩石上,一时逸兴,挥笔写了四个行草大字:

　　"深箩碧漈"。

注　释

　　① 本篇原载 1996 年 1 月 20 日《钱江晚报》;后与《月亮》一并以《温州杂记》为题发表,载 1998 年 8 月 16 日《温州晚报》。

晚翠园曲会①

云南大学西北角有一所花园,园内栽种了很多枇杷树,"晚翠"是从千字文"枇杷晚翠"摘下来的。月亮门的门额上刻了"晚翠园"三个大字,是胡小石写的,很苍劲。胡小石当时在重庆中央大学教书。云大校长熊庆来和他是至交,把他请到昆明来,在云大住了一些时。胡小石在云大、昆明写了不少字。当时正值昆明开展捕鼠运动,胡小石请有关当局给他拨了很多老鼠胡子,做了一束鼠须笔,准备带到重庆去,自用、送人。鼠须笔我从书上看到过,不想有人真用鼠须为笔。这三个字不知是不是鼠须笔所书。晚翠园除枇杷外,其他花木少,很幽静。云大中文系有几个同学搞了一个曲社,活动(拍曲子、开曲会)多半在这里借用一个小教室,摆两张乒乓球桌,二三十张椅子,曲友毕集,就拍起曲子来。

曲社的策划人实为陶光(字重华),有两个云大中文系同学为其助手,管石印曲谱,借教室,打开水等杂务。陶光是西南联大中文系教员,教"大一国文"的作文。大一国文是各系大一学生必修。联大的大一国文课有一些和别的大学不同的特点。一是课文的选择。《诗经》选了"关关雎鸠",好像是照顾面子。楚辞选《九歌》,不选《离骚》,大概因为《离骚》太长了。《论语》选"冉有公西华侍坐","暮春者,春服既成,冠者五六人,童子六七人,浴乎沂,风乎舞雩,咏而归",这不仅是训练学生的文字表达能力,这种重个性,轻利禄,潇洒自如的人生态度,对于联大学生的思想素质的形成,有很大的关系,这段文章的影响是很深远的。联大学生为人处世不俗,夸大一点说,是因为读了这样的文章。这是真正的教育作用,也是选文的教授的用心所在。

魏晋不选庾信、鲍照，除了陶渊明，用相当多篇幅选了《世说新语》，这和选"冉有公西华侍坐"，其用意有相通处。唐人文选柳宗元《永州八记》而舍韩愈。宋文突出地全录了李易安的《金石录后序》。这实在是一篇极好的文章，声情并茂。到现在为止，对李清照，她的词，她的这篇《金石录后序》还没有给予应有的重视，她在文学史上的位置还没有摆准，偏低了。这是不公平的。古人的作品也和今人的作品一样，其遭际有幸有不幸，说不清是什么原故。白话文部分的特点就更鲜明了。鲁迅当然是要选的，哪一派也得承认鲁迅，但选的不是《阿Q正传》而是《示众》，可谓独具只眼。选了林徽因的《窗子以外》、丁西林的《一只马蜂》（也许是《压迫》）。林徽因的小说进入大学国文课本，不但当时有人议论纷纷，直到今天，接近二十一世纪了，恐怕仍为一些铁杆左派（也可称之为"左霸"，现在不是什么最好的东西都称为"霸"么）所反对，所不容。但我却从这一篇小说知道小说有这种写法，知道什么是"意识流"，扩大了我的文学视野。"大一国文"课的另一个特点是教课文和教作文的是两个人。教课文的是教授、副教授，教作文的是讲师、教员、助教。为什么要这样分开，我至今不知道是什么道理。我的作文课是陶重华先生教的。他当时大概是教员。

　　陶光（我们背后都称之为陶光，没有人叫他陶重华），面白皙，风神朗朗。他有一个特别的地方，是同时穿两件长衫。里面是一件咖啡色的夹袍，外面是一件罩衫，银灰色。都是细毛料的。于此可见他的生活一直不很拮据——当时教员、助教大都穿布长衫，有家累的更是衣履敝旧。他走进教室，脱下外衣，搭在椅背上，就把作文分发给学生，摘其佳处，很"投入"地（那时还没有这个词）评讲起来。

　　陶光的曲子唱得很好。他是唱冠生的，在清华大学时曾受红豆馆主（溥侗）亲授。他嗓子好，宽、圆、亮、足，有力度。他常唱的是《三醉》、《迎像》、《哭像》，唱得苍苍莽莽，淋漓尽致。

　　不知道为什么，我觉得陶光在气质上有点感伤主义。

　　有一个女同学交了一篇作文，写的是下雨天，一个人在弹三弦。有几句，不知道这位女同学的原文是怎样的，经陶先生润改后成了这样：

"那湿冷的声音，湿冷了我的心。"这两句未见得怎么好，只是"湿冷了"以形容词作动词用，在当时是颇为新鲜的。我一直不忘这件事。我认为这其实是陶光的感觉，并且由此觉得他有点感伤主义。

说陶光是寂寞的，常有孤独感，当非误识。他的朋友不多，很少像某些教员、助教常到有权势的教授家走动问候，也没有哪个教授特别赏识他，只有一个刘文典（叔雅）和他关系不错。刘叔雅目空一切，谁也看不起。他抽鸦片，又嗜食宣威火腿，被称为"二云居士"——云土、云腿。他教《文选》，一个学期只讲了多半篇木玄虚的《海赋》，他倒认为陶光很有才。他的《淮南子校注》是陶光编辑的，扉页的"淮南子校注"也是陶光题署的。从扉页题署，我才知道他的字写得很好。

他是写二王的，临《圣教序》功力甚深。他曾把张充和送他的一本影印的《圣教序》给我看，字帖的缺字处有张充和题的字：

以 此 赠 别　充 和

陶光对张充和是倾慕的，但张充和似只把陶光看作一般的朋友，并不特别垂青。

陶光不大为人写字，书名不著。我曾看到他为一个女同学写的小条幅，字较寸楷稍大，写在冷金笺上，气韵流转，无一败笔。写的是唐人诗：

故 园 东 望 路 漫 漫，
双 袖 龙 钟 泪 不 干。
马 上 相 逢 无 纸 笔，
凭 君 传 语 报 平 安。

这条字反映了陶光的心情。"炮仗响了"（日本投降那天，昆明到处放鞭炮，云南把这天叫做"炮仗响"的那天）后，联大三校准备北返，三校人事也基本定了，清华、北大都没有聘陶光，他只好滞留昆明。后不久，受聘云大，对"洛阳亲友"，只能"凭君传语"了。

我们回北平，听到一点陶光的消息。经刘文典撮合，他和一个唱滇戏的演员结了婚。

后来听说和滇剧女演员离婚了。

又听说他到台湾教了书。悒郁潦倒,竟至客死台北街头。遗诗一卷,嘱人转交张充和。

正晚上拍着曲子,从窗外飞进一只奇怪的昆虫,不像是动物,像植物,体细长,约有三寸,完全像一截青翠的竹枝。大家觉得很稀罕,吴征镒控在手里看了看,说这是竹节虫。吴征镒是读生物系的,故能认识这只怪虫,但他并不研究昆虫,竹节虫在他只是常识而已,他钻研的是植物学,特别是植物分类学。他记性极好,"文化大革命"被关在牛棚里,一个看守他的学生给了他一个小笔记本,一枝铅笔,他竟能在一个小笔记本上完成一部著作,天头地脚满满地写了蠛虫大的字,有些资料不在手边,他凭记忆引用。出牛棚后,找出资料核对,基本准确;他是学自然科学的,但对文学很有兴趣,写了好些何其芳体的诗,厚厚的一册。他很早就会唱昆曲,——吴家是扬州文史世家。唱老生。他身体好,中气足,能把《弹词》的"九转货郎儿"一气唱到底,这在专业的演员都办不到,——戏曲演员有个说法:"男怕弹词"。他常唱的还有《疯僧扫秦》。

每次做"同期"(唱昆爱好者约期集会唱曲,叫做同期)必到的是崔芝兰先生。她是联大为数不多的女教授之一,多年来研究蝌蚪的尾巴,运动中因此被斗,资料标本均被毁尽。崔先生几乎每次都唱《西楼记》。女教授,举止自然很端重,但是唱起曲子来却很"嗲"。

崔先生的丈夫张先生也是教授,每次都陪崔先生一起来。张先生不唱,只是端坐着听,听得很入神。

除了联大、云大师生,还有一些外来的客人来参加同期。

有一个女士大概是某个学院的教授的或某个高级职员的夫人。她身材匀称,小小巧巧,穿浅色旗袍,眼睛很大,眉毛的弧线异常清楚,神气有点天真,不作态,整个脸明明朗朗。我给她起了个外号:"简单明了",朱德熙说:"很准确。"她一定还要操持家务,照料孩子,但只要接到同期通知，就一定放下这些，欣然而来。

有一位先生，大概是襄理一级的职员，我们叫他"聋山门"。他是唱大花面的，而且总是唱《山门》，他是个聋子，——并不是板聋，只是耳音不准，总是跑调。真也亏给他撅笛的张宗和先生，能随着他高低上下来回跑。聋子不知道他跑调，还是气势磅礴地高唱：

"树木叉桠，峰峦如画，堪潇洒，喂呀，闷煞洒家，烦恼天来大！"

给大家吹笛子的是张宗和，几乎所有人唱的时候笛子都由他包了。他笛风圆满，唱起来很舒服。夫人孙凤竹也善唱曲，常唱的是《折柳·阳关》，唱得很宛转。"教他关河到处休离剑，驿路逢人数寄书"，闻之使人欲涕。她身弱多病，不常唱。张宗和温文尔雅，孙凤竹风致楚楚，有时在晚翠园（他们就住在晚翠园一角）并肩散步，让人想起"拣名门一例一例里神仙眷"（《惊梦》）。他们有一个女儿，美得像一块玉。张宗和后调往贵州大学，教中国通史。孙凤竹死于病。不久，听说宗和也在贵阳病殁。他们岁数都不大，宗和只三十左右[②]。

有一个人，没有跟我们一起拍过曲子，也没有参加过同期，但是她的唱法却在曲社中产生很大的影响，张充和。她那时好像不在昆明。

张家姊妹都会唱曲。大姐因为爱唱曲，嫁给了昆曲传习所的顾传玠。张家是合肥望族，大小姐却和一个昆曲演员结了婚，门不当，户不对，张家在儿女婚姻问题上可真算是自由解放，突破了常规。二姐是个无事忙，她不大唱，只是对张罗办曲会之类的事非常热心。三姐兆和即我的师母，沈从文先生的夫人。她不太爱唱，但我却听过她唱《扫花》，是由我给她吹的笛子。四妹充和小时没有进过学校，只是在家里延师教诗词，拍曲子。她考北大，数学是零分，国文是100分。北大还是录取了她。她在北大很活跃，爱戴一顶红帽子，北大学生都叫她"小红帽"。

她能戏很多，唱得非常讲究，运字行腔，精微细致，真是"水磨腔"。

我们唱的《思凡》、《学堂》、《瑶台》，都是用的她的唱法（她灌过几张唱片）。她唱的《受吐》，娇慵醉媚，若不胜情，难可比拟。

张充和兼擅书法，结体用笔似晋朝人。

许宝騄先生是数论专家。但是曲子唱得很好。许家是昆曲大家，会唱曲子的人很多。俞平伯先生的夫人许宝驯就是许先生的姐姐。许先生听过我唱的一支曲子，跟我们的系主任罗常培（莘田）说，他想教我一出《刺虎》。罗先生告诉了我，我自然是愿意的，但稍感意外。我不知道许先生会唱曲子，更没想到他为什么主动提出要教我一出戏。我按时候去了，没有说多少话，就拍起曲子来：

"银台上晃晃的凤烛燉，金猊内袅袅的香烟喷……"

许先生的曲子唱得很大方，《刺虎》完全是正旦唱法。他的"擞"特别好，摇曳生姿而又清清楚楚。

许茹香是每次同期必到的。他在昆明航空公司供职，是经理查阜西的秘书。查先生有时也来参加同期，他不唱曲子，是来试吹他所创制的十二平均律的无缝钢管的笛子的（查先生是"国民政府"的官员，但是雅善音乐，除了研究曲律，还搜集琴谱，解放后曾任中国音协副主席）。许茹香，同期的日子他是不会记错的，因为同期的帖子是他用欧底赵面的馆阁体小楷亲笔书写的。许茹香是个戏篓子，什么戏都会唱，包括《花判》（《牡丹亭》）这样的专业演员都不会的戏。他上了岁数，吹笛子气不够，就带了一枝"老人笛"，吹着玩玩。

这是一个非常有趣的老人。他做过很多事，走过很多地方，会说好几种地方的话。有一次说了一个小笑话。有四个人，苏州人、绍兴人、宁波人、扬州人，一同到一个庙里，看到四大金刚，苏州人、绍兴人、宁波人各人说了几句话，都有地方特点。轮到扬州人，扬州人赋诗一首：

四大金刚不出奇，

里头是草外头是泥。

你不要夸你个子大，

你敢跟我洗澡去！

扬州人好洗澡。早上皮包水，晚上水包皮。"去"读"kì"，正是扬州口音。

同期只供茶水。偶在拍曲后亦作小聚。大馆子吃不起，只能吃花不了多少钱的小馆。是"打平伙"，——北京人谓之"吃公墩"，各人自己出钱。翠湖西路有一家北京人开的小馆，卖馅儿饼，大米粥，我们去吃了几次。吃完了结账，掌柜的还在低头扒算盘，许宝騄先生已经把钱敛齐了交到柜上。掌柜的诧异：怎么算得那么快？他不知道算账的是一位数论专家，这点小九九还在话下吗？

参加同期、曲会的，多半生活清贫，然而在百物飞腾，人心浮躁之际，他们还能平平静静地做学问，并能在高吟浅唱、曲声笛韵中自得其乐，对复兴民族大业不失信心，不颓唐，不沮丧，他们是浊世中的清流，旋涡中的砥柱。他们中不少人对文化、科学做出了很大的成绩。安贫乐道，恬淡冲和，是中国的知识分子优良的传统。这个传统应该得到继承，得到扶植发扬。

审如此，则曲社同期无可非议。晚翠园是可怀念的。

一九九六年春节

注　释

①　本篇原载《当代人》1996 年第五期；初收《汪曾祺全集》第六卷，北京师范大学出版社，1998 年 8 月。

②　此处作者记忆有误。张宗和 1977 年去世。——编者注

果 蔬 秋 浓 [①]

中国人吃东西讲究色香味。关于色味,我已经写过一些话,今只说香。

水 果 店

江阴有几家水果店,最大的是正街正对寿山公园的一家,水果多,个大,饱满,新鲜。一进门,扑鼻而来的是浓浓的水果香。最突出的是香蕉的甜香。这香味不是时有时无,时浓时淡,一阵一阵的,而是从早到晚都是这么香,一种长在的、永恒的香。香透肺腑,令人欲醉。

我后来到过很多地方,走进过很多水果店,都没有这家水果店的浓厚的果香。这家水果店的香味使我常常想起,永远不忘。

那年我正在恋爱,初恋。

果 蔬 秋 浓

今天的活是收萝卜。收萝卜是可以随便吃的——有些果品不能随便吃,顶多尝两个,如二十世纪明月(梨)、柔丁香(葡萄),因为产量太少了,很金贵。萝卜起出来,堆成小山似的。农业工人很有经验,一眼就看出来,这是一般的,过了磅卖出去;这几个好,留下来自己吃。不用刀,用棒子打它一家伙,"棒打萝卜"嘛。喀嚓一声,萝卜就裂开了。萝卜香气四溢,吃起来甜、酥、脆。我们种的是心里美。张家口这地方的水土好像特别宜于萝卜之类作物生长,茎蓝有篮球大,疙瘩白(圆白菜)像一个小铜盆。萝卜多汁,不艮,不辣。

红皮小水萝卜,生吃也很好(有萝卜我不吃水果),我的家乡叫作"杨花萝卜",因为杨树开花时卖。过了那几天就老了。小红萝卜气味清香。

江青一辈子只说过一句正确的话:"小萝卜去皮,真是煞风景!"我们有时陪她看电影,开座谈会,听她东一句西一句地漫谈。开会都是半夜(她白天睡觉,夜里办公),会后有一点夜宵。有时有凉拌小萝卜。人民大会堂的厨师特别巴结,小萝卜都是削皮的。萝卜去皮,吃起来不香。

南方的黄瓜不如北方的黄瓜,水叽叽的,吃起来没有黄瓜香。

都爱吃夏初出的顶花带刺的嫩黄瓜,那是很好吃,一咬满口香。嫩黄瓜最好攥在手里整咬,不必拍,更不宜切成细丝。但也有人爱吃二茬黄瓜——秋黄瓜。

呼和浩特有一位老八路,官称"老李森"。此人保留了很多农民的习惯,说起话来满嘴粗话。我们请他到宾馆里来介绍情况,他脱下一只袜子来,一边摇着这只袜子,一边谈,嘴里隔三句就要加一个"我操你妈!"他到一个老朋友曹文玉家来看我们。曹家院里有几架自种的黄瓜,他进门就摘了两条嚼起来。曹文玉说:"你洗一洗!"——"洗它做啥!"

我老是想起这两句话:"宁吃一斗葱,莫逢屈突通。"这两句话大概出自杨升庵的《古谣谚》。屈突通不知是什么人,印象中好像是北朝的一个很凶恶的武人。读书不随手作点笔记,到要用时就想不起来了。我为什么老是要想起这两句话呢?因为我每天都要吃葱,爱吃葱。

"小葱拌豆腐——一青(清)二白",每年小葱下来时我都要吃几次小葱拌豆腐。盐,香油,少量味精。

羊角葱蘸酱卷煎饼。

再过几天,新葱——新鲜的大葱就下来了。

我在1958年定为右派,尚未下放,曾在西山八大处干了一阵活,为大葱装箱。是山东大葱,出口的,可能是出口到东南亚的。这样好的大葱我真没有见过,葱白够·尺长,粗如擀面杖。我们的任务是把大葱在木箱里码整齐,钉上木板。闻得出来,这大葱味甜不辣,很香。

新山药(土豆,马铃薯)快下山来了,新山药入大笼蒸熟,一揭屉盖,喷香! 山药说不上有什么味道,可是就是有那么一种新山药气。羊肉卤蘸莜面卷,新山药,塞外美食。

莙蓝,茄子,口外都可生吃。

逐　臭

"臭豆腐、酱豆腐,王致和的臭豆腐!"过去卖臭豆腐、酱豆腐是由小贩担子沿街串巷吆喝着卖的。王致和据说是有这么个人的。皖南屯溪人,到北京来赶考,不中,穷困落魄,流落在北京,百无聊赖,想起家乡的臭豆腐,遂依法炮制,沿街叫卖,生意很好,干脆放弃功名,以此为生。这个传说恐怕不可靠,一个皖南人跑到北京来赶考,考的是什么功名?无此道理。王致和臭豆腐家喻户晓,世代相传,现在成了什么"集团",厂房很大,但是商标仍是"王致和"。王致和臭豆腐过去卖得很便宜,是北京最便宜的一种贫民食品,都是用筷子夹了卖,现在改用方瓶码装,卖得很贵,成了奢侈品。有一个侨居美国的老人,晚年不断地想北京的臭豆腐,再来一碗热汤面,此生足矣。这个愿望本不难达到,但是臭豆腐很臭,上飞机前检查,绝对通不过,老华人恐怕将带着他的怀乡病,抱恨以终。

臭豆腐闻起来臭,吃起来香。有一位女同志,南京人。爱人到南京出差,问她要带什么东西。——"臭豆腐"。她爱人买了一些,带到火车上。一车厢都大叫:"这是什么味道? 什么味道!"我们在长沙,想尝尝毛泽东在火宫殿吃过的臭豆腐,循味跟踪,臭味渐浓,"快了,快到了,闻到臭味了嘛!"到了跟前,是一个公共厕所! 据说毛泽东曾特意到火宫殿去吃了一次臭豆腐,说了一句话:"火宫殿的臭豆腐还是好吃!""文化大革命"中,这就成了一条"最新指示",用油漆写在火宫殿的照壁上。

其实油炸臭豆腐干不只长沙有。我在武汉、上海、南京,都吃过。

昆明的是烤臭豆腐,把臭油豆干放在下置炭火的铁箅子上烤。南京夫子庙卖油炸臭豆腐干用竹签子串起来,十个一串,像北京的冰糖葫芦似的。穿了薄纱的旗袍或连衣裙的女郎,描眉画眼,一人手里拿了两三串臭豆腐,边走边吃,也是一种景观,他处所无。

吃臭,不只中国有,外国也有,我曾在美国吃过北欧的臭启司。招待我们的诗人保罗·安格尔,以为我吃不来这种东西。我连王致和臭豆腐都能整块整块地吃,还在乎什么臭启司! 待老夫吃一个样儿叫你们见识见识!

不臭不好吃,越臭越好吃,口之于味并不都是"有同嗜焉"。

一九九六年三月二十七日

注 释

① 本篇原载《小说》1996 年第四期;初收《汪曾祺全集》第六卷,北京师范大学出版社,1998 年 8 月。

颜色的世界①

鱼肚白

珍珠母

珠灰

葡萄灰(以上皆天色)

大红

朱红

牡丹红

玫瑰红

胭脂红

干红(《水浒》等书动辄言"干红",不知究竟是怎样的红)

浅红

粉红

水红

单衫杏子红

霁红(釉色)

豇豆红(粉绿地泛出豇豆红,釉色,极娇美)

天蓝

湖蓝

春水碧于蓝

雨过天青云破处(釉色)

鸭蛋青

葱绿

鹦哥绿

孔雀绿

松耳石

"嘎巴绿"

明黄

赭黄

土黄

藤黄（出柬埔寨者佳）

梨皮黄（釉色）

杏黄

鹅黄

老僧衣

茶叶末

芝麻酱（以上皆釉色，甚肖）

世界充满了颜色

一九九六年三月二十七日

注　释

① 　本篇原载《小说》1996 年第四期；初收《汪曾祺全集》第六卷，北京师范大学出版社，1998 年 8 月。

果园的收获①

　　这是一个地区性的综合的农业科学研究所的供实验研究用的果园，规模不大，但是水果品种颇多。有些品种是外面见不到的。

　　山西、张家口一带把苹果叫果子。不是所有的水果都叫果子，只有苹果叫果子。有个山西梆子唱"红"（即老生）的演员叫丁果仙，山西人称她为"果子红"（她是女的）。山西人非常喜爱果子红，听得过瘾，就大声喊叫"果果！"，这真是有点特别，给演员喝彩，不是鼓鼓掌，或是叫一声"好"而是大叫"果果！"，我还没有见过。叫"果果"，大概因为丁果仙的嗓音唱法甜、美、浓、脆。

　　这个实验果园一般的苹果都有，有的品种，黄元帅、金皇后、黄魁、红香蕉……这些都比较名贵，但我觉得都有点贵族气，果肉过于细腻，而且过于偏甜。水果品种栽培各论，记录水果的特点，大都说是"酸甜合度"，怎么叫"合度"，很难捉摸。我比较喜欢的是国光、红玉，因为它有点酸头。我更喜欢国光，因为果肉脆，一口咬下去，嘎叭一声，而且耐保鲜，因为果皮厚，果汁不易蒸发。秋天收的国光，储存到过春节，从地窖里取出来，还是像新摘的一样。

　　我在果园劳动的时候，"红富士"还没有，后来才引进推广。"红富士"固自佳，现在已经高踞苹果的榜首。

　　有人警告过我，在太原街上，千万不能说果子红不好。只要说一句，就会招了一大群人围上来和你辩论。碰不得的！

　　果园品种最多的是葡萄，大概有四十几种。"柔丁香"、"白香蕉"是名种。"柔丁香"有丁香香味，"白香蕉"味如香蕉，这在市面上买不到,是每年留下来给"首长"送礼的。有些品种听名字就知道是从国外引进的:"黑罕"、"巴勒斯坦"、"白拿破仑"……有些最初也是外来的(葡萄本都是外来的,但在中国落户已久,曹操就作文赞美过葡萄),日子长了,名字也就汉化了,如"大粒白"、"马奶子"、"玫瑰香",甚至连它们的谱系也难于查考了。葡萄的果粒大小形状各异。"玫瑰香"的果枝长,显得披头散发;有一种葡萄,我忘记了叫什么名字了,果粒小而密集,一粒一粒挤得紧紧的,一穗葡萄像一个白马牙老玉米棒子。葡萄里我最喜欢的还是玫瑰香,确实有一股玫瑰花的香味,入口浓甜。现在市上能买到的"玫瑰香"已退化失真。

葡萄喜肥,喜水。施的肥是大粪。挨着葡萄根,在后面挖一个长槽,把粪倒入进去。一棵大葡萄得倒三四桶,小棵的一桶也够了。"农家肥"之外,还得下人工肥,硫铵。葡萄喝水,像小孩子喝奶一样,使劲地喝。葡萄藤中通有小孔,水可从地面一直吮到藤顶,你简直可以听到它吸水的声音。喝足了水,用小刀划破它一点皮,水就从皮破处沁出滴下。一般果树浇水,都是在树下挖一个"树碗",浇一两担水就足矣,葡萄则是"漫灌"。这家伙,真能喝水!

有一年,结了一串特大的葡萄,"大粒白"。大粒白本来就结得多,多的可达七八斤。这串大粒白竟有二十四五斤。原来是一个技术员把两穗"靠接"在一起了。这串葡萄只能作展览用。大粒白果大如乒乓球,但不好吃。为了给这串葡萄增加营养,竟给它注射了葡萄糖!给葡萄注射葡萄糖,这简直是胡闹。这是"大跃进"那年的事。"大跃进"整个是一场胡闹。

葡萄一天一个样,一天一天接近成熟,再给它透透地浇一次水,喷一次波尔多液(葡萄要喷多次波尔多液,——硫酸铜兑石灰水,为了防治病害),给它喝一口"离娘奶",备齐了果筐、剪子,就可以收葡萄了。葡萄装筐,要压紧。得几个壮汉跳上去压。葡萄不怕压,怕压不紧,怕松。装筐装松了,一晃荡,就会破皮掉粒。水果装筐都是这样。

最怕葡萄收获的时候下雹子。有一年,正在葡萄透熟的时候下了一场很大的雹子,"蛋打　条线"——山西、张家口称雹子为"冷蛋",齐刷刷地把整园葡萄都打落下来,满地狼藉,不可收拾。干了一年,落得这样的结果,真是叫人伤心。

梨之佳种为"二十世纪明月",为"日面红"。"二十世纪明月"个儿不大,果皮玉色,果肉细,无渣,多汁,果味如蜜。"日面红"朝日的一面色如胭脂,背阳的一面微绿,入口酥脆。其他大部分是鸭梨。

杏树不甚为人重视,只于地头、"四基"、水边、路边种之。杏怕风。一树杏花开得正热闹,一阵大风,零落殆尽。农科所杏多为黄杏,"香白杏"、"杏儿——吧哒"没有。

我一九五八年在果园劳动,距今已经三十八年。前十年曾到农科所看了看,熟人都老了。在渠沿碰到张素花和刘美兰,我们以前是天天在一起劳动的。我叫她们,刘美兰手搭凉篷,眯了眼,问:"是不是个老汪?"问刘美兰现在还老跟丈夫打架吗(两口子过去老打),她说:"俺(她是柴沟堡人,"我"字念成俺)都当了奶奶了!"

日子过得真快。

一九九六年四月九日

注　释

① 　本篇原载《汪曾祺全集》第六卷,北京师范大学出版社,1998 年 8 月。

268

彩 云 聚 散①

蕉 叶 白

　　我的祖父有几件心爱的宝贝，一到"闹兵荒"，就叫我的父亲用油布包好，埋在我母亲病逝前住的一个小院的地下，把小院的门用砖砌死。一是《云麾将军碑》；一是一块蕉叶白大端砚。还有一件是什么东西我不记得了。《云麾将军碑》是初拓本。流传的《云麾将军碑》都有残缺，此帖一字不残，当是宋拓，为海内孤本，故极珍贵。"蕉叶白"我没有见过，据父亲说是浅绿色的，难得的是叶脉纹理都是自然生成的，放在桌上，和一片芭蕉叶一模一样。这几件东西都是祖父从十八鹤来堂夏家的后人手里买下的。十八鹤来堂是夏之蓉的堂。夏之蓉是本县名臣，他做过多大的官我不甚了然，只知道他是桐城派古文大家，我小时曾背过他的一两篇文章。据说他建造厅堂时飞来十八只仙鹤，遂以"鹤来"作为堂名。夏之蓉死后，夏家逐渐衰败，后人只得靠变卖祖产为生。蕉叶白、《云麾将军碑》就是一次卖给我的祖父的。同时买进的还有几大箱碑帖。有些碑帖其实是很珍贵的，夏家后人都不当一回事！我小时临过褚河南的《圣教序》，就是祖父从大箱子里挑选出来给我的。我到现在写的字还有点褚河南的笔意，真是令人感慨……

　　《云麾将军碑》一直在我父亲那里。我曾写信给父亲让他把《云麾将军碑》寄到北京来由我保存，父亲说他要捐献给政府，那还有什么说的呢。"蕉叶白"本在我的一个异母弟弟手里，不知道被他弄到哪里去了。

田　　黄

我父亲有三块田黄图章,都不大。一块是方的,一块是长方的,一块将就石料,不成形,都恬润似鸡油。数这块不成形的值钱,因为有文三桥刻的边款——印文叫一个不识货的无知的人磨去了,很可惜。我父亲对这三块图章极为珍视,自己用玻璃条做了一个盒子,把三块图章嵌在底座上,置之案头,随时观赏。屡经变乱,无法重问这三块田黄的下落了。

我们那里特重鸡血,一般索价比田黄还高,然亦视石地与"血"的颜色而大有高低。凡品并不难得。兴化有两方名闻远近的鸡血章,地子是藕粉地,极纯静,"血"不散乱,映着日光,从近乎透明的底子外面,可以清楚地看到两石各有鲜血似地一滴血,正在往下滴。我父亲曾专到兴化,去看过这两块鸡血章,终因价钱过高,没有买,事后觉得非常可惜。

珍　　珠

我有一个堂叔在本家中是比较有钱的,他结婚时新娘子的鞋尖上缀的两颗珍珠有指头顶大。他的家产都被他从鸦片烟枪里抽掉了。他抽鸦片谱很大,穷得什么都没有了,到鸦片烟馆里,只能在地下铺一张席子,枕一块砖头,就是这样,他还不自己烧烟,得有人烧了烟泡,给他装在斗上。

"人老珠黄",珠子老了,就失去容光,不值钱了。但老珠子有老珠子的用处,入药。我父亲合眼药,要用珍珠,而且还是要用人戴过的。父亲跟我祖母要去她的帽子上的珍珠。我们家几代家传看眼科,父亲熬眼药极虔诚,三天前就沐浴。熬制时把自己关在小花园内,不跟人接触。他的眼药里还有熊胆之类的名贵药材。

注　释

① 本篇原载《中国珠宝首饰》1996 年第三期；初收《汪曾祺全集》第六卷，北京师范大学出版社，1998 年 8 月。

师 恩 母 爱[①]

——怀念王文英老师

五小(县立第五小学)创立了我们县的第一所幼儿园(当时叫做"幼稚园"),我是幼稚园第一届的学生。幼稚园是新建的,什么都是新的。新的瓦顶,新的砖墙,新的大窗户,新的地板。地板是油漆过的,地板上用白漆漆了一个很大的圆圈。地板门窗发出很好闻的木料的香味。这是我们的教室。教室一边是放玩具的安了玻璃窗的柜橱,一边是一架风琴。教室门前是一片草坪。草坪一侧是滑梯、跷跷板(当时叫做"轩轾板",这名称很文,我们都不知道为什么叫这样的名称)、沙坑,另一侧有一根粗大的木柱,木柱有顶,中有铁轴,可转动。柱顶垂下七八根粗麻绳,小朋友手握麻绳,快走几步,两脚用力蹬地,两腿蜷缩,人即腾起,围着木柱而转。这件体育器材叫做"巨人布"。我至今不明白这东西怎么会叫这样一个奇怪名字,而且我以后再也没有见过这样的奇怪东西。这就是我们的幼稚园,我们真正的乐园。

幼稚园也上下课。课业内容是唱歌、跳舞、游戏。教我们唱歌游戏的是王先生(那时没有"阿姨"这种称呼),名文英,最初学的是简单的短歌:

> 拉锯,送锯,
>
> 你来,我去。
>
> 拉一把,推一把,
>
> 哗啦哗啦起风啦,
>
> 小小狗,快快走,
>
> 小小猫,快快跑。

后来学了带一点情节性的表演唱。

母亲要外出,嘱咐孩子关好门,有人叫门,不要开。

狼来了,唱道:

> 小孩子乖乖,
>
> 把门儿开开,
>
> 快点儿开开,
>
> 我要进来。
>
>
> 不开不开不能开,
>
> 母亲不回来,
>
> 谁也不能开!

狼依次叫小兔子乖乖、小羊儿乖乖开门,他们都不开。最后叫小螃蟹:

> 小螃蟹乖乖,
>
> 把门儿开开,
>
> 快点儿开开,
>
> 我要进来。

小螃蟹答应:

> 就开就开我就开——

小螃蟹开了门,"啊呜!"狼一口把它吃掉了。

合唱:

> 可怜小螃蟹,
>
> 从此不回来!

最后就能排演有歌有舞,有舞台动作的小歌剧《麻雀和小孩》了。

开头是老麻雀教小麻雀学飞:

> 飞飞,飞飞,慢慢飞。

要上去就要把头抬，

　　要下来尾巴摆一摆，

　　这个样子飞到这里来。

老麻雀出去寻食，老不回来。小孩上，问小麻雀：

　　小麻雀呀，

　　你的母亲哪里去了？

小麻雀答：

　　我的母亲打食去了，

　　还不回来，

　　饿得真难受。

小孩把小麻雀接回去，给它喂食充饥。

老麻雀回来，发现女儿不见了，十分焦急，唱：

　　啊呀不好了，

　　女儿不见了！

　　焦焦，

　　女儿，

　　年纪小，

　　不会高飞上树梢。

　　渺渺茫茫路远山遥……

小孩把小麻雀送回来，老麻雀看见女儿，非常高兴，问它是不是饿坏了。女儿说小孩人很好，给它喂了食：

　　小青虫，小青豆，

　　吃了一个饱，

　　我的妈妈呀！

老麻雀感谢小孩。

全剧终。

剧情很简单,音乐曲调也很简单,但是感情却很丰富,麻雀母女之情,小孩的善良仁爱,都在小朋友的心灵中留下深刻长久的影响。

所有的歌舞表演都是王文英先生一句一句地教会的。我们在表演时,王先生踏风琴伴奏。我至今听到风琴声音还是很感动。

我在五小毕业,后来又读了初中、高中,人也大了,就很少到幼稚园去看看。十九岁离乡,四方漂泊,一直没有回去过。我一直没有再见过王先生。她和我的初中的教国文的张道仁先生结了婚,我是大了以后才知道的。

1981年秋,我应邀回阔别多年的家乡讲学,带了一点北京的果脯去看王先生和张先生,并给他们各送了一首在招待所急就的诗。给王先生的一首不文不白,毫无雕饰。第二天,张先生带了两瓶酒到招待所来看我,我说哪有老师来看学生的道理,还带了酒!张先生说,是王先生一定要他送来的。说王先生看了我的诗,哭了一晚上。这首诗全诗是:

"小孩子乖乖,把门儿开开,"

歌声犹在,耳边徘徊。

我今亦老矣,白髭盈腮,

念一生美育,从此培栽,

师恩母爱,岂能忘怀!

愿吾师康健,长寿无灾。

张先生说,王先生对他说:"我教过那么多学生,长大了,还没有一个来看过我的!"王先生指着"师恩母爱,岂能忘怀"对张先生说:"他进幼稚园的时候还戴着他妈妈的孝!"我这才知道王先生为什么对我特别关心,特别喜爱。张先生反复念了这两句,连说:"师恩母爱!师恩母爱!"

王先生已经去世几年了。我不知道她的准确的寿数,但总是八十以上了。

我觉得幼儿园的老师对小朋友都应该有这样的"师恩母爱"。

一九九六年八月

注　释

① 本篇原载 1996 年 9 月 9 日《江苏教育报》；初收《汪曾祺全集》第六卷，北京师范大学出版社，1998 年 8 月。

北京的秋花[①]

桂　　花

桂花以多为胜。《红楼梦》薛蟠的老婆夏金桂家"单有几十顷地种桂花",人称"桂花夏家"。"几十顷地种桂花",真是一个大观!四川新都桂花甚多。杨升庵祠在桂湖,环湖植桂花,自山坡至水湄,层层叠叠,都是桂花。我到新都谒升庵祠,曾作诗:

> 桂湖老桂发新枝,
>
> 湖上升庵旧有祠。
>
> 一种风流谁得似,
>
> 状元词曲罪臣诗。

杨升庵是才子,以一甲一名中进士,著作有七十种。他因"议大礼"获罪,充军云南,七十余岁,客死于永昌。陈老莲曾画过他的像,"醉则簪花满头",面色酡红,是喝醉了的样子。从陈老莲的画像看,升庵是个高个儿的胖子。但陈老莲恐怕是凭想象画的,未必即像升庵。新都人为他在桂湖建祠,升庵死者有知,亦当欣慰。

北京桂花不多,且无大树。颐和园有几棵,没有什么人注意。我曾在藻鉴堂小住,楼道里有两棵桂花,是种在盆里的,不到一人高!

我建议北京多种一点桂花。桂花美荫,叶坚厚,入冬不凋。开花极香浓,干制可以做元宵馅、年糕。既有观赏价值,也有经济价值,何乐而不为呢?

菊　花

秋季广交会上摆了很多盆菊花。广交会结束了，菊花还没有完全开残。有一个日本商人问管理人员："这些花你们打算怎么处理?"答云："扔了!"——"别扔，我买。"他给了一点钱，把开得还正盛的菊花全部包了，订了一架飞机，把菊花从广州空运到日本，张贴了很大的海报："中国菊展"。卖门票，参观的人很多。他捞了一大笔钱。这件事叫我有两点感想：一是日本商人真有商业头脑，任何赚钱的机会都不放过，我们的管理人员是老爷，到手的钱也抓不住。二是中国的菊花好，能得到日本人的赞赏。

中国人长于艺菊，不知始于何年，全国有几个城市的菊花都负盛名，如扬州、镇江、合肥，黄河以北，当以北京为最。

菊花品种甚多，在众多的花卉中也许是最多的。

首先，有各种颜色。最初的菊大概只有黄色的。"鞠有黄华"、"零落黄花满地金"，"黄华"和菊花是同义词。后来就发展到什么颜色都有了。黄色的、白色的、紫的、红的、粉的，都有。挪威的散文家别伦·别尔生说各种花里只有菊花有绿色的，也不尽然，牡丹、芍药、月季都有绿的，但像绿菊那样绿得像初新的嫩蚕豆那样，确乎是没有。我几年前回乡，在公园里看到一盆绿菊，花大盈尺。

其次，花瓣形状多样，有平瓣的、卷瓣的、管状瓣的。在镇江焦山见过一盆"十丈珠帘"，细长的管瓣下垂到地，说"十丈"当然不会，但三四尺是有的。

北京菊花和南方的差不多，狮子头、蟹爪、小鹅、金背大红……南北皆相似，有的连名字也相同。如一种浅红的瓣，极细而卷曲如一头乱发的，上海人叫它"懒梳妆"，北京人也叫它"懒梳妆"，因为得其神韵。

有些南方菊种北京少见。扬州人重"晓色"，谓其色如初日晓云，北京似没有。"十丈珠帘"，我在北京没见过。"枫叶芦花"，紫平瓣，有白色斑点，也没有见过。

我在北京见过的最好的菊花是在老舍先生家里。老舍先生每年要请北京市文联、文化局的干部到他家聚聚,一次是腊月,老舍先生的生日(我记得是腊月二十三);一次是重阳节左右,赏菊。老舍先生的哥哥很会莳弄菊花。花很鲜艳;菜有北京特点(如芝麻酱炖黄花鱼、"盒子菜");酒"敞开供应",既醉既饱,至今不忘。

我不赞成搞菊山菊海,让菊花都按部就班,排排坐,或挤成一堆,闹闹嚷嚷。菊花还是得一棵一棵地看,一朵一朵地看。更不赞成把菊花缚扎成龙、成狮子,这简直是糟蹋了菊花。

秋葵、鸡冠、凤仙、秋海棠

秋葵我在北京没有见过,想来是有的。秋葵是很好种的,在篱落、石缝间随便丢几个种子,即可开花。或不烦人种,也能自己开落。花瓣大、花浅黄,淡得近乎没有颜色,瓣有细脉,瓣内侧近花心处有紫色斑。秋葵风致楚楚,自甘寂寞。不知道为什么,秋葵让我想起女道士。秋葵亦名鸡脚葵,以其叶似鸡爪。

我在家乡县委招待所见一大丛鸡冠花,高过人头,花大如扫地笤帚,颜色深得吓人一跳。北京鸡冠花未见有如此之粗野者。

凤仙花可染指甲,故又名指甲花。凤仙花捣烂,入少矾,敷于指尖,即以凤仙叶裹之,隔一夜,指甲即红。凤仙花茎可长得很粗,湖南人或以入臭坛腌渍,以佐粥,味似臭苋菜秆。

秋海棠北京甚多,齐白石喜画之。齐白石所画,花梗颇长,这在我家那里叫做"灵芝海棠"。诸花多为五瓣,惟秋海棠为四瓣。北京有银星海棠,大叶甚坚厚,上洒银星,杆亦高壮,简直近似木本。我对这种孙二娘似的海棠不大感兴趣。我所不忘的秋海棠总是伶仃瘦弱的。我的生母得了肺病,怕"过人"——传染别人,独自卧病,在一座偏房里,我们都叫那间小屋为"小房"。她不让人去看她,我的保姆要抱我去让她看看,她也不同意。因此我对我的母亲毫无印象。她死后,这间"小房"成了堆放她的嫁妆的储藏室,成年锁着。我的继母偶尔打开,取一两件东西,我也跟了进去。"小房"外面有一个小天井,靠墙有一个秋叶形的小花坛,不知道是谁种了两三棵秋海棠,也没有人管它,它到秋天竟也开花。花色苍白,样子很可怜。不论在哪里,我每看到秋海棠,总要想起我的母亲。

黄栌、爬山虎

霜叶红于二月花。

西山红叶是黄栌,不是枫树。我觉得不妨种一点枫树,这样颜色更丰富些。日本枫娇红可爱,可以引进。

近年北京种了很多爬山虎,入秋,爬山虎叶转红。

沿街的爬山虎红了。

北京的秋意浓了。

一九九六年中秋

注　释

① 　本篇原载 1996 年 10 月 28 日《北京晚报》;初收《汪曾祺全集》第六卷,北京师范大学出版社,1998 年 8 月。

草 木 春 秋 ①

木 芙 蓉

浙江永嘉多木芙蓉。市内一条街边有一棵,干粗如电线杆,高近二层楼,花多而大,他处少见。楠溪江边的村落,村外、路边的茶亭(永嘉多茶亭,供人休息、喝茶、聊天)檐下,到处可以看见芙蓉。芙蓉有一特别处,红白相间。初开白色,渐渐一边变红,终至整个的花都是桃红的。花期长,掩映于手掌大的浓绿的叶丛中,欣然有生意。

我曾向永嘉市领导建议,以芙蓉为永嘉市花,市领导说永嘉已有市花,是茶花。后来听说温州选定茶花为温州市花,那么永嘉恐怕得让一让。永嘉让出茶花,永嘉市花当另选。那么,芙蓉被选中,还是有可能的。

永嘉为什么种那么多木芙蓉呢?问人,说是为了打草鞋。芙蓉的树皮很柔韧结实,剥下来撕成细条,打成草鞋,穿起来很舒服,且耐走长路,不易磨通。

现在穿树皮编的草鞋的人很少了,大家都穿塑料凉鞋、旅游鞋。但是到处都还在种木芙蓉,这是一种习惯。于是芙蓉就成了永嘉城乡一景。

南瓜子豆腐和皂角仁甜菜

在云南腾冲吃了一道很特别的菜。说豆腐脑不是豆腐脑,说鸡蛋羹不是鸡蛋羹。滑、嫩、鲜,色白而微微带点浅绿,入口清香。这是豆腐吗？是的，但是用鲜南瓜子去壳磨细"点"出来的。很好吃。中国人吃菜真能别出心裁，南瓜子做成豆腐，不知是什么朝代，哪一位美食家想出来的！

席间还有一道甜菜，冰糖皂角米。皂角我的家乡颇多。一般都用来泡水，洗脸洗头，代替肥皂。皂角仁蒸熟，妇女绣花，把线在皂仁上"光"一下，绒不散，且光滑，便于入针。没有吃它的。到了昆明，才知道这东西可以吃。昆明过去有专卖蒸菜的饭馆，蒸鸡、蒸排骨，都放小笼里蒸，小笼垫底的是皂角仁，蒸得了晶莹透亮，嚼起来有韧劲，好吃。比用红薯、土豆衬底更有风味。但知道可以做甜菜，却是在腾冲。这东西很滑，进口略不停留，即入肠胃。我知道皂角仁的"物性"，警告大家不可多吃。一位老兄吃得口爽，弄了一饭碗，几口就喝了。未及终席，他就奔赴厕所，飞流直下起来。

皂角仁卖得很贵，比莲子、桂圆、西米都贵，只有卖干果、山珍的大食品店才有得卖，普通的副食店里是买不到的。

近几年时兴"皂角洗发膏"，皂角恢复了原来的功能，这也算是"以故为新"吧。

车 前 子

车前子的样子很有趣。叶贴地而长，近卵形，有长柄。在自由伸向四面的叶丛中央抽出细长的花梗，顶端有穗形花序，直立着。穗不多，少的只有一穗。画家常画之为点缀。程十发即喜画。动画片中好像少不了它。不知道为什么，这东西有一种童话情趣。

车前子可利小便，这是很多农民都知道的。

张家口的山西梆子剧团有一个唱"红"（老生）的演员，经常在几县的"堡"（张家口人称镇为"堡"）演唱，不受欢迎，农民给他起了个外号："车前子"。怎么给他起了这么个外号呢？因为他一出台，农民观众即纷纷起身上厕所，这位"红"利小便。

这位唱"红"的唱得起劲，观众就大声喊叫："快去，快，赶紧拿咸菜!"这又是怎么回事呢？吃白薯吃得太多了，烧心反胃，嚼一块咸菜就好了。这位演员的嗓音叫人听起来烧心。

农民有时是很幽默的。

搞艺术的人千万不能当"车前子"，不能叫人烧心反胃。

紫 穗 槐

在戴了"右派分子"的帽子以后，我曾经被发到西山种树。在石多土少的山头用镢头刨坑。实际上是在石头上硬凿出一个一个的树坑来，再把凿碎的砂石填入，用九齿耙搂平。山上寸土寸金，树坑就山势而凿，大小形状不拘。这是个非常重的活。我成了"右派"后所从事的劳动，以修十三陵水库和这次西山种树的活最重。那真是玩了命。

一早，就上山，带两个干馒头、一块大腌萝卜。顿顿吃大腌萝卜，这不是个事。已经是秋天了，山上的酸枣熟了，我们摘酸枣吃。草里有蝈蝈，烧蝈蝈吃！蝈蝈得是三尾的，腹大，多子。一会儿就能捉半土筐。点一把火，把蝈蝈往火里一倒，劈劈剥剥，熟了。咬一口大腌萝卜，嚼半个烧蝈蝈，就馒头，香啊。人不管走到哪一步，总得找点乐子，想一点办法，老是愁眉苦脸的，干吗呢！

我们刨了坑，放着，当时不种，得到明年开了春，再种。据说要种的是紫穗槐。

紫穗槐我认识，枝叶近似槐树，抽条甚长，初夏开紫花，花似紫藤而颜色较紫藤深，花穗较小，瓣亦稍小。风摇紫穗，姗姗可爱。

紫穗槐的枝叶皆可为饲料，牲口爱吃，上膘。条可编筐。

刨了约二十多天树坑，我就告别西山八大处回原单位等候处理，从此再也没有上过山。不知道我们刨的那些坑里种上紫穗槐了没有。再见，紫穗槐！再见，大腌萝卜！再见，蝈蝈！

阿格头子灰背青

> 敕勒川，
> 阴山下。
> 天似穹庐，
> 笼盖四野。
> 天苍苍，
> 野茫茫，
> 风吹草低见牛羊。

北齐斛律金这首用鲜卑语唱的歌公认是北朝乐府的杰作，写草原诗的压卷之作，苍茫雄浑，前无古人，后无来者。一千多年以来，不知道有多少"南人"，都从"风吹草低见牛羊"一句诗里感受到草原景色，向往不置。

但是这句诗有夸张成分，是想象之词。真到草原去，是看不到这样的景色的。我曾四下内蒙，到过呼伦贝尔草原、达茂旗的草原、伊克昭盟的草原，还到过新疆的唐巴拉牧场，都不曾见过"风吹草低见牛羊"。张家口坝上沽源的草原的草，倒是比较高，但也藏不住牛羊。论好看，要数沽源的草原好看。草很整齐，叶细长，好像梳过一样，风吹过，起伏摇摆如碧浪。这种草是什么草？问之当地人，说是"碱草"，我怀疑这可能是"草菅人命"的"菅"。"碱草"的营养价值不是很高。

营养价值高的牧草有阿格头子、灰背青。

陪同我们的老曹唱他的爬山调：

> 阿格头子灰背青，
> 四十五天到新城。

他说灰背青叶子青绿而背面是灰色的。"阿格头子"是蒙古话。他拔起两把草叫我们看，且问一个牧民：

"这是阿格头子吗？"

"阿格！阿格！"

这两种草都不高，也就三四寸，几乎是贴地而长。叶片肥厚而多汁。

"阿格头子灰背青，四十五天到新城。"老曹年轻时拉过骆驼，从呼和浩特驮货到新疆新城，一趟得走四十五天。那么来回就得三个月。在多见牛羊少见人的大草原上拉着骆驼一步一步地走，这滋味真难以想象。

老曹是个有趣的人。他的生活知识非常丰富，大青山的药材、草原上的草，他没有不认识的。他知道很多故事，很会说故事。单是狼，他就能说一整天。都是实在经验过的，并非道听途说。狼怎样逗小羊玩，小羊高了兴，跳起来，过了圈羊的荆笆，狼一口就把小羊叼走了；狼会出痘，老狼把出痘子的小狼用沙埋起来，只露出几个小脑袋；有一个小号兵掏了三只小狼羔子，带着走，母狼每晚上跟着部队，哭，后来怕暴露部队目标，队长说服小号兵把小狼放了……老曹好说，能吃，善饮，喜交游。他在大青山打过游击，山里的堡垒户都跟他很熟，我们的吉普车上下山，他常在路口叫司机停一下，找熟人聊两句，帮他们买拖拉机，解决孩子入学……。我们后来拜访了布赫同志，提起老曹，布赫同志说："他是个红火人。""红火人"这样的说法，我在别处没有听见过。但是用之于老曹身上，很合适。

老曹后来在呼市负责林业工作。他曾到大兴安岭调查，购买树种，吃过犴鼻子（他说犴鼻子黏性极大，吃下一块，上下牙粘在一起，得使劲张嘴，才能张开。他做了一个当时使劲张嘴的样子，很滑稽）、飞龙。他负责林业时主要的业绩是在大青山山脚至市中心的大路两侧种了杨树，长得很整齐健旺。但是他最喜爱的是紫穗槐，是个紫穗槐迷，到处宣传紫穗槐的好处。

"文化大革命"，内蒙大搞"内人党"问题，手段极其野蛮残酷，是全国少有的重灾区。老曹在劫难逃。他被捆押吊打，打断了踝骨。后经打了石膏，幸未致残，但是走起路来一拐一拐的。他还是那么"红火"，健谈豪饮。

老曹从小家贫,"成分"不高。他拉过骆驼,吃过很多苦。他在大青山打过游击,无历史问题,为什么要整他,要打断他的踝骨?为什么?

　　阿格头子灰背青,
　　四十五天到新城。

花 和 金 鱼

　　从东珠市口经三里河、河舶厂,过马路一直往东,是一条横街。这是北京的一条老街了。也说不上有什么特点,只是有那么一种老北京的味儿。有些店铺是别的街上没有的。有一个每天卖豆汁儿的摊子,卖焦圈儿、马蹄烧饼,水疙瘩丝切得细得像头发。这一带的居民好像特别爱喝豆汁儿,每天晌午,有一个人推车来卖,车上搁一个可容一担水的木桶,木桶里有多半桶豆汁儿。也不吆喝,到时候就来了,老太太们准备好了坛坛罐罐等着。马路东有一家卖鞭哨、皮条、网绳等等骡车马车上用的各种配件。北京现在大车少了,来买的多是河北人。看了店堂里挂着的挺老长的白色的皮条、两股坚挺的竹子拧成的鞭哨,叫人有点说不出来的感动。有一家铺子在一个高台阶上,门外有一块小匾,写着"惜阴斋"。这是卖什么的呢?我特意上了台阶走进去看了看:是专卖老式木壳自鸣钟、怀表的,兼营擦洗钟表油泥、修配发条、油丝。"惜阴"用之于钟表店,挺有意思,不知是哪位一方名士给写的匾。有一个茶叶店,也有一块匾:"今雨茶庄"(好几个人问过我这是什么意思)。其实这是一家夫妻店,什么"茶庄"!

　　两口子,有五十好几了,经营了这么个"茶庄"。他们每天的生活极其清简。大妈早起攎炉子、升火、坐水、出去买菜。老爷子扫地,擦拭柜台,端正盆花金鱼。老两口都爱养花、养鱼。鱼是龙睛,两条大红的,两条蓝的(他们不爱什么红帽子、绒球……)。鱼缸不大,飘着苲草。花四季更换。夏天,茉莉、珠兰(熟人来买茶叶,掌柜的会摘几朵鲜茉莉花或一小串珠兰和茶叶包在一起);秋天,九花(老北京人管菊花叫"九花");冬天,水仙、天竺果。我买茶叶都到"今雨茶庄"买,近。我住

286

河舶厂,出胡同口就是。我每次买茶叶,总爱跟掌柜的聊聊,看看他的花。花并不名贵,但养得很有精神。他说:"我不瞧戏,不看电影,就是这点爱好。"

我被打成了"右派",就离开了河舶厂。过了十几年,偶尔到三里河去,想看"今雨茶庄"还在不在,没找到。问问老住户,说:"早没有了!"——"茶叶店掌柜的呢?"——"死了! 叫红卫兵打死了!"——"干吗打他?"——"说他是小业主;养花养鱼是'四旧'。老伴没几天也死了,吓死的! ——这他妈的'文化大革命'! 这叫什么事儿!"

一九九六年十月二十八日

注　释

① 本篇原载《收获》1997 年第一期;初收《汪曾祺全集》第六卷,北京师范大学出版社,1998 年 8 月。

古 都 残 梦①

——胡同

胡同是北京特有的。胡同的繁体字是"衚衕"。为什么叫做"胡同"？说法不一。多数学者以为是蒙古话，意思是水井。我在呼和浩特听一位同志说，胡同即蒙语的"忽洞"，指两边高中间低的狭长地形。呼市对面的武川县有地名乌兰忽洞。这是蒙古话，大概可以肯定。那么这是元大都以后才有的。元朝以前，汴梁、临安都没有。

《梦粱录》、《东京梦华录》等书都没有胡同字样。有一位好作奇论的专家认为这是汉语，古书里就有近似的读音。他引经据典，作了考证。我觉得未免穿凿附会。

北京城是一个四方四正的城，街道都是正东正西，正南正北。北京只有几条斜街，如烟袋斜街、李铁拐斜街、杨梅竹斜街。北京人的方位感特强。你向北京人问路，他就会告诉你路南还是路北。过去拉洋车的，到拐弯处就喊叫一声"东去！""西去！"老两口睡觉，老太太嫌老头挤着她了，说："你往南边去一点！"

沟通这些正东正西正南正北的街道的，便是胡同。胡同把北京这块大豆腐切成了很多小豆腐块。北京人就在这些一小块一小块的豆腐里活着。北京有多少条胡同？"有名的胡同三千六，没名的胡同赛牛毛。"

胡同有大胡同，如东总布胡同；有很小的，如耳朵眼胡同。一般说的胡同指的是小胡同，"小胡同，小胡同"嘛！

胡同的得名各有来源。有的是某种行业集中的地方，如手帕胡同，当初大概是专卖手绢的地方；头发胡同大概是卖假发的地方。有的是皇家储存物料的地方，如惜薪司胡同（存宫中需要的柴炭），皮库胡同

（存裘皮）。有的是这里住过一个什么名人，如无量大人胡同，这位大人也怪，怎么叫这么个名字；石老娘胡同，这里住过一个老娘——接生婆，想必这老娘很善于接生；大雅宝胡同据说本名大哑巴胡同，是因为这里曾住过一个哑巴。有的是肖形，如高义伯胡同，原来叫狗尾巴胡同；羊宜宾胡同原来叫羊尾巴胡同。有的胡同则不知何所取意，如大李纱帽胡同。有的胡同不叫胡同，却叫做一个很雅致的名称，如齐白石曾经住过的"百花深处"。其实这里并没有花，一进胡同是一个公共厕所！

胡同里的房屋有一些是曾经很讲究的，有些人家的大门上钉着门钹，门前有拴马桩、上马石，记述着往昔的繁华。但是随着岁月风雨的剥蚀，门钹已经不成对，拴马桩、上马石都已成为浑圆的、棱角线条都模糊了。现在大多数胡同已经成为"陋巷"。

胡同里是安静的。偶尔有磨剪子磨刀的"惊闺"（十来个铁片穿成一串，摇动作响）的声音，算命的盲人吹的短笛的声音，或卖硬面饽饽的苍老的吆唤——"硬面儿饽——阿饽！"。"山静似太古，日长如小年"，时间在这里又似乎是不流动的。

胡同居民的心态是偏于保守的，他们经历了朝代更迭，"城头变幻大王旗"，谁掌权，他们都顺着，像《茶馆》里的王掌柜的所说："当了一辈子的顺民。"他们安分守己，服服帖帖。老北京人说："穷忍着，富耐着，睡不着眯着。""睡不着眯着"，真是北京人的非常精粹的人生哲学。永远不烦躁，不起急，什么事都"忍"着。胡同居民对物质生活的要求不高。蒸一屉窝头，熬一锅虾米皮白菜，来一碟臭豆腐，一块大腌萝卜，足矣。我认识一位老北京，他每天晚上都吃炸酱面，吃了几十年炸酱面。喔，胡同里的老北京人，你们就永远这样活下去吗？

注 释

① 本篇原载《胡同九十九》，程小玲主编，北京出版社，1996 年 10 月。

关于于会泳^①

于会泳死了大概有二十年了,现在没有人提起他。年轻人大都不知道有过这个人。但是提起十年浩劫,提起"革命样板戏",不提他是不行的。写戏曲史,不能把他"跳"过去,不能说他根本没有存在过。——戏曲史不论怎么写,总不能对这十年只字不提,只是几张白纸。

于会泳从一个文工团演奏员、音乐学院教研室主任,几年功夫爬到文化部部长,则其人必有"过人"之处。

于会泳对文艺与政治的关系有他的看法。他曾经领导组织了一台晚会,有三个小戏,是抓特务的,阎肃半开玩笑地对他说:"一个晚上抓了三个特务,你这个文化部成了公安部了!"于会泳当时没有说什么。第二天在宾馆里做报告,于会泳非常严肃地说:"文化部就是要成为意识形态的公安部!"弄得大家都很尴尬。本来是一句玩笑话,他却提到了原则高度。这个人翻脸不认人,和他开不得半句玩笑。这是个不讲人情的人。

把文化部说成是"意识形态的公安部",持这种看法的人,现在还有。

于会泳善于把江青的片言只句加以敷衍,使得它更加"周密",更加深化,更带有"理论"色彩。江青很重视主题。在她对《杜鹃山》作指示时说:"主题是改造自发部队,这一点不能不明确。"于会泳后来就在一次报告中明确提出:"主题先行"。应该佩服这位文化部长,概括得非常准确。——其荒谬性也就暴露得更加充分。

尤其荒谬的是把人物分等论级。他提出一个公式:"在所有的人物中突出正面人物,在正面人物中突出英雄人物,在英雄人物中突出主要英雄人物。"这就是有名的"三突出"。世界文艺理论中还从来没有人提出过这种阶梯模式,在创作实践中也绝对行不通。连江青都说:"我没有提过'三突出',我只提过一突出,——突出英雄人物。"

主题先行、"三突出",这两大"理论"影响很大,遗祸无穷。

于会泳是搞音乐的。平心而论,他对戏曲音乐唱腔是有贡献的。他的贡献可以说是前无古人。很多人都想对京剧唱腔有所创新,有所突破,但找不到方法。有人拼命使用高八度。还有人违反唱腔的自然走势,该往高处走的,往低处走;该往低处的,往高处。有个老演员批评某些唱腔设计是"顺姐她妹妹——别妞(扭)"。于会泳走了另外一条路:把地方戏曲、曲艺的腔吸收进京剧。他对地方戏、曲艺的确下过一番功夫,据说他曾分析过几十种地方戏、曲艺,积累了很多音乐素材,把它吸收进来,并与京剧的西皮、二黄融合在一起,使京剧的音乐语言大大丰富了。听起来很新鲜,不别扭。

于会泳把西方歌剧的人物主题旋律的方法引用到京剧唱腔中来,运用得比较成功的是《杜鹃山》柯湘的唱腔,既有性格,也出新,也好听。

"音乐布局"是于会泳关于京剧唱腔的一个较新的概念。他之受知于江青,就是在江青在上海定《沙家浜》为样板时,他在报纸上发表了一篇《论〈沙家浜〉的音乐布局》的文章。"样板"当时还未被人承认,于会泳这篇文章正是她所需要的。文章言之成理,她很欣赏。关于音乐唱腔,毛泽东提出:一定要有大段唱,老是散板摇板,要把人的胃口唱倒的。江青提出一个"成套唱腔"的概念。到于会泳就发展成"核心唱段"。这些都是有道理的,但是不能绝对。老戏也有成套的唱腔。《文昭关》、《捉放曹》的"叹五更"都是成套的,也可以说是唱段的核心。《四郎探母》杨延辉开场即唱,而且是大段,但从剧本看,却很难说这是核心。唱腔布局不能机械划分,首先必须受剧情的制约。但是唱腔要有总体构思,是对的。否则就会零碎散乱。

于会泳的功劳之一,是创造了一些新的板式。例如《海港》的"二黄宽板"。演员拿到曲谱,不知道怎么拍板,因为这样轻重拍的处理,在老戏里是没有的。又如《杜鹃山》柯湘唱的"家住安源萍水头"就不知道是什么板。似乎是西皮二六，但二六的节奏没有那么多的变化。起初是比较舒缓的回忆，当中是激越的控诉，节奏加快，最后"叫散"，但却转为高腔，结句重复，形成"搭句"。于会泳好像也没有给这段新板式起个名字。

于会泳设计唱腔还有一个特点，即同时把唱法（他叫做"润腔手段"）也设计出来。在演员唱不好时，他就自己示范（他能唱，而且小嗓很好）。

于会泳有罪，有错误，但是是个有才能的人。他在唱腔、音乐上的一些经验，还值得今天搞京剧音乐的同志借鉴，吸收。

一九九六年十一月十七日

注　释

① 本篇原载《汪曾祺全集》第六卷，北京师范大学出版社，1998 年 8 月。

哲人其萎[①]

——悼端木蕻良同志

　　端木蕻良真是一位才子。二十来岁，就写出了《科尔沁旗草原》。稿子寄到上海，因为气魄苍莽，风格清新，深为王统照、郑振铎诸先生所激赏，当时就认为这是一部划时代的大小说，应该尽快发表，出版。原著署名"端木红粮"，王统照说"红粮"这个名字不好，亲笔改为"端木蕻良"。从此端木发表作品就用了这个名字。他后在上海等地发表了一些短篇小说，其中《鹭鸶湖的忧郁》最受注意。这篇小说发散着东北黑土的浓郁的芳香，我觉得可以和梭罗古柏比美。端木后将短篇小说结集，即以此篇为书名。

　　端木多才多艺。他从上海转到四川，曾写过一些歌词，影响最大的是由张定和谱曲的《嘉陵江上》。这首歌不像"我的家在东北松花江上"那样过于哀伤，也不像"大刀向鬼子们的头上砍去"那样直白，而是婉转深挚，有一种"端木蕻良式"的忧郁，又不失"我必须回去"的信念，因此在大后方的流亡青年中传唱甚广。他和马思聪好像合作写过一首大合唱，我于音乐较为隔膜，记不真切了。他善写旧体诗，由重庆到桂林后常与柳亚子、陈迩冬等人唱和。他的旧诗间有拗句，但俊逸潇洒，每出专业诗人之上。他和萧红到香港后，曾两个人合编了一种文学杂志，那上面发表了一些端木的旧体诗。我只记得一句：

　　落花无语对萧红

　　我觉得这颇似李商隐，在可解不可解之间。端木的字很清秀，宗法二王。他的文稿都很干净。端木写过戏曲剧本。他写戏曲唱词，是要唱着写的。唱的不是京剧，却是桂剧。端木能画。和萧红在香港合编的杂志中有的小说插图即是端木手笔。不知以何缘由,他和王梦白有很深的交情。我见过他一篇写王梦白的文章,似传记性的散文,又有小说味道,是一篇好文章!王梦白在北京的画家中是最为萧疏淡雅的,结构重留白,用笔如流水行云,可惜死得太早了。一个人能对王梦白情有独钟,此人的艺术欣赏品位可知矣!

端木到北京市文联后,没有得到应有的重视,不知是什么原因。他被任为创研部主任,这是一个闲职。以端木的名声、资历,只在一个市级文联当一个创研部主任,未免委屈了他。然而端木无所谓。

关于端木的为人,有些议论。不外是两个字,一是冷,二是傲。端木交游不广,没有多少人来探望他,他也很少到显赫的高门大宅人家走动,既不拉帮结伙,也无酒食征逐,随时可以看到他在单身宿舍里伏案临帖,——他写“玉版十三行洛神赋”;看书;哼桂剧。他对同人疾苦,并非无动于衷,只是不善于逢年过节,“代表组织”到各家循例作礼节性的关怀。这种“关怀”也实在没有多大意思。至于“傲”,那是有的。他曾在武汉呆过一些时。武汉文化人不多,而门户之见颇深,他也不愿自竖大旗希望别人奉为宗师。他和王采比较接近。王采即因酒后鼓腹说醉话:“我是王采,王采是我。王采好快活!”而被划为右派的王采。王采告诉我,端木曾经写过一首诗,有句云:

赖有天南春一树,

不负长江长大潮……

这可真是狂得可以!然而端木不慕荣利,无求于人,“帝力于我何有哉”,酒店偶露轻狂,有何不可,何必“世人皆欲杀”!

真知道端木的“实力”的,是老舍。老舍先生当时是市文联主席,见端木总是客客气气的(不像一些从解放区来的中青年作家不知道端木这位马王爷有“三只眼”)。老舍先生在一次大家检查思想的生活会上说:“我在市文联只‘怕’两个人,一个是端木,一个是汪曾祺。端木书读得比我多,学问比我大。今天听了他们的发言,我放心了。”老舍先生说话有时是非常坦率的。

端木晚年主要力量放在写《曹雪芹》上。有人说端木这一着是失算。因为材料很少,近乎是无米之炊。我于此稍有不同看法。一是作为小说的背景材料是不少的。端木对北京的礼俗,节令,吃食,赛会,搜集了很多,编组织绘,使这大部头小说充满历史生活色彩,人物的活动便有了广宽天地,此亦曹雪芹写《红楼梦》之一法。有些对人物的设计,诚然虚构的成分过大。如小说开头写曹雪芹小时候是当女孩子养活的。有评论家云"这个端木蕻良真是异想天开!说曹雪芹打扮成丫头,有何根据?!"没有根据!然而何必要有根据?这是小说,是充满浪漫主义色彩的小说,不是传记,不是言必有据的纪实文学。是想象,不是考证。我觉得治"红学"的专家缺少的正是想象。没有想象,是书呆子。

端木的身体一直不好。我认识他时他就直不起腰来,天还不怎么冷就穿起貉绒的皮裤,他能"对付"到八十五岁,而且一直还不放笔,写出不少东西,真是不容易。只是我还是有些惋惜,如果他能再"对付"几年,把《曹雪芹》写完,甚至写出《科尔沁旗草原》第二部,那多好!

一九九六年十一月二十八日

注　释

① 本篇原载《北京文学》1997 年第三期;初收《汪曾祺全集》第六卷,北京师
范大学出版社,1998 年 8 月。

1997 年

辣　　椒[①]

　　1965 年五一节前我到重庆写剧本。没事,和几个小演员上街闲逛。远远看见一堵白墙,黑漆刷书三个颜体大字:"麻辣烫"。走近一看,是个卖面条的小馆子。四川吃食都是辣的。这几个女孩子辣怕了。有一次我带她们去吃汤圆。一个唱老旦的,进门就嚷:"不要辣椒!"卖汤圆的师傅白了她一眼:"汤圆没有放辣椒的!"

　　西南几省都吃辣,我觉得最能吃辣的是贵州人。我在西南联大时和几个贵州同学去吃过桥米线,他们搞了一捧辣极了的青辣椒,在火上烤烤,喝白酒!别的省只是吃辣,四川人是既辣且麻。川菜大都要放花椒。生花椒,剁碎,菜做好了后下。川剧名丑李文杰请我们吃饭,有一道水煮牛肉。我不知深浅,挟了一筷,一入口,噎得我出不了气。

　　为什么四川人那样爱吃辣呢? 原因很多。有人说四川气候潮湿,吃辣椒可以祛除潮气,理或有之。这是从小养成的习惯。我在新都曾看见一个孩子(也就是三岁吧)蹲在妈妈背上的背笼里吃零食。一看,他是吧叽吧叽地在嚼一个泡辣椒!我以为吃辣主要是为了开胃、刺激食欲、解馋、下饭。张家口农民有言:"要解馋,辣加咸";又说:"辣椒是穷人的肉。"南北皆然。要说为了赶潮气,张家口气候并不潮湿。吃辣,最初可能是因为没有什么好吃的。

　　我见过的真正的正宗川味,是在重庆一个饭摊上。木桶里的干饭蒸得不软不硬,热腾腾的。菜,没有,只有七八样用辣椒拌得通红的咸菜,码在粗瓷大盘里。一位从乡坝头来的乡亲把扁担绳子靠在一边,在长凳上坐下来,要了两份"帽儿头",一碟辣咸菜。顷刻之间,就"杀搁"

了。到茶馆里要了一碗大叶粗茶,咕咚咕咚喝一气,打一个响嗝。茶香浓酽,米饭回甘,硬是安逸!

注　释

① 本篇原载 1997 年 1 月 7 日《重庆晚报》;又载《我还在今天生活》,重庆出版社,1999 年。

清 汤 挂 面[①]

罗广斌喜欢说女孩子是清汤挂面。见女孩子衣服淡雅,举止安静,就小声说:"清汤挂面! 清汤挂面!"

这挂面不是指普通的挂面,而是指北碚特产的银丝挂面,面极细而皆中空。我和广斌等人曾在北温泉数帆楼住过一阵,看过这种挂面的制法。

川菜多色浓味重,又麻又辣,但不都是这样。比如"开水白菜",我头一次吃这种菜,接过菜谱:"开水白菜? 开水如何能做出好菜?"喝了一口,鲜美无比,而存白菜之本味清香。这不是开水,而是撇净油花的纯鸡汤。汤极清,真是"可以注砚"。"清汤挂面"也是鸡汤,清可注砚。

四川人真会吃,凡菜皆达于极致,浓就浓到底,淡就淡到家。这样才称得起是"饮食文化"。

注 释

① 本篇原载 1997 年 1 月 7 日《重庆晚报》;又载《我还在今天生活》,重庆出版社,1999 年。

"安　逸"①

"安逸"究竟是什么意思？说不准。是安稳、闲豫、喜悦、欣慰、愉快……？我们到重庆，川剧名丑李文杰要请我们吃饭，说："不把你两个晕一下，我心里硬是不安逸。"那么"安逸"又有点近乎北京话的"踏实"。安逸是四川人的生活态度，一种人生境界。四川人活得从容不迫，潇潇洒洒，泡泡茶馆，摆摆龙门阵，但求心之所安，便是无上福气，"安逸"是四川文化的精髓。

四川语言丰富生动，用词含意，为他省所不及。比如，曾看过一出川戏，一个小丑说："你还阴倒聪明！""阴倒"一词，不能用他词代替。如用"暗暗地"，"偷偷地"，便无味道。"阴倒"有动态。

四川话里有所谓"言子"，民间谚语、成语、俗话、歇后语，都可说是"言子"。我在抗战（四川人叫"打国仗"）时期曾读过一本"言子"集，很有趣，可惜所收言子太少，又无诠释例句，读起来不大过瘾。我希望能有人编一本比较详尽的言子专集。

注　释

① 本篇原载 1997 年 1 月 7 日《重庆晚报》；又载《我还在今天生活》，重庆出版社，1999 年。

张郎且莫笑郭郎①

我从小就爱看漫画。家里订了老《申报》,《申报》有杂文版,杂文版每天都有一幅漫画,漫画的作者是杨清磬和丁悚。丁悚即丁聪的父亲,人称"老丁"。丁聪所以被称为"小丁",大概和他的令尊被称为"老丁"有关。杨清磬和丁悚好像是包了这块地盘,"轮流值班",一天不落。他们作画都很勤,而画风互异,一望而知。杨清磬用笔柔细飘逸,而丁悚则比较奔放老辣,于人事有较深的感慨。我曾经见过一张老丁的画,画面简练:一个人在扬袖而舞;另一人据案饮酒,神情似在对舞者嘲笑。画之右侧题诗一首:

> 张郎当筵笑郭郎,
> 笑他舞袖太郎当。
> 若教张郎当筵舞,
> 恐更郎当舞袖长。

不知道是谁的诗,是老丁自己的大作还是借用别人的?诗是通俗好懂的,但是很有意思,读起来也很好听,因此我看过就记住了,差不多过了七十年了,还记得。人的记忆也很怪。不过主要还是因为诗和画都好。

现在能画这样的画——笔意在国画和漫画之间,能题这样也深也浅,富于阅历的诗的画家似乎没有了。这样的画家要具备两个条件:一是得是画家,二是得是诗人。

我曾把老丁题画诗抄给小丁,他说他一点印象也没有,岂有此理!

小丁说他对老大人的画,一张也没有保留下来。我建议丁聪在其"家长"协助下,把丁悚的作品搜集搜集,出一本《丁悚画集》。这对丁悚是个纪念,同时也可供医学界研究小丁身上的遗传基因是怎样来的。

注　释

① 本篇原载 1997 年 1 月 10 日《南方周末》"四时佳兴"专栏;初收《汪曾祺全集》第六卷,北京师范大学出版社,1998 年 8 月。

玉　烟　杂　记[①]

带狗的女工

　　小张来看我。六年前第一次红塔笔会她照顾过我。我很喜欢她。小张还是那样，好像长高了。神情也更成熟了。六年前她还是个小姑娘，现在则有点像一个少妇了。还是那么漂亮，两只大眼睛，黑白分明，亮晶晶的，常如含笑，在成熟中依然保留着天真。

　　小张一个人，却有三处房子。她买了一套商品房，在厂里的职工宿舍区又买了一套，现在还住在原来的家里。她花了十二万买了一辆（照玉溪人的说法是"一张"）夏利小汽车。她自己会开车。我对小张说："你现在成了小大款了！"小张只是笑。

　　我们参观了新建的工人住宅区，普医生（厂里的医生，随作家团活动）邀我们去看看她尚未迁入的新居。房屋建筑质量很好，宽敞明亮，煮饭休息都很方便，地面墙壁，色调高雅。内装修都是普医生自己选择的。普医生是彝族人，但受了中西文化的熏陶，趣味不俗。

　　从普医生家出来，由右边小区蹿出了三条狗，都是京叭。头一条最小，是条纯黑的狗，毛色发亮，黑得像是精煤。另两条都是黄白相间的，都胖嘟嘟的。三条狗快快活活地奔跑着，不时停步回头，看看它们的女主人是不是来了，认准了女主人就在不远的后面，便又踏踏踏踏地小步飞跑起来。

　　我问厂里一个男工："工人养狗的多吗？"——"多！下班之后，都出来遛狗！"

　　养狗，一要有钱。狗要吃猪肝，要吃牛肉。二要有闲工夫，要抱它，要跟它玩,让它舔,亲。

工人养狗,这说明什么?这说明烟厂兴旺,工人富裕了。我没有数字观念,对玉烟的产值、利税,工人的工资福利,全都记不住。但我有形象观念,我觉得工人遛狗,很能"说明问题"。

我忽然想起契诃夫的小说《带狗的女人》。当然,中国的女工和俄罗斯的淑女完全不同,但是我觉得中国的女工会逐渐形成像契诃夫笔下的少妇的那份优雅。

两 点 建 议

一、建一座烟草博物馆。茶、酒都是一种文化,烟也应该算是文化。茶有博物馆,杭州西湖的茶博物馆规模相当大,有研究茶的历史、种植和品茶的专家。酒有没有博物馆,未详,想当有。烟也应该有博物馆。有文献,有实物。中国的吸烟大概从明朝开始,关于水烟旱烟的文字资料不多,但在笔记、通俗演义小说中可以搜罗到一些。关于鼻烟,清代就有一些专著,如赵之谦的鼻烟谱,是不难找到的。实物有烟叶、烟具。重要的卷烟、旱烟、四川的金堂叶子、鄂温克人的香蒿熏烟、兰州的皮丝烟……都可陈列。烟具有多种。旱烟袋、水烟袋、云南的烟筒……现在虽然少了,但搜集起来不难。有关外国的资料也可以陈列一些,如哈瓦那的雪茄、土耳其人吸用的长管烟壶、黑人的嚼烟……

设立烟草博物馆可以培养职工对于烟的知识和感情,更重要的是可以增加一点玉溪烟厂的文化色彩。有远客来,可以作为玉烟的一个景点。这花不了多少钱,这点开销在玉烟实在算不了什么。

二、办一所烟草科技学校。可聘请烟草研究专家讲授有关的理论、知识,请有经验的老工人传授制烟工艺。这样可以充实本厂技工后备力量,还可以向其他烟厂输出人才。厂里已建了一所规模宏大的科技楼,师资、校舍都容易解决。企业办校,也是振兴教育的一条途径。玉烟厂领导以为如何?

诗　谶

今年夏天曾为褚时健同志画过一张画,画相当大,是一张四尺宣纸横幅,画的是紫藤,酣畅饱满。一边留有余地,题了一首诗:

瓔珞随风一院香,

紫云到地日偏长。

倘能许我闲闲坐,

不作天南烟草王。

原意是觉得褚的工作生活过于紧张,画博一笑,希望他活得轻松一点。一时戏言,不料竟成谶语。

很想和褚时健同志见一面,哪怕只是招招手,笑一笑。然而竟无此缘。参观了高大敞亮的、世界一流的关索坝车间、卷烟的各道工序、崭新的工人住宅区、一尘不染的科技大楼,觉得处处有他的影子,回荡着他的豪迈的声音。在电视纪录片中,听到他说:"企业办好了,我就高兴!"这是一句多么朴素,然而是多么深感情的话呀!

回红塔大酒店,撕下一张记录电话的纸,疾书了四句诗:

大刀阔斧十余年,

一柱南天岂等闲!

自古英雄多自用,

故人何处讯平安?

一九九七年一月十六日　北京

注　释

① 本篇原载《当代》2015 年第六期。

梨　园　古　道①

郝　寿　臣

郝寿臣被任命为北京市戏校校长，就任那天，要和学生讲话，由我书写一个讲稿，大意谓：旧社会艺人很苦，戏班不养老，不养小，有人一辈子挣大钱，临了却冻饿而死，倒卧街头，现在你们有这样好的条件，这样好的教室，这样好的宿舍，练功有地毯，教戏有那么好的老师，你们应该感谢党，好好练功，好好学戏。郝老讲到这儿，情绪激动，把讲稿举起，一手指着讲稿，说："他说得真对呀！"台下学生噗哧一声，都笑了。

赞曰：

> 人代立言，
> 己不居功，
> 老老实实，
> 古道可风。

姜　妙　香

姜妙香人称姜圣人。

在北京，有一天晚上，姜先生赶了两包②坐洋车回家。冬天，洋车上遮了棉帘子。到西琉璃厂，黑影里蹿出一个人来，对拉车的喝叫一声："停！"洋车停了，又向车里喝了一声："下来！"姜先生下车。"把身上的钱都拿出来！"姜妙香从怀里掏出两个纸包，说："这是我今天挣的戏份③。这一包是长安的,这一包是华乐的,您点点。"

另一次,在上海,姜先生遇见了"抄靶子(即劫道)"的,"站住! ——把身浪厢值钱个物事才拿出来!④"姜先生把东西都交了出来,"抄靶子"的走了,姜先生在后面叫他:"回来回来!"——"……?"——"我这儿还有一块表,你要不要?"

事后,他的学生问他:"姜先生,您真是! 他都走了,你还叫他回来,您这是干什么!"姜先生说:"他也不容易呀!"

赞曰:

时时处处,

为人着想。

如此古风,

谁能摹仿?

萧 长 华

萧先生从不坐车,到哪里都是地下走。年轻时到颐和园当差,也都是走了去,走回来。他的儿子萧盛轩有一次坐了洋车回家,一看老爷子在前面走,赶快叫洋车停下。"还没有到呢!""给你钱,给你钱!"他自奉甚薄。到了儿子家,问"今儿吃什么?"——"芝麻酱拌面,浇点花椒油。"——"芝麻酱拌面,还要浇花椒油哇?"到天津演戏,自己开伙。一棵白菜,一切四瓣,一顿吃一瓣。他不是吝啬,有时花钱很大方。他买了块"义地",以安葬孤苦艺人。有演员的老人死了,办不了后事,到萧先生家磕一个头。"你估摸着得多少钱才能把事办了?"来人说了得多少,萧先生当即取钥匙开柜门,把钱如数给他。三反五反时,一个演员成了"老虎",在台上被斗得不可开交,非得叫他承认贪污了一个很大的数目不可,他就是不承认,于是棍棒交加,口号迭起。萧先生见了不忍,在台下大声说:"×××,你就承认了得了,——这钱我给你拿!"

赞曰:

巡步当车,菜根可咬,

鹤发童颜,古心古貌。

赵　喇　嘛

赵喇嘛给谭富英拉过胡琴,他拉胡琴有个特点:他是个左撇子,拉琴时左手执弓,右手摁弦。他不识字。解放初期,剧团组学习,学文化,学政治,各团都有辅导员。有一天,辅导员讲:"列宁说过……"赵喇嘛问:"列宁是谁? 唱什么的?"——"列宁不是唱戏的。"——"不是唱戏的,那咱不知道!"

赞曰:

列宁虽大,于我何有!

卤煮小肠,天福酱肘。

贯　盛　吉

贯盛吉的念白很特别,一句的前几个字高念,越往下念得越低,最后像是很不情愿似的嘟囔了。这样高起低收的念白,人称"贯派"。他的表演有一种冷隽的美,程砚秋说他是"冷面小丑",内行谓之"绷着脸儿逗"。他有严重的心脏病,家里早给他准备下寿衣了。有一天,他叫拿出来,穿上。拿镜子照照,说:"就这德性呀?"他让家里请了和尚,在他床前放焰口,说:"活着听焰口,你们谁干过?"有一天,他的病急剧发作,家里忙着准备后事了,他说:"你们别忙活,今儿我不走,外头下雨,我没有伞。"

赞曰:

无伞不走,拿死开逗。

妙法莲华,玲珑剔透。

一九九七年一月二十日

注　释

① 本篇原载《南方周末》"四时佳兴"栏目,其中"郝寿臣"、"姜妙香"以《梨园古道》为题刊于 1997 年 3 月 14 日,"萧长华"、"赵喇嘛"以《梨园古道(续)》为题于 1997 年 6 月 20 日刊登,"贯盛吉"以《梨园古道(之三)》为题于 1997 年 7 月 11 日刊登。"郝寿臣"、"姜妙香"又以《梨园古道——郝寿臣、姜妙香、谭富英》为题初收《去年属马》,北京燕山出版社,1997 年 8 月。

② 一个晚上在两个以上剧场参加演出,谓之"赶包"。

③ 以前唱戏,都是当晚分发应得的报酬,即"戏份"。

④ 这是上海话,译为普通话,即:"把身上值钱的东西都拿出来。"

潘天寿的倔脾气①

潘天寿曾到北京开画展,《光明日报》出了一版特刊,刊头由康生题了两行字:

画师魁首
艺苑班头

这使得很多画家不服。

过了几年,"文革"开始,"金棍子"姚文元对潘天寿进行了大批判,称之为"反革命画家"。

康生和姚文元都是"无产阶级司令部"管意识形态的,一前一后,对潘天寿的评价竟然如此悬殊,实在令人难解。康生后来有没有改口,没听说,不过此人善于翻云覆雨,对他说过的话常会赖账,姑且不去管他。姚文元只凭一个画家的画就定人为"反革命",下手实在太狠了。姚文元的批判文章很长,不能悉记,只约略记得说从潘天寿的画来看,他对现实不满,对新社会有刻骨的仇恨等等。

姚文元的话不是一点"道理"没有,潘天寿很少画过歌功颂德的画(偶尔也有,如《运粮图》)。他的画有些是"有情绪"的,他用笔很硬,构图也常反常规,他的名作《雁荡山花》用平行构图,各种山花,排队似的站着,不欹侧取势;用墨也一律是浓墨勾勒,不以浓淡分远近,这些都是画家之大忌。山花茎叶瘦硬,真是"山花",是在少雨露、多沙砾的恶劣环境的石缝中挣扎出来的。然而这些花还是火一样、靛一样使劲地开着,显出顽强坚挺的生命力,这样的山花使一些人得到鼓舞,也使一些人觉得不舒服,——如姚文元。

潘大寿画鸟有个特点。一般画鸟,鸟的头大都是朝着画里,对娇艳的花叶流露出欣喜和感激;潘天寿的鸟都是眼朝画外,似乎愤愤不平,对画里的花花世界不屑一顾。

在展览会上见过他的一幅雏鸡图,题曰"××农场所见"。这是一只半大的雏公鸡,背身,羽毛未丰,肌肉鼓突,一只腿上拖了一只烂草鞋。看了,使人感到这一只小公鸡非常别扭。说潘天寿此画是有感而发,感同身受,我想这不为过分。

姚文元对这样的画恨之入骨,必欲置潘天寿于死地,说明这个既残忍又懦弱的阴谋家还是敏感的。

问题是在画里略抒愤懑,稍发不平之气,可以不可以?

不要使画家都变成如意馆的待诏。②

注　释

① 本篇原载 1997 年 2 月 14 日《南方周末》"四时佳兴"专栏;初收《汪曾祺全集》第六卷,北京师范大学出版社,1998 年 8 月。

② 清代御用画家的一种名称。

谭富英佚事①

谭富英有时很"逗",有意见不说,却用行动表示。他嫌谭小培给他的零花钱太少了,走到父亲跟前,摔了个硬抢背。谭小培明白,富英的意思是说:你给我的钱太少,我就摔你的儿子! 五爷(谭小培行五,梨园行都称之为五爷)连忙说:"哎呀儿子! 有话你说! 有话说! 别这样!"梨园行都说谭小培是个"有福之人"。谭鑫培活着时,他花老爷子的钱;老爷子死了,儿子富英唱红了,他把富英挣的钱全管起来,每月只给富英有数的零花。富英这一抢背,使他觉得对儿子剋扣得太紧,是得给长长份儿。

有一年,在哈尔滨唱。第二天谭富英要唱的是重头戏,心里有负担,早早就上了床,可老睡不着。同去的有裘盛戎。他第二天的戏是一出"歇工戏"。盛戎晚上弄了好些人在屋里吃涮羊肉,猜拳对酒,喊叫喧哗,闹到半夜。谭富英这个烦呀! 他站到当院唱了一句倒板:"听谯楼打九更……""打九更"? 大伙一愣,盛戎明白,意思是都这会儿了,你们还这么吵嚷! 忙说:"谭团长有意见了,咱们小点儿声,小点儿声!"

有一个演员,练功不使劲,谭富英看了摇头。这个演员说:"我老了,翻不动了!"谭富英说:"对! 人生三十古来稀,你是老了!"

谭富英一辈子没少挣钱,但是生活清简。一天就是蜷在沙发里看书,看历史(据说他能把二十四史看下来,恐不可靠),看困了就打个盹,醒来接茬再看,一天不离开他那张沙发。他爱吃油炸的东西,炸油条、炸油饼、炸卷果,都欢喜(谭富英不说"喜欢",而说"欢喜")。爱吃鸡蛋,炒鸡蛋、煎荷包蛋、煮鸡蛋,都行。抗美援朝时,他到过朝鲜,部队首长问他们生活上有什么要求? 他说想吃 碗蛋炒饭。那时朝鲜没有鸡蛋,部队派吉普车冒着炮火开车到丹东,才弄到几个鸡蛋。为此,有人在"文革"中又提起这事。谭富英跟我小声说:"我哪儿知道几个鸡蛋要冒这样的危险呀! 知道,我就不吃了!"谭富英有个"三不主义":不娶小、不收徒、不做官。他的为人,梨园行都知道。反党野心家江青对此也了解,但在"文革"中,她却要谭富英退党(谭富英是老党员了)。江青劝退,能够不退吗? 谭富英把退党是很当回事的。他生性平和恬淡,宠辱不惊,那一阵可变得少言寡语,闷闷不乐,很久很久,都没有缓过来。

谭富英病重住院。他原有心脏病,这回大概还有其他病并发,已经报了"病危",服药注射,都不见效。谭富英知道给他开的都是进口药,很贵,就对医生说:"这药留给别人用吧! 我用不着了!"终于与世长辞,死得很安静。

赞曰:

生老病死,全无所谓。

抱恨终生,无端"劝退"。

注　释

① 本篇原载 1997 年 3 月 5 日《北京晚报》,又加副题"梨园古道之四"载于 1997 年 8 月 8 日《南方周末》"四时佳兴"专栏;以《梨园古道——郝寿臣、姜妙香、谭富英》为题,初收《去年属马》,北京燕山出版社,1997 年 8 月。

才子赵树理[①]

赵树理是个高个子。长脸。眉眼也细长。看人看事,常常微笑。

他是个农村才子。有时赶集,他一个人能唱一台戏。口念锣鼓,拉过门,走身段,夹白带做还误不了唱。他是长治人,唱的当然是上党梆子。他在单位晚会上曾表演过。下班后他常一个人坐在传达室里,用两个指头当鼓筒,敲打锣鼓,如醉如痴,非常"投入"。严文井说赵树理五音不全。其实赵树理的音准是好的,恐怕倒是严文井有点五音不全,听不准。不过是他的高亢的上党腔实在有点吃他不消?他爱"起霸",也是揸手舞脚,看过北京的武生起霸,再看赵树理的,觉得有点像螳螂。

他能弹三弦,不常弹。他会刻图章,我没有见过。他的字写得很好,是我见过的作家字里最好的,他的小说《金字》写的大概是他自己的真事。字是欧字底子,结体稍长,字如其人。他的稿子非常干净,极少涂改。他写稿大概不起草。我曾见过他的底稿,只是一些人物名姓,东一个西一个,姓名之间牵出一些细线,这便是原稿了,考虑成熟,一气呵成。赵树理衣着不讲究,但对写稿有洁癖。他痛恨人把他文章中的"你"字改成"妳"字(有一个时期有些人爱写"妳"字,这是一种时髦),说:"当面说话,第二人称,为什么要分性别?——'妳'也不读'你'!"他在一篇稿子的页边批了一行字:"排版校对同志请注意,文内所有'你'字,一律不准改为'妳',否则要负法律责任。"这篇稿子是经我手发的,故记得很清楚。

赵树理是《说说唱唱》副主编,实际上是执行主编。他是负责发稿的。有时没有好稿,稿发不出,他就从编辑部抱了一堆稿子回屋里去看,不好,就丢在一边,弄得一地都是废稿。有时忽然发现一篇好稿,就欣喜若狂。他说这种编辑方法是"绝处逢生"。陈登科的《活人塘》就是这样发现的。这篇作品能够发表也真有些偶然,因为稿子有许多空缺的字和陈登科自造的字,有一个"馬"字,大家都猜不出,后来是康濯猜出来了,是"趴",馬(马的繁体字)没有四条腿,可不是趴下了?写信去问陈登科,果然!

有时实在没有好稿,康濯就说:"老赵,你自己来一篇吧!"赵树理关上门,写出了一篇名著《登记》(即《罗汉钱》)。

赵树理吃食很随便,随便看到路边的一个小饭摊,坐下来就吃。后来是胡乔木同志跟他说:"你这么乱吃,不安全,也不卫生。"他才有点选择。他爱喝酒。每天晚上要到霞公府间壁一条胡同的馄饨摊上,来二三两酒,一碟猪头肉,吃两个芝麻烧饼,喝一碗馄饨。他和老舍感情很好。每年老舍要在家里请市文联的干部两次客,一次是菊花开的时候,赏菊;一次是腊月二十三,老舍的生日。赵树理必到,喝酒,划拳。老赵划拳与众不同,两只手出拳,左右开弓,一会儿用左手,一会儿用右手。老舍摸不清老赵的拳路,常常败北。

赵树理很有幽默感。赵树理的幽默和老舍的幽默不同。老舍的幽默是市民式的幽默,赵树理的幽默是农民式的幽默。他常常想到一点什么事,独自咕咕地笑起来,谁也不知道他笑的什么。他爱给他的小说里的人起外号:翻得高、糊涂涂(均见《三里湾》)……他写的散文中有一个国民党小军官爱训话,训话中爱用"所以",而把"所以"联读成为"水",于是农民听起来很奇怪:他干嘛老说"水"呀?他写的"催租吏"为了"显派",戴了一副红玻璃的眼镜,眼镜度数不对,他就这样深一脚浅一脚地在农村的土路上走。

他抨击时事,也往往以幽默的语言出之。有一个时期,很多作品对农村情况多粉饰夸张,他回乡住了一阵,回来作报告,说农村情况不像许多作品那样好,农民还很苦,城乡差别还很大,说,我这块表,在农村可以买五头毛驴,这是块"五驴表!"他因此受到批评。

赵树理的小说有其独特的抒情诗意。他善于写农村的爱情,农村的女性,她们都很美,小飞蛾(《登记》)是这样,小芹(《小二黑结婚》)也是这样,甚至三仙姑(《小二黑结婚》)也是这样。这些,当然有赵树理自己的感情生活的忆念,是赵树理的初恋感情的折射。但是赵树理对爱情的态度是纯真的,圣洁的。

　　××市文联有一个干部×××是一个一贯专搞男女关系的淫棍。他的乱搞简直到了不可想象的地步。他很注意保养,每天喝一大碗牛奶。看传达室的老田在他的背后说:"你还喝牛奶,你每天吃一条牛也不顶!"×××和一个女的胡搞,用赵树理的大衣垫在下面,把赵树理的一件貂皮领子礼服呢面的狐皮大衣也弄脏了。赵树理气极了,拿了这件大衣去找文联副主席李伯钊,说:"这是怎么回事!"事隔多日,老赵调回山西,大家送他出门,老赵和大家一一握手。×××也来了,老赵趴在地下给×××磕了一个头,说:"×××我可不跟你在一起了!"

注　释

① 　本篇原载 1997 年 5 月 9 日《南方周末》"四时佳兴"专栏;初收《汪曾祺全集》第六卷,北京师范大学出版社,1998 年 8 月。

面　茶[①]

面茶和茶汤是两回事，虽然原料可能是一样的，都是糜子面。茶汤是把糜子面炒熟，放在碗里，从烧得滚开的大铜壶嘴里倒出开水，浇在碗里，即得。卖茶汤的"茶汤李"、"茶汤陈"……的摊子上都有一把很大的紫铜大壶，擦得锃亮，即"茶汤壶"。有的铜壶嘴是龙头的，龙头上还缀了两个鲜红的小绒球，称为"龙嘴大茶汤壶"。大茶汤壶常是传了几代的，制作精工，是摊主的骄傲。茶汤有什么好吃？有点糜子香，如此而已。有的在茶汤里加了核桃仁、青梅、葡萄干、青红丝……称为"八宝茶汤"，也只是如此而已。北京人、天津人爱喝茶汤，我对他们的感情不能理解，只能说这是一种文化积淀。面茶是糊糊状的，颜色嫩黄，盛满一碗，洒芝麻盐，以手托碗，转着圈儿喝，——会喝面茶的不使勺筷，都是转着碗喝。这东西有什么好喝的？有一点芝麻盐的香味，如此而已。熬面茶的锅也是铜锅，也都是擦得锃亮的。这种锅就叫做"面茶锅"。

面茶锅里是不能煮什么别的东西的，但是北京人却于想象中在面茶锅里煮各种东西。

"面茶锅里煮元宵，——混蛋。"

我在昆明时曾在一中学教书，这中学是西南联大同学办的，主持校务的是两个同学，他们自任为校长和教导主任。教员也都是联大同学。学校无经费，学期开始时收的一点学生交的学费，很快就叫他们折腾光了，教员的薪水发不出。他们二位四处活动，仍是没有办法，只能弄到一点买米的钱，能使教员开出饭来。菜，实在对不起，于是我们就挖野菜——灰菜、野苋菜、扫帚苗……用一点油滑锅，哗啦一声把野菜倒在锅里，半生不熟，即以就饭。有时他们说是有办法了，等他们进城活动活动,回来就可以发一点钱。不料回来时依旧两手空空。教员生气了,骂他们是混蛋,是面茶锅里煮的球:一个是"面茶锅里煮铁球,——混蛋到底带砸锅";一个是"面茶锅里煮皮球,——说你混蛋你还一肚子气"! 当然面茶锅里是不能煮球的,不论是皮球还是铁球,教员们不过是于无可奈何之中用此形象的语言以泄愤耳。

如果单说"面茶",不煮什么东西,意思是糊涂。

"文化大革命"来了,谁都不知道是怎么回事。剧团尤其是这样。演员队党小组开会,有一个党员说外面有些单位已经夺权,咱们也应该夺权。他以为党委应该把权交出来,主动下台。另一党员,党小组组长,认为不对,指着主张夺权的党员的鼻子说:"群众面茶,你也面茶?!"其实他自己倒真面茶。他领导小组学习,读报,读到"美帝国主义陷于一片癫疮……"大家有些奇怪。拿过报纸看看,原来不是"一片癫疮",而是"一片瘫痪"。又有一次,他读毛主席诗词,把"战士指看南粤,更加郁郁葱葱"读成"更加悠悠忽忽"。

然而他是共产党员。

一九九七年三月七日

注　释

① 本篇原载 1997 年 9 月 5 日《南方周末》"四时佳兴"专栏;初收《汪曾祺全集》第六卷,北京师范大学出版社,1998 年 8 月。

唐立厂先生①

　　唐立厂先生名兰，"立厂"是兰的反切。离名之反切为字，西南联大教授中有好几位。如王力——了一。这大概也是一时风气。

　　唐先生没有读过正式的大学，只在唐文治办的无锡国学馆读过，但因为他的文章为王国维、罗振玉所欣赏，一夜之间，名满京师。王国维称他为"青年文字学家"。王国维岂是随便"逢人说项"者乎？这样，他年轻轻地就在北京、辽宁（唐先生谓之奉天）等大学教了书。他在西南联大时已经是教授。他讲"说文解字"时，有几位已经很有名的教授都规规矩矩坐在教室里听。西南联大有这样一个好学风：你有学问，我就听你的课，不觉得这有什么丢人。唐先生对金文甲骨都有很深的研究。尤其是甲骨文。当时治甲骨文的学者号称有"四堂"：观堂（王国维）、雪堂（罗振玉）、彦堂（董作宾）、鼎堂（郭沫若），其实应该加上一厂（唐立厂）。难得的是他治学无门户之见。郭沫若研究古文字是自学，无师承，有些右派学者看不起他，唐立厂独不然，他对郭沫若很推崇，在一篇文章中说过："鼎堂导夫先路"，把郭置于诸家之前。他提起郭沫若总是读其本字"郭沫若"，沫音妹，不读泡沫的沫。唐先生是无锡人，说话用吴语，"郭"、"若"都是入声，听起来有一种特殊的味道，让人觉得亲切。唐先生说诸家治古文字是手工业，一个字一个字地认，他是小机器工业。他认出一个"斤"字，于是凡带斤字偏旁的字便都迎刃而解，一认一大批。在当时认古文字数量最多的应推唐立厂。

　　唐先生兴趣甚广，于学无所不窥。有一年教词选的教授休假，他自告奋勇，开了词选课。他的教词选实在有点特别。他主要讲《花间集》，《花间集》以下不讲。其实他讲词并不讲，只是打起无锡腔，把这首词高声吟唱一遍，然后加一句短到不能再短的评语。

"双鬟隔香红啊，

玉钗头上风。"

——好！真好！

这首词就算讲完了。学生听懂了没有？听懂了！从他的做梦一样的声音神情中，体会到了温飞卿此词之美了。讲是不讲，不讲是讲。

唐先生脑袋稍大，一年只理两次发，头发很长，他又是个鬈发，从后面看像一只狻猊，——就是卢沟桥上的石狮子，也即是耍狮子舞的那种狮子，不是非洲狮子。他有一阵住在大观楼附近的乡下。请了一个本地的女孩子照料生活，洗洗衣裳，做饭。唐先生爱吃干巴菌，女孩子常给他炒青辣椒干巴菌。有时请几个学生上家里吃饭，必有这一道菜。

唐先生有过一段 Romance，他和照料他生活的女孩子有了感情，为她写了好些首词。他也并不讳言，反而抄出来请中文系的教授、讲师传看。都是"花间体"。据我们系主任罗常培说："写得很艳！"

唐先生说话无拘束，想到什么就说。有一次在系办公室说起闻一多、罗膺中（庸），这是两个中文系上课最"叫座"的教授。闻先生教楚辞、唐诗、古代神话，罗先生讲杜诗。他们上课，教室里座无虚席，有一些工学院学生会从拓东路到大西门，穿过整个昆明城赶来听课。唐立厂当着系里很多教员、助教，大声评论他们二位："闻一多集穿凿附会之大成；罗膺中集啰唆之大成！"他的无锡语音使他的评论更富力度。教员、助教互相看看，不赞一词。"处世无奇但率真"，唐立厂先生是一个胸无渣滓的率真人。他的评论并无恶意，也绝无"打击别人，抬高自己"的用心。他没有想到这句话传到闻先生、罗先生耳中会不会使他们生气。也没有无聊的人会搬弄是非，传小话。即使闻先生、罗先生听到，也不会生气的。西南联大就是这样一所大学，这样的一种学风：宽容、坦荡、率真。

一九九七年三月十一日

注　释

① 　本篇原载 1997 年 8 月 15 日《安徽青年报》，又载 1997 年 9 月 19 日《南方
　　周末》"四时佳兴"专栏；初收《汪曾祺全集》第六卷，北京师范大学出版社，
　　1998 年 8 月。"厂"读"庵"（an）。

闻一多先生上课①

闻先生性格强烈坚毅。日寇南侵,清华、北大、南开合成临时大学,在长沙少驻,后改为西南联合大学,将往云南。一部分师生组成步行团,闻先生参加步行,万里长征,他把胡子留了起来,声言:抗战不胜,誓不剃须。他的胡子只有下巴上有,是所谓"山羊胡子",而上髭浓黑,近似一字。他的嘴唇稍薄微扁,目光灼灼。有一张闻先生的木刻像,回头侧身,口衔烟斗,用炽热而又严冷的目光审视着现实,很能表达闻先生的内心世界。

联大到云南后,先在蒙自呆了一年。闻先生还在专心治学,把自己整天关在图书馆里。图书馆在楼上。那时不少教授爱起斋名,如朱自清先生的斋名叫"贤于博弈斋",魏建功先生的书斋叫"学无不暇簃",有一位教授戏赠闻先生一个斋主的名称:"何妨一下楼主人"。因为闻先生总不下楼。

西南联大校舍安排停当,学校即迁至昆明。

我在读西南联大时,闻先生先后开过三门课:楚辞、唐诗、古代神话。

楚辞班人不多。闻先生点燃烟斗,我们能抽烟也点着了烟(闻先生的课可以抽烟的),闻先生打开笔记,开讲:"痛饮酒,熟读《离骚》,乃可以为名士。"闻先生的笔记本很大,长一尺有半,宽近一尺,是写在特制的毛边纸稿纸上的。字是正楷,字体略长,一笔不苟。他写字有一特点,是爱用秃笔。别人用过的废笔,他都收集起来。秃笔写篆楷蝇头小字,真是一个功夫。我跟闻先生读一年楚辞,真读懂的只有两句"嫋嫋兮秋风,洞庭波兮木叶下"。也许还可加上几句:"成礼兮会鼓,传芭兮代舞,春兰兮秋菊,长毋绝兮终古。"

闻先生教古代神话,非常"叫座"。不单是中文系的、文学院的学生来听讲,连理学院、工学院的同学也来听。工学院在拓东路、文学院在大西门,听一堂课得穿过整整一座昆明城。闻先生讲课"图文并茂"。他用整张的毛边纸墨画出伏羲、女娲的各种画像,用按钉钉在黑板上,口讲指画,有声有色,条理严密,文采斐然,高低抑扬,引人入胜。闻先生是一个好演员。伏羲女娲,本来是相当枯燥的课题,但听闻先生讲课让人感到一种美,思想的美,逻辑的美,才华的美。听这样的课,穿一座城,也值得。

能够像闻先生那样讲唐诗的,并世无第二人。他也讲初唐四杰、大历十才子、《河岳英灵集》,但是讲得最多,也讲得最好的,是晚唐。他把晚唐诗和后期印象派的画联系起来。讲李贺,同时讲到印象派里的 pointilism(点画派)。说点画看起来只是不同颜色的点,这些点似乎不相连属,但凝视之,则可感觉到点与点之间的内在联系。这样讲唐诗,必须本人既是诗人,也是画家,有谁能办到? 闻先生讲唐诗的妙悟,应该记录下来。我是个大大咧咧的人,上课从不记笔记。听说比我高一班的同学郑临川记录了,而且整理成一本《闻一多论唐诗》,出版了,这是大好事。

我颇具歪才,善能胡诌,闻先生很欣赏我。我曾替一个比我低一班的同学代笔写了一篇关于李贺的读书报告,——西南联大一般课程都不考试,只于学期终了时交一篇读书报告即可给学分。闻先生看了这篇读书报告后,对那位同学说:"你的报告写得很好,比汪曾祺写得还好!"其实我写李贺,只写了一点:别人的诗都是画在白底子上的画,李贺的诗是画在黑底子上的画,故颜色特别浓烈。这也是西南联大许多教授对学生鉴别的标准:不怕新,不怕怪,而不尚平庸,不喜欢人云亦云,只抄书,无创见。

一九九七年三月十二日

注 释

① 本篇原载 1997 年 5 月 30 日《南方周末》"四时佳兴"专栏;初收《汪曾祺全集》第六卷,北京师范大学出版社,1998 年 8 月。

"诗人"韩复榘①

山东关于韩复榘的故事甚多。最有名的是：

"蒋委员长提倡新生活,俺都赞成。就是'行人靠左走',那右边谁走呢?"

他游泰山,诗兴大发,口占一首,叫人笔录下来。诗曰：

> 远看泰山黑糊糊,
>
> 上边细来下边粗。
>
> 有朝一日倒过来,
>
> 下边细来上边粗。

这比"把汝裁为三截"气魄还大!

游趵突泉,品得一诗：

> 趵突泉,
>
> 泉趵突。
>
> 三个泉眼一般粗,
>
> 咕嘟咕嘟又咕嘟。

韩诗当用济南话读,才有味道。但其实韩复榘是河北霸县人,说话口音想也不是山东口音。然而山东人愿意叫他说山东话,您有啥办法?

韩复榘倒没有把他的诗刻在泰山上,韩在任期间曾经大修过泰山一次,竣工后,电令泰山各处："嗣后除奉令准刊外,无论何人,不准题字、题诗。"他不在泰山刻诗,也许是以身作则。

当然,韩复榘的诗以及许多关于他的故事都是口头文学,不可信以为真。编造、流传有权势者的笑话,是老百姓反抗有权有势者之一法。

我希望山东能搜集韩复榘的故事,出一本《韩复榘全集》。

一九九七年三月十三日

注　释

① 本篇原载 1997 年 8 月 22 日《南方周末》"四时佳兴"专栏;初收《汪曾祺全集》第六卷,北京师范大学出版社,1998 年 8 月。

炸弹和冰糖莲子①

我和郑智绵曾同住一个宿舍。我们的宿舍非常简陋,草顶、土墼墙;墙上开出一个一个方洞,安几根带皮的直立的木棍,便是窗户。睡的是双层木床,靠墙两边各放十张,一间宿舍可住四十人。我和郑智绵是邻居。我住三号床的下铺,他住五号床的上铺。他是广东人,他说的话我"识听唔识讲",我们很少交谈。他的脾气有些怪:一是痛恨京剧,二是不跑警报。

我那时爱唱京剧,而且唱的是青衣(我年轻时嗓子很好)。有爱唱京剧的同学带了胡琴到我的宿舍来,定了弦,拉了过门,我一张嘴,他就骂人:

"丢那妈! 猫叫!"

那二年日本飞机三天两头来轰炸,一有警报,联大同学大都"跑警报",从新校舍北门出去,到野地里呆着,各干各的事,晒太阳、整理笔记、谈恋爱……。直到"解除警报"拉响,才拍拍身上的草末,悠悠闲闲地往回走。"跑警报"有时时间相当长,得一两小时。郑智绵绝对不跑警报。他干什么呢?他留下来煮冰糖莲子。

广东人爱吃甜食,郑智绵是其尤甚者。金碧路有一家广东人开的甜食店,卖绿豆沙、芝麻糊、番薯糖水……。番薯糖水有什么吃头?然而郑智绵说"好嘢!"不过他最爱吃的是冰糖莲子。

西南联大新校舍大图书馆西边有一座烧开水的炉子。一有警报,没有人来打开水,炉子的火口就闲了下来,郑智绵就用一个很大的白搪瓷漱口缸来煮莲子。莲子不易烂,不过到解除警报响了,他的莲子也就煨得差不多了。

一天,日本飞机在新校舍扔了一枚炸弹,离开水炉不远,就在郑智绵身边。炸弹不大,不过炸弹带了尖锐哨音往下落,在土地上炸了一个坑,还是挺吓人的。然而郑智绵照样用汤匙搅他的冰糖莲子,神色不动。到他吃完了莲子,洗了漱口缸,才到弹坑旁边看了看,捡起一个弹片(弹片还烫手),骂了一声:

"丢那妈!"

一九九七年三月十八日

注　释

① 本篇原载《汪曾祺全集》第六卷,北京师范大学出版社,1998 年 8 月。

猫①

我不喜欢猫。

我的祖父有一只大黑猫。这只猫很老了,老得懒得动,整天在屋里趴着。

从这只老猫我知道猫的一些习性:

猫念经。猫不知道为什么整天"念经",整天呜噜呜噜不停。这呜噜呜噜的声音不知是从哪里发出来的,怎么发出来的。不是从喉咙里,像是从肚子里发出的。呜噜呜噜……真是奇怪。别的动物没有这样不停地念经的。

猫洗脸。我小时洗脸很马虎,我的继母说我是猫洗脸。猫为什么要"洗脸"呢?

猫盖屎。北京人把做了见不得人的事想遮掩而又遮不住,叫"猫盖屎"。猫怎么知道拉了屎要盖起来的?谁教给它的?——母猫,猫的妈?

我的大伯父养了十几只猫。比较名贵的是玳瑁猫——有白、黄、黑色的斑块。如是狮子猫,即更名贵。其他的猫也都有品,如"铁棒打三桃",——白猫黑尾,身有三块桃形的黑斑;"雪里拖枪";黑猫、白猫、黄猫、狸猫……

我觉得不论叫什么名堂的猫,都不好看。

只有一次,在昆明,我看见过一只非常好看的小猫。

这家姓陈,是广东人。我有个同乡,姓朱,在轮船上结识了她们,母亲和女儿,攀谈起来。我这同乡爱和漂亮女人来往。她的女儿上小学了。女儿很喜欢我,爱跟我玩。母亲有一次在金碧路遇见我们,邀我们上她家喝咖啡。我们去了。这位母亲已经过了三十岁了,人很漂亮,身材高高的,腿很长。她看人眼睛眯眯的,有一种恍恍惚惚的成熟的美。她斜靠在长沙发的靠枕上,神态有点慵懒。在她脚边不远的地方,有一个绣墩,绣墩上一个墨绿色软缎圆垫上卧着一只小白猫。这猫真小,连头带尾只有五六寸,雪白的,白得像一团新雪。这猫也是懒懒的,不时睁开蓝眼睛顾盼一下,就又闭上了。屋里有一盆很大的素心兰,开得正好。好看的女人、小白猫、兰花的香味,这一切是一个梦境。

猫的最大的劣迹是交配时大张旗鼓地嚎叫。有的地方叫做"猫叫春",北京谓之"闹猫"。不知道是由于快感或痛感,郎猫女猫(这是北京人的说法,一般地方都叫公猫、母猫)一递一声,叫起来没完,其声凄厉,实在讨厌。鲁迅"仇猫",良有以也。有一老和尚为其叫声所扰,以至不能入定,乃作诗一首。诗曰:

> 春叫猫儿猫叫春,
> 看他越叫越来神。
> 老僧亦有猫儿意,
> 不敢人前叫一声。

一九九七年三月二十三日

注　释

① 本篇原载《汪曾祺全集》第六卷,北京师范大学出版社,1998 年 8 月。

林斤澜！哈哈哈哈……①

林斤澜这个名字很怪。他原名庆澜,意思是庆祝河水安澜,大概生他那年他们家乡曾遭过一次水灾,后来水退了。不知从哪年,他自己改名"斤澜"。我跟他说过,"斤澜"没讲,他也说:没讲！他们家的人名字都有点怪。夫人叫"古叶",女儿叫"布谷"。大概都是他给起的。斤澜好怪,好与众不同。他的《矮凳桥风情》里有三个女孩子,三姐妹叫笑翼、笑耳、笑杉。小城镇哪里会有这样的名字呢？我捉摸了很久,才恍然大悟:原来只是小一、小二、小三。笑翼的妈妈给儿女起名字时不会起这样的怪名字的,这都是林斤澜搞的鬼。夏尚质,周尚文,林尚怪。林斤澜被称为"怪味胡豆",罪有应得。

斤澜曾患心脏病,三十岁就得过一次心肌梗死。后来又得过一次,但都活下来了。六十岁时他就说过他活得已经够了本,再活就是白饶。斤澜的身体不算好,但他不在乎。我这些年出外旅游,总是"逢高不上,遇山而止",斤澜则是有山就爬。他慢条斯理的,一步一步地走,还误不了看山看水,结果总是他头一个到山顶。一览众山小,笑看众头低。他应该节制饮食,但是他不,每有小聚,他都是谈笑风生,饮啖自若。不论是黄酒、白酒、葡萄酒、啤酒,全都招呼。最近有一次,他同时喝了三种酒。人常说酒喝杂了不好,斤澜说:"没事!"斤澜爱吃肉。"三天不吃肉就觉得难受。"他吃肉不讲究部位,冰糖肘子、腌笃鲜、蒜泥白肉,都行。他爱吃猪头肉,尤其爱吃"拱嘴"——猪鼻子,以为乃人间之"大美"。他是温州人,说起生吃海鲜,眉飞色舞。吃海鲜,喝黄酒,嘿！不过温州的"老酒汗"(黄酒再蒸一次)我实在喝不出好来。温州人还有一种喝法,在黄酒里加鸡蛋,煮热,这算什么酒！斤澜的吃喝是很平民化的。我和他曾在屯溪街头一小吃店的檐下,就一盘煮螺蛳,

329

一人喝了两瓶加饭。他爱吃豆腐，老豆腐、嫩豆腐、毛豆腐、臭豆腐，都好。煎炒煮炸，都好。我陪他在乐山小饭馆吃了乡坝头上的菜豆花，好！

斤澜的生活是很平民化的。他不爱洗什么桑那浴，愿意在澡塘的大池子里（水很烫）泡一泡，泡得大汗淋漓，浑身作嫩红色。他大概是有几身西服的，但我从未见过他穿了整齐的套服，打了领带。他爱穿夹克，里面是条纹格子衬衫。衬衫就是街上买的，棉料的多，颜色倒是不怕花哨。

斤澜的平民化生活习惯来自于他对生活的平民意识。这种平民意识当然会渗入他的作品。

斤澜的哈哈笑是很有名的。这是他的保护色。斤澜每遇有人提到某人、某事，不想表态，就把提问者的原话重复一次，然后就殿以哈哈的笑声。"×××，哈哈哈哈……""这件事，哈哈哈哈……"把想要从口中掏出他的真实看法的新闻记者之类的人弄得莫名其妙，斤澜这种使人摸不着头脑抓不住尾巴的笑声，使他摆脱了尴尬，而且得到一层安全的甲壳。在反右派运动中，他就是这样应付过来的。林斤澜不被打成右派，是无天理，因此我说他是"漏网右派"，他也欣然接受。

斤澜极少臧否人物，但是是非清楚，爱憎分明。他一直在北京市文联工作，对市文联的领导，一般干部的遗闻佚事了如指掌。比如他对老舍挨斗，是他亲眼所见，亲耳所闻，揭发批判老舍的人是赖也赖不掉的。他觉得萧军有骨头有侠气，真是一条汉子。红卫兵想要萧军低头认罪，萧军就是不低头，两腿直立，如同生了根。萧军没有动手，他说："我要是一动手，七八个小青年就得趴下。"红卫兵斗骆宾基，萧军说："你们谁敢动骆宾基一根毫毛！"京剧演员荀慧生病重，是萧军背着他上车的。"文革"后，文联作协批斗浩然，斤澜听着，忽然大叫："浩然是好人哪！"当场昏厥。斤澜平时似很温和，总是含笑看世界，但他的感情是非常强烈的。

斤澜对青年作家（现在都已是中年了）是很关心的。对他们的作品几乎一篇不落地都看了，包括一些评论家的不断花样翻新，用一种不中不西希里古怪的语言所写的论文。他看得很仔细，能用这种古怪语言和他们对话。这一点，他比我强得多。

林斤澜！哈哈哈哈……

注　释

① 本篇原载《时代文学》1997 年第二期；初收《汪曾祺全集》第六卷，北京师范大学出版社，1998 年 8 月。

梦见沈从文先生[①]

夜梦沈从文先生。

梦见《人民文学》改了版，成了综合性的文学刊物。除整块整块的作品外，也发一些文学的随笔、杂记、评论。主编崔道怡。我到编辑部小坐。屋里无人。桌上有一份校样，是沈先生的一篇小说的续篇。拿起来看了一遍，写得还是很好。有几处我觉得还可再稍稍增饰发挥，就拿起笔来添改了一下。拿了校样，想找沈先生看一看，是否妥当。沈先生正在隔壁北京市文联开会（沈先生很少到市文联开会）。一出门，见沈先生迎面走来，就把校样交给他。沈先生看了，说："改得好！我多时不写小说，笔有点僵了，不那么灵活了。笔这个东西，放不得。"

"……文字，还是得贴紧生活。用写评论的语言写小说，不成。"

我说现在的年轻作家喜欢在小说里掺进论文成份，以为这样才深刻。

"那不成。小说是小说，论文是论文。"

沈先生还是那样，瘦瘦的，穿一件灰色的长衫，走路很快，匆匆忙忙的，挟着一摞书，神情温和而执着。

在梦中我没有想到他已经死了。我觉得他依然温和执着，一如既往。

我很少做这样有条有理的梦（我的梦总是飘飘忽忽，乱糟糟的），并且醒后还能记得清清楚楚（一些情节，我在梦中常自以为记住了，醒来却忘得一干二净）。醒来看表，四点二十分，怎么会做这样的梦呢？

沈先生在我的梦里说的话并无多少深文大义，但是很中肯。

（一九九七年四月三日清晨）

济公坐轿子①

——四时佳兴之七

县太爷的老母亲生病,要请济公到家给老太太看病,派一家人,打发两个轿夫抬了轿子来接。济公说:"我坐不来轿子,你们把轿子抬回去!我不愿意叫人抬着!"——"那您怎么走?"——"我走着去!"家人作了难,说:"您不坐,我们抬了空轿子回去,见了县太爷不好交待。您还是坐吧!"——"不坐!"这可怎么办呢?济公看看轿子,说:"这么着吧:把轿底打掉,你们在外面抬,我在里面走。"这可真新鲜!可是没有办法,只得依他。济公钻进没有底的空轿,俩轿夫一前一后,济公发了口令:"上肩!走!"轿夫抬着空轿,挺腰款步,风摆柳似地走起来。济公也随着轿夫脚下的节拍一块走,从轿帏下露出两只穿了破鞋的黑脚。啪嗒啪嗒啪嗒……

济公可算是一位空前绝后的幽默大师。

注　释

① 本篇原载 1997 年 4 月 7 日《北京晚报》。

齐白石的童心①

曾见齐白石册页四开，都很有趣，内一开画淡蓝色的藤花数穗，很多很多野蜜蜂，在花间上下乱飞，用金冬心体作了颇长的题跋：

> 家山有野藤，花时游蜂无数，×孙小时曾为蜂所螫。此×孙能作此藤花矣。静思往事，如在目底。

题跋似明人小品，极有风致。"静思往事，如在目底"，用老人的家乡话说："此言说得有味。"

事隔多年，画和题跋都不忘。题跋字句或小有出入，老人的孙子的小名已模糊，只好以"×"代之。此画已印为单页，倘或有缘再见，当逐字核对。

此画之美，在于有一片温情，一片童心，一片人道主义。第一流的画家所以高出平庸的（尽管技法很熟练）画家，分别正在一个有童心，一个"冇"。

注　释

① 本篇原载 1997 年 4 月 11 日《南方周末》"四时佳兴"专栏；初收《汪曾祺全集》第六卷，北京师范大学出版社，1998 年 8 月。

富贵闲人，风雅盟主①

——企业家我对你说

全美保险公司是一个很大的企业，我参观了它在依阿华州的分公司。这家公司的经营管理全部电脑化。大办公室里几百张办公桌，每张桌上一架电脑，电脑正在运作，室内却没有一个人。小写字间的工作人员也很少。使我觉得奇怪的是到处都是现代抽象艺术作品。会客室、展览厅、办公室，墙壁上、桌上、茶几上、楼梯口，都是，油画、丙烯画、木雕、金属雕饰……

后来参观了别处的几家企业，情况也大体相似。

这是怎么回事呢？为什么这些企业主对艺术，特别是现代抽象艺术，那样感兴趣？

后来知道，美国政府有一条政策：凡企业花钱购买美国艺术家的抽象派的艺术作品，这笔钱可以从应缴税款中扣除，即企业家可以免缴部分税，白得一件艺术作品。以企业养艺术，这是一条好政策！

企业主着眼的似乎不全在可以免税，一半也表现出他们扶植艺术的热情，显示他们的艺术欣赏的品位。

江·迪尔是一个很大的农机厂，它的厂房是一道风景。主建筑是钢结构，钢的自然的锈色和透明的钢化玻璃门窗，造成极为疏朗的视觉效果。一切都是经过精心设计的。走道阶级，布置得宜。连院中铺地的方石之间种的草都是从国外高价选购移植的。主建筑前有一个圆形小湖，湖中有岛，岛上安置着亨利·摩尔的雕塑。

亨利·摩尔是个可以与毕加索相提并论的大艺术家。像是青铜的，是抽象雕塑，很难确认表现的是什么，但是不论从哪一个方向看，都很美。其思想内涵，照我的感觉是：母亲——爱。买这样的杰作，是要很多钱的,而且这一大笔钱是不能顶税的,——美国政府允许购买艺术品的政策,只限于对美国艺术家。亨利·摩尔不是美国人。但是江·迪尔不惜巨款买下了,而且特为挖了一口小湖,堆出一座小岛,农机厂主对艺术鉴赏的眼光魄力真是"镇了"。亨利·摩尔的雕塑现已成为江·迪尔的骄傲,它的形象成了农机厂的标志。我们看过介绍江·迪尔的纪录片,第一个镜头就是亨利·摩尔的雕塑。

艺术是要靠钱养活的。高级的艺术需要真正的"大款"的扶持,这是天经地义的事。

在中国也是这样。

起初,艺术与宗教密切相关。没有那样多的"供养人"出钱,就不可能有云冈石窟、龙门石窟、敦煌的壁画和彩塑。不可能有戴逵、吴道子。

后来,艺术成了皇家占有的精神享受。黄筌、徐熙、马远、夏珪、苏汉臣……都曾供职画院,领取俸禄。元明都设画院。清有如意馆,罗致了一大批画家、书家,随时待诏。蒋南沙、冷枚、邹一桂都是御用画家。

到了清中叶以后情况有些改变。中国经济走进了前资本主义时期,出现了一批资力雄厚、规模不小、网络纵横的企业,纺织业、丝绸业以及山西的票号、扬州的盐商……。经营官盐的贩运也可算是一种企业,而且是非常发财的企业。盐商有一特点:爱钱,也爱艺术。他们乐于结识文人、书家、画家,待之如上宾,酬之以重金。在他们的照拂下,扬州一时名士云集。可以说没有扬州盐商,就没有"扬州八怪"。"扬州八怪"的形成是一个复杂的问题,但与扬州盐商分不开。我很希望有人写出一本《扬州八怪和扬州盐商》,从经济角度、文化角度分析企业和艺术的关系。我觉得盐商之于书画,不只是"附庸风雅",他们实是风雅的盟主,艺术的保护神。

我希望中国的企业家能够继承播扬风雅的传统,借鉴外国的经验,给中国的艺术家更多的支援、帮助。

扶植艺术,对企业家本人有什么意义?

一是可以从书画的奔放豪迈的气势中受到启示,引发激情,成为办企业的真正的大手笔。

二是可以得到一点精神上的休息,于汹涌而不免污浊的商海搏击中找到一分清凉的绿荫,于浮躁中得到慰藉。

三,最重要的是可以提高自己的文化品位,文化素质,少一点市侩气、暴发户气,多一分书卷气,文质彬彬,活得更潇洒一些。

一九九七年四月十一日

注 释

① 本篇原载《汪曾祺全集》第六卷,北京师范大学出版社,1998 年 8 月。

铁 凝 印 象^①

"我对给他人写印象记一直持谨慎态度,我以为真正理解一个人是困难的,通过一篇短文便对一个人下结论则更显得滑稽。"^②铁凝说得很对。我接受了让我写写铁凝的任务,但是到快交卷的时候,想了想,我其实并不了解铁凝。也没有更多的时间温习一下一些印象的片段,考虑考虑。文章发排在即,只好匆匆忙忙把一枚没有结熟的"生疙瘩"送到读者面前,——张家口一带把不熟的瓜果叫做"生疙瘩"。

四次作代会期间,有一位较铁凝年长的作家问铁凝:"铁凝,你是姓铁吗?"她正儿八经地回答:"是呀。"这是一点小狡狯。她不姓铁,姓屈,屈原的屈。我不知道她为什么不告诉那年纪稍长的作家实话。姓屈,很好嘛!她父亲作画署名"铁扬",她们姊妹就跟着一起姓起铁来。铁凝有一个值得叫人羡慕的家庭,一个艺术的家庭。铁凝是在一个艺术的环境长大的。铁扬是个"不凡"的画家。——铁凝拿了我在石家庄写的大字对联给铁扬看,铁扬说了两个字:"不凡。"我很喜欢这个高度概括,无可再简的评语,这两个字我可以回赠铁扬,也同样可以回赠给他的女儿。铁凝的母亲是教音乐的。铁扬夫妇是更叫人羡慕的,因他们生了铁凝这样的女儿。"生子当如孙仲谋",生女当如屈铁凝。上帝对铁扬一家好像特别钟爱。且不说别的,铁凝每天要供应父亲一瓶啤酒。一瓶啤酒,能值几何?但是倒在啤酒杯里的是女儿的爱!

上帝在人的样本里挑了一个最好的,造成了铁凝。又聪明,又好看。四次作代会之后,作协组织了一场晚会,让有模有样的作家登台亮相。策划这场晚会的是疯疯癫癫的张辛欣和《人民文学》的一个胖胖乎乎的女编辑,——对不起,我忘了她叫什么。二位一致认为,一定得让铁凝出台。那位小胖子也是小疯子的编辑说:"女作家里,我认为最漂亮的是铁凝!"我准备投她一票,但我没有表态,因为女作家选美,不干我这大老头什么事。

铁凝长得不高不矮,不胖不瘦。两腿修长,双足秀美,行步动作都很矫健轻快。假如要用最简练的语言形容铁凝的体态,只有两个最普通的字:挺拔。她面部线条清楚,不是圆乎乎地像一颗大青白杏儿。眉浓而稍直,眼亮而略狭长。不论什么时候都是精精神神,清清爽爽的,好像是刚刚洗了一个澡。我见过铁凝的一些照片。她的照片大致可分为两类。一类是露齿而笑的。不是"巧笑倩兮"那样自我欣赏,也叫人欣赏的"巧笑",而是坦率真诚,胸无渣滓的开怀一笑。一类是略带忧郁地沉思。大概这是同时写在她的眉宇间的性格的两个方面。她有时表现出有点像英格丽褒曼的气质,天生的纯净和高雅。有一张放大的照片,梳着蓬松的鬈发(铁凝很少梳这样的发型),很像费雯丽。当我告诉铁凝,铁凝笑了,说:"又说我像费雯丽,你把我越说越美了。"她没有表示反对。但是铁凝不是英格丽褒曼,也不是费雯丽,铁凝就是铁凝,人世间只有一个铁凝。

铁凝胆子很大。我没想到她爱玩枪,而且枪打得不错。她大概也敢骑马!她还会开汽车。在她挂职到涞水期间,有一次乘车回涞水,从驾驶员手里接过方向盘,呼呼就开起来。后排坐着两个干部,一个歪着脑袋睡着了,另一个推醒了他,说:"快醒醒! 你知道谁在开车吗? ——铁凝!"睡着了的干部两眼一睁,睡意全消。把性命交给这么个姑奶奶手上,那可太玄乎了! 她什么都敢干。她写东西也是这样:什么都敢写。

铁凝爱说爱笑。她不是腼腆的,不是矜持渊默的,但也不是家雀一样叽叽喳喳,吵起来没个完。有一次我说了一个嘲笑河北人的有点粗俗的笑话:一个保定老乡到北京,坐电车,车门关得急,把他夹住了。老乡大叫:"夹住咱腚了! 夹住俺腚了!"售票员问:"怎么啦?"——"夹住俺腚了!"售票员明白了,说:"北京这不叫腚。"——"叫什么?"——"叫屁股。"——"哦!"——"老大爷你买票吧。您到哪儿呀?"——"安屁股门!"铁凝大笑,她给续了一段:"车开了,车上人多,车门被挤开了,老乡被挤下去了,——哦,自动的!"铁凝很有幽默感。这在女作家里是比较少见的。

关于铁凝的作品,我不想多谈,因为我只看过一部分,没有时间通读一遍,就印象言,铁凝的小说也可以大致分为两类。一类是像《哦,香雪》一样清新秀润的。"清新"二字被人用滥了,其实这是很不容易做到的。河北省作家当得起清新二字的,我看只有两个人,一是孙犁,一是铁凝。这一类作品抒情性强,笔下含蓄。另一类,则是社会性较强的,笔下比较老辣。像《玫瑰门》里的若干章节,如"生吃大黄猫",下笔实可谓带着点残忍,惊心动魄。王蒙深为铁凝丢失了清新而惋惜,我见稍有不同。现实生活有时是梦,有时是严酷的,粗粝的。对粗粝的生活只能用粗粝的笔触写之。即使是女作家,也不能一辈子只是写"女郎诗"。我以为铁凝小说有时亦有男子气,这正是她在走向成熟的路上迈出的坚实的一步。

我很希望能和铁凝相处一段时间,仔仔细细读一遍她的全部作品,好好地写一写她,但是恐怕没有这样的机遇。而且一个人感觉到有人对她跟踪观察,便会不自然起来。那么到哪儿算哪儿吧。

一九九七年五月八日凌晨

注　释

① 本篇原载 1997 年 6 月 16 日《北京晚报》,又载《时代文学》1997 年第四期"名家侧影"栏;初收《汪曾祺全集》第六卷,北京师范大学出版社,1998 年8 月。

② 《铁凝文集·5·写在卷首》。

百 岛 之 县^①

——洞头拾贝

百岛千礁东西走，
量金量银不用斗。

洞头原与大陆是一体，大约 7000 年前一次大的海侵，始与大陆分离，形成现在的洞头列岛。洞头县由 103 个岛屿和 295 个礁组成。四望皆为海，抬眼便是礁。这些岛屿和礁虽然是星罗棋布，大体是东西向，但有主有宾，可以分为三群，错落有致，灵秀悦目。

靠海吃海。洞头的国民经济来源主要是海产。海产一是捕捞，本地谓之"讨海"。一年四季皆可捕。洞头渔汛分春夏汛和冬汛。民谚云："立夏到，黄瓜鱼咕咕叫，渔民笑。"小黄鱼鱼发从立夏至惊蛰，"惊蛰巴佬，尽打不走。"从谷雨起发墨鱼，旺发时站在近岸崖上都可直接捕到。从立秋开始捕带鱼，冬至过后、春节之前为旺汛，民谚云："冬至过，年关末，带鱼像柴爿。"其次是养殖。最初养殖的是贝类，其后养殖海带紫菜，又其后网箱养殖扇贝、鲍鱼、鲷鱼、石斑等优质鱼，创汇不少。洞头鱼贝肉嫩味鲜，真是"生猛海鲜"。洞头人吃青蛤、竹蛏、龟足、辣螺皆生吃。

"捕鱼人儿世世穷"，"吃粥配菜脯，没钱赚给某"^②的时代已经一去不复返，现在洞头渔民的生活都富裕了。洞头水产资源丰富，潜力很大，渔业还会有很大发展。

云满碧山花满谷，

此间小住亦神仙。③

洞头是浙江省重点风景名胜区,石奇、礁峻、滩平、水清。

半屏岛大沙龙沙滩平坦柔和,颜色纯净,又名千步沙,以其宽广也。大门岛马岙潭沙滩,沙质为铁板沙,为天然海水浴场。岸上有长年不竭之清泉,冲浪之后,用以洁身,全身爽利。

中国人喜欢以物状景,半属附会。洞头礁石也被游客指为像什么像什么,未能免俗,只好由它! 洞头多岩洞,洞深而容积大,倒是很奇特。"观景不如听景",中国人又爱假造许多有关的传说。这不足说明"好事者"想象力的丰富,倒是表现了他们的想象力的贫乏。滩自滩,礁自礁,洞自洞,美丽处可以让人自己去发现。我希望洞头风景不要受到无聊传说的限制。

洞头多无人岛,因为气候适宜,有充足的海鲜食料,给一些鸟类提供了栖息繁衍条件。北爿山岛上就有上万只鸥鸟,鼓翼群飞,上下翱翔,洵为奇观。

一方水土一方人,
本地闽南不同音。

唐以前活动在洞头列岛的人多属半定居性质。每逢汛期上岛,结草为庐,打鱼为生,汛后返回大陆,唐宋以后陆续有人上岛定居。明洪武十年因为倭寇为患,被迫内迁,诸岛荒废。倭寇既平,复回列岛。来列岛者多为闽浙沿海人,以故居民都说闽南话和温州话两种方言,而岛上人的语音又有本岛的特点,与闽浙方言不尽相同。岛上闽南话有"白读"和"文读"之分;岛上的温州话保留了温州话系统、吴方言的特点,而对温州某些地区的方言细节作了保留。这样岛上的话比一般的温州话更不好懂。岛上不少人都能操闽南话、温州话两种方言,这对外地人可造成很大的困难。洞头的生产将日益发展,尤其是旅游业,在洞头推广普通话实为当务之急。

也爱武装，

也爱红装。

我们去参观洞头先锋女子民兵连。这些女兵真了不起。在女民兵连长汪月霞带领下，她们帮助施工部队搬石头、洗衣服。盛夏大风，部队缺淡水，汪月霞等七名女兵驾了帆船，与风浪搏斗了一夜，终于送到80担淡水。六连养殖海带用的棕绳烂掉了，28名女民兵毅然剪下自己的辫子代替。

从先锋女子民兵连的前身——洞头县北沙乡女子民兵排成立，到我们去参观民兵连，已经38年，领导和成员已经换了几代，但是她们一直保持边练武、边生产，红旗一直在连部飘扬。

我们参观了她们的实弹射击，真是弹无虚发，枪枪命中。

给我们留下深刻印象的是这些神枪手都长得很漂亮，眉清目秀，长身细腰，而且都打扮过一番，都涂了口红。"兵"涂口红，似乎少有。这就是我们的女兵，名副其实的"飒爽英姿"！

注　释

① 本篇是作者与夫人施松卿合著。原载《百岛彩贝：名家笔下的洞头》，洞头县文化局、洞头县文联，1997 年 11 月。

② 某：闽南方言，老婆。

③ 清代王步霄诗。

下　大　雨[①]

雨真大。下得屋顶上起了烟。大雨点落在天井的积水里砸出一个一个丁字泡。我用两手捂着耳朵，又放开，听雨声：呜——哇；呜——哇。下大雨，我常这样听雨玩。

雨打得荷花缸里的荷叶东倒西歪。

在紫薇花上采蜜的大黑蜂钻进了它的家。它的家是在椽子上用嘴咬出来的圆洞，很深。大黑蜂是一个"人"过的。

紫薇花湿透了，然而并不被雨打得七零八落。

麻雀躲在檐下，歪着小脑袋。

蜻蜓倒吊在树叶的背面。

哈，你还在呀！一只乌龟。这只乌龟是我养的。我在龟甲边上钻了一个洞，用麻绳系住了它，拴在柜橱脚上。有一天，不见了。它不知怎么跑出去了。原来它藏在老墙下面一块断砖的洞里。下大雨，它出来了。它昂起脑袋看雨，慢慢地爬到天井的水里。

注　释

① 本篇原载《收获》1998 年第一期；初收《汪曾祺全集》第六卷，北京师范大学出版社，1998 年 8 月。

三　圣　庵^①

　　祖父带我到三圣庵去,去看一个老和尚指南。

　　很少人知道三圣庵。

　　三圣庵在大淖西边。这是一片很荒凉的地方,长了一些野树和稀稀拉拉的芦苇,有一条似有若无的小路。

　　三圣庵是一个小庵,几间矮矮的砖房,没有大殿,只有一个佛堂。也没有装金的佛像。供案上有一尊不大的铜佛,一个青花香炉,清清爽爽,干干净净。

　　指南是个戒行严苦的高僧。他曾在香炉里烧掉两个食指,自号八指头陀。

　　他原来是善因寺的方丈。善因寺是全城最大的佛寺,殿宇庄严,佛像高大。善因寺有很多庙产。指南早就退居,——“退居”是佛教的说法,即离开方丈的位置,不再管事。接替他当善因寺的方丈的,是他的徒弟铁桥。指南退居后就住进三圣庵,和尘世完全隔绝了。

　　指南相貌清癯,神色恬静。

　　祖父和他说了一会话,——他们谈了一些什么,我已经没有印象,就告辞出庵了。

　　他的徒弟铁桥和指南可是完全不一样。他是一个风流和尚,相貌堂堂,双目有光。他会写字,会画画,字写石鼓文,画法吴昌硕,兼学任伯年,在我们县里可以说是数一数二。他曾在苏州一个庙里当过住持,作画题铁桥,有时题邓尉山僧。他所来往的都是高门名士。善因寺有素菜名厨,铁桥时常办斋宴客,所用的都是猴头、竹荪之类的名贵材料。很多人都知道,他有一个相好的女人。这个女人我见过,是个美人,岁数不大。铁桥和我的父亲是朋友。父亲年轻时刻过一套《陋室铭》印谱,就是铁桥题的签。父亲续娶,新房里挂的是一条铁桥的画,泥金地,画的是桃花双燕,设色鲜艳,题的字是:"淡如仁兄嘉礼　弟铁桥敬贺"。父亲在新房里挂一幅和尚画的画,铁桥和俗家人称兄道弟,他们都真是不拘礼法。我有时到善因寺去玩,铁桥知道我是汪淡如的儿子,就领我到他的方丈里吃枣子栗子之类的东西。我的小说里所写的石桥,就是以铁桥作原型的。

高邮解放,铁桥被枪毙了,什么罪行,没有什么人知道。

前几年我回家乡,翻看旧县志,发现志载东乡有一条灌溉长渠,是铁桥出头修的。那么铁桥也还做过一点对家乡有益的事。

我不想对铁桥这个人作出评价。不过我倒觉得铁桥的字画如果能搜集得到,可以保存在县博物馆里。

由三圣庵想到善因寺,又由指南想到铁桥,我这篇文章真是信马由缰了。为什么要写这篇文章呢?我只是想说:和尚和和尚不一样,和尚有各式各样的和尚,正如人有各式各样的人。

我直到现在还不明白我的祖父为什么要带我到三圣庵,去看指南和尚。我想他只是想要一个孙子陪陪他,而我是他喜欢的孙子。

注　释

① 本篇原载《收获》1998 年第一期;初收《汪曾祺全集》第六卷,北京师范大学出版社,1998 年 8 月。

阴　　城①

　　草巷口往北,西边有一个短短的巷子。我的一个堂房叔叔住在这里。这位堂叔我们叫他小爷。他整天不出门,也不跟人来往,一个人在他的小书房里摆围棋谱,养鸟。他养过一只鹦鹉,这在我们那里是很少见的。我有时到小爷家去玩,去看那只鹦鹉。

　　小爷家对面有两户人家,是种菜的。

　　由小爷家门前往西,几步路,就是阴城了。

　　阴城原是一片古战场,韩世忠的兵曾经在这里驻过。有人捡到过一种有耳的陶壶,叫做"韩瓶",据说是韩世忠的兵用的水壶,用韩瓶插梅花,能够结子。韩世忠曾在高邮驻守,但是没有在这里打过仗。韩世忠确曾在高邮属境击败过金兵,但是在三垛,不在高邮城外。有人说韩瓶是韩信的兵用的水壶,似不可靠,韩信好像没有在高邮屯过兵。

　　看不到什么古战场的痕迹了,只是一片野地,许多乱葬的坟,因此叫做"阴城"。有一年地方政府要把地开出来种麦子,挖了一大片无主的坟,遍地是糟朽的薄皮棺材和白骨。麦子没有种成,阴城又成了一片野地,荒坟累累,杂草丛生。

　　我们到阴城去,逮蚂蚱,掏蛐蛐,更多的时候是去放风筝。

　　小时候放三尾子。这是最简单的风筝。北京叫屁股帘儿,有的地方叫瓦片。三根苇篾子扎成一个干字,糊上一张纸,四角贴"云子",下面粘上三根纸条就得。

　　稍大一点,放酒坛子,篾架子扎成绍兴酒坛状,糊以白纸;红鼓,如鼓形;四老爷打面缸,红鼓上面留一截,露出四老爷的脑袋——一个戴纱帽的小丑;八角,两个四方的篾框,交错为八角;在八角的外边再套一个八角,即为套角,糊套角要点技术,因为两个八角之间要留出空隙。

红双喜,那就更复杂了,一般孩子糊不了。以上的风筝都是平面的,下面要缀很长的麻绳的尾巴,这样上天才不会打滚。

风筝大都带弓。干蒲破开,把里面的瓤刮去,只剩一层皮。苇秆弯成弓。把蒲绷在弓的两头,缚在风筝额上,风筝上天,蒲弓受风,汪汪地响。

我已经好多年不放风筝了。北京的风筝和我家乡的,我小时糊过、放过的风筝不一样,没有酒坛子,没有套角,没有红鼓,没有四老爷打面缸。北京放的多是沙燕儿。我的家乡没有沙燕儿。

注　释

① 本篇原载《收获》1998年第一期;初收《汪曾祺全集》第六卷,北京师范大学出版社,1998年8月。

记　梦①

一

　　三只兔子住在兔圈里。他们说："咱们写小说吧。"

　　两只兔子把一只兔子托起来扔起来，像体操技巧表演"扔人"那样扔起来，这只兔子向兔圈外面看了一眼，在空中翻了一个跟头，落地了。

　　他们轮流扔。三个人都向兔圈外面看了。

　　他们就写小说。

　　小说写成了，出版了。

二

　　在昆明，连日给人写字。

　　做了一个梦。写了一副对联，隶书的。一转脸，看见一个人，趴在地上，用毛笔把我写的字的乳白地方都填实了，把"蚕头"、"燕尾"都描得整整齐齐的，字变得很黑。

　　醒来告诉燕祥，燕祥说：此人是一个编辑。

　　我们同行者之中，有几位是当编辑的。

三

　　梦中到了一个地方。这地方叫佳集麤，有一张木刻的旧地图上有这三个字。地图纸色发黄。当地人念成"符集集"。梦里想："佳"字怎么能谈成"符"呢？且想：名从主人，随他们吧。

这地方有一条河，河上有一座灰色的桥。河水颇大。

醒来，想：怎么会做了这样一个梦呢？又想：这可以用在一篇小说里，作为一个古镇的地名。

把这个梦记在一张旧画上，寄与德熙。

四

马路对面卖西瓜的棚子里有一条狗，夜里常叫，叫起来没完，每一次时间很长，声音很难听，鬼哭狼嚎，不像狗叫。我夜里常被它叫醒。今天夜里，叫的次数特多，醒来后，很久睡不着。真难听。睡着了，净做怪梦。

梦见毕加索。毕加索画了很多画。起初画得很美，也好懂。后来画的，却像狗叫。

晨醒，想：恨不与此人同时，——同地。

注　释

① 本篇原载《大家》1998 年第二期；初收《汪曾祺全集》第六卷，北京师范大学出版社，1998 年 8 月。

草木虫鱼鸟兽①

雁

"爬山调":"大雁南飞头朝西……"

诗人韩燕如告诉我,他曾经用心观察过,确实是这样。他惊叹草原人民对生活的观察的准确而细致。他说:"生活!生活!……"

为什么大雁南飞要头朝着西呢? 草原上的人说这是依恋故土。"爬山调"是用这样的意思作比喻和起兴的。

"大雁南飞头朝西……"

河北民歌:"八月十五雁门开,孤雁头上带霜来……"

"孤雁头上带霜来",这写得多美呀!

琥　珀

我在祖母的首饰盒子里找到一个琥珀扇坠。一滴琥珀里有一只小黄蜂。琥珀是透明的,从外面可以清清楚楚地看到黄蜂。触须、翅膀、腿脚,清清楚楚,形态如生,好像它还活着。祖母说,黄蜂正在乱动,一滴松脂滴下来,恰巧把它裹住。松脂埋在地下好多年,就成了琥珀。祖母告诉我,这样的琥珀并非罕见,值不了多少钱。

后来我在一个宾馆的小卖部看到好些人造琥珀的首饰。各种形状的都有,都琢治得很规整,里面也都压着一个昆虫。有一个项链上的淡黄色的琥珀片里竟至压着一只蜻蜓。这些昆虫都很完整,不缺腿脚,不缺翅膀,但都是僵直的,缺少生气。显然这些昆虫是弄死了以后,精心地,端端正正地压在里面的。

我不喜欢这种里面压着昆虫的人造琥珀。

我的祖母的那个琥珀扇坠之所以美,是因为它是偶然形成的。

美,多少要包含一点偶然。

瓢　虫

瓢虫有好几种,外形上的区别是鞘翅上有多少星点。这种星点,昆虫学家谓之"星"。有七星瓢虫,十四星瓢虫,二十星瓢虫……。有的瓢虫是益虫,它吃蚜虫,是蚜虫的天敌;有的瓢虫是害虫,吃马铃薯的嫩芽。

瓢虫的样子是差不多的。

中国画里很早就有画瓢虫的了。通红的一个圆点,在绿叶上,很显眼,使画面增加了生趣。

齐白石爱画瓢虫。他用藤黄涂成一个葫芦,上面栖息了一只瓢虫,对比非常鲜明。王雪涛、许麟庐都画过瓢虫。

谁也没有数过画里的瓢虫身上有几个黑点,指出这只瓢虫是害虫还是益虫。

科学和艺术有时是两回事。

瓢虫像一粒用砵漆制成的小玩意。

北京的孩子(包括大人)叫瓢虫为"花大姐",这个名字很美。

螃　蟹

螃蟹的样子很怪。

《梦溪笔谈》载:关中人不识螃蟹。有人收得一只干蟹,人家病疟,就借去挂在门上。——中国过去相信生疟疾是由于疟鬼作祟。门上挂了一只螃蟹,疟鬼不知道这是什么玩意,就不敢进门了。沈括说:不但人不识,鬼亦不识也。"不但人不识,鬼亦不识也",这说得很幽默!

在拉萨八角街一家卖藏药的铺子里看到一只小螃蟹,蟹身只有拇指大,金红色的,已经干透了,放在一只盘子里。大概西藏人也相信这只奇形怪状的虫子有某种魔力,是能治病的。

螃蟹为什么要横着走呢?

螃蟹的样子很凶恶,很奇怪,也很滑稽。

凶恶和滑稽往往近似。

豆　芽

朱小山去点豆子。地埂上都点了,还剩一把,他懒得带回去,就搬起一块石头,把剩下的豆子都塞到石头下面。过了些日子,朱小山发现:石头离开地面了。豆子发了芽,豆芽把石头顶起来了。朱小山非常惊奇。

朱小山为这件事惊奇了好多年。他跟好些人讲起过这件事。

有人问朱小山:"你老说这件事是什么意思? 是要说明一种什么哲学吗?"

朱小山说:"不,我只是想说说我的惊奇。"

过了好些年,朱小山成了一个知名的学者,他回他的家乡去看看。他想找到那块石头。

他没有找到。

落　叶

漠漠春阴柳未青,
冻云欲湿上元灯。
行过玉渊潭畔路,
去年残叶太分明。

汽车开过湖边。
带起一群落叶。

落叶追着汽车，

一直追得很远。

终于没有力气了，

又纷纷地停下了。

"你神气什么？

还的的地叫！"

"甭理它。

咱们讲故事。"

"秋天，

早晨的露水……"

啄　木　鸟

啄木鸟追逐着雌鸟，

红胸脯发出无声的喊叫，

它们一翅飞出树林，

落在湖边的柳梢。

不知从哪里钻出一个孩子，

一声大叫。

啄木鸟吃了一惊，

他身边已经没有雌鸟。

不一会树林里传出啄木的声音，

他已经忘记了刚才的烦恼。

注　释

① 本篇《雁》《琥珀》《瓢虫》原载《大家》1998 年第二期；与《螃蟹》《豆芽》《落叶》《啄木鸟》一并，以《草木虫鱼鸟兽》为题，初收《汪曾祺全集》第六卷，北京师范大学出版社，1998 年 8 月。《落叶》曾以《玉渊潭正月》为题，编入《旅途（八首）》中，内容有改动，原载《汪曾祺自选集》，漓江出版社，1987 年 10 月。其余以《草木虫鱼鸟兽》为题，原载《汪曾祺全集》第六卷，北京师范大学出版社，1998 年 8 月。

豆　汁　儿[①]

没有喝过豆汁儿，不算到过北京。

小时看京剧《豆汁记》（即《鸿鸾禧》，又名《金玉奴》，一名《棒打薄情郎》），不知"豆汁"为何物，以为即是豆腐浆。

到了北京，北京的老同学请我吃了烤鸭、烤肉、涮羊肉，问我："你敢不敢喝豆汁儿？"我是个"有毛的不吃掸子，有腿的不吃板凳，大荤不吃死人，小荤不吃苍蝇"的，喝豆汁儿，有什么不"敢"？他带我去到一家小吃店，要了两碗，警告我说："喝不了，就别喝。有很多人喝了一口就吐了。"我端起碗来，几口就喝完了。我那同学问："怎么样？"我说："再来一碗。"

豆汁儿是制造绿豆粉丝的下脚料。很便宜。过去卖生豆汁儿的，用小车推一个有盖的木桶，串背街、胡同。不用"唤头"（招徕顾客的响器），也不吆唤。因为每天串到哪里，大都有准时候。到时候，就有女人提了一个什么容器出来买。有了豆汁儿，这天吃窝头就可以不用熬稀粥了。这是贫民食物。《豆汁记》的金玉奴的父亲金松是"杆儿上的"（叫花头），所以家里有吃剩的豆汁儿，可以给莫稽盛一碗。

卖熟豆汁儿的，在街边支一个摊子。一口铜锅，锅里一锅豆汁，用小火熬着。熬豆汁儿只能用小火，火大了，豆汁儿一翻大泡，就"澥"了。豆汁儿摊上备有辣咸菜丝——水疙瘩切细丝浇辣椒油、烧饼、焦圈——类似油条，但作成圆圈，焦脆。卖力气的，走到摊边坐下，要几套烧饼焦圈，来两碗豆汁儿，就一点辣咸菜，就是一顿饭。

豆汁儿摊上的咸菜是不算钱的。有保定老乡坐下，掏出两个馒头，问"豆汁儿多少钱一碗"，卖豆汁儿的告诉他，"咸菜呢？"——"咸菜不要钱。"——"那给我来一碟咸菜。"

常喝豆汁儿,会上瘾。北京的穷人喝豆汁儿,有的阔人家也爱喝。梅兰芳家有一个时候,每天下午到外面端一锅豆汁儿,全家大小,一人喝一碗。豆汁儿是什么味儿?这可真没法说。这东西是绿豆发了酵的,有股子酸味。不爱喝的说是像泔水,酸臭。爱喝的说:别的东西不能有这个味儿——酸香!这就跟臭豆腐和启司一样,有人爱,有人不爱。

豆汁儿沉底,干糊糊的,是麻豆腐。羊尾巴油炒麻豆腐,加几个青豆嘴儿(刚出芽的青豆),极香。这家这天炒麻豆腐,煮饭时得多量一碗米,——每人的胃口都开了。

八月十六日

注　释

①　本篇原载《汪曾祺全集》第六卷,北京师范大学出版社,1998 年 8 月。

北京人的遛鸟[①]

遛鸟的人是北京人里头起得最早的一拨。每天一清早,当公共汽车和电车首班车出动时,北京的许多园林以及郊外的一些地方空旷、林木繁茂的去处,就已经有很多人在遛鸟了。他们手里提着鸟笼,笼外罩着布罩,慢慢地散步,随时轻轻地把鸟笼前后摇晃着,这就是"遛鸟"。他们有的是步行来的,更多的是骑自行车来的。他们带来的鸟有的是两笼——多的可至八笼。如果带七八笼,就非骑车来不可了。车把上、后座、前后左右都是鸟笼,都安排得十分妥当。看到它们平稳地驶过通向密林的小路,是很有趣的,——骑在车上的主人自然是十分潇洒自得,神清气朗。

养鸟本是清朝八旗子弟和太监们的爱好,"提笼架鸟"在过去是对游手好闲,不事生产的人的一种贬词。后来,这种爱好才传到一些辛苦忙碌的人中间,使他们能得到一些休息和安慰。我们常常可以在一个修鞋的、卖老豆腐的、钉马掌的摊前的小树上看到一笼鸟。这是他的伙伴。不过养鸟的还是以上岁数的较多,大都是从五十岁到八十岁的人,大部分是退休的职工,在职的稍少。近年在青年工人中也渐有养鸟的了。

北京人养的鸟的种类很多。大别起来,可以分为大鸟和小鸟两类。大鸟主要是画眉和百灵,小鸟主要是红子、黄鸟。

鸟为什么要"遛"? 不遛不叫。鸟必须习惯于笼养,习惯于喧闹扰攘的环境。等到它习惯于与人相处时,它就会尽情鸣叫。这样的一段驯化,术语叫做"压"。一只生鸟,至少得"压"一年。

让鸟学叫,最直接的办法是听别的鸟叫,因此养鸟的人经常聚会在一起,把他们的鸟揭开罩,挂在相距不远的树上,此起彼歇地赛着叫,这叫做"会鸟儿"。养鸟人不但彼此很熟悉，而且对他们朋友的鸟的叫声也很熟悉。鸟应该向哪只鸟学叫，这得由鸟主人来决定。一只画眉或百灵，能叫出几种"玩艺"，除了自己的叫声，能学山喜鹊、大喜鹊、伏天、苇乍子、麻雀打架、公鸡打架、猫叫、狗叫。

曾见一个养画眉的用一架录音机追逐一只布谷鸟，企图把它的叫声录下，好让他的画眉学。他追逐了五个早晨（北京布谷鸟是很少的），到底成功了。

鸟叫的音色是各色各样的。有的宽亮，有的窄高；有的鸟聪明，一学就会；有的笨，一辈子只能老实巴交地叫那么几声。有的鸟害羞，不肯轻易叫；有的鸟好胜，能不歇气地叫一个多小时！

养鸟主要是听叫，但也重相貌。大鸟主要要大，但也要大得匀称。画眉讲究"眉子"（眼外的白圈）清楚。百灵要大头，短喙。养鸟人对于鸟自有一套非常精细的美学标准，而这种标准是他们共同承认的。

因此，鸟的身份悬殊极大。一只生鸟（画眉或百灵）值二三元人民币，甚至还要少，而一只长相俊秀能唱十几种"曲调"的值一百五十元，相当于一个熟练工人一个月的工资。

养鸟是很辛苦的。除了遛，预备鸟食也很费事。鸟一般要吃拌了鸡蛋黄的棒子面或小米面，牛肉——把牛肉焙干，碾成细末。经常还要吃"活食"，——蚱蜢、蟋蟀、玉米虫。

养鸟人所重视的，除了鸟本身，便是鸟笼。鸟笼分圆笼、方笼两种。一般的鸟笼值一二十元，有的雕镂精细，近于"鬼工"，贵得令人咋舌。——有人不养鸟，专以搜集名贵鸟笼为乐。鸟笼里大有高低贵贱之分的是鸟食罐。一副雍正青花的鸟食罐，已成稀世的珍宝。

除了笼养听叫的鸟，北京人还有一种养在"架"上的鸟。所谓架，是一截树权。养这类鸟的乐趣是训练它"打弹"，养鸟人把一个弹丸扔在空中，鸟会飞上去接住。有的一次飞起能接连接住两个。架养的鸟一般体大嘴硬，例如锡嘴和交喙鹊。所以，北京过去有"提笼架鸟"之说。

注　释

①　本篇原载《汪曾祺全集》第六卷,北京师范大学出版社,1998 年 8 月。

秘　书①

某首长,爱讲话,而常信马由缰,不知所云。

首长对年轻干部讲学习,说:"要学习嘛,要虚心嘛,要虚心学习嘛。要拜老师嘛。不管你有多大本事,也要有老师嘛。毛主席也有老师嘛。毛主席的老师是谁?林则徐嘛!"

林则徐怎会是毛主席的老师呢?——哦,是林伯渠!

他的战友劝他,以后讲话,最好请秘书写个稿。首长觉得很对。

他讲国际形势,秘书在讲稿上写道:"国际形势一片大好,不是小好。"写到"不是",恰到了一页的最后几个字,就加了一个括弧:(接下页),首长照实念了出来:"国际形势一片大好不是,接下页,小好!"

他讲阶级斗争的重要性,秘书的稿子上写的是"千万不要忘记阶级斗争",他念成"千万忘记阶级斗争",秘书在旁边提醒:"不要! 不要!"他赶快纠正:"千万不要阶级斗争"。秘书叹了一口气:"唉! 乱了套了!"——"乱了套了!"

"文化大革命"期间时兴在讲话前面引用两句毛主席诗词。他又要讲话,叫秘书赶快写一个讲稿。秘书首先引用两句诗词:"四海翻腾云水怒,五洲震荡风雷激。"因为手里正有急事,未写全文,在"四海翻腾"和"五洲震荡"下面各点了三个点,以为这两句家喻户晓,谁都知道,不会有错。讲稿上是这样写的:

四海翻腾……

五洲震荡……

首长拿起稿子就念:

四海翻腾腾腾腾,

五洲震荡荡荡荡。

注　释

① 本篇原载《汪曾祺全集》第六卷,北京师范大学出版社,1998 年 8 月。

散 文 五 题^①

鹤

他看见一只鹤。

他去上学去。他起得很早。空气很清凉。静悄悄的,没有一个人。忽然,他看见一只鹤。

他从来没有看见过鹤。这一带没有鹤。他只在画里看见过。然而这是一只鹤。他看见了,谁也没有看见过的东西。他呆了。

鹤在天上飞着,在护城河的上面,很高。飞得很慢。雪白的。两只长腿伸在后面。他感受到一种从来没有经验过的美,又神秘,又凄凉。

他觉得很凄凉。

鹤慢慢地飞,飞远了。

他从梦幻中醒了过来。这是一只鹤! 世界上从来没有人看见过这样的一只鹤。

他后来走过很多地方,看见过很多鹤,在动物园里。然而这些都不是他看见过的那样的鹤。

他失去了他的鹤,失去了神秘和凄凉。

昙 花

邻居送给他一片昙花的叶子,他把它种在花盆里,给它浇水、施肥。昙花长大了,长出了一片又一片新叶。白天,他把昙花放到阳台上,晚上端进屋里,放在床前的桌上。他老是梦见昙花开花了。

有一天他在梦里闻到一股醉人的香味。他睁开眼睛：昙花真的
开了！

他坐起来，望着昙花，望着昙花白玉一样的花瓣，浅黄浅黄的花蕊，
闻着醉人的香味。

他困了，又睡着了。

他又梦见昙花开花了。

他有了两盆昙花，一盆真的，一盆梦里的。

鸟和猎鸟的人

我在草地上航行，在光滑的青草上轻快地奔跑，肺里吸满了空气。

忽然，我看见什么东西通红的在树林里闪动。

是一个猎人，打着红布的裹腿。

他一步一步，不慌不忙地在树林里走着。

飞起了一只斑鸠，飞不多远，落在一棵树上。

猎人折回来，走向斑鸠落下的那棵树。

斑鸠又飞起来，飞回原来的那棵树。

猎人又折回来。他在追逐着这只斑鸠，不慌不忙，一步一步，非常
的冷静，他的红裹腿像一声凄厉的喊叫。

斑鸠为什么不飞出去，飞出这片树林？为什么不改变方向，老是这
样来回地飞？

斑鸠沉不住气了：它知道逃不掉了。它飞得急迫了，不稳了，有点
歪歪斜斜的了。

我看见斑鸠的惊慌失措的大眼睛。

砰的一声，斑鸠掉在地上了。

我简直没有看见猎人开枪。

斑鸠连挣扎都没有挣扎一下，死了。没有一滴血，羽毛还是整整齐
齐的，看不出子弹是从哪里打进去的。它的身体一定还是热的。

猎人拾起斑鸠，装在袋里，走了。

鬼　火

我在学校里做值日,晚了。我本想从城里绕路回去,犹豫了一下,决定还是走城外。天阴得很严,快要下大雨。

出了东门,没走多远,天就黑了下来,什么也看不见了。

路是一条每天走熟了的很宽的直路。我知道左边是河,右边是麦地。再往前,河水转弯处,是一片荒坟。我走得很快。我听见自己的脚步声和裤脚擦出来的窸窸的声音。

我看见了鬼火。

这是鬼火。

鬼火飞着,不快也不慢,画出一道一道碧绿的弧线,纵横交错,织成一幅网。这样多的鬼火。鬼火飞着,它们好像在聚会,在交谈。它们轻声地唱着一支歌,又快乐,又凄凉。

我加快了脚步。我感觉到路上干硬了的牛蹄的脚迹。

看见灯光了。

我到了。我推开自己家的门,走进去,大雨就哗哗地下开了。

迷　路

我终于不得不承认,我是迷了路了。

我在江西进贤土改,分配在王家梁。我到工作队队部去汇报工作,走十多里山路,我是和几个人一起从这条路进村的。这次是我一个人去。我记着:由王家梁往东,到了有几棵长得齐齐的梓树的地方,转弯向南。我走到那几棵梓树跟前,特别停下来,四面看看,记认了周围的环境。

回来时大阳已经落山。我快步走着,青苍苍的暮色越来越浓。我看见那几棵梓树了,好了,没有多远了。但当我折向左面,走了一截,我发现这不是我来时的路。是我记错了,应该向右? 我向右又走了一截,也不对。这时要退回到队部所在的村子,已经来不及了。我向左,又向右;向右,又向左,乱走了半天,还是找不到来路。天已经完全黑了下来。我爬上一个小山,四面都没有路。除了天边有一点余光,已经是什么都看不见了。

我打算就在这小山上住一夜。我找了一棵不很高的树,爬了上去。——这一带山上有虎,王家梁有一个农民就叫老虎抓去了一块头皮,至今头顶上还留着一个虎爪的印子。

江西的冬天还是颇冷的。而且夜出的小野兽在树下不断地簌簌地奔跑。我觉得这不是事,就跳下树来,高声地呼喊:

"喂——有人吗?"

我听见自己的声音传得很远。

没有回音。

"喂——有人吗?"

我听见狗叫。

我下了山,朝着狗叫的方向笔直地走去,也不管是小山,是水田,是田埂,是荆棘,是树丛。

我走到一个村子。这村子我认得,是王家梁的北村。有几个民兵正在守夜。

我不知道我是怎样走过来的。

我一辈子没有这样勇敢,这样镇定,这样自信,这样有决断,判断得这样准确过。

注　释

①　本篇原载《湖南文学》2015 年七月号。